# ENTRE NOUS

Guy Roux
Dominique Grimault

# ENTRE NOUS

Plon

ISBN 2-259-20391-4

# 1

# QUATRE FOIS SEIZE ANS

Dominique GRIMAULT — Pourquoi ce livre, Guy Roux ? Qu'en attendez-vous ?

Guy ROUX — Depuis 1979, je suis un peu un homme public, je veux dire en contact avec le public. Cela signifie que je me trouve en relation avec beaucoup de gens, en très grande majorité de la classe modeste ou moyenne. J'ai communiqué constamment avec eux grâce à la compétition, chaque semaine. Mais il y a eu, de temps en temps, dans la presse, quelques articles qui donnaient mon opinion sur d'autres aspects de la vie, en marge du football. Et je me suis aperçu que les gens étaient intéressés. Avançant en âge, je me suis dit : « Je vais faire un livre pour dire ce que je n'ai pas assez ou pas bien dit, ou pas dit du tout. »

— Allez-vous tout dire ? Mais, surtout, pouvez-vous tout dire ?

— Honnêtement, on ne dit jamais tout. L'un de mes principes de vie, c'est : « N'avoue jamais. » Donc je ne vais pas tout dire : c'est impossible. Nous aurions des procès en diffamation ! On ne peut avancer que ce que l'on peut prouver, surtout si l'on met en cause les autres. D'ailleurs, je n'ai pas envie de nuire à qui que ce soit... Donc, pas de révélations. Aucune femme, non plus... Je n'ai pas voulu faire un livre à scandale qui se vendrait par le scandale. Je fais un livre qui doit sortir de moi-même. Le reste dépendra du lecteur...

— Comment avez-vous vécu votre notoriété ?

— Dans le feu de l'action des compétitions, des championnats, vous êtes face à la notoriété médiatique et à la notoriété directe. En ce qui concerne la première, je la vivais au quotidien, car je recevais des journalistes chaque jour. L'article du journaliste doit être vivant, riche d'éléments croustillants. De mon côté, je représentais une équipe de football qui doit vivre dans la paix et tout particulièrement à l'abri de toutes les choses précisément croustillantes. Certes, je n'étais pas à la tête d'une équipe où des événements piquants étaient fréquents, mais ça pouvait arriver. Mon objectif, premièrement, était de cacher et, deuxièmement, de protéger. Et si le journaliste inventait un fait, j'avais le devoir de contre-attaquer. J'ai donc guerroyé avec des journalistes. Il s'agissait de petites guerres, de guéguerres avec certains auxquels je ne répondais plus, pendant un certain temps. C'est allé jusqu'à l'éviction du stade, dans un seul cas. Contrairement à beaucoup de mes collègues, j'ai donné énormément de temps pour répondre : une douzaine d'heures par semaine, ce qui est beaucoup. C'est pour cette raison que ma notoriété a grandi, transmise sur des milliers et des milliers de lignes, d'images télé et de son radio, et que des gens ont lues, regardées ou entendus.

La notoriété directe vient du stade et de la rue. J'ai pris le parti très vite de répondre toujours oui, sauf si j'avais un avion, ou un bus, ou un train à prendre. J'ai toujours accepté, si possible avec le sourire, les signes d'amitié directs que les gens me donnaient dans la rue ou dans le stade, ou lors de mes voyages. C'est parfois dangereux, sur le périphérique parisien, lorsqu'un chauffeur de poids lourd de vingt tonnes lâche son volant, se penche pour me saluer et me donner un carnet pour que je signe, le tout à quarante kilomètres à l'heure ! Sans compter le jour où j'ai eu un avant de Citroën écrasé par une roue de camion à cause d'un autographe. Bon, mais ce sont des cas extrêmes...

En général, c'est moins dangereux et c'est parfois gratifiant. Récemment, au moment où ça chauffait dans les banlieues nord de Paris, je me rendais dans la ville du Bourget, et j'étais un peu perdu. Je me suis trouvé dans une cité où il y avait beaucoup de jeunes, garçons et filles, avec des survêtements à capuche. Je suis tellement habitué à leur parler que je suis allé vers eux, j'ai ouvert ma fenêtre et je leur ai demandé : « Comment je fais pour aller au Bourget ?

— Ah, Guy Roux ! »

Tous les portables appareils photo sont sortis. J'ai eu droit à un quart d'heure de dédicace. Et puis, pour finir, le chef de bande m'a dit : « T'es gonflé. Et surtout ne refais jamais ce que tu viens de faire parce que, ici, ça craint. »

Ce sont les extrêmes de la notoriété. Mais je n'ai pas eu peur un instant.

Un jour, je suis allé inaugurer un terrain dans le nord de Paris, et les autorités m'avaient prévenu : « On vous fera prendre par une voiture de police sur le boulevard périphérique, à la sortie d'Aubervilliers.

— Mais non, ai-je répondu, ma grand-mère habitait Aubervilliers et je connais le coin. Je n'ai pas besoin de voiture de police pour me guider. J'ai un plan de Paris.

— Ce n'est pas ça. C'est pour votre sécurité.

— Mais vous ne voulez quand même pas que j'aille inaugurer un terrain de football entouré par des policiers ? Qu'il y en ait un ou deux, ça serait bien, mais pas plus. Je vais y aller et ça ira. »

A l'arrivée, j'y suis allé tout seul. Il y avait trois cents gamins, parce que j'avais demandé que l'inauguration consiste en l'organisation de petits matchs. J'ai divisé les trois cents en petits groupes et on les a tous fait jouer dix minutes. Après, il y avait un jus de fruits d'honneur... On était en quartier musulman. Il ne pouvait pas y avoir de chablis. Et ça s'est très, très bien passé. En outre, j'avais laissé ma voiture ouverte et personne ne l'a visitée. Il y avait des petites choses dedans, personne n'y a touché.

Donc, la popularité peut aller jusque-là. C'est le côté agréable. Le côté désagréable, c'est qu'une vie privée tranquille est impossible. Une fois, en plein milieu du Morvan, dans une auberge isolée, pour un réveillon de 31 décembre, je m'étais installé au fond avec dix convives, dos à la salle pour qu'on ne me voie pas trop. Il y avait une bonne centaine de personnes dans le restaurant. Jusqu'à minuit, rien à signaler. Après, la tradition veut que tout le monde se lève pour une embrassade générale. Et là, j'ai dû signer plus de cent menus jusqu'à 2 heures du matin. C'était incontrôlable. Le patron était très gêné. Moi j'étais embarrassé vis-à-vis de la chanteuse, qui était merveilleuse mais à qui personne n'avait demandé le moindre autographe. Alors je l'ai appelée pour qu'elle vienne s'asseoir à côté de moi, pour qu'elle signe aussi. Le patron m'a fait cadeau du réveillon, ce qui est toujours ça de pris, comme diraient ceux qui me déguisent en « Guignol » avare.

— Avare, parlons-en... Pourquoi cette réputation ?

— Déjà, parce que j'ai toujours eu horreur de perdre un ballon. Ça vient de très loin, de mes racines profondes. Tous les enfants du village travaillaient tout l'été pour acheter un ballon. Pour moi, le ballon était un objet sacré, comme le calice à l'église pendant mon catéchisme. Mon père, lors d'une permission, lorsqu'il servait en Indochine, m'avait offert un ballon en caoutchouc, et tout le monde jouait avec. Un jour, il est tombé sur un pic d'une grille et a crevé, hors d'usage. Pour moi, ça a été une détresse de plusieurs jours. J'ai toujours été le détenteur de la balle au lycée. C'était une petite balle Michelin qui était étudiée pour ne pas casser les carreaux. Quand un pion me la prenait, il fallait qu'il me la rende, autrement il devenait mon pire ennemi. Me prendre ma balle était plus grave que de me coller le dimanche. Et quand la balle était usée, je rassemblais les cotisations de tout le monde pour en racheter une au bazar. Et c'était ensuite une fête formidable, chaque fois.

Voilà pourquoi, dans un club professionnel comme l'AJ Auxerre (Association de la Jeunesse Auxerroise = AJA) qui obtient environ deux cents ballons par an gratuitement, personne ne rentre au vestiaire s'il manque un des vingt ballons utilisés à l'entraînement : on cherche ce ballon. Il y a eu une ou deux scènes célèbres où, pendant des matchs de coupe d'Europe, quand un ballon allait se perdre dans les tribunes, je me mettais en devoir de le récupérer. Et je dois reconnaître que je n'étais pas tendre avec celui ou ceux qui l'avaient confisqué...

Les joueurs du Paris Saint-Germain, à un moment, avaient l'habitude, après l'échauffement, de prendre un des ballons d'échauffement qu'on leur confiait et de le donner à leurs supporters qui, évidemment, ne le rendaient pas. Eh bien, moi, chaque fois au Parc des Princes, pour un ballon volé à l'aller, j'en prenais deux au retour, en représailles.

Il faut comprendre que l'AJ Auxerre n'a pas la même gestion que les clubs des grandes villes. Nous n'avons pas et nous n'aurons jamais le même train de vie, ni dans les transferts, ni dans le choix des hôtels, ni dans la grosseur de l'avion qui déplace notre équipe.

— Est-elle mal ou bien vue cette avarice, disons, « culturelle » ?

— Plutôt bien vue. Tout est parti du sketch des Guignols de l'info : je suis à table et je m'esquive, quand on présente la note, pour aller aux toilettes. Lorsque je reviens, et que je comprends que c'est Michel Denisot qui a payé, je demande du dessert ! Je me souviens d'un dîner au Fouquet's, à Paris, avec un sponsor, dans le salon du sous-sol... Auxerre venait de se qualifier en coupe d'Europe. Il y avait beaucoup de repas d'affaires, et quand les gens arrivaient, ils me faisaient un petit bravo en tapant doucement dans les mains pour me féliciter, ou un petit signe. J'ai dîné très sereinement. Le serveur est arrivé, exactement dans la même situation que le sketch des Guignols, avec la note sur le plateau. J'ai pris mon portefeuille, comme Michel Denisot, mais je ne suis pas parti aux toilettes : j'ai sorti ma carte de crédit, et là, toute la salle a applaudi, comme au théâtre. J'ai vraiment saisi, ce soir-là, que la fiction des Guignols était très réussie.

Pour rester sur le chapitre de la notoriété, il y a le second degré. Les créatifs de la publicité se sont emparés de mon image des Guignols, et ils ont fait de moi une sorte de héros de la qualité au meilleur prix. C'est-à-dire qu'on a commencé à me faire représenter des produits dont on voulait faire savoir qu'ils étaient très bons et pas chers, puisque j'étais un « Guignol » très-près-de-ses-sous, et comme j'étais respecté en raison des victoires, mais aussi de la bonne santé du club, on a commencé à m'assimiler à ces produits. D'où ma carrière d'acteur publicitaire. Et ça, je dois dire et avouer que ça m'a valu et me vaut encore quelques bons contrats dont je suis très heureux. D'autant que cela me permet même de faire des conférences au profit d'une œuvre caritative.

— De quelle œuvre s'agit-il ?

— C'est Chirurgie cardiaque-Enfants du monde. Il s'agit de chirurgiens français qui opèrent gratuitement, sans honoraires, des enfants du monde entier, notamment du tiers monde, dans des pays où il n'y a pas de chirurgie cardiaque infantile. Mais il y a quand même des frais : il faut payer le voyage, l'hôpital, l'équipe qui opère, la réanimation, puis des familles d'accueil. J'ai décidé de faire un certain nombre de conférences dont le tarif est de dix mille euros. Cela correspond, chaque fois, à une opération, donc à une vie d'enfant sauvée. Je me suis dit : « Eh bien, en cette année 2006, je vais essayer de sauver onze vies : une équipe. » Comme il me reste du temps, je crois que j'atteindrai les seize conférences, donc seize enfants : la feuille de match.

Si je suis demandé par des entreprises, c'est parce que je représente, d'une part, le management, le meneur d'hommes, mais aussi parce que je suis quelqu'un qui, dans une entreprise, représente la bonne gestion, c'est-à-dire le non-gaspillage. Il faut dire que cela correspond à ma philosophie profonde. J'ai toujours dit à mes joueurs : « Tout ce qui est gaspillé est perdu pour tout le monde. Exemple : nous perdons un ballon, il disparaît du bilan du club et il n'y entrera plus jamais.

— Oui, mais on en a des ballons, et gratuitement... répondent-ils.

— Peut-être, mais celui-là est perdu pour l'entreprise. C'est du gaspillage. »

Il va de soi que nous donnons, de temps en temps, des ballons à une colonie de vacances, à un quartier ou à un petit club. Ce n'est pas du gaspillage, c'est un choix. Ça ne disparaît pas du bilan, ça part dans le débit, nuance...

La société Citroën, après avoir produit les Tractions qui représentaient la puissance, a connu tout son succès dans les années 1950-60 avec la 2 CV qui était la voiture économique par excellence, le meilleur moyen pour l'homme de se déplacer au moindre prix. Citroën, aujourd'hui, a dans son équipe Sébastien Loeb, le champion du monde des rallyes, qui développe la notion de puissance, de valeur mécanique, de performance, et Citroën avait sans doute besoin d'insister sur un autre aspect, c'est-à-dire le rapport qualité/prix et la sécurité. Grâce à mon âge, et ma réputation, j'ai eu la chance de faire trois campagnes publicitaires pour cette marque sur ce thème, ce qui est assez rare, parce qu'elle n'utilise jamais les mêmes concepts pendant trois années de suite. J'ai malheureusement raté Claudia Schiffer. J'avais un peu incité les dirigeants à la faire tourner avec moi... mais, à leurs yeux, elle représentait un autre concept.

— Récapitulons : quels sont les aspects négatifs de la notoriété ?

— La notoriété peut provoquer de la jalousie parfois, mais elle est cachée le plus souvent. Je reçois ainsi des lettres anonymes. L'un des dangers, c'est également d'être entraîné dans un rôle de guide de l'opinion. Dans le domaine publicitaire, chacun est libre d'adhérer à un message que je délivre par contrat avec la marque. Le domaine politique est plus délicat. Mais je crois pouvoir affirmer que je ne me suis jamais laissé utiliser par des partis ou des hommes politiques. J'ai eu plusieurs amis ou relations proches de la vie politique française. Il n'y avait pas de raison que je ne prenne pas un café avec François Mitterrand ou que je ne déjeune pas, systématiquement, une fois par an, avec Jean-Pierre Soisson qui était le député maire de la ville d'Auxerre dont j'étais l'entraîneur. Pas de raison non plus que je ne partage pas un repas de temps en temps avec François Patriat, président de la région, et supporter de l'AJA achetant son billet depuis trente ans ; ou bien que je n'aille à la chasse – sans fusil – avec Georges Marchais, pendant plusieurs années, à partir du moment où c'était un choix personnel d'une journée ou de quelques heures.

— A choisir, reprendriez-vous la même route ?

— Je n'aurais jamais imaginé pouvoir faire passer l'AJ Auxerre de division d'honneur avec ses trois cent trente-trois spectateurs et ses vingt-cinq francs de prime de victoire, à l'AJ Auxerre format coupe d'Europe, avec vingt-deux mille supporters et la couverture télévisée. Quand j'ai débuté, l'ambition n'était que d'aller en championnat de France amateurs, et il aura fallu dix ans pour y parvenir. Toutefois, si je recommençais, en sachant tout ce que je sais, il y a quelques erreurs monumentales que j'ai commises que je ne répéterais pas.

— Quelles erreurs, par exemple ?

— Des erreurs dans la formation de l'équipe, des erreurs de recrutement... C'est la loi du métier. Ce qu'il y a de sûr, c'est que je serais ravi de recommencer. Et il y a une attitude que je ne modifierais pas : je me battrais de la même manière. Je me battrais tous les jours, depuis le premier jour en fendant le bois pour faire chauffer les douches, afin que les joueurs aient une douche confortable et réparatrice après l'entraînement, jusqu'à la saison dernière, en 2004-2005, où j'ai aligné cinquante-neuf matchs, quatre compétitions à fond, et où j'ai réussi à en remporter une, la coupe de France, la quatrième de notre histoire avec l'AJA.

La vie est un combat constant. C'est banal de le dire, mais il faut le répéter sans cesse.

Ainsi, il est des grandes villes qui voudraient posséder une grosse équipe, qui investissent dans ce but, et qui n'ont jamais cette équipe. L'AJ Auxerre en 1960 ressemblait plutôt à un vieux couple un peu désabusé qui aurait bien accueilli un neveu, de temps en temps, mais qui n'aurait pas imaginé avoir un beau bébé. Et moi, j'ai fait à ma ville, à ma région, ce beau bébé... Ensuite, il a fallu repeindre la maison et acheter le nounours. Puis il y a eu d'autres bébés, la famille s'est agrandie, et il a fallu prospérer. C'est tout le mérite de Jean-Pierre Soisson : il a suivi. Son intelligence et aussi son propre développement personnel lui ont permis cette attitude, et nous avons pu développer le stade, les installations, le Centre de formation... Et la population d'Auxerre est venue à nous. Mais ce long chemin a représenté une vraie et grande bataille.

— Objectivement, quelle image avez-vous de vous ?

— Il est difficile de se décrire. Si je vous dis que j'ai une bonne opinion de moi, c'est plus près de la vérité que si je vous dis que j'en ai une mauvaise. Mais je connais les circonstances dans lesquelles j'aurais pu mieux faire. De mes cours de philosophie, j'ai retenu le classement de Spinoza pour tenter de définir les gens : actifs ou non actifs, primaires ou secondaires, émotionnels ou pas émotionnels. Je crois que j'ai été actif, secondaire et demi-émotionnel. Je compte franchement parmi les actifs. Je sais que je suis dans les secondaires car, lorsqu'on me demande un avis, je veux donner une réponse sérieuse et je demande un délai de réflexion. Enfin, dans le domaine émotionnel, j'ai une retenue. Pour ma vie privée, c'est une pudeur, puisque je ne l'ai jamais évoquée et ne l'évoquerai jamais.

Objectivement, je me suis défini un jour en disant : j'étais un gamin qui avait tout pour être malheureux et qui, en fin de compte, a été heureux. Je vais essayer avec ce livre de vous raconter tout ce qui m'est arrivé par le menu. J'ai eu un moteur : je voulais remporter toutes les épreuves, comme joueur et comme entraîneur, bien sûr, mais aussi comme agent d'assurances hier, et comme consultant-télé aujourd'hui.

Il y a, je le sais d'expérience, des matchs qu'on gagne et des matchs qu'on perd, mais, avec l'âge, je me rends compte que le match essentiel à remporter, c'est celui de la vie, de sa vie. Je ressens comme un grand malheur la vieillesse et la mort. Je préférerais avoir soixante ans que soixante-sept, et cinquante ans plutôt que soixante... Le plus bel âge pour moi, restant celui de ses seize ans.

— Pourquoi est-ce le plus bel âge ?
— Parce que c'est l'âge des grands bonheurs sur le terrain de football, l'âge des premiers bonheurs avec les filles, le temps des conquêtes, des grandes amours, de l'intensité des sentiments, de la découverte de certaines pages de littérature en classe de français. Il y a des grands bonheurs partout à seize ans... Disons que j'ai eu seize ans plus de quatre fois !

— Considérez-vous que la vieillesse est une vraie sagesse, un vrai recul par rapport à soi-même ?
— On verra bien... Pour moi, la sagesse n'est pas le bonheur absolu. C'est un peu pour cela que je vais m'appliquer à revenir en arrière. Faire ce livre, se pencher de nouveau sur soi-même, c'est faire face à des révélateurs qui vous obligent à aller un peu plus loin... Après la rédaction, il y aura la promotion, l'occasion d'une grande activité médiatique, et tout le monde sait que j'aime ça ! Et puis ce sera une source de profits pour l'Etat qui perçoit, depuis que j'ai réussi, à peu près 60 à 70 % de ce que je produis. Donc, je vais être une grande source de profit pour la collectivité, et une petite source de profit pour moi.

— Deux hommes en vous : celui qui construit, celui qui traduit : quelles sont les raisons de ce double aspect de votre personnalité ?
— L'observation des faits. En Alsace, lorsque j'avais neuf ans, je comprenais l'alsacien, le dialecte, sans l'avoir jamais parlé, car j'étais chez des gens qui ne parlaient que ce langage. Or, un jour, quelqu'un a dit devant moi : « *Stet in der Zitung.* » Soit, en allemand : « *Es steht in der*

*Zeitung.* » « C'est dans le journal. » Vous voyez que, même à neuf ans et même en dialecte, c'est resté inscrit dans ma mémoire. Cela m'avait frappé que quelqu'un authentifie un événement en disant : « C'est dans le journal. » Autrement dit : tant que ce n'est pas dans le journal, ça n'existe pas. Dans ma tête, ça a voulu dire cela. C'est pourquoi j'ai découpé – je les ai toujours – les premiers articles où mon nom a figuré, ou bien les résultats du lycée le vendredi matin. Je n'achetais pas le journal. Je disais à mon grand-père de le garder, et je découpais les articles et les collais dans un cahier.

Les médias ont constitué dans mon esprit un élément crucial. La règle est : si vous faites quelque chose et que vous ne le dites pas, comment voulez-vous qu'on le sache ? On peut vivre sans cela, j'en conviens. Il y a des millions de gens qui ne se sont jamais souciés que l'on raconte ce qu'ils faisaient, à qui l'idée n'est même pas venue qu'on puisse le dire, et c'est particulièrement vrai parmi ceux qui pratiquent les métiers les plus pénibles. Ainsi, dans les fonderies à Auxerre, il y avait des gens qui, tous les jours, perdaient six kilos parce qu'ils travaillaient par 50 °C. Ils n'ont jamais eu leur nom dans le journal. Ils n'en ont jamais souffert. Mais cela me démontre que, moi, au fond, j'ai toujours été un m'as-tu-vu. M'en fera-t-on le reproche ? A voir...

— Une notoriété comme la vôtre peut conduire aux décorations. En avez-vous obtenu ?

— J'ai connu quelques aventures avec les décorations. Jean-Pierre Soisson a été le premier à se soucier de m'honorer de cette façon. La première fois, il m'a fait chevalier des Palmes académiques. Je lui ai rappelé que, parmi les personnes qui avaient été ainsi distinguées, j'étais peut-être le seul en France à m'être présenté deux fois pour passer le baccalauréat. Les universitaires réussissent l'examen du premier coup ! Il a répondu : « Mais vous faites une grande œuvre d'éducation. Les Palmes académiques distinguent l'éducation, et pas seulement le savoir. » Mais, surtout, pour me les remettre, il a eu l'attention de réunir un dimanche toute ma classe de terminale et d'organiser un repas au lycée. J'ai reçu les Palmes à la place où j'avais été assis en terminale. Parmi les anciens élèves présents, il y avait Marie-Alice Malraux, la nièce d'André Malraux, qui était devenue professeur d'histoire. C'était ma première décoration. Je l'ai trouvée un peu cocasse. Je n'ai jamais acheté le ruban.

Ensuite, je suis passé officier des Palmes académiques, sans cérémonie, et personne ne l'a su. Une autre fois, Jean-Pierre Soisson m'a décoré chevalier du Mérite national. Je ne me suis pas fait remettre cette décoration parce que mon grand-père n'était pas décoré alors qu'il avait fait plusieurs mois de tranchées en Argonne. Il était sorti trois fois des tranchées et avait été blessé deux fois. Il avait vu mourir tout le village. Je ne l'ai acceptée que la dixième année, parce que le grand-père m'a dit : « Ecoute, c'est la République qui a créé cette récompense. Et il te faut l'accepter. »

Enfin, on m'a attribué la Légion d'honneur. J'étais sur la liste du président de la République actuel, Jacques Chirac. Mon père était encore vivant, et il avait été décoré par le général de Gaulle lors de la tournée des popotes en Algérie. J'ai accepté cette Légion d'honneur en lui demandant presque la permission. Je lui avais dit : « La Légion d'honneur récompense des actes de bravoure et je n'ai jamais fait acte de bravoure, si ce n'est pour sortir de quelques stades où mon équipe avait été bombardée de cailloux. » Il m'a dit : « Non, c'est une erreur. Napoléon n'a pas créé la Légion d'honneur uniquement pour les faits d'armes. Il l'a créée également pour tous ceux qui ont accompli quelque chose pour la France. »

Ça a été pour moi un grand jour, je le reconnais avec une vanité non dissimulée. J'avais assisté à des remises de décorations faites par François Mitterrand, avec les récipiendaires alignés derrière un trait fait à la craie sur le sol, les familles derrière, les télés sur le côté, et François Mitterrand devant chaque futur décoré.

Je me suis retrouvé derrière les mêmes traits tirés à la craie avec, à droite, les commandeurs – qui méritent vraiment la distinction et devraient obtenir un grade supérieur –, puis les autres, dont les entraîneurs de football. A côté de moi, il y avait l'acteur Jean Reno. Comme nous sommes restés alignés pendant une heure, j'ai longuement bavardé avec lui. Jacques Chirac est venu à un pupitre et a fait l'éloge de chacun. C'était un moment très flatteur, très agréable. Il a dit : « Guy Roux est un chantre du chablis dont il possède quelques arpents. » En rentrant à Auxerre, je lui ai fait expédier une caisse de chablis avec le mode d'emploi. Je lui ai recommandé de le laisser reposer trois mois. Et le lundi matin, à 9 heures, il m'a téléphoné : « M. Roux, nous vous avons désobéi avec Mme Chirac et Claude, ma fille : nous avons ouvert une bouteille hier. Il était excellent. » Puis il m'a dit : « Je ne vous ai pas décoré pour avoir du chablis. Néanmoins, nous vous remercions. » Parmi mes invités manquait mon père, trop âgé, malheureusement.

— Comment voyez-vous votre avenir ?

— Ah, l'avenir ! Je me suis résigné. J'ai accepté la décision la plus difficile que j'ai prise, et, cette fois, je l'ai acceptée définitivement. Je ne suis plus entraîneur professionnel de football et ne le serai jamais plus. Je l'avais déjà décidé une première fois et je suis revenu dessus. Mais cette fois, j'ai mis des garde-fous... On ne m'y reprendra plus.

— Quelle est votre mission à l'AJ Auxerre, dorénavant ?

— J'avais encore une année de contrat. Mon salaire a été largement revu à la baisse. Et pour cause : je n'étais plus entraîneur de première division, l'homme le plus exposé d'un club. Mais je suis resté totalement engagé dans ce qui me passionne, c'est-à-dire l'éducation au sein du Centre de formation. C'est ma fonction.

— Votre fortune est faite, en tout cas ?

— Ah, le mot « fortune » ! Ceux qui appellent mon patrimoine une fortune ce sont les services fiscaux. Mais dans la hiérarchie des fortunes, je n'ai pas ma place... Aucune, j'insiste. C'est simplement une bonne réussite que je n'aurais pas supposé atteindre. Quelqu'un de fortuné, c'est celui qui vit avec les intérêts des intérêts de son argent. J'en suis loin.

— Estimez-vous avoir changé de vie, aujourd'hui ?

— Oui, sur un plan professionnel. Je suis un saltimbanque d'un nouveau genre. Je me déplace seul. En voiture, aller et retour Orly, avec une destination variée en avion. Ou bien, directement, en voiture, vers mon lieu de reportage. Ce n'est pas la même chose que d'être entraîneur avec vingt gaillards à diriger. C'est une tout autre vie. Il y a peu d'hommes qui commencent un nouveau métier à soixante-sept ans.

Plus tard ? J'aurais pu imaginer ma retraite à l'image du seul retraité que j'ai connu dans ma vie : mon grand-père. Il fut un retraité forcé puisqu'il avait été chassé par Hitler, en 1939, de son métier de commerçant en Alsace. Donc, il était « à la retraite » à soixante ans – il est né en 1881 – avec le devoir d'entretenir une famille, heureusement sur une terre qu'il connaissait et qu'il savait cultiver. Donc, j'ai presque imaginé que j'aurais à mon tour un jardin – j'ai d'ailleurs la surface –, et que je m'occuperais des bois. Il s'en occupait, lui, manuellement, avec une cognée, une scie, une voiture à bras pour rentrer le bois coupé de la forêt. Moi, mais d'une manière moderne, je me disais : « Tiens, j'irai avec des bûcherons dans la forêt et je ferai mon bois. » Pour bien soigner mon jardin, il suffira, me disais-je, que je lise attentivement *Rustica*. Une des règles de l'agriculture, c'est le jour juste...

Toutefois, le premier constat que l'on fait quand on retourne au jardin, c'est que la terre est basse. Le deuxième, c'est que ça ne me passionnait pas autant que j'avais pu l'imaginer. Rêver de semer, arroser, attendre et ramasser, c'était beau, mais cela ne suffisait pas pour meubler une retraite.

— Et l'idée d'un grand voyage ?...

— Mais je les ai faits, les voyages. Pour l'instant, je n'ai pas trop de temps et c'est raté. Mais je vais me débrouiller pour faire des choses... Les voyages, je les ferai toujours, mais en activité.

— De toute façon, peut-on vous imaginer autrement qu'« en activité » ?

— Il m'est arrivé de rester une matinée ou une journée à la maison... quand j'étais malade. Malade, je l'acceptais. J'ai quand même subi l'ablation d'un rein et un pontage cardiaque, plus, entre les deux, une pneumonie. Quand on est malade, on attend des jours meilleurs. Ce qui est délectable, c'est la renaissance à la vie après la maladie ou après une opération. On se dit : « Je veux revivre. » Mais revivre à 100 %, ce qui réclame une grosse implication, une réflexion et une information.

— Quelle image pensez-vous renvoyer à autrui ?

— Un jour, je sors d'un restaurant en compagnie d'Eugène Saccomano, le journaliste. Et arrive en face de moi un jeune monsieur d'une quarantaine d'années que je connaissais. Lui, pareil, il me reconnaît. Trente mètres nous séparent... Plus que dix mètres... Je fais un petit signe et il me répond par un autre petit signe. Et derrière lui, il y avait quatre costauds en noir, et là, ça fait tilt... C'étaient des gorilles... et le roi du Maroc, Mohammed VI. Il m'a salué mais, au fond, peut-être m'a-t-il confondu avec quelqu'un d'autre. En plus, comme je venais de discuter un contrat, j'avais mis mon costume numéro un, la chemise blanche. Il s'est peut-être dit : « C'est un diplomate. »

— C'est bien d'en parler de votre costume numéro un et de votre chemise blanche : vous savez bien qu'on se moque de vous pour votre habillement... N'entretenez-vous pas sciemment votre image de paysan ?

— Là encore, cela vient de mon enfance. Je n'avais pas de costume. J'ai commencé à aller au bal avec des culottes courtes. Ce n'était pas facile... Heureusement, il y avait les petits Africains de ma classe, pensionnaires avec moi, qui étaient des enfants de familles aisées ou riches. Ils avaient rangé leurs costumes dans mon armoire vide, car les leurs étaient pleines. Ils ont accepté de me prêter leurs costumes pour aller danser. En tenue anthracite, je devenais soudain un « milord » et je faisais des envieux ! Toute la semaine, quand j'étais un enfant ou un adolescent, ma grand-mère et ma tante découpaient les tenues militaires de mon père, les teignaient en bleu, me cousaient des culottes, et j'allais à l'école avec. Parfois, ça déteignait un peu. Lorsque je prenais la pluie, j'avais les jambes bleues, comme les hommes bleus du désert. C'est ainsi que j'ai porté des culottes courtes jusqu'à seize ans ! Donc, pour moi, l'habit, il fallait déjà le faire. Enfant, je ne suis jamais allé dans un magasin, jamais. D'abord, il n'y en avait pas à Appoigny...

Après, il y avait le problème de l'habit du dimanche pour aller à la messe. C'était un habit qui était taillé dans des tissus un peu plus riches et que je portais avec une belle chemise. Mais, toujours, mon habit préféré a été le survêtement. Tout le monde m'a vu en survêtement. Pour une raison simple : j'ai été pendant longtemps à la fois l'entraîneur, le médecin et le kiné de l'équipe. Quand il y avait un joueur blessé, c'est moi qui allais sur le terrain. J'étais même en crampons pour ne pas glisser. Sous un survêtement, on peut mettre plein de pull-overs, plein de Damart pour ne pas avoir froid. C'est comme pour le bonnet : je sais qu'on me chahute à ce sujet, mais je dis et je répète que le bonnet, contrairement à la casquette, réchauffe aussi les oreilles.

Aujourd'hui, le costume, je ne le porte que dans des circonstances très spéciales. Lorsque, par exemple, je passe à la télé : il y a plein de gens qui vous regardent. C'est une marque de respect à leur égard : on est accueilli chez les gens quand on apparaît à la télé.

— Mais on sent que chez vous le costume n'est pas l'habit naturel...

— Non. Cela restera toujours l'habit du dimanche.

## 2

# LA DERNIÈRE SÉANCE

Dominique Grimault — La saison 2004-2005 fut la dernière de votre carrière en tant qu'entraîneur. Très tôt, vous aviez pris la décision d'arrêter mais sans en parler. Racontez-nous ce que furent vos derniers mois à la tête de l'AJA jusqu'à votre dernière séance...

Guy Roux — D'abord on joue les trois premières places du Championnat. Ensuite, à partir de janvier 2005, commencent les coupes. Nous étions soumis au régime de sept matchs par mois, avec les poules de cinq de la coupe de l'UEFA. Mauvais début : nous commençons déjà par faire un nul à l'Abbé-Deschamps, puis nous perdons à l'extérieur à Alkmaar, aux Pays-Bas. Il fallait gagner les deux derniers matchs. Battre les Glasgow Rangers à Ibrox Park a relevé de l'exploit. Nous voici donc au printemps, qualifiés pour la coupe d'Europe, bien placés en championnat, qualifiés pour la coupe de la Ligue, que je n'avais jamais gagnée et qui m'intéressait.

Restait la coupe de France : au soir de notre victoire sur Calais, par 1 but à 0, c'est-à-dire le 9 janvier 2005, il nous est arrivé une sacrée mésaventure. L'avion qui devait nous ramener tomba en panne. Or, depuis notre stage à Soulac, les joueurs n'étaient pas retournés chez eux. Heureusement que nous avions gagné, sinon ils faisaient la révolution... Je les ai tous emmenés au restaurant et ils ont eu droit aux frites et aux steaks à volonté pour les calmer. Moi, je n'ai pas pris le temps de dîner. Avec le téléphone portable, je commence à appeler tous les transporteurs aériens d'Europe pour trouver un avion de remplacement qui vienne nous chercher. Les joueurs me disent : « Ça ne fait rien. On rentre en autobus. » Je leur dis : « Non, cela fait cinq cents bornes. On sera arrivés au petit jour. » Je me bagarre et, finalement, un pilote de Nantes, que je cueille devant sa télévision, me dit : « D'accord, je viens vous chercher. » Son avion n'avait que dix-neuf places. Nous louons une voiture pour les kinés Poitrinal et Claude Barret qui rentrent à fond la caisse. Et, finalement, nous, nous sommes arrivés à Auxerre à 1 heure du matin. Ça s'était bien terminé et c'était bon signe. Par la suite, nous sommes éliminés par Caen en quart de finale de la coupe de la Ligue, aux tirs au but, 5 à 4. Le gardien caennais part quatre fois à gauche. Mignot est notre cinquième tireur. Il place la balle à droite du gardien. Et le gardien part à droite ! En coupe d'Europe, nous tombons sur le CSKA Moscou. C'est toujours difficile de jouer à Moscou. Notre hôtel est à cinquante kilomètres de la ville. Il y a une circulation monstre. Les motards vous mettent sur l'autoroute... sur l'autre voie : les gens qui viennent en face vous évitent ! C'est incroyable. Il fallait plus d'une heure pour aller au stade à l'entraînement. On craignait une invasion de filles dans l'hôtel, comme c'est le cas en général. C'est pour cette raison que nous avions évité Moscou.

Nous nous trouvions donc dans un quartier d'isbas en bois qui avaient été construites par les riches habitants de Moscou. Quand je me suis approché, je me suis aperçu que les rondins étaient en plastique ! Mais bon, c'était très beau, très cossu. Il y avait encore un mètre de neige, du soleil, le temps était frais, et la promenade se faisait au milieu des bouleaux et des sapins. La Russie de légende de Tolstoï... mais celle du goulag aussi. Je peux raconter le match cent fois : nous perdons 4 buts à 0, injustement à l'aller parce qu'on a été « arrangés » par l'arbitre. La victoire, 2 buts à 0 au retour, ne peut suffire.

Nous perdons des matchs en championnat parce que les gars sont cuits ou blessés. Nous jouions jeudi, dimanche, jeudi, dimanche, mercredi, jeudi, dimanche... Une cadence infernale. Nous rétrogradons au classement pour finir huitièmes. Mais je ne suis pas très déçu...

— Et vous savez aussi que, au bout de la saison, il y a le mot fin...

— C'est décidé depuis l'intersaison précédente. Je voulais arrêter l'année d'avant. Et puis quand j'ai vu que ma bande des quatre, les Mexes, Kapo, Cissé et Boumsong partiraient, je me suis dit : « Je vais passer pour le roi des dégonflés si je pars en même temps qu'eux. Je ne peux pas faire ça, c'est impossible. Je ne peux pas ternir toute ma carrière en quittant le terrain en même temps que quatre internationaux. » Quatre internationaux ne sont jamais partis en même temps de l'AJA. Je me promets donc de tenir le coup. Par conséquent, je n'étais pas trop contrarié de perdre le Championnat. Mais, en revanche, j'étais tout feu tout flamme quand arriva la coupe de France ! Bref, après Calais, on tire Vannes... Vannes, leader de son groupe qui est en national, avec un bon buteur. Bon accueil, mais terrain très gras, fort vent de la mer, avec de la petite pluie. Enfin, un match d'hiver, difficile... Les Bretons nous dominent un quart d'heure, et ensuite ça va mieux. Benjani me sort d'affaire. Il met un but, comme il fait toujours, au moment où personne ne s'y attend, puis Pieroni.

Les gars sont très volontaires et très concentrés. Je les gonflais en leur disant : « Si vous vous battez autant que les autres, vous avez cinquante chances sur cent de gagner, au moins, et peut-être plus. » Benjani avait marqué sur passe de Pieroni. Et, au retour des vestiaires, Pieroni a marqué sur passe de Benjani. Je ne les alignais ensemble qu'en coupe.

Le match suivant, c'était Paris Saint-Germain. Kalou m'avait fait le coup de celui qui n'aimait pas trop aller jouer contre des clubs amateurs. Il n'était donc pas à Calais. A Vannes non plus. Il souffrait également de petits bobos. Mais ça m'était égal : en coupe de France, il faut davantage de guerriers que d'artistes. Et Kalou fait partie de cette dernière catégorie. Donc, je ne le poussais pas trop. Mais je lui avais dit quand même, en rigolant : « Il va falloir que tu achètes un grand poste de télé !

— Pourquoi ?

— Parce qu'on va aller en finale de la Coupe, et comme tu ne joues pas en coupe de France – ça fait deux matchs que tu rates –, il n'y a pas de raison que tu joues les autres. Arrange-toi pour voir le match à la télé dans de bonnes conditions. »

L'équipe qui reçoit PSG en huitième de finale est fatiguée par sa série de matchs. Nous prenons l'eau totalement en première mi-temps. Pauleta nous en met un, et nous sommes menés 2 buts à 0 à la mi-temps. Mais, là, Kalou est de retour. Car Kalou souhaite jouer au PSG. C'est ainsi qu'il réalise une deuxième mi-temps d'enfer : on gagne 3 buts à 2 ! En quart de finale, on va jouer à Boulogne... Boulogne, leader du groupe Nord en CFA, meilleur encore que Vannes, avec un entraîneur fanatique qui faisait des mises au vert... après les matchs, pour que ses joueurs récupèrent. Bref, une bonne équipe.

Pour la nuit qui précède le match, je choisis un ancien monastère, très beau. J'avais une conviction folle, mais mon équipe, elle, avait vraiment du mal. Nous sommes menés, sans cesse. Corner, à la dernière minute. J'avais

Benoît Cheyrou arrière gauche, un offensif de plus. Tout le monde monte, y compris Stéphane Grichting à qui je l'interdisais d'ordinaire. Renvoi de la défense sur le corner et Grichting qui marque ! Pieroni inscrit le but décisif en prolongation : 3 buts à 2. Nous sommes en demi-finale...

A ce stade, notre tirage est favorable : Nîmes, équipe de national, à domicile. Je vais voir jouer les Nîmois. Leur entraîneur, Didier Ollé-Nicolle, est très valable. Il appartenait à la jeune génération, et je le craignais. C'est, en plus, une sorte de disciple. Il y a quelques jeunes entraîneurs qui m'ont demandé conseil. Et lui en fait partie. Mais enfin, ça se passe correctement et on se qualifie.

La dernière semaine de ma carrière commence alors. Sûrement la plus fantastique, pour une drôle de raison : la Fédération française de football n'a pas pris en compte dans son calendrier que le jour de sa finale de coupe de France est une date FIFA ! Oui, on jouait ce jour-là en qualification de la coupe du Monde, dans le monde entier, mis à part l'équipe de France. C'est ainsi que je suis privé au départ de la semaine d'Akalé et Kalou, tous les deux pris par l'équipe de Côte-d'Ivoire qui joue en Libye ; privé encore de Benjani qui, avec le Zimbabwe, va affronter le Gabon à Harare ; de Pieroni, enfin, qui joue avec la Belgique. Je n'ai plus d'attaque ! Je prépare mes amateurs, mais je décide de me battre comme un chien pour récupérer mes attaquants essaimés dans le monde. J'appelle le sélectionneur belge que je connais. Il est un peu plus jeune que moi, mais il n'est pas nouveau dans le métier. Il m'avoue : « Je joue ma carrière sur ce match. Si je ne gagne pas dimanche, je suis renvoyé. Tu comprendras que je mette tous les atouts dans mon jeu. Je ne peux pas te donner Pieroni. Je me mets à ta place, je comprends que tu me le demandes. Mets-toi à la mienne et comprends que je refuse.

— Oui, mais tu ne vas pas le faire jouer, dis-je, à bout d'arguments.

— C'est bien possible, mais si j'ai besoin de lui à cinq minutes de la fin et qu'il me fait gagner ? Il vous a fait souvent gagner, à Auxerre, en fin de match, hein ?

— Je ne t'en veux pas, lui dis-je, mais je pleure. »

Ça commençait mal. Par chance, si j'ose dire, Akalé n'est pas retenu par Henri Michel. Là, déjà, je pleure moins. Kalou, en revanche, est bien dans l'équipe de Côte-d'Ivoire. Je rencontre Gérard Bourgoin. Je prends une carte : Paris-Marseille égale une heure de jet. Et je mesure Paris-Tripoli : trois heures trente minutes de vol. Je demande à Gérard qui possède une licence de pilote professionnel : « Peux-tu voler jusqu'à Tripoli ? » Il sourit : « Rassure-toi. Je m'en occupe. » Je calcule à quelle heure est le match, le vendredi, avec le décalage horaire : 17 heures. Je calcule : « Ils vont finir à 19 heures. » Je prévois aussi qu'il faut dégager la route entre le stade et l'aéroport à Tripoli. Je téléphone à un copain qui connaît un des fils de Kadhafi, que j'arrive à joindre, et qui me dit : « Vous aurez la voie libre. »

Tout le monde me traite de fou : « De toute façon, Kalou aura joué la veille. Il va être fatigué ! Pour une finale de coupe ! » J'ai envie de leur répondre : « Peut-être ne jouera-t-il pas une heure et demie là-bas. Il peut être remplacé ou remplacer quelqu'un. L'attaque ivoirienne est riche, avec Drogba, Dindane, Koné... Si je fais rentrer Kalou à l'heure de jeu, après vingt-quatre heures de repos, il sera plus frais que ceux qui viennent de jouer une heure, juste avant. » Bref, je me persuade que je vais le faire jouer. Gérard Bourgoin part à bord de son jet, direction Tripoli. Kalou sort au bout de soixante-dix minutes, prend sa douche, attend les autres par politesse – ce que j'approuvais tout à fait –, et puis il part avec Bourgoin. Ils font la route avec Bourgoin qui pilote à fond, et quand ils arrivent à l'aérodrome, ils tombent sur un fonctionnaire qui a perdu son tampon. Il leur fait perdre quarante minutes, alors que le fils Kadhafi avait « nettoyé » la ville pour les faire passer. Enfin, ils reviennent en Falcon. Dans l'avion, il y avait un masseur, un repas diététique, des compléments alimentaires, et beaucoup d'eaux minérales. Il fallait que Kalou soit remis à neuf. A 2 heures du matin, Kalou est au lit, à notre hôtel, à Chantilly. Le lendemain matin, je le laisse dormir. Je le réveille à 10 heures. Je lui fais prendre une petite collation et on va à l'entraînement à 11 heures. Il trottine un peu. Pas de jeu pour éviter tout accident musculaire. Il est OK au moins pour la deuxième mi-temps.

Deuxième cas : Benjani. Il est capitaine de l'équipe du Zimbabwe au sein de laquelle il tient un rôle très important. Lorsque les Zimbabwéens ont fait un stage, à Appoigny, dans mon village, c'est lui qui a réglé la note d'hôtel : il est professionnel et les autres sont si pauvres qu'il a dû payer pour toute l'équipe ! Benjani me dit : « Monsieur, je veux jouer, mais il faut que je sois à Harare dimanche à 14 heures. » Harare, capitale du Zimbabwe : on s'y rend en passant par Johannesburg. Le Paris-Johannesburg est prévu à 23 h 10 à Roissy. J'appelle mon agent de voyage : « Vous viendrez à l'hôtel le matin prendre ses bagages, son passeport, tout ce qui lui faut, afin qu'il puisse passer sans retard. » Je prévois un taxi-moto à la sortie des vestiaires. Je demande au chef de service de sécurité au Stade de France s'il peut nous donner une escorte de motards. Il répond : « D'accord, on vous rend ce service. »

Mais, malgré tout, ça n'allait pas, parce que la finale, au mieux, finissait à 22 h 30. Pour un vol prévu à 23 h 10...

Je me dis : « Il faut que je retarde l'avion, que j'arrive à retarder un avion d'Air France ! » J'appelle Air France à un très haut niveau, une connaissance, un cadre supérieur. Il me répond : « Monsieur Roux, on ne retarde jamais un avion d'Air France. On en a retardé un, une fois, c'était pour le président de la République qui se déplaçait à l'île Maurice, et cela nous a valu une page dans *Le Canard enchaîné.* » Dès lors, je me promets d'approcher le commandant de bord. Je ne l'ai pas en personne, mais j'ai un contact avec l'un de ses proches.

— Et alors ?

— ...

— Vous ne pouvez pas dire la suite, c'est ça ?

— Non. Je peux simplement dire : « Benjani a eu son avion. » Le match s'est terminé exactement à 22 h 37. Benjani sort comme une fusée du terrain pour filer à la douche. Les joueurs commencent la farandole. Nous participons au protocole pendant que Benjani prend sa douche. Je demande à un dirigeant : « Garde-le aux vestiaires jusqu'à ce que j'arrive. » On monte, on reçoit la coupe, on serre la main de Jean-François Lamour, de Nicolas Sarkozy. Et je redescends vite avec la médaille autour du cou. Benjani est habillé. Il me dit : « Coach, je n'ai pas la médaille de vainqueur de la Coupe. » Je prends ma médaille, je la lui donne. Et là, je pense tout d'un coup : contrôle antidopage ! Il est 22 h 45-22 h 50. Il faut procéder au tirage au sort. J'appelle mon médecin. On me répond : « Mais le docteur est en haut, il regarde le défilé. » Je hurle : « Amenez-le-moi ! » Il va ensuite chercher le médecin de la Fédération. Tirage au sort : Benjani n'est pas dans le lot. Et c'est la course... Je colle « mon » Benjani sur la moto, je lui passe un haut de survêtement pour qu'il n'ait pas froid, et il file. Il est 22 h 55.

La moto s'extrait de la foule. Mais ça roule. Ils le font passer très vite, les bagages étaient dans la soute, toutes les formalités étaient accomplies. Les gars des aérogares de Paris ont été formidables, le chef d'escale d'Air

France, enfin tout le monde... Aujourd'hui, j'ai encore l'impression que c'est un miracle. L'avion a décollé dix minutes après que Benjani se fut assis et eut passé la ceinture de sécurité... Je ne dis pas l'heure. Mais il est arrivé en temps voulu à Harare. On n'attendait que lui. Il accomplit le tour du terrain en tapant les mains des gens, mais, à l'arrivée, il n'a pas joué, souffrant d'une pointe au mollet. Il a suivi depuis le banc la victoire des siens : 2 buts à 0.

A l'occasion de cette finale de coupe de France gagnée face à Sedan, j'ai tout réussi puisque Benjani a marqué le premier but, et Kalou le second...

— Mais comment avez-vous vécu, intimement, cette préparation à la finale, votre dernier match ?

— Normalement. Mais ce n'était pas très difficile. J'avais juste un problème : Radet se plaignait d'être fatigué car il était revenu après une opération et je l'avais fait beaucoup jouer. Je l'ai remplacé par Sagna en cours de match. Nous avons mal débuté cette finale. Une rencontre sans occasion de but, les circonstances qu'adore Benjani : il prend le ballon entre deux adversaires, et il marque, bien dans sa manière. Ensuite, on encaisse un formidable tir de Noro dans la lucarne, un but d'anthologie. On n'est pas bien. Et je fais rentrer Kalou, en le boostant comme peut-être je n'ai jamais boosté un joueur ! Mais il était très concentré de son côté. Sur son premier ballon, il dribble tout le monde...

— Qu'entendez-vous par « booster » ?

— Je l'appelle, et à l'échauffement je ne cesse de lui répéter : « C'est à toi. On a fait tout ça, c'est pour gagner ! » Et donc, sur sa première action : il donne le changement de ton. Ensuite, Akalé réussit un centre merveilleux. Quand je pense aux milliers de centres que j'ai fait subir à Akalé depuis trois ans... Il réussit celui-là... et il y a Kalou, à la réception : 2 buts à 1.

— Une grande joie, au moment où Kalou... ?

— Non. Immédiatement, je pense aux trois minutes qui restent à jouer. Surtout ne pas se déconcentrer ! Je me souviens de la finale de 2003, face au PSG. Nous avions marqué, nous étions tellement contents que nous n'avions plus joué, et les Parisiens avaient eu une ultime occasion. Par conséquent, je ne pense qu'à replacer mes gars. Je suis debout au bord et je les appelle un par un : « Reviens... Reste concentré... » Je ne pense qu'à ça. Puis l'arbitre siffle. C'est la victoire.

— A cette seconde précise, prenez-vous conscience que c'est la fin pour vous ?

— Bien sûr, puisque j'ai ma lettre de démission dans la poche. Mais je n'ai rien préparé de spécial. Ensuite, je me dis que je me débrouillerai. J'ai toujours confiance dans mon aptitude à l'adaptation médiatique face à un événement. Je n'ai pensé qu'au match, et surtout à le gagner. C'est dans l'après-midi avant le match que j'écris au président, sur le papier à lettres d'un hôtel quatre étoiles. La lettre est dans la poche de mon costume, et je sais que je la lui remettrai lors de la soirée. A ce moment-là, je suis pris par l'actualité. Je pense à vérifier que les joueurs ne changent pas de maillot, parce que désormais c'est interdit, avant d'aller chercher la coupe.

— Quand avez-vous le premier mot, le premier geste qui signifie l'annonce de votre départ ?

— Sans doute lorsque je taquine le journaliste de TF1, Christian Jeanpierre. Au moment où je rentre au vestiaire pour m'occuper de Benjani. En 2003, Christian m'avait dit : « Ç'aurait été beau que tu arrêtes sur une finale de coupe gagnée. » Et là, en passant, je lui ai soufflé : « Tu te souviens de 2003 ? » Seulement ça. Et lui : « Arrête-toi ! Dis-moi ! Dis-moi ! » Il a le casque, il est en direct. Mais je sprinte. Il ne me revoit pas. Christian se dit alors : « Ou je passe pour le plus grand imbécile des médias français en annonçant une fausse nouvelle, ou c'est moi qui tiens le scoop de la soirée. » Et il prévient Thierry Roland et Jean-Michel Larqué : « Attendez, je crois que Guy Roux va s'arrêter. » C'est une traînée de poudre. Quand j'arrive en conférence de presse, tous les journalistes me tombent dessus. Je réponds : « Mais non, j'ai blagué. On blague tout le temps tous les deux. On parlait du match. » En réalité, je me devais d'annoncer la nouvelle sur TF1 pour les remercier de tout ce qu'ils avaient fait pour moi. Je voulais précisément le faire dans le cadre de *Télé-Foot*. Donc, j'ajoute : « Mais non ! Foutez-moi la paix ! On a gagné la Coupe. Ça m'en fait quatre. » Et là, pour me sortir d'affaire, je pense aux images de mes vieux *But et Club*. Et je lance à la volée : « Je viens d'égaler le Lillois André Cheuva, quatre fois vainqueur de la Coupe. » Je rappelle sa mémoire et je salue ses descendants...

— Croyez-vous qu'un seul journaliste soit dupe de votre protestation ?

— Il y a doute. Ensuite, je reviens dans les vestiaires, et il y a Radet qui me dit : « Coach, c'est vrai, vous arrêtez ? » Je lui dis : « Non, t'occupe pas de ça. C'est la fête. On a gagné. Tu sais bien qu'il y a toujours des bêtises qui circulent. » Bientôt, il n'y a plus que deux personnes dans les vestiaires, Bourgoin et moi. Je suis en survêtement – je n'allais tout de même pas finir ma carrière en costume... Je glisse à Bourgoin : « Il faut que je te dise une chose : j'arrête. Je ne veux pas que tu l'apprennes par la télé. »

— Quel est le moment le plus triste, le plus poignant, pour vous, dans ce final ?

— La veille. On est dans le bus pour se rendre à l'entraînement. Et tout d'un coup je me dis : « J'ai travaillé quarante ans à raison de trois cents séances par an. Ça doit faire douze mille séances d'entraînement. Et voici la dernière. » Et là, ça me touche, car l'entraînement, pour moi, c'est le grand moment de l'entraîneur, plus que le match. Je dis : « J'en ai fait douze mille et j'ai fini. Je vais mourir. Je meurs. Je ne suis plus le même, je ne suis plus moi-même. Je ne vais pas me reconnaître. » Je fais l'entraînement, je m'applique. Je m'applique toujours, mais plus encore lors d'une veille de finale de coupe de France. On termine par un huit contre huit... Et moi, ce petit match je le fais durer dix minutes. Comme d'habitude, j'ai peur qu'il y en ait qui se claquent... Et je siffle, et j'arrête.

Et là, je vois le ballon qui s'en va derrière... Le dernier ballon, du dernier jeu, du dernier entraînement... Je vais le chercher, je le mets dans mon sac. Il est pour moi, définitivement. C'est le seul que j'aurai volé.

3

# QUAND LES SABOTS DEVIENNENT LOURDS

Dominique GRIMAULT – Une première fois, à l'issue de la saison 2000-2001, vous aviez déjà décidé d'arrêter votre carrière d'entraîneur. Qu'est-ce qui avait provoqué ce choix ?

Guy ROUX — Au début du mois de février 1999, cela commence bien. Nous battons Lorient 5-0. Nous sommes cinquièmes. Puis nous tombons en panne... A Strasbourg, un tir sur le poteau et on perd 1-2. On se dit : « Pas de chance. Ça valait un nul. » A l'Abbé-Deschamps, on se fait prendre en contre. Défaite. Même scénario, à l'extérieur... Et l'on perd six ou sept matchs de suite. Tout le monde lâche autour de moi. Cela signifie qu'ils veulent tous changer d'entraîneur. Tous, sauf le président. J'attends qu'il m'appelle. Je sais qu'il n'a pas bougé. Je sais aussi que tous les autres ont bougé. Mais le fait est que je n'y arrive plus. Les joueurs se battent à l'entraînement. L'emprise de l'entraîneur sur le groupe est comparable au rapport du dompteur avec le fauve. Et, à ce moment-là, je décline. On sauve notre peau quand même. Le dernier jour, contre Rennes, nous gagnons 2 buts à 0. Alors je repars l'année suivante, en 1999-2000, mais je me dis que la fin est pour bientôt... Une saison encore, tout au plus...

— Comment ressent-on précisément ce « déclin » ?

— J'ai envie de ne plus être là. Je ne supporte plus la période qui précède les matchs. C'est terrible. Je décide d'aller voir un copain psychothérapeute. Il me sort de là très vite, en trois semaines, par l'autohypnose. Normalement, il fallait huit séances, mais au bout de cinq séances j'avais parfaitement maîtrisé son système. Cependant, j'ai compris que j'étais en danger. J'ai senti que la dernière heure approchait. Celle-ci sonnerait très exactement le 2 mai 2000.

Le président m'a proposé : « Restez au club comme directeur sportif. Nous allons promouvoir Daniel Rolland en tant qu'entraîneur. »

— Comment vivez-vous ce premier recul ?

— Je suis incapable d'assister aux matchs de l'AJ Auxerre à l'Abbé-Deschamps. J'ai tout de même essayé : l'AJA mène à la marque 1 à 0 et joue très bien... et pourtant, je m'enfuis à la mi-temps. Je rentre chez moi. J'allume la télé... et je m'installe sur ma terrasse pour que le poste de télévision soit hors de ma vue. Je constate qu'un entraîneur sans entraînement souffre d'une névrose... C'est la preuve de la force des liens tissés entre un entraîneur et son équipe. Didier Deschamps, ancien capitaine de l'équipe de France vainqueur de la coupe du Monde, devenu entraîneur de Monaco, m'a avoué qu'il ne pouvait pas assister à un seul match de son ex-équipe. Tous les entraîneurs connaissent ça, dans cette situation.

— Parce qu'on l'a dans la peau, son équipe ?

— Oui, c'est exactement ça. D'ailleurs, on peut faire une comparaison : un type trouve un bonhomme dans le lit de sa femme, eh bien, il n'a plus envie de revenir dans ce lit-là. Il change de lit. C'est pareil. Et donc, pendant un an, je travaille pour le club, je fais des contrats, je m'occupe des jeunes... Et, au bout de six mois, je suis complètement guéri. J'ai une envie folle de reprendre l'entraînement. J'ai une pêche terrible. Je suis en manque complet. En Yougoslavie, à Belgrade, où je me suis rendu car nous cherchions un arrière gauche, je rencontre un dirigeant de Leverkusen. Il me propose : « Venez chez nous. Bertie Vogts va être renvoyé la semaine prochaine. » L'offre s'expliquait car je parle correctement l'allemand. Mais j'ai répondu : « Non, je ne vais pas dans un club où il y a encore un entraîneur en place, même en instance de départ. Quand vous l'aurez renvoyé, vous m'appelez. » Il le renvoie, il m'appelle. Nous avions rendez-vous le lundi suivant. Entre-temps, il y avait un match à Auxerre. Daniel Rolland était fatigué. Au bout d'un an, il ne supportait plus le stress... Daniel est d'abord un éducateur. Il me met dans la confidence : « J'arrête. »

Jean-Claude Hamel me tend la perche : « Ecoutez, puisque vous voulez reprendre... » Nous sommes en mai 2001. Le samedi, donc, me revoilà à nouveau à la barre de l'AJA. Et je ne vais pas le lundi suivant au rendez-vous à Leverkusen. Je suis porté par une véritable euphorie : « Qu'est-ce que tu as de la chance ! Tu devrais être en train de t'ennuyer, de faire ton jardin, de couper du bois. Et tu entraînes de nouveau une équipe de première division, ce qui est la plus belle chose au monde. » A ce moment-là, je ne vois que le bon côté. J'ai une légère angoisse, mais aussi une allégresse qui, d'ailleurs, se transmet à l'équipe. Et, dans la foulée, nous réussissons de très belles choses, puisque nous gagnons deux coupes de France, nous participons à trois coupes d'Europe, en accédant deux fois aux huitièmes de finale et une fois au quart de finale.

— Et les peurs, alors, disparues ?

— Oubliées. Je sais qu'elles existent, mais je ne les sens pas, ou plus. Je les sens légèrement. Mais je n'en souffre pas. Le sentiment qui me domine, c'est le bonheur d'être entraîneur. Pendant trois ans et demi, je suis vraiment porté. J'ai soixante-deux ans. J'ai acquis au moins une certitude : « La retraite, ce n'est plus à soixante ans. » Parce que tout le monde m'avait bassiné avec ça... Les règles sociales. Ou bien l'argument selon lequel j'en ai assez fait, j'ai gagné assez d'argent. Je me disais simplement : « Je fais du rab, quelle chance j'ai ! Je ne devrais plus y être et j'y suis encore. » Et l'AJA gagne. Les trois dernières années, le club joue 58, 54 et 59 matchs, et je décide de me battre comme un chien dans toutes les épreuves pour essayer d'en gagner le maximum.

La dernière année, ça va bien jusqu'à Noël. Puis les sabots redeviennent lourds. Mais ce n'est pas lié aux résultats : nous étions qualifiés en coupe d'Europe, en coupe de la Ligue, en coupe de France. Avec mes joueurs, ces quatre années-là, tout est facile. Les joueurs, je les vois venir toujours à cent mètres, avec leurs gros crampons dès qu'ils veulent faire un coup. Les gars que je mets sur la touche, je les rencontre, je leur explique mes raisons. Je les « manage » en douceur. Donc, ça allait bien, objectivement, mais moi, j'avais de plus en plus de mal...

Cela se manifeste sur des détails. J'ai vu trop de chambres, toutes pareilles, en déplacement. Pour ne pas déprimer, je suis obligé d'utiliser des subterfuges, des journaux à lire, un match à la télé... Je résiste comme je peux, mais, au plus profond de moi-même, je sais que j'en ai assez. L'année d'avant, je m'étais dit : « Il faut que j'arrête un peu » mais je savais que Boumsong, Mexes, Kapo et Cissé allaient manquer à l'équipe et que je ne pouvais pas partir en même temps qu'eux. La décision de mon départ définitif a donc été réellement prise un an avant. Mais, après, il a fallu que je l'assume. Dans la première partie de la saison, je n'y pense pas du tout. A la reprise, en début d'année, je n'y pense toujours pas. On joue beaucoup en janvier/février, avec les nouveaux calendriers. Nous sommes confrontés aux caprices de la météo lorsqu'on prend l'avion. C'est un problème constant, durant tout l'hiver, dans le championnat de France. Il me faut être copain avec les agents de la météo d'Auxerre pour qu'ils me préviennent des intempéries.

Lorsque nous arrivons en mars-avril, je commence de nouveau à souffrir. Je retourne voir mon copain psy. A ce sujet, je n'ai mis personne dans la confidence. C'est entre lui et moi. Je lui demande : « Qu'est-ce que vous en pensez ? Est-ce que je vais rechuter ? Je me sens très mal à nouveau. Vous pensez qu'il vaut mieux que j'arrête, comme j'ai décidé, ou que... »

C'est un excellent psychologue. Il ne me répond pas : « Oui, vous avez raison. » Il m'apporte des éléments de mesure pour que je jauge mon état moi-même. Dès le lendemain, je prends ma décision. J'arrête. Et je ne dis rien à personne. Je suis ce qu'on appelle un secondaire, c'est-à-dire que ma première impression doit toujours être confirmée pour devenir une certitude. Et j'établis mon plan : j'abandonne un peu le championnat pour porter l'effort sur les coupes, et précisément la coupe de France.

— Comment cacher votre décision secrète à vos joueurs ?

— Je l'efface de mon comportement. Mais, à l'intérieur de moi-même, je mets en place le scénario de ma deuxième sortie. La première fois, j'avais veillé à la mise en scène de mon départ, puisque je m'étais même payé un bouquet de fleurs – que le président avait oublié de m'acheter – pour faire mon tour d'honneur au stade. Le final du championnat, c'est la réception de Lille à l'Abbé-Deschamps. Mais il y a la coupe de France. Et pourquoi n'irait-on pas en finale ? J'aime bien prévoir.

J'élabore deux scénarios. Ou bien tout se termine à Auxerre et je décide de ne rien faire du tout. Mais je m'interroge encore : est-ce que je lâche la nouvelle à la fin de l'interview d'après-match ou est-ce je convoque tout le monde à 11 heures, le lendemain matin, pour faire un bilan de la saison et annoncer, à la fin : « J'arrête » ?

Ou bien nous allons jusqu'au bout en coupe de France, et là c'est une donne complètement différente. Je me dis : « J'aviserai... au coup par coup. »

— Que reste-t-il à jouer, en coupe de France ?

— La demi-finale et, éventuellement, la finale. En plus, il y a trois matchs de championnat à disputer. Comme d'habitude, stage à Font-Romeu, en haute altitude, deux semaines exactement avant l'échéance. Il ne faut jamais oublier que les joueurs connaissent un creux sur le plan physique vers le huitième ou neuvième jour. Mais l'effet de l'altitude paye plus tard, et c'est grâce à lui que nous gagnons, je pense, la finale de la Coupe en fin de rencontre, car nous sommes plus frais physiquement.

— Personne n'a de doute, au sujet de votre départ, autour de vous ?

— Celui qui l'a le mieux perçu, à mon avis, c'est mon fils François. Dans le club, personne. Car la finale, à elle seule, occupe tous les esprits, y compris le mien. C'est une grande aventure : tellement d'événements à vivre ! Je n'ai aucun stress.

— Extraordinaire situation, non ?

— Disons que je suis libéré. A l'hôtel, à Chantilly, lors de la préparation d'avant-match, on est bien. J'ai de grands problèmes à résoudre. Mais je sais exactement ce que je vais faire. Je suis extralucide. Tout me paraît facile. Je maîtrise.

— Et pourtant, quitter son poste, n'est-ce pas une forme de mort ?
— Mais c'est complètement une mort.

4

# ET SANTINI EST ARRIVÉ

Dominique Grimault — On sait que c'est Jacques Santini, ancien entraîneur de l'Olympique lyonnais et champion de France avec ce club, en 2002, ex-patron de l'équipe de France, qui a pris votre succession à la tête de l'AJA. Avez-vous... oui ou non, participé à son intronisation ?

Guy Roux — Le processus a commencé vraiment dans un restaurant parisien, le soir de la finale de la coupe de France, le 4 juin 2005. Nous venions de vaincre Sedan, 2 buts à 1. Dans l'euphorie générale, j'ai d'abord cherché Jean-Claude Hamel. Enfin, face à lui, je lui ai confié : « Président, cela vous est peut-être remonté aux oreilles, mais sachez que j'arrête. » Et c'est à ce moment précis que je lui ai donné ma lettre de démission... Ou plutôt ma lettre de remerciements... Je dis bien de remerciements, puisqu'il m'a fait confiance pendant quarante-cinq ans. C'est une courte lettre de deux pages, adressée à « Monsieur le Président ».

— Ce n'est pas « Cher Jean-Claude » ?

— Je ne l'ai jamais appelé Jean-Claude. Le monde entier l'appelle Jean-Claude. Et quand on l'a appelé Jean-Claude trois fois, il n'y a plus de défense. Moi, je l'ai toujours appelé monsieur Hamel, ou président. La lettre à la main, il me dit : « Guy, vous n'allez pas faire ça. » J'ai dit : « Ecoutez, premièrement c'est décidé et je ne reviendrai pas dessus ; deuxièmement, la nouvelle a filtré. Je ne pouvais pas vous le dire auparavant, pardonnez-moi, sinon je n'aurais plus eu la moindre autorité sur l'équipe, et nous aurions peut-être perdu la finale. Donc ne m'en veuillez pas de vous annoncer cette nouvelle si tardivement. Je tenais à vous prévenir en premier. Je vous ai cherché partout, mais je ne vous ai pas trouvé. » Il a eu l'air navré : « Vous auriez pu faire votre dernière année, Guy. Vous êtes en forme. Et le club aussi... » Je le regarde dans les yeux : « Vous avez raison, mais je ne ferai jamais mieux. Il faut que je m'arrête avant de décliner. »

Les dirigeants et les joueurs sont rentrés dans la nuit à Auxerre. La saison était finie. Il y avait rendez-vous, le dimanche après-midi, au stade de l'Abbé-Deschamps. On a célébré en même temps la victoire en coupe, la quatrième de notre histoire, et mes adieux. Les six à sept mille personnes présentes ont été très chaleureuses à mon égard.

J'ai rencontré mon copain Claude Laguillaumie. Pas un nuage entre nous depuis soixante-deux ans. Je suis conseiller municipal, avec lui, à Appoigny notre village. Il est président de l'association à l'AJA, c'est-à-dire l'association majoritaire dans la SAOS (Société anonyme à objet sportif). Il me prévient que, le soir même, il y aura une réunion, provoquée par Gérard Bourgoin, pour désigner mon successeur. Sans moi. A la limite, je comprenais qu'ils veuillent se rencontrer en petit comité, histoire de tirer un trait. Néanmoins, j'ai averti Claude : « Surtout, dis-leur de faire attention. Certains choix pourraient être catastrophiques. Pesez et repesez vos décisions. Moi-même, si vous me le demandez, je vous proposerai des solutions possibles... »

— Donc, vous donnez quand même une liste d'entraîneurs propres à vous succéder ?

— Oui, mais je la donne en secret à l'un des membres du groupe, le plus discret de tous. Ils se sont rencontrés une première fois, le dimanche soir, comme prévu, avant de décider de tenir une autre réunion le lundi matin, à 10 heures, à laquelle, cette fois, j'ai été convié, pour étudier avec eux le problème de ma succession. Etaient présents Gérard Bourgouin, Jean-Claude Hamel, Claude Laguillaumie, M. Rollet, cadre juridique et financier du club, et Jean Edy, cadre administratif et comptable.

— Et la liste de successeurs possibles, quelle est-elle ?

— Il y a cinq ou six noms. Une belle liste de gens disponibles. Nous n'étions pas en peine pour trouver un entraîneur. Cinq ou six techniciens qui étaient sans emploi en ce printemps 2005 !... En fin de compte, reste en finale le duo Guy Lacombe-Jacques Santini. Gérard Bourgoin décida très vite, comme d'habitude : « Je prends mon avion et je file voir Santini à Saint-Etienne et Guy Lacombe à Saint-Malo. » Sitôt dit, sitôt fait. Le président a demandé : « Gérard, fais-les venir tous les deux. Pas ensemble. Il faut que je les voie tous les deux, mais à part. » A l'arrivée, Bourgoin n'en a fait venir qu'un : Jacques Santini. L'explication tenait au fait que Guy Lacombe souhaitait deux adjoints à lui. Or, dans notre staff technique, nous avions tout ce qu'il fallait. D'abord, Xavier Poitrinal en qualité d'entraîneur des gardiens de but, excellente mentalité, gros travailleur, technicien remarquable, et, en plus, la discrétion faite homme. Comme préparateur physique, nous pouvions compter sur Guillaume Colin, un entraîneur d'athlétisme formé au Centre, puis inclus à la section professionnelle, remarquable dans son travail. Guillaume est jeune, trente-trois ans, a du caractère, et il est respecté des joueurs. L'âge compte aussi, on ne peut pas ne présenter qu'un encadrement de quinquagénaires. Donc, pas question d'y toucher. En outre, Guillaume est chargé de la rééducation des blessés. Il y avait le cas Claude Barret, en fin de contrat. Il a laissé un genou au service du club : hors de question de ne pas prolonger son contrat. J'ai tranché : « J'en fais mon affaire. Je l'emmènerai avec moi au Centre de formation. » Ainsi, on libérait la place de numéro deux. Donc, mon successeur pouvait venir avec son adjoint. Je dis et je répète que Guy Lacombe tenait à ses deux adjoints. Or, celui – et le seul – présenté par Jacques Santini n'était autre que Dominique Cuperly qui nous avait quittés après vingt-cinq ans de bons et loyaux services pour travailler à Lyon avec Jacques. Il revenait donc dans ses bagages. Gérard Bourgoin, avec la vitesse de réflexion qu'on lui connaît, avait très rapidement estimé la situation : « D'un côté, il y en a trois, donc on ne peut pas les engager. De l'autre côté, il y a Cuperly : nous sommes extrêmement contents de le reprendre parce qu'il le mérite. Et comme Santini et Lacombe ont un mérite égal, on prend Santini et Cuperly. » Par la suite, Guy Lacombe analyserait très bien la situation : « J'étais dans la finale à Auxerre, mais c'est Cuperly qui a fait pencher la balance. »

— Quelle est votre opinion sur Santini alors ?

— Je le découvre. Je n'ai jamais travaillé avec lui. Je l'ai vu œuvrer contre moi en championnat. Je l'ai apprécié à la tête de l'équipe de France. Je rappelle qu'il n'a perdu que deux matchs en deux ans. J'en connais beaucoup qui voudraient présenter le même bilan. Je reconnais toutefois que ce qui me plaisait bien chez Guy Lacombe, c'était sa jeunesse, son caractère, et le fait qu'il ait travaillé beaucoup avec de jeunes joueurs à l'AS Cannes. Nous avons eu à choisir entre deux excellents profils.

J'en reviens à Santini. Lorsque celui-ci arrive à Auxerre, je suis à Paris. Je crois bien que c'est le jour où je me suis fait embaucher par Canal. C'est sur la route du retour que j'apprends, dans la voiture, que la négociation a abouti et que tous sont réunis dans un restaurant de poissons d'Auxerre, la Salamandre. On m'y convoque. Et j'arrive avec un poisson de retard !

— Comment réglez-vous votre comportement vis-à-vis de Santini ?

— J'ai une peur énorme de le gêner. Tout le monde pressent que « Guy Roux va le bouffer », qu'« ils vont se tirer dans les pattes ». Mais Jacques est intelligent, il comprend bien les choses et il n'a pas peur. Il me fait presque tout de suite cette remarque : « On sait tous les deux qu'il y a une ligne jaune. Et je suis persuadé que ni l'un ni l'autre ne marchera dessus. » Je trouve cette formule excellente. Mais la ligne jaune, pour ce qui me concerne, je vais la tracer dans le stade même. Cette ligne-là, ce sont les professionnels, et plus question pour moi de les fréquenter.

Mais la question se pose : qu'est-ce que je deviens ?

Tous disent : « Il faut que tu restes au club. »

Ma réponse claque : « Si vous voulez. »

Pour commencer, j'accepte de diminuer de manière très sensible mon salaire. Et je propose : « Si vous me laissez le choix, je souhaite relancer le Centre de formation qui ne gagne plus de titres et qui produit moins de professionnels. Je veux appliquer mes idées en éduquant à nouveau des adolescents. » Et ils sont tous plutôt satisfaits que je me trouve un poste, sachant que je suis capable de remplir cette mission.

— Avez-vous un entretien particulier avec Jacques Santini ?

— Oui, très vite. Voici ce que lui dis : « Je vais prendre deux dispositions pour ne pas vous gêner. Premièrement : je n'aurai aucune promiscuité avec l'équipe professionnelle, c'est-à-dire que je n'irai ni dans les vestiaires ni à l'entraînement. Deuxièmement : je ne ferai aucune déclaration et ne porterai aucun jugement sur l'équipe d'Auxerre pendant au moins deux ans. »

Et j'ajoute : « Cuperly me connaît bien ; il saura vous dire que je tiendrai mes engagements. »

— Parce que vous vouvoyez Santini ?

— Parfois, c'est vous, parfois, c'est tu... Je le tutoie plutôt, parce que j'ai toujours tutoyé les entraîneurs plus jeunes que moi. Mais lui me vouvoie. Il ne peut pas me tutoyer. J'ai quinze ans de plus que lui. Il était encore joueur quand j'étais déjà entraîneur. Cela me gêne un peu. Je souhaiterais qu'il me tutoie. Mais ce n'est pas un problème. Ainsi, le président m'a toujours vouvoyé et je l'ai toujours vouvoyé. Avec Gérard Bourgoin, on s'est toujours tutoyés. De même avec Emile Martin, le président de l'AJA Omnisport, on s'est toujours tutoyés parce qu'on a joué ensemble.

— Que vous a répondu Jacques Santini ?

— Pas grand-chose, comme d'habitude. C'est un taciturne. Il m'a simplement dit : « Guy, vous êtes plus diplomate que moi. Mais on se connaît bien. » Je sens qu'il est plutôt content. Ensuite, je lui parle des joueurs. Et je lui donne des clefs, et notamment celle du vestiaire des pros : « Sois tranquille, je n'y entrerai plus jamais... »

Sur ce, je pars en vacances, six jours, en Corse. Après je reviens travailler avec le président sur l'effectif, et tout le reste.

Au moment du début de l'entraînement, le 27 juin, je vais dans mon appartement aux Arcs, trois jours. A part un ouvrier qui refait le toit, je suis alors le seul habitant d'un lieu qui a une capacité d'accueil de trente mille lits. Pour manger, je suis obligé de descendre à Bourg-Saint-Maurice.

Au retour, rendez-vous avec Santini, et c'est là que je lui détaille un peu le club. Par ailleurs, il a présenté son programme au président et à Gérard Bourgoin. Moi, de mon côté, je travaille, je signe des contrats de jeunes, je m'occupe du terrain. Et je laisse pour la première fois l'équipe professionnelle partir sans moi en stage.

Vient le match du Centenaire, contre Donietz, un simple match amical, avec deux équipes auxerroises différentes par mi-temps, parce que les joueurs n'ont que dix jours d'entraînement. Puis c'est le match des Champions, contre Lyon. J'assiste à ce match, considérant que j'y ai droit compte tenu que c'est moi, en tant qu'entraîneur, qui ai gagné la Coupe. Pour ce match, je m'assois en tribune officielle, à côté de Sylvain Wiltord, pour qui j'ai beaucoup d'affection.

Quelques jours plus tard, lors du match de coupe d'Europe contre Levski Sofia, j'irai m'asseoir dans la tribune d'en face avec les copains de mon village, et je verrai le match à l'envers. Expérience difficile. Une première mi-temps lamentable : L'AJA est menée 0-1, mais finit par s'imposer 2 buts à 1. Sur le vu de ce match, je sentais que mes anciens joueurs allaient connaître l'élimination en Bulgarie, au retour. Je ne me trompais pas.

— Que voulez-vous dire par « le match à l'envers » ?

— Eh bien, à l'envers, par rapport à toute ma vie. Dans la tribune opposée... En quelque sorte, à l'envers du décor. Je ne vois plus le même stade. Je ne suis plus chez moi. Bien sûr, je suis avec l'équipe, mais... Enfin voilà. En tout cas, ce jour-là, j'ai heureusement mes copains du village avec moi. Après, on va boire un coup dans notre bistrot. Tout à fait un nouveau mode de vie... Et je rentre chez moi.

— Et ça va ?

— Ça va. Je ne souffre pas, du moins pas trop. Arrive le troisième épisode. L'AJA sort un DVD pour son Centenaire. Il est présenté à la presse le jour du match contre Paris Saint-Germain, un dimanche. Pour Canal, j'ai commenté la veille. J'arrive à l'Abbé-Deschamps, à 16 heures, pour voir un match de jeunes. A 18 heures, je fais la présentation du DVD. Et je me pose jusqu'au bout la question de savoir si je reste ou non pour le match. J'avais dans l'idée d'aller dîner chez Bernard... pardon, chez Dominique Loiseau. Finalement, je décide de rester. Je m'occupe de toute l'équipe de Canal, une soixantaine de personnes environ, et à chacune d'entre elles j'offre une bouteille de chablis. Et, encore une fois, je m'installe de l'autre côté...

— Donc, encore à l'envers ?
— Comme je serai toujours dorénavant : à l'envers.

— A cette occasion, la télévision multiplie les plans sur vous : on ne voit que vous !
— Je m'étais dit : « Je vais être tranquille, puisque je suis du côté des caméras. On va me laisser en paix. » Mais le réalisateur du match a trouvé le moyen de me débusquer avec une caméra depuis l'autre tribune. Enfin, je sens que ça va mieux, que je suis entré dans ma nouvelle vie. En plus, nous gagnons, 2 buts à 0... Je suis content.

— Appréciez-vous aussi bien le football de votre nouveau poste d'observation ?
— Je possède l'énorme expérience de mes deux mille matchs. Dorénavant, j'ai deux équipes à regarder, et j'ai le sentiment d'être en avance sur les coups que je vois très clairement.

Je sens les forces en présence, si vous voulez. Je me souviens que, à l'occasion d'un commentaire sur Canal, mon partenaire journaliste était sur une anecdote parce que le ballon était très loin des buts. Je lui ai donné un coup de coude, car j'avais vu très vite qu'il allait y avoir une action décisive... C'est comme aux dames ou aux échecs. Un grand joueur voit le mat six coups avant les autres, voire dix coups... Et pourtant, le football est plus aléatoire que les échecs.

# 5

## LA DOULEUR DU SAMEDI SOIR

Dominique GRIMAULT — Une fois que votre décision de stopper définitivement votre carrière d'entraîneur a été prise, comment avez-vous organisé votre devenir et, en quelque sorte, votre renaissance ?

Guy ROUX — En réalité, je pensais, comme je l'ai déjà dit, à arrêter depuis deux ans. J'avais mis au point une stratégie. Je ne m'étais jamais rendu aux « oscars » de Canal, parce que j'étais salarié de TF1, et TF1 n'aimait pas me voir sur une autre chaîne. Et puis, je n'étais pas en très bons termes avec le syndicat des joueurs. De plus, lorsque j'étais président de l'Unecatef, le syndicat des entraîneurs, j'organisais des oscars autonomes pour les entraîneurs. Quand je n'ai plus été président, les dirigeants de Canal m'ont invité, mais je n'y allais pas. Or, en 2004, j'ai décidé de m'y rendre. Ça qui a surpris tout le monde. Et j'arrive un peu en retard, je réussis mon entrée : on m'assoit devant. Ça ne plaît pas à tout le monde. J'y retourne l'année suivante. Même méthode : un peu en retard... Et là, j'étais carrément devant, sous les caméras...

— On vous a reproché d'avoir annoncé votre retraite dans les minutes qui ont suivi la victoire de l'AJA en coupe de France, au soir du 4 juin 2005 ? Et en quelque sorte d'avoir volé le spectacle ?...

— On m'en accuse, à juste titre. Mais je ne pouvais pas faire autrement. Dès que ma décision a été rendue publique et officialisée, je suis invité par Ardisson, Fogiel, enfin par le Tout-Télé... Je choisis d'aller chez Michel Denisot sur Canal, participer à son émission du soir : *Le Grand Journal*. Je n'y révèle rien de particulier... Je quitte le plateau, et Denisot me retrouve dans ma loge : « Ça vous dirait d'être consultant vedette ? me demande-t-il. L'un de nos trois consultants vedettes à la rentrée sur Canal ?

— Oui, pourquoi pas ? Je sais le faire... C'est un métier que j'aime. Bien sûr.

— Il n'y a qu'un problème, me dit Denisot, c'est que je ne serai plus directeur des Sports à la fin de la semaine...

— Alors ? Pourquoi me dites-vous cela ?

— Parce que je vais en parler à mon successeur. »

C'est ainsi que j'ai tout de suite demandé rendez-vous à son successeur, Alexandre Bompart. J'ai fait un entretien d'embauche très particulier. Le patron avait exactement la moitié de l'âge du postulant. J'ai été engagé au terme d'un entretien courtois d'une heure et demie. Mon argument pour la direction de Canal a été le suivant : « Je suis resté vingt et un ans à TF1. Cette chaîne n'est pas à proprement parler une boutique de pépères tranquilles. C'est une société de grande valeur, mais exigeante envers ses collaborateurs. Et j'ai collaboré tout ce temps avec TF1, sans avoir la moindre remontrance. Pourquoi ne serais-je pas capable de rester trois ans chez vous pour couvrir un championnat que je connais par cœur ? »

— Parce qu'il vous fallait à toute force rester dans le coup ?

— Et, surtout, ne pas être à Auxerre le samedi ! J'ai donc proposé aux gens de Canal : « Placez-moi derrière le micro le samedi, où vous voulez, mais ailleurs qu'à Auxerre, loin de l'Abbé-Deschamps... »

— Une manière de vous détacher ?

— Il m'était impossible d'être à Auxerre. Pour moi, d'abord. Mais aussi parce que tout le monde aurait dit aussitôt : « Il va revenir. Si Santini perd trois matchs, il est mort. » Ainsi, en ayant un contrat ficelé pour trois ans avec Canal, en n'étant pas là le samedi et en me fixant en plus des règles comme celles de changer de bureau, au sein du club, tout est net. Je me suis construit littéralement un bureau indépendant de tout le monde, sauf des gamins que je vois passer devant moi. La règle : ne pas aller une minute à l'entraînement, ne pas mettre les pieds au vestiaire, ne pas être là le samedi... Et impossible de me libérer pendant trois ans. Santini peut travailler tranquille, au moins par rapport à moi. Je ne l'évite pas nécessairement. Quand il a pris 7 buts à 0 à Lens, je suis allé le voir le lendemain. Je lui ai dit : « Jacques, je viens te voir. Si je ne te rends visite qu'en cas de victoire, et pas lorsque le club est dans la difficulté, tu trouverais cela bizarre. Je viens te dire que je n'en ai pas pris 7, mais 5, plusieurs fois. Je connais le foot, alors il n'y a aucun problème avec moi de ce côté-là. Ni le président, tu vas voir. C'est un mal pour un bien. Tu vas vérifier que le club est bien calé, que personne ne va bouger. »

— Avec Canal, quelles autres activités médiatiques vous occupent ?

— J'ai décidé de développer mes autres métiers. J'accélère la publicité. Je continue Europe 1, avec qui je fais deux émissions, plus tous les matchs internationaux. Et puis, je souhaite aller sur le Tour de France. Je veux montrer que je peux être un commentateur de vélo. L'an passé, Europe 1 m'a déjà testé sur deux étapes... J'ai envie de plus... C'est ainsi que je suis reparti dans une nouvelle vie. D'une durée minimum de trois ans. Mais trois ans, ça paraît très long à mon âge. Peut-être qu'après je serai diminué. Je prendrai avec philosophie ce qui va m'arriver.

— En quelque sorte, vous assurez le maintien...
— Oui, et continuons de bosser. Mais j'en fais tellement que je bosse plus qu'avant !

— Et lorsque vous repassez devant votre ancien bureau...
— Il y a des petits côtés amusants. Le linoléum avait pris l'eau car il y avait eu des inondations. Ça faisait quatre ans que je demandais qu'on me le change. Et le dirigeant bénévole qui s'occupe des travaux, un métreur, avait toujours oublié... Eh bien, depuis mon départ, le club a dépensé pour deux cent mille euros de travaux. Tous les vestiaires ont été remis à neuf. Vous verriez le bureau de Santini ! « Et pourtant, je n'ai rien demandé, ni bois ni acajou... » m'a-t-il expliqué.

— Lorsque vous êtes retourné aux vestiaires des professionnels, comment cela s'est-il passé ?
— Je n'y suis jamais retourné ! J'y suis allé pour surveiller les travaux, afin qu'ils finissent à temps, avant la reprise. Mais sans personne dedans. Je n'y ai jamais mis les pieds après, avec ou sans les joueurs... Ah ! si, j'ai traversé un jour parce que j'ai demandé de l'aspirine au kiné qui est derrière. Mais à 8 heures du soir, en l'absence des joueurs. Et je n'ai pas regardé l'entraînement une minute. Je passe, je regarde s'ils sont là, dix secondes, pas plus. C'est une règle impérative : ne pas gêner l'entraîneur, ne pas avoir l'air de surveiller ce qu'il

fait. Il faut que je montre à Santini et aux joueurs qu'ils vivent dans un nouveau monde, sans moi. C'est délicat, parce que je suis quand même là : j'aide le président Jean-Claude Hamel. Mais je m'en vais le samedi matin, je vais prendre un avion à Orly. Ou bien je me déplace directement en voiture si le match est proche. Je reviens dans la nuit ou bien le lendemain. Je vis ma vie avec les équipes de Canal dans les villes où nous sommes. Je suis très sociable, contrairement à ce que certains pensent.

— Précisément, comment vivez-vous le samedi soir ?

— Ah, là, c'est quand même un moment de douleur. Je cherche des échappatoires. Un jour, par exemple, un assistant-metteur en scène m'a gentiment proposé : « Je vous ai préparé une salle pour regarder Real Madrid-Barcelone. Et j'ai commandé un repas japonais au restaurant d'à côté. » Je l'ai remercié, en me disant : « Me voilà calé, pour cette fois. » Cela avait plutôt mal commencé. Nous étions à Bordeaux, un de mes premiers déplacements. Je savais qu'Auxerre jouait. Mais je me taisais. Lors du dîner, le journaliste David Berger portait une oreillette pour être tenu au courant de l'évolution des scores des matchs de la soirée. Je le vois blanchir. Je demande : « Où en est-on ? » Il me dit : « 2 à 0. » Puis 3 à 0, à la mi-temps. Et là, je n'ose plus le regarder en deuxième mi-temps... A la fin, je hasarde : « 4, 5, 6 buts ? » On en avait pris 7. C'était le fameux match à Lens... Je reste donc un supporter privilégié. Et même un solide supporter de l'AJA. Et quand nos joueurs réalisent un exploit, eh bien, je suis très heureux, et je m'endors sereinement.

— Mais le sentiment est fatalement moins fort qu'auparavant, non ?

— Je n'ai pas la félicité, l'extase, mais je suis très heureux. Et quand on perd, je suis contrarié, ou très contrarié. Mais je ne suis plus jamais détruit.

— Le commentateur est-il plus heureux que l'entraîneur ?

— Si on fait une échelle entre la douleur et le bonheur, en attribuant le plus petit nombre à la douleur et le plus grand au bonheur, je voguais, en qualité d'entraîneur entre 2 et 18. Et, cette année, en tant que commentateur, je navigue entre 8 et 14. Bon, je me raisonne : j'ai eu tellement d'années où j'ai reçu plus que les autres. Il n'y a aucun entraîneur sur Terre qui en a fait autant. Donc, ça va, je me contente d'une nouvelle vie entre 8 et 14 et je me débrouille pour avoir plus souvent 14 que 8.

## 6

# ENTRAÎNEUR-JOUEUR À VINGT-DEUX ANS

Dominique Grimault — Expliquez-nous par le détail comment l'aventure a commencé pour vous avec le club de votre vie, l'AJ Auxerre ?

Guy Roux — A Auxerre, le Stade auxerrois était le club laïc, et l'Association de la Jeunesse d'Auxerre, le club catholique. A ce moment-là, l'entraîneur du Stade auxerrois était un ancien avant-centre parisien, nommé Roger Defossé. Il avait le langage d'un titi, assez vert, et il criait très fort. Je suis allé voir l'entraînement, et je me suis dit : « Si je quitte le lycée déjà bourré de pions pour aller au Stade auxerrois et me faire engueuler, ce n'est pas la peine. Donc je vais aller voir à l'AJA, deux cents mètres plus loin. » Et là, je trouve un éducateur très humain, Pierre Grosjean, un papa gâteau qui jouait encore au milieu de ses joueurs, avec un adjoint, Georges Poligot, qui a été longtemps comptable bénévole du club après sa retraite. Et tous les deux sont plutôt gentils. Comme j'étais assez bon parmi les gamins de quatorze ans, ils me font signer une licence. Et Grosjean me reconduit au lycée avec sa 4 CV, ce qui me paraît extraordinaire à l'époque. Et c'est ainsi que je joue, à la fois à l'AJA et à Appoigny, en minimes.

Je commence d'abord à 13 heures en lever de rideau à l'AJA. Puis un dirigeant d'Appoigny m'emmène en traction, dans laquelle je change et de chaussettes et de maillot. Et avec un short encore plein de boue, je joue le deuxième match. J'étais très mordu ! Parfois, doubler était compliqué. Un 3 janvier, il y a six à dix centimètres de neige. Je pars quand même à 10 heures à vélo. Et j'arrive au stade après une dizaine de chutes, avec la neige qui se mettait sous mon garde-boue et bloquait la roue. Un vrai Paris-Dakar, mais à bicyclette et dans le froid. J'avais des gants de laine que ma grand-mère m'avait tricotés et un bonnet. Déjà le bonnet ! Je suis arrivé à l'Abbé-Deschamps pour apprendre que le match n'avait pas lieu ! Un dirigeant a pourtant organisé un match en travers du terrain d'honneur enneigé avec tous les gamins présents. On a joué jusqu'à la nuit, fous de bonheur. Quand on jouait à l'extérieur, je mettais mon vélo dans la cour de mon copain qui jouait dans l'équipe, Alain Soisson, le petit frère de Jean-Pierre. Celui-ci était déjà un élève exceptionnel. Ce qui fait que, lorsque nous passions dans les classes derrière lui, on se faisait traiter de nuls...

— Vraiment un élève exceptionnel, Jean-Pierre Soisson ?

— Exceptionnel. Bac mention très bien, et sorti major de Sciences-Po. Gérard Bourgoin dirait « un très grand cerveau », en vérité, un intellectuel hors du commun. Il a écrit des livres d'histoire estimés par le monde universitaire et littéraire sur Charles le Téméraire, Marguerite de Bourgogne, Charles Quint. Il a parcouru le chemin de celui-ci jusqu'en Espagne pour réaliser ses enquêtes. Il a été onze fois ministre. Mes relations avec lui sont très anciennes. C'est chez Mme Soisson – grande bourgeoise, propriétaire de magasins et d'une manufacture de textile – que j'ai mangé, je crois me souvenir, mon premier croissant. Mme Soisson me donnait un chocolat car je venais d'Appoigny à vélo. J'avais une vraie affection pour cette famille-là, que j'ai toujours gardée d'ailleurs, malgré nos petits différends au fil de l'histoire.

L'AJA n'avait pas d'argent. Pas de subventions municipales. Il vivait de sa recette-guichet avec une moyenne de trois cents spectateurs. Les familles les plus fortunées – comme les Guillet – prêtait une voiture pour les déplacements en Saône-et-Loire, ou en Côte-d'Or, avec le plein d'essence. Des dirigeants ou des notables accueillaient gratuitement l'équipe dans leurs voitures, dont la famille Hamel, garagistes.

— Jean-Claude Hamel, le futur président, est donc déjà à l'AJA ?

— Non, il est absent d'Auxerre, car il poursuit ses études à Paris. Le président, à cette époque, est Jean Garnault, qui a eu ensuite une très belle carrière : président de la ligue de Bourgogne et trésorier de la Fédération puis maire d'Auxerre. De son temps, il n'y a jamais eu un exercice déficitaire à la FFF, ce qui dans les années 2000 peut paraître exceptionnel.

— Quelle est la vie d'un joueur débutant, dans ce contexte ?

— A seize ans, je suis appelé à jouer en équipe première. Je suis très ému. Mais je continue de venir d'Appoigny à vélo pour me rendre au rendez-vous fixé dans un bistrot du centre d'Auxerre, le Bar du Marché. Les voitures se retrouvent ensuite dans un restaurant de la ville où le prix du menu a été, comme toujours, négocié. Comme je suis tout ému à l'idée de jouer dans l'équipe première, je n'avale presque rien, alors que les autres joueurs mangent copieusement. Je reste donc sur le petit déjeuner que ma grand-mère m'a préparé le matin, vers 7 h 30. Et je fais le match à 15 heures. Ensuite, arrêt au restaurant où on a mangé le midi. Les joueurs s'achètent des casse-croûte. Et le club paie des casse-croûte avec du jambon. Problème : on ne paie pas de casse-croûte au lycéen que je suis. J'ai demandé une fois : on m'a dit non. Donc je regarde les autres manger ! Je bois un verre de limonade, parce que, ça, c'est offert. C'est sucré, ça me ragaillardit un peu. Retour à Auxerre le soir, à la grande nuit, à plus de 21 heures, car les voitures faisaient cinquante de moyenne, à cette époque-là, sur les petites routes en Saône-et-Loire. Dire que j'ai faim, c'est peu dire... Heureusement, le lycée préparait, le dimanche soir, le petit déjeuner du lundi. Et en rentrant j'allai discrètement chaparder cinq ou six morceaux de pain – un à chaque table afin que cela ne se voie pas – pour ne pas avoir faim toute la nuit.

J'ai joué ainsi pendant deux ans et demi, entre 1954 et 1957. Nous n'étions pas très bien classés car nous ne possédions pas une très bonne équipe. Il y avait des absents à l'entraînement. Aucun éclairage sur le stade, simplement une lampe sous laquelle on faisait des matchs à quatre contre quatre. Pour le reste, on courait dans le noir.

En 1957, j'ai mon bac. J'ai redoublé ma terminale. Je ne peux pas être étudiant à Dijon, comme tous les lycéens d'Auxerre, parce que je n'ai pas d'argent. Alors, je réponds à une annonce de *France Football* au sujet d'un emploi à Poitiers. Pierre Flamion, que j'avais déjà rencontré car il venait souvent à la pêche à Appoigny, m'avait dit : « Nous sommes au complet à Limoges. Tu viendras l'année prochaine. Va à Poitiers un an : c'est bien. » Poitiers joue en division d'honneur, et des dirigeants très gentils me soutiennent pour me faire nommer « maître d'internat » à Montmorillon, dans un centre d'apprentissage, et me paient un scooter – sept cents francs – pour parcourir les cinquante kilomètres entre Montmorillon et Poitiers. Je rencontre là un excellent entraîneur, M. Morin, qui m'a beaucoup appris parce que c'était un analyste du geste. Peu de joueurs ont eu la chance d'avoir dans leur formation ce type de personnage. C'est un enseignant très précieux, surtout quand on veut être entraîneur ensuite : il faut bien connaître le geste pour pouvoir le corriger. Il y avait également un gardien de but qui s'appelait Deniort, un ancien professionnel qui m'a enseigné beaucoup de trucs au sujet du placement.

L'hiver 1957-1958 est marqué par la « grippe asiatique » qui envahit la France, la plus grande épidémie survenue en France depuis la mortelle grippe espagnole de 1919-1920. Des millions de Français sont touchés. Dans mon centre d'apprentissage, il y a trois cents élèves alités, ainsi que l'infirmière, le proviseur et les cuisiniers ! Sur pied, il ne reste que le prof de gym et moi. L'armée nous approvisionne avec des roulantes et des bassines de soupe. Je confectionne des bassines de tisane de tilleul. Comme le médecin de Montmorillon est grippé, c'est un médecin de Chauvigny qui officie. Le prof de gym et moi ne prenons qu'un Vitascorbol et une aspirine, le matin, et nous allons faire un footing dans la lande.

Le jour de l'un des derniers matchs de la saison, je suis le seul maître d'internat disponible pour conduire les élèves en promenade. J'ai caché mon scooter et je leur ai dit : « Je vous reprendrai à 7 heures. » Et je file à Poitiers, je joue, je marque un penalty, et nous gagnons 1 but à 0. Le lendemain, la photo du penalty est dans le journal alors que j'étais censé surveiller la promenade à Montmorillon. J'ai guetté le facteur et j'ai pris les journaux pour les jeter dans le caniveau. Mais le directeur a appris l'histoire, bien sûr, et il m'a convoqué. Sans problème : nous étions en fin d'année scolaire et je lui avais souvent rendu service...

Ensuite, j'ai été muté comme prévu au FC Limoges et je suis devenu maître d'internat au lycée Gay-Lussac.

Pierre Flamion a été pour beaucoup dans cette promotion. Il faut vous dire que Flamion était une idole pour nous, car il avait été international, champion de France et vainqueur de la Coupe, avec le Stade de Reims. Je joue donc en CFA avec un entraîneur qui s'appelait Maurice Cailleton. Un vrai coach du championnat de France amateur : meneur d'hommes, éducateur de jeunes, sévère comme on l'était à l'époque, mais bon cœur.

Je rêve de devenir un joueur professionnel. J'allais beaucoup à l'entraînement avec les pros. En 1960, je suis même allé en Angleterre afin de participer à l'entraînement de Crystal Palace. Grâce à cela, tout le monde a cru que j'allais être la révélation de la saison, parce que j'avais une avance formidable sur le plan physique. Le premier match, j'ai mis deux lucarnes à François Remetter, l'ancien gardien de l'équipe de France. J'ai cru que j'allais percer. Je m'étais fixé un test : les demis de Limoges s'appelaient Armand Penverne, un ancien de la coupe du Monde de 1958, et Cicci, et je me suis dit : « Si tu prends la place de l'un de ces deux-là, tu feras carrière. Sinon, tu n'es pas assez bon. Il faudra faire autre chose. »

C'est dans cet esprit que j'ai demandé un rendez-vous à Cailleton et Flamion. Ils m'ont reçu dans le magasin de sport que tenait Flamion, dans l'arrière-boutique, et je leur ai demandé : « Qu'est-ce que vous pensez de moi ?

— On est plutôt contents. Tu es très sérieux, tu te donnes dans les matchs.

— Est-ce que vous pensez que je peux faire un professionnel, un grand professionnel ?

— Tu peux jouer en deuxième division mais tu n'es pas assez rapide pour jouer en première division. Tu as une très bonne technique, de la volonté, de l'endurance. Tu peux jouer en deuxième division, y faire une belle carrière... A toi de voir... »

Ils avaient tous les deux le même avis sur le joueur que j'étais et sur celui que je ne serais jamais, comme s'ils s'étaient concertés.

— C'est un grand coup sur la tête ?

— C'est désagréable, mais je m'en doutais un peu quand même. Comme tous les joueurs, j'étais fâché quand on ne me titularisait pas, je trouvais ça injuste. Cela m'a servi, plus tard, dans mon métier : dans toute équipe, il y a les joueurs-frontière, ceux qui pourraient jouer et qui ne jouent pas. J'étais un joueur-frontière. Cela m'a beaucoup appris. Je leur ai dit : « Merci de votre franchise. » Flamion a ajouté : « Mais si tu veux, tu vas signer un contrat chez nous et on va te prêter. Perpignan voudrait bien t'engager, Besançon aussi... » J'ai répondu : « Non, ça ne m'intéresse pas. Je vais me débrouiller autrement. Je ferai autre chose. Peut-être que je serai entraîneur ou joueur d'un petit club. »

— Car vous aviez déjà cette idée en tête ?

— Oui, mais je ne pense pas à Auxerre, à ce moment-là. Et la vie continue. Je suis président de la Corpo-Sciences et, à ce titre, j'organise une conférence de Jean Rostand que je vais chercher à Paris. A quatre-vingt-onze ans, il fait un exposé lumineux sur la parthénogenèse expérimentale devant mille personnes à Limoges, qui commence à être une ville universitaire. Au cours de notre aller-retour, je découvre une des plus extraordinaires intelligences que j'aie rencontrées.

Naturellement, le football n'est jamais loin. Une équipe anglaise de Crew, la ville où l'on assemble les automobiles Rolls-Royce, vient jouer à Auxerre. J'assiste à la rencontre comme spectateur payant. A la mi-temps, ils demandent quelqu'un parlant anglais pour aller au vestiaire. Comme ils avaient des blessés, ils voulaient savoir si l'AJA ne pouvait pas leur prêter un ou deux joueurs pour faire la deuxième mi-temps. J'avais vingt-deux ans, et j'ai dit : « J'y vais. » Je joue la deuxième mi-temps. Et, à la fin du match, Jean Garnault, le président, vient me voir et me propose : « Viens manger avec nous, ce soir, à Beines. » Je m'y rends dans ma 4 CV décapotable, une merveille qui permettait de transporter des filles pauvres qui allaient à pied. Je l'avais achetée avec mon salaire de pion et ma petite indemnité de Limoges. Depuis Montmorillon, j'étais riche ! Et c'est là que M. Garnault, Jeannot et Heissat, le président, me demandent : « Tu as fini tes études. Pourquoi ne reviens-tu pas jouer chez nous ? Nous te trouverons un boulot. » J'ai encore une année de sursis sur le plan du service militaire et j'ai besoin de trouver un job pour vivre. J'accepte, mais j'ajoute : « Je veux bien, mais comme entraîneur-joueur. »

Réaction unanime : « Tu es fou ! Tu ne peux pas être entraîneur. Tu as vingt et un ans et demi. Les joueurs ont joué avec toi en cadets et en juniors. Ils te tutoient tous. Il y a des joueurs plus vieux que toi. Il y a ton prof de gym dans l'équipe...

— Je n'ai pas peur. Je sens que je peux le faire. Je vais vous écrire mon plan. »

Je rentre à Limoges et j'écris une lettre de six pages. J'indique même les terrains qu'il faut acquérir pour agrandir le domaine du stade qui est alors de deux hectares. J'explique que j'imposerai progressivement trois entraînements, puis quatre entraînements, dont un le samedi après-midi pour prendre les joueurs en main afin qu'ils ne sortent pas le soir. Et je demande six cents francs par mois. Ils me convoquent. Il y a une réunion décisive : ils sont onze dans la salle. Je réexplique mon projet. Je sors. Ils avaient reçu la candidature d'anciens professionnels, notamment Jean Baratte, qui avaient tous plus de prestige que moi. La discussion a duré entre une et deux heures.

— Quel est le projet sportif de l'AJ Auxerre à ce moment-là ?

— Atteindre le championnat de France amateurs. Les dirigeants de l'AJA ne sont jamais entrés en CFA, alors que Sens et Avallon y sont parvenus. La honte suprême ! Ils veulent gagner leur place en CFA avant le Stade auxerrois.

— Et à moins de vingt-deux ans vous pensez avoir la recette pour réussir ce pari ?

— J'ai toujours réfléchi à la préparation d'une équipe de football. J'étais concentré en permanence sur ce sujet. C'est pour cela que je suis allé en Angleterre, afin d'étudier l'entraînement des professionnels anglais pendant un mois. J'ai tout noté. Comme j'ai noté tout ce que m'avait dit Flamion à Limoges. J'ai toujours gardé en tête l'un de ses conseils de base : « Si tu veux réussir, il te faut un bon "goalier". » Et toute ma vie j'ai eu des bons goals, de bons gardiens de but. J'en ai même eu successivement trois qui ont gardé la cage de l'équipe de France : Bats, Martini et Charbonnier.

— Est-ce que la qualité d'entraîneur était reconnue et appréciée comme aujourd'hui ?

— Non, bien au contraire. Lorsque Pierre Flamion voyageait, il inscrivait « représentant de commerce » sur les fiches d'hôtel, et pas « entraîneur de football ». Parce que, à l'époque, les joueurs professionnels et les entraîneurs étaient considérés comme des saltimbanques, des gars qui gagnaient beaucoup d'argent en s'amusant. Les mordus les aimaient, mais tous les autres, le peuple en général, les regardaient d'un mauvais œil. Quant aux professionnels, ils faisaient figure de nouveaux riches. Par exemple à Troyes, certains professionnels avaient des bagnoles américaines et jouaient au tarot tout l'après-midi à la terrasse des cafés, aux yeux des ouvriers qui revenaient de l'usine en vélo après huit ou dix heures de travail, c'était choquant. La voiture en ce temps-là était un luxe.

— Attendez-vous le vote des dirigeants avec confiance malgré votre jeune âge ?

— Oui, je suis sûr de mon coup. L'abbé Bonnefoy descend et m'invite à monter, et il m'annonce : « Vous êtes l'entraîneur de l'AJ Auxerre. » Avaient-ils voté, ou non ? Qui était pour et qui était contre ? Je n'en savais rien. Quelques années plus tard, j'ai rendu visite à l'un des onze votants de l'époque, M. Papon, qui souffrait d'un cancer. Il m'a confié : « Ecoute, c'est gentil d'être venu me voir, parce que je vais mourir. Et je voudrais que tu saches que j'ai voté contre toi. Je n'aurais pas voulu mourir sans te le dire et je voudrais presque te demander pardon. » Il a précisé : « Tu as eu quatre voix pour et sept contre. Une partie de ceux qui étaient dans les onze nient qu'il y ait eu un vote : ce sont ceux qui ont voté contre toi. »

— Mais comment avez-vous pu être choisi avec sept voix contre ?

— Le président Garnault a dit : « De toute façon, on n'a pas l'argent pour payer les autres. Il faut donc prendre Guy Roux parce qu'il est le moins cher. » Dire que, pour la première fois que je me vendais, j'étais choisi avec le pire argument : ce n'est pas dur de se vendre en étant le moins cher. Ce qui est plus difficile, c'est de se vendre en étant le plus cher.

— Bref, vous voilà entraîneur de l'AJA : quelle est votre toute première réaction et votre toute première mesure ?

— Je ne suis pas ému. Nous sommes à la fin mai, et je dis simplement : « L'entraînement de la saison nouvelle commencera le 3 août à 19 heures. Il faudra que le terrain soit fauché. » Parce que le terrain n'était jamais fauché durant l'été. On attendait la fin de la moisson : j'avais vécu ça dans mon enfance. J'ai demandé également : « Il y a combien de ballons ?

— Il y a deux ballons, mais il y en a un qui est un peu fatigué...

— Je veux cinq ballons.

— Mais tu es fou ? »

Il y avait un déficit de huit mille francs cette année-là... Je transige : « Il faudra au moins un ballon neuf pour commencer la saison.

— D'accord, on va se débrouiller. »

Les déplacements, en voiture ? Les repas avant les matchs ? Les réunions les veilles des matchs ? Réponses : « Tu te débrouilles. »

J'ai enfin ajouté :

« Maintenant, je voudrais bien un terrain éclairé.

— Ce n'est pas possible. Enfin, on va voir, on fera ce qu'on pourra... »

En vérité, il y avait très peu de terrains éclairés à cette époque-là. Et ce que je souhaite, c'est une surface éclairée pour l'entraînement. Et c'est ainsi qu'on installe quatre poteaux télégraphiques en bois, avec une lampe de soixante ou cent bougies sur chaque, aux quatre coins du terrain. On jouait à trois contre trois sous une des lampes, avec des petits buts, chacun notre tour. Quand j'avais dix-huit joueurs, il y avait six qui jouaient et douze qui regardaient. Et on tournait.

Je m'organise. En même temps, je fais un stage au Centre national du commerce extérieur à Paris, boulevard Saint-Germain, tous les lundis. Je reviens le mardi pour l'entraînement du soir. Cette année-là, il y a une chaudière à charbon et à bois pour les douches. MM. Garnault et Hamel – ce dernier venait d'être élu vice-président – me préviennent ainsi : « Nous avons coupé les peupliers, on n'achète pas de charbon. On va chauffer les douches au bois. » Nous avons eu rapidement un concierge, M. Barben, un homme formidable, un travailleur extraordinaire, qui était à la fois jardinier et concierge. Il était rémunéré : cinq cents francs par mois, plus la buvette. Il a tenu la buvette pendant trente ans. On a pu le faire passer ouvrier municipal sur la fin, pour qu'il ait une retraite. Il fendait le bois, et je l'aidais parfois. Il y a eu un hiver terrible en 1963-64. Le thermomètre est descendu à moins 20 °C. On a vidangé les tuyaux pour que ça ne gèle pas... Il faisait moins 6 °C dans les vestiaires. Les joueurs étaient là, en grande partie descendus à vélo ou à Solex car très peu possédaient une voiture. On s'est déshabillés par cette température polaire, et l'entraînement a consisté à monter en courant vers un bistrot du centre-ville, près de la cathédrale, où j'avais fait préparer un vin chaud à la cannelle, et ensuite à redescendre en courant. Ça faisait trois kilomètres. Tout le monde se battait pour progresser.

— Etes-vous entraîneur à plein temps ?

— Non, je suis entraîneur à temps partiel. Je suis étudiant à Paris, un stage d'une année. Je fais l'aller et retour en 2 CV. Jusqu'au match, je reste à Auxerre. Et je vis à Appoigny chez mes grands-parents, comme dans mon enfance, et avec ma mère. En fait c'est la dernière année où je la vois, puisque je pars à l'armée au mois de septembre. Nous finissons quatrièmes. C'est bien, car l'année d'avant, on a failli descendre. Tout le monde reconnaît que ça a bien marché.

La guerre d'Algérie vient de finir. Mon père était en Algérie dans le génie, et ils avaient écrit un décret selon lequel les fils d'officiers ne devaient pas aller en Algérie, car ils étaient particulièrement menacés par les prises d'otages. Donc il n'était pas scandaleux de me pistonner.

Je n'ai rien demandé et je me suis retrouvé en Allemagne, au centre d'instruction des blindés à Trèves, au mois de septembre. Durant les deux saisons de mon absence, l'AJ Auxerre a eu trois entraîneurs : Jean-Claude Gagneux, Marc Olivier, mon prof de gym, et puis Jacques Chevalier, un joueur que les dirigeants avaient fait venir de Troyes. Je ne pouvais pas venir souvent parce que le régime des permissions tenait encore compte de la guerre d'Algérie. J'ai réussi tout de même à faire quelques matchs car nous étions relégables, avec une petite allocation de cent francs que j'avais négociée. J'étais parti pour vingt-huit mois, j'en ai fait seize au total. J'ai été libéré pour Noël 1963. Mais, entre-temps, à cause du décès de ma mère, j'étais revenu en permission exceptionnelle. Et j'avais eu le temps de parler de mon allocation de cent francs : « Ah oui, c'est vrai. On va te les envoyer. » Ce qu'ils ont fait. Quarante-trois ans après, je m'en souviens encore... Ça a aussi donné le ton de la rigueur, et ces cent francs m'ont bien dépanné, parce que la solde était de cinquante et un francs. Dès mon retour à la vie civile, je me suis lancé dans le métier d'agent général d'assurances avec une compagnie qui n'avait pas de représentant à Auxerre, donc pas un seul client. J'ai fait un stage d'une semaine pour apprendre les produits. Et j'ai démarché dans Auxerre. Je suis retourné naturellement à l'entraînement, dirigé alors par Jacques Chevalier. A la fin de la saison, le club m'a redonné l'équipe, en qualité d'entraîneur-joueur, comme en 1961.

J'ai fait entrer dans l'équipe trois copains de régiment : un demi, Jean-Claude Gagneux, qui est toujours éducateur au club, et qui a été éducateur rémunéré, puis maintenant éducateur bénévole parce qu'il est à la retraite, un défenseur, Alfred Stankiewicz, surnommé Stan, un mineur lorrain, on se voit toujours ; et un attaquant, Christian Montet, originaire du bassin d'Arcachon, joueur exceptionnel qui aurait dû faire une carrière pro aux Girondins de Bordeaux, je suis resté très lié avec lui aussi. Ces trois très bons joueurs ont renforcé l'équipe.

Pourtant, le chemin a été long pour monter dans ce sacré CFA. Bizarrement, on n'a jamais terminé deuxièmes. On a terminé tout le temps troisièmes ou quatrièmes. Jusqu'à l'année 1969-70. J'avais fait venir un ancien pro de Lens, un Hongrois, Gerensceri Kalmann. Il avait trente ans, et comme Lens avait fait faillite, il cherchait du travail. La difficulté du monde amateur à ce moment-là n'était pas de trouver du travail pour les joueurs, mais de leur trouver un logement. Les entrepreneurs employaient volontiers les joueurs, et ceux-ci travaillaient à plein temps. Je les faisais venir entre 12 heures et 14 heures une fois par semaine, et deux ou trois soirs. Nous vivions le football amateur dans sa plus pure expression. Gerensceri Kalmann avait été engagé chez M. Aubin, un grossiste en électroménager, ainsi que Jean-Claude Gagneux. Montet était chez M. Jeannot qui possédait des jeux dans les bistrots, des Baby-foot et des jeux électroniques, des flippers. La Banque populaire, le Crédit agricole, le garage Hamel se sont mis aussi sur les rangs. Le directeur commercial du garage Hamel, Jacques Contant, a été l'un des meilleurs joueurs de l'histoire de l'AJA toutes divisions confondues.

— Est-ce que vous continuez à jouer ?

— J'ai un problème de santé après l'armée. J'ai un rein qui a été abîmé dans un match avec Limoges. Je n'ai jamais pris ça au sérieux, et finalement il était enkysté et on a dû me l'enlever en 1965. J'ai continué à jouer un peu, de moins en moins, et quand on est monté en CFA, j'ai arrêté complètement de jouer dans l'équipe première pour jouer dans les réserves que je faisais monter. Mon dernier morceau de match fut joué à cinquante-sept ans.

Mais l'événement est l'accession de M. Jean-Claude Hamel à la présidence, en 1963, lorsque Jean Garnault devient président de la ligue de Bourgogne. Nous entrons alors dans ce que j'appelle la « gestion à la Hamel » qui dure toujours. Le président a fait un trait à la craie à la porte de son bureau, et tous les gens qui en franchissent le seuil doivent lui donner dix francs contre une carte de supporter. Tout le monde est visé. Il discute les prix des restaurants au centime près. J'ai un exemple célèbre, au Vieux Jambon à Marmagne. En partant pour Le Creusot, on s'arrêtait là systématiquement. Il annonce au restaurateur : « Il faut me faire le repas à huit francs.

— Ce n'est pas possible. C'est neuf francs.

— Bon, alors huit francs et vous diminuez la grosseur du bifteck. Vous ne mettez plus 200 grammes, vous mettez 150 grammes. Mais c'est huit francs.

— Bon, d'accord, parce que ça fait vingt ans que vous venez.

— On s'arrêtera au retour.

— D'accord.

— Mais, bien sûr, vous offrez le café. »

Le président a défini une fois pour toute sa vie et sa carrière de président ce jour-là. Il est vrai qu'à l'époque il n'y a pas d'argent. Les joueurs travaillent, il n'y a pas de fixe, les primes sont de vingt-cinq francs. Au bout de quelques années, on institue une prime de progressivité, c'est-à-dire que chaque fois qu'on gagne, il y a cinq francs de plus. Et tout d'un coup, on gagne cinq matchs de suite, on est à cinquante francs et le président dit : « Stop ! » Et il affirme qu'à ce rythme il n'y aura bientôt plus de club. Ses expressions favorites sont : « Je ne les fabrique pas ! » « S'il y a un trou dans la caisse, c'est moi qui irai en prison. »

Et, depuis qu'on est professionnels : « C'est moi qui devrai aller déposer le bilan au tribunal d'instance. Ça ne m'arrivera jamais. Je préfère descendre d'une division que de faire un déficit. » Voilà dans quel mode de gestion j'ai été fabriqué.

## 7

# LE PLUS BEAU JOUR DE MA VIE

Dominique GRIMAULT — Il vous restait toujours à franchir l'obstacle de l'accession au championnat de France amateur...

Guy ROUX — En 1969-70, j'ai constitué une très bonne équipe. On gagne tous les matchs, sauf un, au Creusot. En accédant au CFA, nous réalisons le rêve de tous les Auxerrois, malgré la rivalité existant depuis toujours entre les laïcs du Stade auxerrois et les catholiques de l'AJ Auxerre. Il y avait en effet des derbies formidables, avec quinze cents personnes.

— Quelle allure avait le stade de l'Abbé-Deschamps à l'époque ?

— Il y a deux cents places de tribune. C'est tout. Il y a l'allée en face avec deux rangées de vingt-trois arbres. Il y a une piste entourée d'une main courante. Quelques arbres en plus, ici ou là, grâce auxquels les gens sont à l'ombre et à l'abri de la pluie, dans une certaine mesure. Les contrôles sont assez lâches.

— Comment évolue la tribune ?

— Chaque fois que nous agrandissons, nous ne démolissons rien. La tribune, ce sont les sièges rouges de la tribune officielle d'aujourd'hui. Nous sommes ainsi passés de deux cents à six cents places, en 1967, aidés par les juniors qui ont roulé les brouettes de béton avec un chef de chantier pendant toutes les vacances. On leur a payé un voyage en Algérie l'année suivante. Et quand on est passés de six cents à mille huit cents, on a pris les six cents, on a gardé le profil et on a monté autour. Et quand on est passés de mille huit cents à sept mille, on a encore construit autour ces mille huit cents places sans toucher à rien.

— Donc, liesse à Auxerre pour la montée en championnat de France amateurs. Qu'est-ce que cela représente pour vous, personnellement ?
— J'ai l'impression – en dehors de la naissance de mon fils – que c'est le plus beau jour de ma vie.

— C'est mieux que les quatre coupes de France gagnées depuis ?
— Oui, bien plus fort. Le soir, nous dînons au restaurant, à Sermizelles, grâce à quatre ou cinq dirigeants qui nous invitent, ce qui est quand même exceptionnel. Ils y sont de leur poche bien sûr, ils ne puisent pas dans la caisse du club. C'est le printemps déjà, on est en mai. Peut-être est-il 20 heures. Il fait jour encore. Je vais au journal pour voir comment ils vont raconter ça. Je me rendais souvent au marbre. Les journalistes sont en train de composer la page, et je reste avec eux – dans le temps, le journal tombait tard à cause de ça –, jusqu'à 23 heures/23 h 30. C'était une habitude. Quand je rentrais de déplacement, j'allais chercher les deux journalistes, Jean-Claude Charlet, qui est toujours là, et Pierre Corbier, qui n'est plus. Après, il y a eu Michel Moreau. Et on buvait un coup. Ils me chambraient : c'étaient de vrais journalistes, mais des copains aussi. Donc, le soir de la montée, ils demandent : « Tu vas nous payer à boire ? » Oui, d'accord, et nous trinquons jusqu'à

environ 1 heure du matin. A 1 heure, je me dis : « Je ne rentre pas. » Et je suis parti marcher dans les champs. Il faisait bon, tout seul, avec les odeurs, même la brume, puis le soleil qui s'est levé. Ça m'était arrivé parfois dans ma jeunesse de rentrer à l'aube, ou de partir à l'aube. J'ai toujours aimé l'aube. Bref, j'ai passé une nuit exceptionnelle.

— Un bonheur absolu ?

— Oui, une extase, une jubilation, que je n'ai pas souvent ressentie. Attention, dans ce temps-là, je ne gagnais pas beaucoup d'argent. De six cents francs au départ, j'étais à huit cent quarante francs, sept ans après. Il a fallu deux entrevues à 2 heures du matin pour arriver à huit cent quarante francs. J'ai parlé également deux nuits avec Jean-Claude Hamel pour tenter de passer de huit cent quarante francs à mille francs. C'est dire qu'il n'a jamais rien lâché facilement. A ce moment-là, je suis à neuf cents francs. Pour vivre, je vends des assurances. Parfois, après la fin de l'entraînement, à 21 heures, je vais encore voir un client pour lui vendre un contrat. Je me bats pour arriver. En 1967-68, j'ai construit ma maison, il faut que je paye les traites. C'est dur.

Donc, je vis une grande nuit, mais, le lendemain matin, je suis au boulot et je travaille toute la journée. Le soir même, il y a réunion, comme tous les lundis, mais cette fois il faut préparer le CFA, et c'est une autre histoire.

Ainsi, la première partie de ma carrière d'entraîneur, qui dure en gros dix ans, service militaire compris, est obscure. Cela ne nous a pas empêchés de travailler inlassablement à l'amélioration du stade. Par exemple, nous avons récupéré les projecteurs d'entreprises de travaux publics qui travaillaient la nuit sur la ZUP d'Auxerre. On a dressé quatre poteaux et, sur chaque poteau, installé deux projecteurs. Nous pouvions enfin faire des matchs et organiser des entraînements. Autre constante : trouver de l'argent. Pour cela, nous avions les tournois de sixtes, des concours avec des lots, des bals.

Je me souviens avoir gagné, dans un tournoi de sixte, une poule dont les pattes étaient attachées avec une ficelle. Je la dépose dans le coffre de ma Simca 1000. Et je pense à mon grand-père à Appoigny qui avait une basse-cour. J'arrive devant chez lui. Il est 6 h 15. Il n'est pas levé. Je défais la ficelle, je prends la poule par les deux pattes et je la passe par-dessus le grillage.

— La montée en CFA correspond-elle vraiment à un virage déterminant, essentiel dans l'existence de l'AJA ?

— Je le pense. Pour moi, le football de division d'honneur correspond à ma vie de joueur. Même quand je ne joue plus dans l'équipe première, je fais tous les jeux d'entraînement, je participe à tous les matchs amicaux, aux tournois de sixte l'été.

Mais quand nous montons en CFA, j'ai trente-quatre ans. Et je quitte le jeu. Quand on aime le foot et qu'on délaisse le jeu, c'est un vrai changement. Vous changez de catégorie. Vous n'êtes plus le même homme, vous n'êtes plus l'*homo footballisticus.* Et cela, je l'étais depuis trente ans. Je savais bien que, de toute façon, avec l'âge et le travail à accomplir, je ne pourrais plus jouer. Donc je me suis fait une raison. Se faire une raison, c'est déjà un peu de tristesse. C'est une petite mort. Je ne vis plus en footballeur, c'est-à-dire avec une hygiène de vie totale. Je commence à boire un peu de vin, alors que je ne buvais absolument pas auparavant. Je commence à vivre autrement.

Et puis, il faut bien dire que le moment de joie passé, le CFA est une nouvelle somme d'ennuis, avec un peu plus de gloire. La médiatisation ne m'a pas bouleversé. Mais, par contre, la nécessité de la presse, oui. Comme *L'Yonne républicaine* avait une rédaction sportive très mince, j'allais tous les jours au journal rédiger un papier dans lequel je parlais de l'AJ Auxerre et de moi, à la troisième personne ! J'ai fait cela tous les jours, sauf les veille et lendemain du match, et ce pendant des années.

— Si l'on comprend bien, vous étiez une sorte de correspondant de l'AJ Auxerre ?

— Oui, mais spontané. Au bout de cinq à six ans, je rencontre un jour le directeur qui s'appelait M. Louis Clément et je lui dis : « Vous avez vu ? Je vous fais quand même un article quatre jours par semaine. Vous pourriez me payer un peu, non ? » Il me répond : « Ah, mon petit gars, tu fais ce que tu veux. Déjà on t'ouvre nos colonnes. Si tu veux, je peux te faire un abonnement. » J'ai répliqué aussitôt : « Je ne veux pas d'abonnement, parce que, moi, je lis le journal à 7 heures du matin. En revanche, vous pourriez abonner mon grand-père. » Et je précise : « Et en viager. Il a quatre-vingt-sept ans, vous ne risquez rien. » Il me donne son accord : « Va pour le grand-père. » Mon grand-père lisait le journal depuis des années, mais en alternance avec son voisin : c'est-à-dire qu'une année c'est lui qui était abonné et il le donnait pour le lendemain. Et inversement l'année suivante, c'était l'autre. Mon grand-père est mort à quatre-vingt-dix-neuf ans et demi, mais le journal a tenu parole...

— Comment se passent les débuts en CFA ?

— Il faut faire passer le budget de soixante-dix mille francs à deux cent mille francs. L'éclairage du stade est indispensable. On reçoit l'aide du conseil général grâce à Raymond Pourrain, qui signait comme journaliste sous le pseudonyme de Jacques Delindry : il nous fait obtenir une subvention de cinquante mille francs. Nous empruntons à la Banque populaire, avec un remboursement de deux mille francs par mois, comme une machine à laver. Le président va voir dix copains et leur demande deux cents francs chaque mois. Lors du premier match en nocturne, nous accueillons mille spectateurs. C'était déjà très fort. Il nous faut recruter des professionnels. Nous en trouvons un grand avec André Fefeu qui était l'ailier droit de l'AS Saint-Etienne, au temps de Salif Keita. Il avait été sélectionné en équipe de France A. Il a dépassé la trentaine et il veut se reconvertir. Notre secrétaire général, qui a été ensuite président de l'AJA Omnisports, Emile Martin, possède une société de construction de pavillons et il forme André Fefeu à l'immobilier. Il deviendra un bon professionnel dans cette branche. Quand il arrive, c'est vraiment lui qui donne de la couleur à notre équipe. J'engage également le capitaine de l'équipe de France amateurs, François Chevat, originaire de Blois, très bon footballeur et délicieux humoriste.

A ce moment-là, il y avait une bonne ambiance dans l'équipe. On continuait de se déplacer en voiture, mais dorénavant dans de grosses voitures. Et, par hasard, les chauffeurs des quatre voitures étaient quatre costauds qui nous servaient en même temps de gardes du corps. Car, parfois, les sorties de stade étaient chaudes en CFA, lorsqu'il y avait eu des problèmes d'arbitrage. Nous étions dans le groupe Sud-Est, donc avec Lyon B. Et un jour, il y a un grand milieu de terrain, un grand escogriffe, entraîneur-joueur de l'Olympique lyonnais, qui a marqué un but du rond central – je le vois encore comme si c'était hier –, il s'appelait Aimé Jacquet. Il débutait sa carrière d'entraîneur. Il était entraîneur-joueur de Lyon B. C'était dans les années 70.

On se fait une place au soleil. Nous organisons une finale de championnat de France amateurs entre Saint-Etienne et Nantes. Et nous mettons sur pied un match entre les « Polymusclés » et les anciens de l'AJA où joue Jean-Pierre Soisson, qui se présente alors aux législatives.

— Jean-Pierre Soisson qui va tenir un rôle important dans l'épanouissement du club, n'est-ce pas ?

— Oui. Jean-Pierre Soisson devient maire de la ville, et là, on crée un Office des sports dont je suis vice-président. Nous lançons un grand plan, avec les dirigeants de différents clubs d'Auxerre, chez les uns et les autres. Sur les espaces disponibles, nous redistribuons tous les espaces et prévoyons des terrains omnisports. Soisson trouve des fonds et il emprunte. La piste d'athlétisme disparaît et un stade est construit à côté : les athlètes sont chez eux. On refait une tribune du Stade auxerrois, et nous améliorons la nôtre. On prévoit aussi une salle de sport. C'est une vaste opération car Auxerre n'a pratiquement rien fait depuis longtemps, en dehors des installations propres à l'AJA. Nous procédons à un échange entre les terrains du Stade des Brigands, sur la colline, et des terrains situés autour de notre stade. On récupère également le terrain d'une usine et on réalise un terrain à la place.

Dans pareille entreprise, il y a toujours une petite histoire. Le président du Stade auxerrois, M. Bénard, membre de la Fédération française de boule, avait lorgné sur l'usine pour abriter une salle couverte de jeu de boules. Je vais le voir : « Ecoutez, vous ne serez jamais bien là-dedans. C'est immense, vous aurez froid. C'est inchauffable. Il faut détruire le béton pour pouvoir remettre un terrain propre au jeu de boules. Moi, je vous propose d'aller voir ensemble Jean-Pierre Soisson. Vous me laissez le terrain de l'usine et je fais obtenir un boulodrome couvert au Stade auxerrois. » Jean-Pierre Soisson nous reçoit un jour à 11 heures du matin et il est éberlué de nous voir arriver ensemble. On lui expose notre projet et il répond tout de suite : « Messeigneurs, ça fait tellement plaisir de vous voir sur la même longueur d'onde que c'est d'accord. On fera le boulodrome couvert et un terrain de foot à la place de l'usine. » Et c'est comme ça que nous avons obtenu notre terrain actuel de CFA. Et, pendant ce temps, nous avançons vers un nouvel objectif : la montée en deuxième division.

— Cette montée survient en quelle année ?

— En 1974. On monte à la suite d'une finale dramatique. L'avant-dernière journée, nous affrontons notre dauphin, Orléans. Tout le monde se voit déjà en D2, et on perd 3 buts à 1. Psychologiquement, nous n'y étions pas. Puisqu'il nous restait deux points d'avance, nous voici contraints de faire au moins match nul... chez nous, contre le déjà grand Saint-Etienne, avec Lopez, Rocheteau, etc. Orléans, pour sa part, jouait à Clermont-Ferrand. C'est terrible parce que Orléans fait exprès de commencer son match avec vingt minutes de retard pour savoir où nous en étions. A un moment donné, le score est de parité : 2 à 2. Il fait une chaleur torride. Jean-Pierre Soisson, qui était venu nous voir perdre au match précédent, était... interdit de stade. Il était à la porte et il attendait, un peu tremblant. Il restait vingt minutes, toujours 2-2, et on était morts de fatigue. C'est alors que mon milieu de terrain, Lionel Dion, se fait éclater le nez. L'occasion pour que mes gars boivent et récupèrent... J'ai fait alors une chose... C'est la seule fois de ma vie que je me suis risqué à un truc pareil... J'ai détaché toutes les fioles de la pharmacie et j'ai enlevé tous les élastiques. Et quand j'ai ouvert la pharmacie, pour soigner mon gars, cinquante objets sont tombés sur la pelouse ! Les autres m'engueulaient, l'arbitre m'engueulait, mais, pendant ce temps-là, on ne ramassait pas ce qu'il y avait sur l'herbe. Et, dans le même temps les joueurs ont bu, récupéré, et on a soigné notre joueur. Cinq minutes d'arrêt de jeu ! Notez qu'en tant que titulaire du brevet d'Etat d'entraîneur de l'époque je possédais le diplôme de secouriste. Et, dans celui-ci, il est bien précisé qu'on doit assistance – c'est même dans la loi –

à toute personne en danger et à tout blessé qui se présente sur votre route. Donc, en qualité de secouriste au bord d'un terrain de football, avec un gars qui a le nez cassé, je me devais d'intervenir. C'est la loi. Et on garde le résultat nul : 2 buts partout. A ce moment, Soisson entre comme un fou dans les vestiaires. C'était une grande fête. Mais, pour moi, un peu moins grande que celle du CFA. Notre performance était remarquable car on avait joué dans notre groupe, contre Saint-Etienne, Lyon et Marseille B.

— Est-ce que cela change votre existence personnelle ?

— Je continue d'être agent d'assurances mais j'ai fait mon trou. J'ai du personnel installé dans mon sous-sol, avec très peu de frais généraux. J'ai toujours pensé que l'argent c'est ce qui reste, et que par conséquent il faut limiter les frais généraux. Je continue d'aller voir des clients pour vendre des contrats. Les joueurs continuent de travailler en deuxième division. Nous faisons partie des « promotionnels », avec le droit de toucher de l'argent, en payant des charges sociales et des impôts. Seuls nos deux Polonais travaillent dans le club, Maryan Szeja, qui s'occupe des gardiens de but, et Slyko, chargé des jeunes. Slyko qui est toujours là et qui s'occupe du Centre de formation et de la division d'honneur.

— Maryan Szeja est-il un personnage capital dans l'histoire de l'AJ Auxerre ?

— Oui. C'était l'un des gardiens de but de l'équipe de Pologne championne olympique en 1972, à Munich. Il était originaire de Silésie et, à ce titre, parlait allemand. Nous lui devons beaucoup, parce que lors de notre première année de deuxième division, dans le groupe Nord, nous étions faibles. Le recrutement a été limité. Nous alignons une équipe rafistolée. Et Szeja réalise des exploits qu'on ne voit plus du tout dans le football d'aujourd'hui. A Amiens, il réussit trente-cinq arrêts dans un match, et nous gardons le 0 à 0. Rendez-vous compte : trente-cinq arrêts, c'est un toutes les deux minutes. Ce sont les journalistes qui les ont comptabilisés. A l'entraînement, parfois, lors d'une séance de tirs au but, il annonçait : « *Kein Tor !* » (Pas de but !) Dix gars tiraient pendant dix minutes sans lui mettre un but. Il était prodigieux. Cette année-là, il nous a sauvés.

— Comment l'aviez-vous recruté ?

— Je rencontre Carlo Molinari, le président de Metz, dans les escaliers du Parc des Princes, le jour de la finale de la coupe de France. Il me demande : « Vous ne cherchez pas un gardien ?

— Si.

— J'en ai un, un Polonais de trop. C'est un international. Il a fait les jeux Olympiques. Il était présélectionné pour la coupe du Monde en Allemagne. Prenez-le. C'est un très bon. »

Il ne voulait pas venir car il ignorait où se situait Auxerre. Je l'ai invité chez moi et nous lui avons réservé un accueil familial. C'était un gars très simple. Comme la Pologne était sous régime communiste, sa femme n'a jamais eu le droit de venir le rejoindre. Pourtant, Szeja a un fils qui est venu, et qui est resté à Auxerre, marié à une Polonaise. Il a été éducateur au Stade auxerrois et travaillait dans une usine. Ils ont des enfants et sont tous devenus complètement auxerrois. Un jour, Bernard Szeja, le fils, vient, les larmes aux yeux, et me dit : « Ils veulent couper la jambe de Maryan. » Il avait été opéré d'une cheville, et un staphylocoque s'était infiltré dans les os. Les médecins redoutaient qu'il fasse une infection généralisée et voulaient l'amputer. Je me dis : « Ce n'est pas possible. » J'appelle mon chirurgien habituel, le docteur Deschamps, à Chalon, qui m'explique : « Je vais le voir, mais son salut dépend d'un petit hôpital à Paris qui opère dans des conditions d'asepsie parfaite. Faites-le venir. » On le transporte à Paris et le verdict de l'hôpital tombe : « D'accord, on vous l'opère, mais il faut payer d'avance. » Difficulté majeure : il n'y a pas de sécurité sociale pour un étranger. Coût : deux cent trente mille francs avec une double opération et un long séjour en chambre stérile. Pour faire lâcher cinq francs au président, c'est dur. Mais là, pour deux cent trente mille francs, il n'a pas réfléchi une seconde : « D'accord. On fait le chèque à quel ordre ? » Et Maryan a été opéré une première fois. Il avait des drains qui sortaient du plâtre partout. Trois semaines d'attente. Deuxième opération. Encore trois semaines. Après cela, il a séjourné chez son fils par précaution pour le cas où il y aurait eu une rechute. Et un an plus tard – à ce moment-là, il avait soixante-deux ans – il a joué vingt minutes lors du match des anciens le jour de l'Ascension... C'est une très, très belle histoire. Si le club a fait un jour quelque chose de bien, c'est ce jour-là. La mémoire est quelque chose d'important dans un club. Surtout quand elle s'attache à un joueur aussi important que le fut Szeja. C'est lui qui a sauvé notre maintien pendant les deux premières années où nous finissons dixièmes et quinzièmes. Nous jouions la défense à outrance. Dix derrière en déplacement, systématiquement. Et la troisième année, on a été meilleurs. On a commencé à aller devant. On a été quatrièmes. Puis, après, on est monté.

— Quels autres joueurs vous ont marqué durant cette période ?

— Jean-Marc Schaer, un emblème, parce qu'il était remplaçant des Verts de 1976. Il était à Glasgow lors de la fameuse finale Bayern Munich-Saint-Etienne. Nous l'avons acheté à Roger Garonnaire. C'est l'un des premiers joueurs pour lesquels on a versé un petit transfert.

Je cherchais également un meneur de jeu. Je suis prévenu qu'il y en a un à Nancy, évincé, car on prépare le nid du jeune Platini. En plus, il a souffert d'une entorse de genou. Il est remis, mais Nancy n'a pas confiance en lui. Je suis également prévenu qu'il a travaillé à *L'Echo du Centre* à Châteauroux, le journal communiste du centre de la France. Son père est le permanent CGT de Decazeville, animateur des grandes grèves de Decazeville. Il est en même temps le responsable fédéral du parti communiste. Je le reçois et immédiatement je suis séduit. C'est un gars qui avait de longs cheveux, souriant, très intelligent. Serge Mésonès. Et je vais voir le président, je lui dis : « J'ai un joueur, il vient de Nancy. » *L'Yonne républicaine* avait alors « gauchi » sa ligne politique, à la demande du syndicat CGT, du livre pour durcir la lutte contre Jean-Pierre Soisson. Le journal avait embauché un rédacteur en chef de Limoges, M. Charles Rivet, qui venait de *L'Echo du Centre*, et il avait fait venir le fils de Rol-Tanguy, le libérateur de Paris. Je propose donc d'engager Serge Mésonès comme journaliste stagiaire. Les responsables du journal acceptent. Ils avaient de bons renseignements sur lui. J'en parle naturellement au président qui me rétorque : « Vous dites simplement à Mésonès que nous jouons au football. Pas de politique dans le club. Comme ça, il n'y aura aucun problème. » Serge a immédiatement séduit tout le monde, y compris Jean-Pierre Soisson, par sa personnalité. Celui-ci, à l'époque, faisait tous les dimanches matin un footing sur le chemin de halage, et il venait prendre le sauna avec les joueurs. Un jour, il a failli griller avec Serge parce qu'ils étaient partis dans une discussion sur les mérites du libéralisme et du marxisme.

La deuxième année, je fais de Serge notre capitaine. Je n'ai aucune difficulté : la quasi-totalité de l'équipe souhaite que ce soit lui ! J'interroge le président : « Cela ne vous gêne pas que l'AJ Auxerre de l'abbé Deschamps ait un capitaine communiste ? » Réponse : « Si vous pensez que c'est le meilleur pour le faire... En tout cas, il a une attitude impeccable au sein du club. »

En 1977, au printemps, à six ou sept matchs de la fin, j'ai eu un deuil très cruel. J'ai senti que je ne pouvais plus tirer le groupe pendant un certain temps.

J'ai rencontré Mésonès : « Je suis vidé. C'est la première fois de ma vie que ça m'arrive. J'ai du mal à me lever le matin. Je ne vais plus au boulot avec plaisir. Je vais assurer l'entraînement, la tactique et la formation de l'équipe. Et, toi, tu t'occupes du moral de l'équipe. » Il m'a donné son accord. On a disputé six matchs sans défaite.

# 8

# FRÈRES D'ARMES

Dominique GRIMAULT — 1978-1979, c'est l'année bénie, c'est l'année heureuse pour l'AJA, d'autant qu'à l'automne 1978 le cinéaste Jean-Jacques Annaud vient tourner à Auxerre son premier film à succès, *Coup de tête*. Comment prenez-vous contact avec lui ?

Guy ROUX — Son assistant avait une maison à Toucy, à côté d'Auxerre. Il vient me voir au printemps 1978 : « Jean-Jacques Annaud veut réaliser un film en relation avec le foot. Vous accepteriez ?

— Est-ce que nous gagnerons un peu d'argent ?

— Oui, oui, vous serez payés. Tant par jour, comme figurants. Et vous-même pourriez être conseiller technique. »

J'avais tout de suite senti que c'était intéressant. Cela a fait son chemin. Les gens du film ont visité Melun, Meaux, Orléans. Il fallait une ville médiévale pour pouvoir tourner des plans particuliers. On ne savait rien du scénario. On ne l'a jamais su d'ailleurs. Heureusement, sinon on n'aurait pas fait ce film tant celui-ci présentait un portrait horrible des dirigeants sportifs avec ce président qui déchirait la moitié d'un billet de cinq cents francs et qui prévenait ses joueurs : « Si vous gagnez, vous aurez l'autre moitié à la fin du match ! »

Ils choisissent donc Auxerre. Et ils m'annoncent : « L'avant-centre sera Patrick Dewaere. Trouvez un joueur qui lui ressemble. » Tous les joueurs voulaient être la doublure du célèbre comédien : Lucien Denis, Jean-Marc Schaer, Serge Mésonès. Finalement, Serge a été choisi. Je revenais de la coupe du Monde en Argentine quand ils ont commencé à tourner. Pour la séquence du match, Jean-Jacques Annaud avait mis une tour au milieu du rang central. De mon côté, je m'étais fracturé la mâchoire à l'entraînement des juniors. J'avais des vis dans la bouche. Mais je n'ai pas arrêté le travail une seule journée. Sur une phase de jeu collectif, le scénario exigeait que l'arrière dégage sur le tibia de Patrick Dewaere afin que celui-ci inscrive le but décisif. Simple, quoi ! Annaud crie d'en haut : « Répétition. »

Je cours, et comme je ne peux pas crier, je lui conseille doucement :

« Mets une caméra, mets une caméra... Vite !

— Non, non.

— Tu sais, c'est difficile. On ne va peut-être pas arriver à le faire deux fois.

— C'est moi le metteur en scène. »

Mauvais caractère, Jean-Jacques Annaud. Enfin, on commence à tourner. Lucien Denis effectue un centre. Le défenseur dégage sur le genou de Dewaere... But !... Mais pas de caméra ! Annaud s'en tenait à la répétition...

L'assistant-réalisateur, qui ne connaissait rien au foot, s'exclame : « Parfait ! Mise en place. » Il était alors 18 heures. A minuit, j'étais à quatre pattes derrière le poteau et je visais le tibia de Patrick Dewaere à la main pour que le ballon rentre enfin dans le but...

Patrick Dewaere était très gentil, très professionnel, toujours à l'heure et très coopératif. Jean-Jacques Annaud m'avait demandé : « Ça serait bien que vos joueurs invitent Patrick. » Ils étaient tous du même âge. Les joueurs l'ont invité à dîner, chacun leur tour. Il y avait également Jean Bouise, merveilleux homme. Il jouait le rôle du président et il nous avait demandé comment se comportait le président Hamel. Il jouait son rôle à merveille. J'ai trouvé Jean-Jacques Annaud très dur avec les acteurs. Un des jeunes comédiens se claque sur le terrain et il lui dit : « Va te faire masser et reviens ! » Mais il s'était vraiment claqué. J'ai dit :

« Il est invalide. Tu ne le reverras pas avant deux mois.

— Non, il n'y a qu'à mettre une bande. »

Il y avait aussi un acteur pied-noir qui n'arrivait pas à dire sa réplique. Annaud l'a fait pleurer. Le gars était à bout de nerfs. J'ai réussi à la lui faire dire. Tout le monde était convoqué à 8 heures du matin et il tournait à minuit. Il fallait que tout le monde reste là toute la journée. Le soir, il y avait le public, les figurants. Pour les appâter, on avait dit : « A minuit, il y aura une choucroute. » Mais Annaud les faisait tourner jusqu'à 3 heures du matin et les gens allaient au boulot le lendemain. Tous nos cachets, y compris le mien qui était de quatre mille francs, ont été rassemblés dans la caisse du club. Je crois que ça a fait quarante-cinq mille francs au total.

— Et voici que vous allez en finale de la coupe de France 1979, comme dans le film !

— Oui. Et là on peut parler d'un « coup de tête » subconscient. Nous avions vécu un très grand événement. Le film n'avait pas été tourné avec trois caméras à l'épaule. Il y avait du matériel, des hommes, des acteurs connus. Ce fut l'un des grands films de l'année. Nous avions senti que c'était très important. Jean-Jacques Annaud est revenu me voir en 2005, quand ils ont fait le DVD, afin que je rédige une préface. Oui, ce film avait marqué les joueurs. En coupe de France, le premier match, nous sommes menés 1 but à 0 par Chartres pendant soixante-quinze minutes, et Truffaut marque le premier but de sa carrière du droit. Szeja arrête ensuite tous les tirs au but. Après, cela s'est enchaîné. Arrive le printemps, avec le huitième de finale contre Montpellier, qui était un grand spécialiste de la Coupe. Et on gagne. En quart de finale, contre Lille qui était sixième du championnat, 0 à 0 chez eux et 2 à 1 à l'Abbé-Deschamps. Pour ce match retour, nous accueillons dix mille spectateurs... sans tribune ; il y a des gradins de la corrida de Nîmes sur lesquels se sont installés mille huit cents supporters ! Les autres étaient partout, dans les arbres, sur les poteaux... Aujourd'hui, on ne jouerait pas dans ces conditions. J'ai regardé quand ils ont démonté les gradins en bois : il n'y avait aucune vis. L'ensemble était posé sur des cales en bois... et tenait par le poids des spectateurs.

En demi-finale, nous tombons sur Strasbourg. Toujours aller-retour, et premier match chez nous. Quinze mille spectateurs, cette fois. Il y a des gens qui n'ont aperçu le ballon que quand il était en l'air car ils ne voyaient pas le terrain. On fait 0 à 0 à l'Abbé-Deschamps. Mais, entre nos deux matchs, Strasbourg a conquis le titre de champion de France, à Lyon. A partir de Belfort, le train des Strasbourgeois s'est arrêté dans tous les villages d'Alsace, pour un triomphe, chaque fois. Lorsque j'ai lu ça dans *Les Dernières Nouvelles d'Alsace* je me suis dit : « Ce n'est pas possible qu'ils aient l'esprit au combat demain. »

Nous nous étions mis au vert dans les Vosges. Mes joueurs étaient cuits. Grosse récupération donc, et le match à la Meinau. Et là, j'ai fait mon plus beau coaching, comme disent les téléreporters actuels. On perdait 2 buts à 1. Et notre ailier-gauche, Delancray, un petit gars d'Auxerre, tombe, un peu en position d'arrière-gauche, et il ne peut plus se relever, victime de crampes.

« Changez-moi ! Changez-moi ! » gémit-il.

Je lui dis : « Sors ! »

Il ne pouvait plus se relever. Il roule sur lui-même, quatre ou cinq mètres pour être en dehors du terrain. A cette seconde, j'ai l'idée lumineuse de faire entrer Truffaut. Il est à peine entré qu'il reprend un centre de Joseph Klose : 2 buts partout. Nous étions qualifiés pour la finale !

— Et vous perdez cette finale de coupe de France 1979 par 4 buts à 1, face aux professionnels de Nantes, les Michel, Bossis, Amisse, Pécout, Rio, tous internationaux...

— Mais, dans l'esprit, tous les Auxerrois pensent que nous avons gagné. Et ça reste pour moi la plus belle des finales. L'enthousiasme est énorme. RTL a fait une émission en ville et Max Meynier a dû rester debout sur le toit de sa Mercedes. De la folie. Des vieux Auxerrois m'ont dit par la suite : « Il y avait plus de monde dehors que le jour de la Libération, le 23 août 1944. » A part les bébés et des gens en très mauvaise santé, je ne vois pas grand monde qui ait pu échapper à l'événement à Auxerre et dans la région. Cette finale de Coupe a vraiment bouleversé tout le monde. Je n'ai jamais eu le courage de revoir le match. J'ai la bande. Je ne l'ai jamais regardée. Mais les souvenirs me restent. L'équipe était inspirée par Serge Mésonès. Une extraordinaire chaleur subsiste aujourd'hui encore entre les joueurs. Quand je vais en Allemagne et que je revois Klose, notre avant-centre, il me tombe dans les bras. J'ai entraîné de bonnes équipes par la suite, et j'en ai connu de très chaleureuses aussi. Quand je retrouve Cocard, Vahirua et compagnie, ce n'est pas triste non plus. Mais l'équipe de 1979 était un phénomène en soi. Ça a été une sorte de naissance, l'entrée dans le haut niveau, le grand déclic.

J'ai signé les premiers autographes de ma vie cette semaine-là, en 1979. Je n'en avais jamais eu l'occasion auparavant. Dès que je suis parti en voiture, en vacances, tous les pompistes me faisaient signer. J'étais stupéfait. Je n'avais jamais pensé que ça pouvait exister. La soirée d'après-match a été très belle. Soisson a organisé une magnifique réception au ministère des Sports. Après, nous nous sommes retrouvés dans une boîte parisienne. Pendant deux jours, ensuite, à Auxerre, la foule a envahi à nouveau la ville.

L'année suivante, il nous faut absolument monter en première division. Mésonès joue sa dernière saison, Szeja a trente-neuf ans, et Klose, trente-quatre. En Coupe, nous avons encore atteint le quart de finale, mais la priorité, c'était la montée. Cette équipe méritait de franchir le pas. Ses joueurs étaient admirables. Serge Mésonès était un grand communicant, puisqu'il était journaliste, Lucien Denis aussi, il est d'ailleurs devenu reporter à RMC, permanent à Auxerre ; il couvre les matchs de l'AJA, de Troyes, de Gueugnon et de Dijon. Truffaut encore était un très bon équipier. Paul Brot, international amateur, originaire de Martigues, était un être adorable. Entre ces hommes s'est tissé quelque chose d'exceptionnel. Ils étaient tous politisés. Schaer était très proche de Mésonès. Quand on va au Vieux Morvan, Truffaut a une petite caméra, il filme François Mitterrand, maire de Château-Chinon, en 1977, 1978, 1979. Moi, je suis de droite ; tout le monde sait que je suis de ce côté... enfin, je suis gaulliste. Et dire que, dans mes équipes suivantes, il fallait leur tordre le cou pour les faire parler de politique !

C'est une période de grand bonheur pour moi. Malgré les ennuis. Parce que c'est dix-huit heures de présence par jour. C'est merveilleux et terrible à la fois. Il faut que tout tombe à la minute. J'assure la logistique, la communication, la technique, je suis le psychologue, enfin tout, avec cette équipe. Il n'y a personne avec moi. Je n'ai pas de dirigeant. Depuis la deuxième division, je n'ai plus de dirigeant. Depuis qu'on ne se déplace plus dans les quatre voitures, plus personne pour m'assister. C'est moi qui remplissais la feuille de match. Dans les dernières années, c'était Xavier Poitrinal, l'un de mes adjoints. A la fin seulement, j'ai disposé d'un staff technique. Mais en 1979, j'ai un kiné et treize joueurs. J'ai dû supplier Adidas pour que Perreira et Lourdin aient des maillots floqués des numéros 14 et 15. Il fallait que cette équipe monte en D1, dans son intégralité.

— Des frères d'armes en quelque sorte...
— Oui, exactement.

— Mais n'est-ce pas aussi la fin d'une époque ?
— C'est vrai, beaucoup de choses changent. En deuxième division, on avait une tribune de mille huit cents places, mais le reste du stade était constitué d'une pelouse entourée d'arbres. Face à la tribune, il y avait quarante-six arbres : vingt-trois tilleuls et vingt-trois prunus. Un jour de pluie – nous menions 3 buts à 0 à cinq minutes de la fin –, je quitte mon banc, je monte dans la tribune, où il y avait Jean-Pierre Soisson au premier rang, et je lui fais cette remarque : « Regardez, Jean-Pierre, les gens qui sont en face prennent la pluie sur la figure. Ils aiment l'AJA, ils votent pour vous et ils paient des impôts. Donc, il faut nous faire une tribune en face. » Il était ministre des Sports. Et il me dit : « Je n'enlèverai jamais ces arbres parce que j'ai embrassé mes copines en dessous, entre seize et dix-neuf ans ! »

Bon. Un soir, un de mes camarades, dont je tairai encore le nom aujourd'hui pour ne pas le mettre en difficulté, vient avec trois bûcherons et une camionnette. En une nuit, les quarante-six arbres sont abattus ; il ne reste que le bas des troncs et de la sciure. Evidemment, je me cache durant la journée suivante. Au fur et à mesure, les dirigeants des différentes sections se rendent compte du chantier. Je suis évidemment suspecté. Je plaide coupable et j'explique qu'il faut faire la tribune. Et Jean-Pierre Soisson accepte.

— Il vous en veut, Jean-Pierre Soisson ?

— Non, cette fois, il n'a pas marqué le coup. C'est à ce moment que la tribune de deux mille six cents places est édifiée. Mais l'année suivante, en 1980, on monte en première division. Cinq mille places sont insuffisantes pour ce niveau. Donc, on décide d'installer des tribunes en tubulaires, avec des places debout, derrière les buts : côté route de Vaux, six mille places, et côté étang seulement trois mille, parce qu'il y a deux arbres, des hêtres pourpres, très beaux, qui depuis toujours ornent l'endroit. Jean-Pierre Soisson ne veut pas qu'on les coupe parce qu'il prétend qu'ils ont été plantés le jour de sa naissance par son père : on les a surnommés d'ailleurs « Jean » et « Pierre ». Je patiente un peu, et puis, un jour, ça bout plus que d'habitude. Et avant de partir en stage d'avant-saison, ce sont deux bûcherons portugais qui officient à 5 heures du matin. Et là, on ne se cache pas du tout, on fait une pile de bois à côté. Mais Jean-Pierre Soisson se fâche et assure : « Cette fois, je ne ferai pas la tribune. On ne complétera pas de trois mille à six mille, et on ne couvrira pas. Je ne m'en occupe pas. Vous vous foutez de moi ! »

La presse locale se déchaîne. Dans le burlesque : « Hêtre ou ne pas hêtre, that is the question. » « Un seul hêtre vous manque et tout est dépeuplé. » L'adjoint aux espaces verts démissionne. Et moi je déclare : « Si j'avais su qu'il fallait couper ces deux arbres pour qu'il démissionne, il y a longtemps que je les aurais coupés ! » Mais on est sans tribune. C'est alors que Gérard Bourgoin a une idée géniale : il va voir M. Chauffournais, l'un des patrons des Leclerc de la région, et il lui explique qu'il faudrait qu'il nous construise une tribune. Et tous les deux, qui sont des hommes d'affaires avisés, dressent un plan d'action. M. Chauffournais contacte dix autres Leclerc de la région Centre-Est qui s'associent à lui pour bâtir cette tribune. Il traite lui-même le contrat avec l'entreprise Husson. Et l'on signe un contrat de dix ans avec Leclerc : « Pendant dix ans, les prix des places seront modiques. Vous aurez droit bien sûr à une banderole de soixante-dix mètres de long indiquant que c'est la tribune Leclerc. » Avant le terme des dix ans, la neuvième année, il est décidé de faire des gradins en dur pour disposer de places assises, ce qui est devenu obligatoire en coupe d'Europe.

Evidemment, la tribune Leclerc a été depuis remplacée, mais comme on ne jette jamais rien à l'AJA, on l'a installée sur le terrain annexe où joue l'équipe de CFA, parce que j'avais depuis longtemps l'ambition de mettre à l'abri les personnes âgées qui viennent au match amateur le dimanche après-midi. Ce sont souvent des gens qui ont suivi l'AJA pendant toute leur vie, et qui ne veulent plus venir le soir, pour ne pas être dans la foule ou par crainte du froid. Mais ils apprécient encore de voir les matchs amateurs. Ils ont ainsi une tribune, qui est très belle, moyennant quelques finances quand même.

En 1984, nous avions donc quinze mille places et nous voulions édifier une grande tribune, avec des nouveaux vestiaires et tous les bureaux de l'administration. Il y avait des élections municipales en 1983. Serge Mésonès était candidat sur la liste de gauche et Jean-Claude Hamel était candidat sur la liste de Soisson, pour être adjoint au commerce. Un soir où la liste de Soisson se réunissait, je convoque la liste de gauche, au stade, à la même heure : les communistes, les socialistes et les sympathisants de gauche. Et je les persuade de faire une tribune sur le thème : « Vous laissez les travailleurs prendre l'eau sur la figure quand ils viennent au match.

Ils viennent de toute manière. Alors faites-leur une tribune. C'est un outil nécessaire. » Et j'ajoute : « Comme on est en campagne électorale, faites un tract rose. Il y a un grand match dimanche. On distribuera dix mille tracts roses aux spectateurs avec le slogan : la liste de gauche construira votre tribune si elle est élue. » C'était un lundi soir. Le lendemain, je vais voir Jean-Pierre Soisson qui m'avait appelé parce qu'il était au courant : « Amenez-moi ce tract ! » On s'engueule : « Je ne ferai pas la tribune. » Puis on va déjeuner dans un restaurant très central d'Auxerre pour que tout le monde nous voie – il y tenait –, et on rediscute jusqu'à 16 heures. Alors, il dicte un mot à Monique Ragon, sa secrétaire : « Notez bien que notre liste fera une tribune si elle est élue. » Et le samedi, les deux tracts, un rose et un bleu, ont été distribués aux spectateurs par les gamins du club. En 1984, Soisson est élu maire, avec un conseil municipal dans lequel figurent Jean-Claude Hamel, adjoint au commerce, et, dans l'opposition, Serge Mésonès. Et ils construisent la tribune. Tout le monde est d'accord puisqu'ils l'ont promis. Mais, enfin, il a fallu quand même les secouer. J'ai ainsi ressorti les tracts comme autant de promesses, et j'ai poussé à la roue dans le journal du club.

C'est ainsi que la tribune de sept mille places abritant les mille mètres carrés réservés à l'administration a été édifiée.

— On se rend mieux compte du rôle capital tenu par Jean-Pierre Soisson dans l'ascension de l'AJA.

— Jean-Pierre Soisson est né avec l'AJA, puisque son père en était le président. Dans la cour de la maison de famille, on chargeait les gazogènes des voitures qui partaient en déplacement, et c'est M. Soisson père qui allait à la Kommandantur demander les permis de circuler : il a fait preuve d'un grand dévouement pendant la guerre.

Jean-Pierre Soisson a un petit peu joué en minimes et cadets, comme on l'a dit, ainsi que son frère Alain. Une photo assez récente a été faite de cette équipe de cadets, avec l'entraîneur Pierre Grosjean. Pas un ne manquait. Encore une forme de mémoire.

Jean-Pierre Soisson aime le football et le club. Il a eu de la chance en plus : il est sûrement le seul ministre des Sports à s'être retrouvé assis à côté du président de la République, en 1979, avec son équipe sur le terrain. Cela ne pouvait que conforter l'idée, dans l'opinion publique et dans le cercle politique, qu'il était un bon ministre. Une petite équipe qui chatouille les grands, avec peu d'argent, grâce à une gestion très saine. Et tout le monde se disait : si l'équipe d'Auxerre est ainsi, c'est que Soisson ne peut être autrement.

— Comment situez-vous cette saison 1979-1980 dans votre carrière ?

— Comme une saison charnière, qui représente un changement radical dans ma vie. Je suis obligé de prendre de la distance avec mon cabinet d'assurances. Dorénavant, je suis football à plein temps : ce que j'ai toujours souhaité. Sept jours sur sept, douze heures par jour. Je l'avais dit, quand j'avais sept ans, au curé et à l'instituteur à Appoigny : « Je veux jouer au foot tous les jours de ma vie. » Il a fallu que j'atteigne ma soixante-septième année pour trahir cet engagement.

## 9

# DANS LE CIEL DE LA POLOGNE COMMUNISTE

Dominique GRIMAULT — Et puis, en quelques mois, tout a basculé pour votre club lorsqu'il a accédé à la Division 1. Nous sommes au printemps 1980. Comment avez-vous réalisé le grand passage ?

Guy ROUX — Durant l'hiver 1979, à mi-championnat, nous avons eu une défaillance. On avait trois points d'avance, et nous avons perdu cette marge de sécurité. Un soir de mauvais temps, le Red Star, bon dernier, vient à l'Abbé-Deschamps. A la mi-temps, nous sommes menés 2 buts à 0 ! Je laisse rentrer l'équipe. Et je claque violemment la porte du vestiaire, si rageusement qu'elle se fend en deux ! La moitié de la porte tombe par terre, à grand bruit. Ça fait de l'effet. Les joueurs s'assoient. Je laisse les quinze minutes de repos s'écouler dans le silence. Personne ne dit un mot dans le quart d'heure. Je ne relève pas la porte et je retourne sur le terrain en marchant dessus. Dix minutes plus tard, nous menons 3 buts à 2, et nous gagnons sur ce score. Parfois, il faut créer un choc. Les moteurs du management d'une équipe peuvent être au niveau de l'émotion plus qu'au niveau du cérébral. Je m'amuse aujourd'hui, quand je travaille à Canal, de la stupeur de celui qui fait les interviews de mi-temps : « Que vous a dit l'entraîneur à la mi-temps ? » demande-t-il à un joueur. Réponse : « Rien. »

Et le deuxième événement, c'est le dernier match. Nous sommes au coude à coude avec Avignon qui aurait dû être largement en tête mais qui a perdu des points parce qu'il avait fait jouer un joueur non qualifié, Ouattara. Cannes est également au même niveau. Or, nous recevons l'AS Cannes. L'Abbé-Deschamps est archicomble. A ce moment-là, il n'y a pas de zone derrière les buts, il y a seulement les deux tribunes, une de mille huit cents places et une autre de deux mille six cents places. Nous avons installé des grillages à mouton autour, pour nous tenir au règlement, de deux mètres de haut, avec des pieux d'acacia. C'est bricolé. J'ai quelqu'un à Avignon, laquelle équipe joue également à domicile : il y a un téléphone dans le stade, donc ce correspondant peut nous appeler quand il veut. Mais j'ai aussi un envoyé spécial, et je l'ai posté dans un hôtel qui est voisin du stade, au dernier étage, d'où il regarde le match, avec un téléphone à portée de main. Les portables n'existent pas à l'époque. En première mi-temps, l'arbitre, Joël Quiniou, veut donner un avantage à Jean-Marc Schaer qui est retenu par le bras au moment de tirer. Il est tellement retenu qu'il ne peut pas tirer. Mais comme il avait crié « avantage », l'arbitre ne peut plus siffler le penalty. Je suis furieux et devant lui, à la mi-temps, je prends le grillage à mouton et je lui crie : « Si vous continuez comme ça, on enlève le grillage. » Et je fais semblant de tirer le grillage. Il y a une tension énorme.

Cannes nous marque un but. Ça va mal. Serge Mésonès place une tête sur un corner qui touche la barre et le poteau. But ! Puis Lucien Denis, très bon arrière-droit venu de Sochaux – il n'avait pratiquement pas marqué de buts depuis qu'il était à Auxerre –, fait une montée rageuse et met un tir de vingt-cinq mètres sous la barre, qui touche la barre et qui rentre : phénoménal !

Et seul le bon Dieu – et Joël Quiniou – savent que le ballon est rentré. Il y a un immense doute, mais enfin, il faut interpréter... Sans doute le juge de touche était-il bien placé... Enfin, c'est rentré de peu. Et donc victoire : 2 buts à 1. Il y a une telle euphorie qu'on s'arrête de jouer et qu'un tir de Cannes frappe notre barre.

Pendant ce temps-là, le téléphone marche, et on s'aperçoit que les dirigeants d'Avignon nous mentent en annonçant un mauvais résultat, histoire de nous mettre en confiance. Par chance, notre observateur téléphone et nous donne le bon score. A partir de là, on commence à mentir à notre tour... On leur dit qu'il y a match nul. Et en cas de résultat nul de notre part, ce sont les Avignonnais qui montent. Les deux matchs se terminent. Comme nous avions gagné, c'était tout bon pour nous. Donc, tour d'honneur... Mais, de leur côté, ils croient qu'on a réalisé un simple match nul, et les voici qui entament une danse de joie et qui boivent le champagne dans les vestiaires. Et tout d'un coup, il y a un dirigeant de chez eux qui rentre l'air catastrophé et qui annonce : « Non, c'est une erreur... Auxerre a gagné. » Imaginez la tête des Avignonnais !

— C'est donc dans ces circonstances plutôt tendues que l'AJA se retrouve promu en Division 1. Vous sentiez-vous prêt à affronter les meilleurs ?

— La montée parmi l'élite, c'est terrible. Nos joueurs sont amateurs. Et j'avais promis aux quinze qui avaient joué que, si nous montions et s'ils le souhaitaient, ils pourraient passer professionnels, sans distinction. Mésonès et Szeja préfèrent arrêter, Klose, lui, reste. Mais voici comment s'est passé le passage au professionnalisme à l'AJA : nous avions installé une table dans le vestiaire et, durant le week-end de la Pentecôte, de demi-heure en demi-heure, les joueurs sont passés, et on a discuté les conditions avant qu'ils signent professionnels.

Nous avons tenté également de nous renforcer. Ce n'était pas facile. On a recruté « Fanfan » Félix, l'avant-centre historique de Bastia, qui avait un petit problème au genou. On a appelé Robert Saab, milieu de terrain ultra-technique de Lens. Jean-Marc Ferreri a déjà beaucoup progressé, et il est dans le coup. On recrute un Polonais de l'équipe nationale qui s'appelle Wieczorek, il est devenu ensuite entraîneur. Les autres étaient là, l'année précédente. Stage dans les Vosges, en altitude, à Orbey. Puis un tournoi quadrangulaire à Mulhouse.

Et on commence... On commence à l'extérieur, sur terrain neutre. Bastia, notre adversaire, avait vu son terrain suspendu, et le match se joue à Toulon. Nous encaissons deux buts et nous voyons tout de suite apparaître nos insuffisances. Or, je courais, depuis des années, après l'avant-centre de l'équipe de Pologne, Andrej Szarmach. Je l'avais découvert en Allemagne en 1974, puis revu en Argentine en 1978, où il disputait sa deuxième coupe du Monde. Il en fera trois, puisqu'il sera du Mondial espagnol en 1982. En Argentine, l'équipe polonaise était basée dans la cordillère des Andes, à 1500 mètres d'altitude, dans un hôtel complètement isolé, au-dessus de Mendoza, et il y avait la troupe – l'Argentine, ce n'était pas alors une grande démocratie ! –, la troupe donc qui barrait l'accès du col où se situait l'hôtel. Personne ne passait : pas de journalistes, personne. Et moi qui voulais absolument monter là-haut, j'ai raisonné : « Ces gens-là, il faut quand même qu'ils mangent et qu'ils boivent. Donc il y a des livreurs. » Je me renseigne sur qui livrait la bière. Et il faut que je trouve le fournisseur. Je finis par mettre la main dessus, un soir à Mendoza. Je connaissais un Argentin, rencontré au cours d'une soirée, qui m'a renseigné : « Oui, c'est Untel, c'est un ami. Je l'appelle et il va vous prendre dans le camion. » Ce marchand de limonade m'a donné un blouson bleu de livreur et une casquette. Je me suis installé dans le camion à côté de lui et on a monté le col. On a donné une caisse de bière à l'armée – comme c'était l'usage chaque fois –, puis, arrivé là-haut, j'ai enlevé casquette et blouson, et j'ai demandé Szarmach. Il est venu. J'ai parlé avec lui, pour la première fois, avec un interprète.

— Et que lui proposez-vous ?

— Je lui ai expliqué ceci : « Nous sommes en deuxième division, mais on va sûrement monter, car nous avons une très bonne équipe. Maryan Szeja, que vous connaissez, joue avec nous, ainsi que Slyko. Nous voulons des joueurs polonais, et nous avons quelques moyens. Il me répondit : « C'est très difficile de sortir. Je n'ai pas trente ans, et je n'ai pas le droit de sortir de Pologne. » J'ai dit : « Bon, d'accord. On attendra. Mais on veut absolument que vous jouiez chez nous. » Et on reste sur ce contact-là. Donc, en 1980, on est mal. Nous avons essayé d'avoir Szarmach depuis notre montée, mais on n'a pas réussi. Nous savons seulement qu'il fêtera ses trente ans fin novembre. Finalement, on lui signifie qu'il est interdit de transfert. Ça nous arrange, parce que des clubs allemands et Anderlecht ne peuvent pas le prendre. De toute façon, les Polonais, à ce moment-là, n'aimaient pas beaucoup les Allemands. Les souvenirs de la guerre étaient encore frais. Jean-Pierre Soisson devient ami, dans des réunions de ministres des Sports, avec M. Renke, son homologue polonais, qui était un jeune officiel, comme lui. Et M. Renke désirait entrer au Comité international olympique. Pour les élections internationales sportives, et même non sportives, il y avait deux blocs : d'un côté, les Latins, les communistes de l'Est et les Africains ; et, de l'autre, tous les Anglo-Saxons et les Nordiques. Soisson peut être le rabatteur de toutes les voix francophones, celles des Africains, notamment, en faveur de Renke. Mais, en retour, il demande : « Oui, mais il faudrait me donner un coup de main pour mon équipe. Ouvrez la porte à Szarmach. » Et le marché a été tenu. Renke a été élu dans je ne sais quelle commission, ce qui lui donnait notamment l'avantage considérable de venir à l'ouest. Et il nous a été possible d'aller voir Szarmach en Pologne. Nous voici donc partis, en avion, avec Gérard Bourgoin, direction Mielec.

— Ah !... Avec un avion privé on pouvait aller en Pologne communiste ?

— Oui... Mais avec des autorisations. La vérité vraie, c'est qu'on ne pouvait pas aller à Mielec, un terrain ultra-protégé, interdit, où l'on assemblait les « Mig » russes ! Bourgoin a donc un peu joué sur les espaces aériens, et c'est vrai que l'on risquait de se prendre une rafale. Pas loin de Mielec, il a demandé à la tour la permission de se poser en urgence, en disant que l'avion était bourré de volailles et qu'il suffirait de venir les chercher une fois qu'on se serait posés. Finalement, on a pu atterrir à Mielec. Ils nous ont emmenés derrière un petit bois. Les « Mig » étaient devant nous ! On a enfourné les volailles dans une camionnette et on est sortis de l'aérodrome.

— Pas de question ?... Pas de contrôle ?... Pas de fouille ?...

— Rien. On n'a pas sorti le passeport de la poche. Normalement l'aéroport fermait à 21 heures, mais nous devions voir le match de Stal Mielec, puis discuter du contrat de Szarmach qui jouait dans ce club. Donc, il nous fallait un peu de temps. Nous l'avons retrouvé dans un hôtel, on a dîné, et on s'est entendus. A 1 heure du matin, la camionnette nous a ramenés à notre avion, et nous avons décollé.

— Et là, vous aviez signé ?

— On s'est mis d'accord avec lui. Et on a négocié également le transfert avec Stal Mielec. Il a fallu attendre ses trente ans révolus pour qu'il ait la permission de quitter la Pologne. Ils l'ont laissé partir, mais sans sa femme ni ses enfants. Il est arrivé en milieu de semaine, et le samedi suivant il marquait son premier but : nous avons gagné 2 buts à 1. La première saison, il nous a vraiment sauvés. Il a marqué seize buts en championnat. Sans lui, que serait-on devenus ?

— Visiez-vous d'autres cibles ?

— Oui. J'ai également besoin d'un gardien de but, puisque Szeja a décidé de ne plus jouer. Je cherche un jeune espoir. A ce moment-là, Sochaux avait deux gardiens de but à peu près du même âge, de grand talent, internationaux espoirs tous les deux : Rust et Bats. J'attends, et Sochaux préfère Rust. Alors, j'appelle Bats et je lui dis : « Joël, apparemment, votre club a choisi Rust. Vous êtes de valeur égale. Moi, je monte en première division et je n'ai pas de gardien. Voulez-vous être mon titulaire ? » Il est d'accord et souhaite qu'on en discute. Il a vingt-trois ans, encore à l'âge des espoirs. Il signe, mais il ne m'avait pas dit qu'il avait un ménisque abîmé. Donc, opération obligée, et il n'est pas là à la reprise. J'utilise mon deuxième gardien, Jean-Paul Pesant, qui est ouvrier dans la cartonnerie de l'ancien président. On le fait sortir de l'entreprise, on le fait passer pro. Il vient à l'entraînement et il joue les deux premiers matchs : défaite contre Bastia et nul contre Angers (2 à 2). Pesant était bon, niveau CFA. Et Joël Bats est rétabli et commence. Pour lui, les deux premières années sont difficiles ; la deuxième, notamment, est très délicate. On encaisse beaucoup de buts. On en prend cinq à Lens, cinq à Sochaux, sept à Monaco... Bats peine et il n'est pas content, il est même parfois découragé. Il a été, il est vrai, victime d'une grave maladie qu'il a réussi à vaincre. Mais on lui a toujours fait confiance. Avant sa maladie, en 1981-82, année de l'inauguration du Centre, Marc Bourrier vient à Auxerre et me demande : « Je n'ai plus de gardien de but en espoirs. Est-ce que tu crois que Joël Bats accepterait de revenir, bien qu'il ait dépassé l'âge ? » Ils avaient droit en effet à trois joueurs dépassant la limite d'âge. J'ai dit : « Bien sûr, cela lui donnera confiance. » C'est cette marque d'estime qui lui a donné ensuite la chance de jouer en A. Ainsi, quand Michel Hidalgo a cherché un gardien de but pour l'Euro 1984, il a jeté son dévolu sur Joël Bats. Le premier match, Joël a encaissé trois buts face au Danemark. Mais il a été conservé et il a été champion d'Europe 84 et sacré meilleur gardien de but européen quelques mois plus tard.

Je poursuis avec Joël : il était en dernière année de contrat, 1984-85, et c'est la première fois à Auxerre qu'on emmenait un joueur en fin de contrat sans le transférer. Paris Saint-Germain le voulait. Francis Borelli, le président du PSG, était venu en douce, je l'avais appris. Dans le cadre du conseil d'administration de la Ligue, j'ai pris Borelli à part : « Si vous revenez à Auxerre, je vous peins en bleu et blanc, des pieds à la tête. Et vous rentrerez à Paris comme ça ! » Il avait rigolé, mais il n'est jamais revenu. Et Joël Bats est resté jusqu'en 1985. Ensuite, on l'a laissé filer à Paris.

— Qui fut votre premier international ?

— Jean-Marc Ferreri. Le patron des Bleus, Michel Hidalgo, m'avait un peu sondé pour la coupe du Monde de 1982, et je lui avais dit : « Si c'est pour qu'il joue, ça va. Si c'est pour qu'il fasse deux mois de folie sur le banc, qu'il me revienne complètement détraqué, ne le prends pas. Attends le mois d'août. » Et Michel Hidalgo avait choisi cette option. Au premier match sous le maillot de l'équipe de France, mes joueurs ont par la suite toujours commencé brillamment... sauf Ferreri : pour lui, c'est le Parc des Princes, le match de l'USJSF (Union syndicale des journalistes sportifs de France) et de l'UNFP (Union nationale des footballeurs professionnels), France-Pologne, fin août 1982. Défaite 4 buts à 0 ! Ensuite, Jean-Marc a beaucoup joué. Il a moins de sélections qu'on en compte aujourd'hui, parce que, dans ce temps-là, l'équipe de France ne jouait pas onze matchs par an, mais six.

10

# AU CŒUR DE LA MÉTHODE AUXERROISE

Dominique GRIMAULT — En 1982, c'est l'année de l'inauguration du Centre de formation. Et, ici, nous entrons au cœur de la méthode de l'AJA, et du système Roux. Pouvez-vous nous aider à comprendre pourquoi et comment l'AJA est devenue au fil du temps cette « machine à champions » reconnue de tous ?

Guy ROUX — Le curé, successeur de l'abbé Deschamps, qui occupait le poste de chanoine et de membre ecclésiastique du comité directeur de l'AJA, était un homme exceptionnel. Il s'appelait Jean Bonnefoy. C'était un curé à vocation tardive. Sa famille avait été décimée sous les bombardements pendant la guerre. Il avait été dans des réseaux de résistance internationaux. Il était reconnu en particulier par des hauts dignitaires tchèques avec qui il avait combattu dans la Résistance. Il était professeur d'anglais, de latin et de grec. Cet homme était la charité incarnée. La situation normale de l'abbé Bonnefoy, c'était le dénuement. Et je vous donne deux exemples.

Il y avait une tradition à l'AJA, c'étaient les vœux de l'archiprêtre. Donc, toutes les sections du club se réunissaient à côté de la cathédrale dans les premiers jours de janvier pour une fête, et on faisait un cadeau à l'archiprêtre. L'abbé Bonnefoy était l'aumônier de la prison ainsi que de l'hôpital, plus éloigné. Il circulait sans arrêt à pied dans Auxerre. Il avait son permis mais il ne voulait pas de voiture : il affirmait que c'était du luxe. Les dirigeants décident un jour de lui offrir une mobylette pour qu'il ne marche plus autant. Quinze jours après, réunion de foot. Question : où est la mobylette ? On avait vu à nouveau l'abbé marcher. Explication : « Ah, il y avait un ouvrier qui allait travailler à pied à Augy à dix kilomètres. Je la lui ai donnée, parce que sans ça il ne pourrait pas nourrir sa famille. »

L'année suivante, grande réunion préparatoire des vœux de l'archiprêtre. Objet de la réunion : « Quel cadeau donne-t-on à l'abbé sans qu'il puisse s'en démunir à la première occasion ? » Après une longue discussion entre gens imaginatifs, tous décident : une soutane. Car c'est vrai qu'il avait une soutane percée. Il fumait des Boyard et des Gitanes d'une manière distraite, si bien qu'il laissait tomber la cendre et que sa soutane était pleine de trous. A la sortie de la messe de la cathédrale, ce n'était pas très beau, avec tous les bourgeois d'Auxerre, une soutane trouée. Pour venir au stade l'après-midi – parce qu'il venait toujours au stade voir les jeunes – c'était moins grave, mais quand même. On lui achète donc une soutane premier choix, sur mesure. Le dimanche suivant à la messe, tout le monde regarde, il porte la soutane neuve. Mais voilà qu'une semaine plus tard il a remis la vieille. Pourquoi ?... Pourquoi ?... Tous sont interloqués. Il leur dit : « Ecoutez, le curé de Toucy n'avait plus de soutane et je ne pouvais quand même pas lui donner celle qui était trouée... » Voilà l'homme.

Il faut savoir qu'à la cure, près de la cathédrale, l'abbé Bonnefoy recueillait tous les clochards de passage que la police ramassait. Il n'y avait pas d'asile de nuit à Auxerre. Pendant les vingt ans de son sacerdoce, il a tenu le rôle d'asile de nuit. Il avait une chambre où il faisait coucher les SDF. Il leur offrait une soupe le soir et un petit déjeuner le matin. Des catholiques, des commerçants lui donnaient ce qu'il fallait. Pendant vingt ans, il a eu cette action généreuse. Et la police même en abusait, et les élus de la ville aussi. A Auxerre, pendant longtemps, il n'y eut pas d'asile de nuit, chacun se donnant bonne conscience en se disant : « Mais, il y a la cure... »

L'abbé avait ouvert, petit à petit, une dizaine de chambres en les faisant retaper. Et là, avec des poêles à pétrole, nous y installons – très tôt, lorsque nous sommes encore en troisième division, en 1974 – des gamins qui jouent bien au foot. Et on les entraîne. Et il leur fait à manger. Il part le matin avec un grand sac, il va au marché. Il ramasse les salades à midi quand le marché se termine, il y a des bouchers qui lui donnent de la viande et des gars qui lui donnent des fruits un peu avariés. Il remplit deux grands sacs qui font dix kilos chacun, et il fait à manger aux jeunes qui jouent au foot.

Donc, le premier Centre de formation d'Auxerre est là. C'est l'abbé Bonnefoy qui l'a créé. L'abbé n'a pas d'argent et il arrive à faire vivre dix gamins, un peu sur la mendicité et beaucoup sur la charité. Mais il fait marcher la maison, à sa façon, en faisant ce qu'il appelle ses « betteraves ». L'été, il y a une boîte à bac dans un collège chic de la région parisienne à Jouy. C'est cela qu'il appelle ses « betteraves » : pendant deux mois et demi, il enseigne là-bas et il est bien payé. Et une année, fier comme tout, il achète une télé en couleur pour les gamins, avec l'argent de ses « betteraves ». Il leur fait à manger aussi avec l'argent de ses cours. Le club ne participe quasiment pas car il ne peut pas. Qui est passé par ce centre ? C'est Jean-Paul Noël, qui fut le premier international junior de l'AJA, le premier joueur du club à avoir porté un maillot de la Fédération. Il y a Daniel Rolland aussi, et Claude Barret. Depuis, ils sont tous devenus entraîneurs au club. Un champion du monde est même passé chez l'abbé, c'est Lionel Charbonnier, il a commencé dans une chambre là-bas. Et tant d'autres, bien sûr. L'abbé a incarné à la perfection l'esprit d'un club qui s'appelle l'Association de la jeunesse auxerroise.

De mon côté, je m'occupe de je ne sais combien de gamins. Je les fait travailler comme un fou. A Noël, à Pâques : pas de vacances, un stage. Je les fais travailler tout l'été pour les améliorer. Ce sont ces gamins qui sont les artisans de nos montées successives. C'est ce vivier qui compose notre fonds de joueurs.

— Mais quand commence vraiment l'actuel Centre de formation, celui que la France du foot finira par vous envier ?

— Quand nous avons accédé à la finale de la Coupe, en 1979. Nous avions engrangé un million deux cent mille francs de bénéfice. Nous avons alors hésité. Olivier Rouyer est sur le marché, il joue ailier-droit à Nancy, il est international, c'est un copain de Platini. Et Mésonès nous en dit le plus grand bien. On interroge Nancy qui nous répond : « Il vaut un million deux cent mille francs. » Nous avons le choix entre un ailier-droit international et la ferme Râteau, c'est-à-dire le domaine où a été érigé le Centre.

Oui, il y avait une ferme à cet endroit avec des champs de blé tout autour. Il y avait aussi une basse-cour. Quand nous devons faire un choix, le président Hamel a une manière très démocratique de décider. Il me donne une carte de visite et il en prend une. Il marque son choix et moi aussi. On a une voix chacun mais, en cas d'égalité, c'est lui qui décide. Ce n'est pas tout à fait stupide, parce que, au cas où on est d'accord – et la moitié du temps, et même plus, nous partageons un même avis –, j'ai participé à la décision. Si je ne suis pas d'accord, la décision est prise quand même. Donc on écrit tous les deux, on retourne : tous les deux avions choisi « la ferme ». Il entreprend alors des négociations avec la famille du fermier. Il manque de prendre un coup de fusil ! Oui, un jour, il a été mis en joue en se présentant chez le fermier... Dans ce genre d'histoire, il y a toujours des rivalités et des problèmes de famille. Mais, enfin, le club achète la ferme. Jean-Paul Soisson est ministre des Sports et on construit le Centre de formation en 1981-82.

Il faut recruter un entraîneur pour le Centre : on désigne Daniel Rolland. Il était entraîneur des juniors. C'est à ce moment-là que Daniel quitte son travail de géomètre chez Jean Lefèvre : il a fait une partie de l'autoroute A6 lui-même, avec ses viseurs. Il était très bon géomètre. Nous attaquons le recrutement...

— Pouvez-vous être très précis sur le sujet du recrutement, tellement important dans un club comme le vôtre ?

— Georges Boulogne avait lancé les centres de formation partout en France, avec Jean Sadoul et Fernand Sastre. Et pour les alimenter avec les meilleurs joueurs – car il ne suffisait pas de les construire, il fallait que les plus beaux talents y soient rassemblés –, il a créé un championnat des ligues des quatorze-quinze ans. Donc chaque ligue a une équipe et nous avons les cadets de Bourgogne. Le conseiller technique régional dégage des sélections départementales. Au printemps, se déroule un championnat interdépartemental dans une ligue, donc dans une région. Ensuite, il y a le championnat interligue qui se joue à Vichy, avec toutes les équipes, où les gamins jouent six jours de suite. Le matin, ils font des tests et, l'après-midi, ils sont ballon au pied. Là, les clubs sont invités à venir observer. Mais, évidemment, à Vichy c'est trop tard : il faut aller auparavant dans les ligues.

C'est ainsi que Cantona a été repéré à Aix-en-Provence, et bien d'autres de la même façon.

— Qui sont ces observateurs de base ? Avez-vous un réseau ?

— On utilise des bénévoles, mais nous n'avons pas de réseau. A ce moment-là, Jean-Pierre Dubord, qui est ouvrier d'usine chez Guillet, prend un congé, et il va voir le tournoi d'Aix-en-Provence, par exemple. Un week-end. Bernard Turpin, qui est le prof du sport-étude, se déplace ailleurs. Daniel Rolland de même. Et moi, si je suis libre, je vais voir un joueur ou deux dans un autre endroit. On se débrouille.

— Vous allez « à la pêche », comme on dit ?

— Non, on se rend dans les endroits où les meilleurs sont rassemblés. Et j'ai des relations dans toute la France. Je suis très sociable. Il y a les copains de régiment, de Limoges, des stages d'entraîneurs... Je connais du monde. Donc j'utilise mes copains. Mais bénévolement. Je demande : « Tu ne peux pas aller voir à Châtellerault ? Il y a un rassemblement. Me dire s'il y a un bon gamin. » On me répond, par exemple : « Oui, oui, il y a Charbonnier, il est formidable. » Et, à ce moment-là, on recrute.

C'est ainsi que nous avons lancé notre premier stage au mois de mai 1982. Et là, il y a Boli, Vahirua, Cantona, Darras, Mazzolini, Guerreiro... Enfin, sur les quinze premiers gamins qu'on recrute, il doit y en avoir douze ou treize qui vont devenir professionnels et quatre qui seront internationaux !

Et nous pouvons compter sur un homme exceptionnel, et je reparle ici de Daniel Rolland. Je l'ai recruté à l'âge de seize ans un jeudi après-midi, quand j'allais voir des matchs scolaires en 1961. Il jouait ailier droit et il prenait tout le monde de vitesse. Donc immédiatement je l'ai fait signer. Et le dimanche suivant je l'ai fait jouer en division d'honneur. Il est resté en première un certain nombre d'années. Un jour, il a eu un petit conflit avec les dirigeants de l'époque. Il est parti entraîner Ligny-Chablis. Il a fait monter ce club chaque année d'une division, il a encore gagné la coupe de l'Yonne. Donc j'ai pensé : « Il est forcément bon. » Et je suis allé le rechercher comme entraîneur. D'entraîneur des juniors, il est passé entraîneur du Centre. C'est un très gros travailleur d'une très grande intelligence pratique. Il a cinq ans de moins que moi. On se connaît par cœur. Nous n'avons jamais dit : « Allez, on se réunit et on définit le travail. » Non, nous avons parlé sans arrêt, tous les jours, pendant trente ans. Et aujourd'hui, nous nous voyons encore quatre jours par semaine. Il a été formidable. Il a cumulé les coupes Gambardella, et je ne sais combien de titres divers en CFA et en cadets.

— Comment fonctionnent aujourd'hui les centres de formation ?

— Tout est plus difficile maintenant, car le recrutement se fait à l'échelle mondiale. Sur un rassemblement de jeunes Français, vous avez vingt observateurs anglais. Et puis, je ne suis pas sûr qu'il y ait autant de talents chez les jeunes, actuellement...

— Existe-t-il des générations tout à fait exceptionnelles ?

— Oui. Nous n'avons jamais revu à Auxerre un cru comme celui de 1982, même si nous avons trouvé d'excellents joueurs par la suite. Il y a eu des coups très heureux : Garande, par exemple. Au Centre de formation de Saint-Etienne, il n'a pas été reconnu comme un bon élément. Donc, lâché par les Verts, il vient chez nous. Et trois ans plus tard, il est meilleur buteur du championnat. Des coups comme celui-là, on en a réussi quelques-uns.

— Les jeunes, ensemble, comment fonctionnent-ils ?

— Au début, en 1982, ils étaient quinze. Cela aurait dû être facile, mais ça ne l'a pas été, parce qu'il y avait parmi eux de forts tempéraments, dont Cantona. Eric s'est bagarré un jour avec Mazzolini avant un repas, et il y a eu quarante assiettes cassées. Ils tournaient autour des tables. Mazzolini aussi était un cas. Tout le monde l'appelait « Paulo », alors que son prénom est Stéphane. Quand Basile Boli est parti pour l'OM, je l'ai invité à dîner le soir de son départ, avec sa femme. Et je lui ai demandé : « Tu vas me donner quelques secrets que je n'ai pas élucidés... »

Il était tout content. J'ai demandé : « Pourquoi appeliez-vous Mazzolini, Paulo ? » Il a répondu : « Paulo, c'est Belmondo. » Parce que Mazzolini est descendu un jour sur toute la longueur du toit du Centre, très haut, et qu'on nomme, pour cette raison, la pagode. Il s'est lancé du sommet, sur une couverture en guise de luge, et il a atterri au milieu du terrain. On croyait qu'il était mort... C'étaient vraiment des gars extrêmement vivants !

Je rentre un soir – car, toujours, en rentrant le soir, je passe devant le Centre. J'arrête ma voiture, je regarde et je vois un truc blanc, avec le clair de lune, sur une fenêtre. Je m'approche et j'arrive juste en dessous. C'était Roger Boli qui était en grand costume sombre et chemise blanche, et ce que j'avais vu, blanc, c'était la chemise et les dents. Il était assis sur le rebord de la fenêtre, les pieds sur la gouttière, prêt à sauter. Je lui dis : « Roger, qu'est-ce que tu fais là ? » Il me dit : « C'est le chat... » Roger, ce n'est pas un menteur, c'est un conteur, un conteur africain. C'est-à-dire qu'il finit par croire à une histoire qu'il a inventée de toutes pièces. Donc il me dit : « C'est le chat. » Je lui dis : « Quel chat ? »

Il me dit : « C'est le chat qui miaule. Je ne peux pas dormir, donc je le cherche. » Je lui dis : « Il est de quelle couleur ? » Il dit : « Il est gris. » Je lui dis : « Tu l'as vu ? » Il me dit : « Non. » Je lui dis : « Ecoute, ne bouge pas. Je fais le tour, on va voir. » Pas de chat, évidemment. Je reviens, je lui dis : « Comment ça se fait que tu es en costume avec une chemise blanche pour attraper un chat ?

— Coach, il faisait froid, je n'ai trouvé que ça. »

Je lui dis : « Allez, va te recoucher. »

Une autre fois, ils font le mur. On avait tout bouclé, il y avait des verrous partout. Mais ils font le mur quand même, toute une bande. Je dis : « Vous aurez mille francs de contribution, mais celui qui me dit par où vous êtes passés aura 10 % de réduction. » Roger dit : « Je suis fauché, je vous le montre. » Et il m'a montré par où ils étaient passés...

— N'était-ce pas extraordinaire de débuter un Centre de formation avec autant de personnalités et autant de talents ?

— Bien sûr. En cadets et en juniors, on écrasait tout le monde. Lors d'une finale de coupe Gambardella, on rencontre Montpellier avec Dutuel qui marque Laurent Blanc, lequel joue numéro 10, meneur de jeu. L'AJA gagne 3-0. Trois buts de Cantona. Il y a une autre finale de Gambardella célèbre avec un Nantes-AJA, à Lyon, qui s'est jouée en lever de rideau d'Atletico Madrid-Dynamo de Kiev, la finale de la Coupe des coupes. Le Dynamo Kiev d'alors est merveilleux : il y a Zavarov, Belanov, Blokhine... Mais revenons à la Gambardella : à Nantes, il y a Desailly et Deschamps. A l'AJA, il y a Charbonnier et Basile Boli. On gagne aux tirs au but. Charbonnier en arrête trois. C'est une finale formidable. Pour la voir, j'avais abandonné, pour la première fois, le club en tournée en Hongrie.

— Entre l’équipe première et tous ces matchs de jeunes, c’est un gros travail pour vous ?

— Oui, mais je m’organise. On m’a enlevé un rein, mais c’est arrivé pendant les vacances, donc je n’ai rien manqué. J’ai aussi failli mourir en Sicile, à Palerme. On jouait là-bas contre l’Inter de Milan pour le transfert de Taribo West : ils nous donnaient un million. C’étaient les débuts de Ronaldo qui nous a mis un but. On a perdu 3 buts à 0. Je suis revenu dans l’avion, je grelottais, j’avais 42° de fièvre. Les joueurs m’ont ramené chez moi et ils ont fait venir le médecin à 2 heures du matin. Une pneumonie – normalement c’est trois semaines – avec des antibiotiques forts. Je suis resté dix jours chez moi, puis je suis revenu au stade. Je m’étais construit une tente individuelle pour ne pas avoir froid. Et c’est cette année-là qu’on a installé un chauffage sous les bancs. La tente a une histoire : quand j’ai voulu revenir, le docteur m’a alerté : « Attention. Si vous passez deux heures à moins 2 °C, vous allez faire une rechute et vous allez mourir. » J’ai fait une contre-proposition : « Et si je chauffe le banc ? Si je crée une température à plus 15 °C ou plus 20 °C ? » Il a rigolé : « Comme ça, ça va. » Alors, j’ai installé un chauffage sous le banc et je me suis confectionné une espèce de tente en plastique, et je me suis habillé avec des vêtements de laine et coiffé d’un passe-montagne. Je ne laissais passer que les yeux, et la bouche pour respirer. Donc j’ai manqué juste dix jours. D’ailleurs, quand j’ai eu mon pontage, j’ai été absent du 23 novembre au 27 décembre. Un mois pile. Et j’ai repris l’entraînement.

— Revenons, si vous le voulez bien, au nerf de la guerre : vous formez, éduquez des joueurs pour mieux les vendre ensuite... Il est là votre système, non ?

— C’est un peu plus compliqué. Notre système, c’est former des joueurs, les inclure dans notre équipe, leur donner de la valeur et les transférer. Mais avec l'argent des transferts, il nous faut parfois compléter l'équipe quand même, parce qu'on n'a pas toujours ce qu'on veut. Donc, nous achetons aussi des joueurs qu'on revend éventuellement plus cher après les avoir valorisés. Mais notre véritable politique, c'est de travailler constamment pour former de bons joueurs.

Le grand problème, maintenant, pour Auxerre, c'est qu'il va falloir continuer à pratiquer cette politique avec d'autres hommes, qui ont une culture personnelle, acquise au cours de leur carrière de joueur et d'entraîneur dans les postes précédents. Ces hommes subiront une pression plus grande que moi. J'ai toujours gardé mon métier d'assureur, moi, jusqu'en 1997. Je savais – puisque j'étais en plus syndicaliste – que je pouvais faire une très mauvaise saison et que j'aurais été licencié comme les autres, même si tout le monde jurait qu'on ne me virerait jamais. De toute façon, Auxerre, vu sa taille et ses ressources, ne peut pas vivre autrement qu'avec ce système. Donc notre gros travail, actuel et futur, sera de perpétuer cette culture. Elle suppose que les entraîneurs, mais aussi les dirigeants, acceptent le risque d'introduire de jeunes joueurs dans l'équipe : un gamin, dans une équipe, peut faire des bêtises qui vous font perdre des matchs.

Il faut également être bien entouré. Prenez Michel Bethery, le cuisinier, comme exemple, le beau-frère de Daniel Rolland. Nous l'avons débauché du meilleur restaurant d'Auxerre pour qu'il fasse la cuisine au Centre. Il avait une caractéristique, partagée avec tous ceux qui travaillent au Centre de formation : c'est le mépris total des lois du travail. Nous sommes là douze heures par jour, sept jours sur sept, à commencer par le président Hamel et moi.

La vente de certains joueurs nous a permis de construire le Centre. Ainsi celle de Cantona nous permet d'édifier la salle couverte. Je voulais déjà la faire construire avec le produit du transfert de Ferreri. J'ai toujours observé que l'Education nationale et les villes construisaient des gymnases où il était quasiment interdit de jouer au foot. J'ai donc dit : « On va prendre le contre-pied. On va faire une salle réservée au foot. » J'avais imaginé depuis longtemps dans ma tête un gymnase d'une surface supérieure à 40 x 20 mètres, selon le terrain et l'argent qu'on aurait pour le bâtir. Alors, quand on a vendu Ferreri, j'ai dit au président : « Il faut qu'on construise la salle. » Mais nos finances étaient encore un peu difficiles, à l'époque, et il fallait qu'on renforce l'équipe. On ne l'a donc pas fait. En revanche, quand on a vendu Cantona, en 1988, j'ai dit : « Cette fois, on y va, président... » Il a répondu : « Oui, on peut. » Cette salle fait 50 x 35 mètres, elle présente des murs de 3 mètres, assez solides pour supporter les tirs. Au-dessus des murs, il y a une verrière translucide et des filets qui les protègent. Je la trouve géniale. L'architecte, monsieur De Busni, un Mulhousien, l'a conçue de telle manière qu'elle ne repose pas sur ses fondations comme une maison : elle est suspendue. Il y a une arche en lamellé-collé, avec des arches secondaires, et la salle est attachée à cette arche. Et elle repose sur deux parpaings. Il n'y a pas de fondations. Elle a très bien vieilli, puisqu'elle a maintenant presque vingt ans. L'architecte est venu l'observer récemment : tout est en ordre. Il n'y a eu que quelques vitres cassées de la verrière lors de la tempête. Pour refroidir l'ambiance, l'été, nous utilisons un système ingénieux : comme on a un bief à côté, il y a arrosage du toit qui rafraîchit l'intérieur. Il y a aussi un truc que j'ai inventé : les cages de but – des vrais buts – sont extérieures au gymnase, des appendices. Donc le but est à ras de mur et on ne perd pas un mètre. Elle est équipée de souffleries, il y a une salle de musculation où on peut travailler à vingt personnes, qui est au-dessus, et des vestiaires confortables. Et tout ça grâce à l'argent rapporté par le transfert de Cantona.

Mais il ne faut pas vendre non plus pour vendre, car si on ne sait pas qui acheter à la place, on est mort. Donc, parfois, on ne vend pas. Par exemple, nous avions sur le marché Cissé, Mexes, Boumsong et Kapo, et j'ai dit au président : « On en vend deux et on garde les deux autres pour faire des performances, pour aller en coupe d'Europe. » Et on a gagné une coupe de France et atteint un quart de finale de coupe d'Europe. Bien sûr, après, on peut toujours réécrire l'histoire, et se faire traîner dans la boue... Mais, enfin, ça a bien fonctionné.

Le président impose toujours une gestion vraiment très serrée. Je vous donne un exemple : en ce moment, il essaie de créer un capital pour faire face, dans vingt-quatre mois, à une descente plus que probable des droits télé. Les clubs qui auront des réserves, à ce moment-là, seront évidemment plus forts que ceux qui seront endettés.

— On dit depuis que vous avez toujours, à Auxerre, un ou deux coups d'avance, voire deux équipes d'avance. C'est-à-dire que vous pouvez transférer X et Y parce que vous avez préparé leurs remplaçants derrière. Est-ce vrai ?

— Pas toujours. On n'est jamais sûr de son coup. Je ne peux pas dire que je suis parti souvent tranquille en vacances. Je me suis souvent battu comme un chien pour avoir un effectif. Je me bats parce que, ma fonction, c'est d'avoir une bonne équipe, de gagner des matchs et de faire plaisir aux gens qui me font confiance.

— Combien y a-t-il de joueurs à l'AJ Auxerre ?

— Quatre cents. L'AJA est restée longtemps une association régie par la loi de 1901, le plus longtemps possible. Les sociétés anonymes à objet sportif ou les sociétés à objet sportif ont commencé lorsque Edwige Avice, une Bourguignonne de la Nièvre, était ministre des Sports. Son père était instituteur à Rouy. On avait d'excellentes relations avec elle. Elle avait voulu – c'est amusant, ce sont toujours les gens de gauche qui ont souhaité cette politique – mettre les clubs en sociétés anonymes, alors qu'on était en association. On a réussi à négocier avec elle pour qu'elle laisse le choix aux clubs entre divers statuts, les sociétés à objet sportif, les sociétés d'économie mixte ou les associations. Ce qui fait qu'on est resté en association. Et on a reculé, reculé, jusqu'à ce que Mme Buffet rende obligatoires les SAOS (Société anonyme à objet sportif). Peuvent être membres du capital des SAOS des personnes physiques et des personnes morales, et nous, comme personne morale, nous avons l'Association de la jeunesse auxerroise, majoritaire à 99,9 % de la SAOS. On n'a donc pas en réalité changé de statut, sauf pour les obligations légales d'une SAOS.

En résumé, Claude Laguillaumie est président de la SAOS, et l'AJ Auxerre a gardé son club amateur intégral. Le club fondé en 1905 a toujours son rôle social, avec une école de football destinée aux jeunes d'Auxerre qui diffuse les gamins par tranches d'âge dans les équipes. Ils sont juxtaposés à ceux qui veulent devenir professionnels, qui représentent une élite. La partie que j'appelle l'AJ Auxerre-social a maintenant un siège dont le mérite appartient à M. Jean Garnault qui a fait le grand bloc de vestiaires amateurs et de vestiaires enfants, du côté du terrain annexe 3. Moi, j'ai fait, un jour, sur un parking de la ville, un terrain en synthétique de 70 x 30 mètres, pour les enfants. Et, une autre fois, grâce au conseil général, un nouveau grand terrain du même type. Il nous en manque encore un... C'est le prochain objectif. Bref, nous avons environ quatre cents joueurs et vingt-sept équipes, professionnels compris.

— Où se situe l'élite dans cet ensemble ?

— L'élite, aujourd'hui, commence à treize ans. On recrute à cet âge-là. A quatorze ans, on a le label « classe foot élite ». Le pôle élite vient d'être créé. On est dans la dizaine de clubs français qui possèdent ce label. Le collège qui les accueille est de l'autre côté de la rue du stade. Pourquoi ? Parce que Jean-Pierre Soisson avait songé à installer le collège sur la colline, et les habitations jusqu'aux abords du stade. Je lui ai dit : « Ça ne va pas. Il faut mettre le collège à côté du stade. Comme ça les gamins pourront aller au stade, à la piscine, sur la piste d'athlétisme à pied, en deux minutes. Et puis il faut mettre les maisons en haut, elles auront le soleil, c'est bien mieux. » Il en a convenu aussitôt. Donc, on a le collège, un grand parking et le synthétique. Ainsi les gamins du collège qui sont dans le « pôle élite » (classes de cinquième, quatrième, troisième) sont avec nous, quasiment dans notre stade. Cela se décompose ainsi : une quinzaine de garçons dans chaque catégorie d'âge, avec une équipe des treize ans, des quatorze ans, des seize ans, des dix-huit ans. Avec les remplaçants, on abrite quatre-vingts gamins en « élite ».

— Quel est le rapport entre les enfants du cru et ceux de l'extérieur ?

— Cent gamins de l'extérieur et trois cents d'Auxerre. Dans les cent, je compte tout le monde, jusqu'au petit jeune qui vient d'arriver du Burkina Faso.

— Est-ce que vous connaissez les cent ?

— J'essaie, mais je ne connais pas les treize ans parce qu'ils jouent le samedi, le jour où je commente à Canal. Je commence à les connaître à partir de quatorze ans. Je concentre mon effort, moral et physique, sur les seize et dix-huit ans. Vous pouvez voir les rapports que j'entretiens avec eux, l'œil que j'ai. Je repère celui qui est en difficulté... C'est obligatoire

— Comment se déroule la scolarité des stagiaires de l'élite ?

— Il y a une école technique privée et un lycée entier au Centre de formation. C'est-à-dire que les gamins arrivent en seconde et ils vont jusqu'au baccalauréat. Nous avons quarante professeurs, sélectionnés. Les salles de classe sont disséminées dans le Centre. Nous avons jusqu'à 90 % de réussite au bac. Mais pour être tout à fait juste : il y en a parfois qui le passent à leur troisième tentative. Il peut arriver en effet qu'une finale européenne des dix-sept ou dix-huit ans corresponde aux dates du baccalauréat. Alors les gamins ne passent l'examen que l'année suivante.

— Pourquoi une famille choisit-elle Auxerre plutôt qu'un autre club doté d'un centre, lui aussi ?

— Ça se joue sur la confiance que les gens peuvent avoir en nous. Ce qu'il y a de sûr, c'est que c'est une bataille perpétuelle. Et elle devient de plus en plus difficile. L'argent entre en ligne de compte, et dans ce domaine nous sommes rarement les meilleurs... Nous en donnons un peu, mais de l'argent officiel. On donne un chèque, déclaré à l'URSSAF, et les parents paient les impôts. Disons qu'on donne plus que Clermont-Ferrand et moins que PSG, Marseille.

— Quel est le contrat entre le club et la famille ?

— Il y a des contrats de non-sollicitation qui nous protègent un peu. Après, il y a des contrats d'aspirant. Il y a aussi les contrats obligatoires du ministère de la Jeunesse et des Sports, le contrat de formation. Ce n'est pas tout à fait un contrat de travail. Le ministère a éprouvé le besoin de réguler tout ça. La Direction technique nationale (DTN) s'est mise dans l'idée qu'il ne fallait pas que les gamins habitent trop loin de chez eux, et elle souhaite par conséquent instaurer un certain régionalisme dans le recrutement. C'est en contradiction même avec le fonctionnement d'autres pôles, à commencer par celui du football féminin, mais aussi de la natation ou de la gymnastique : les enfants qui vont dans ce pôle viennent de toute la France. La DTN décrète soudain qu'il faut s'appliquer à un recrutement régional, en insistant sur le fait que les gamins sont malheureux loin de leur famille. Or, les gamins que nous recrutons sont justement des gamins qui, en général, ont des problèmes chez eux : des enfants des banlieues issus de très grandes familles vivant dans des logements trop petits. En outre, les jeunes ne retournent chez eux qu'en vacances, jamais le dimanche, car ils jouent ce jour-là. Cette histoire de régionalisme est artificielle et erronée. Mais bon, on s'y plie... Avec ce système-là, Mexes et Cissé n'auraient jamais pu venir à Auxerre. Est-ce qu'ils auraient fait une aussi belle carrière s'ils avaient été ailleurs ?

— Avez-vous eu la sensation d'avoir manqué un joueur ?

— Oui, constamment. Chaque année. Nous sommes tout le temps à cinq sur un même joueur, et je ne le fais pas signer quatre fois sur cinq. Donc, des joueurs nous échappent sans cesse. Ce n'est pas moi qui m'occupe de ça, mais Daniel Rolland avec son staff et sa structure. Mais, parfois, je suis allé voir moi-même les familles pour les décider, en jouant sur mon image. Le plus notoire que j'ai raté après m'être donné énormément de mal, c'est Patrice Loko. Il était de Sully-sur-Loire, à cent kilomètres d'Auxerre. Mais sa chambre était tapissée d'images de l'équipe de Nantes. C'était son équipe de cœur et d'enfance. Dans la ligue du Centre, ils étaient un peu « vaccinés » Nantes. Son père, qui était un éducateur de football, voulait qu'il vienne chez nous parce que c'était moins loin pour venir le voir jouer. J'y suis allé six fois, j'ai été six fois bien reçu, et j'ai fait sauter sur mes genoux William, le petit frère de Patrice. Mais Patrice est allé à Nantes. Et le club a manqué Pedros, également, la même année. Et puis on a laissé passé aussi Gava et Govou, et bien d'autres...

— Dans l'autre sens, quel est le recrutement dont vous êtes particulièrement fier ?

— Celui des deux Boli, Basile et Roger. Le Paris Saint-Germain avait été sur eux, toute l'année. Ils étaient de Romainville et ils étaient pétris de talent. Ils voulaient aller à Nantes parce qu'il y avait là-bas des Africains, dont Desailly. Ils sont donc allés à Nantes. Mais – vrai ou faux – ils ont eu l'impression qu'on ne les prenait pas parce qu'il y avait une sorte de quota d'Africains qu'il ne fallait pas dépasser. On le leur a presque dit : « Vous êtes bons, on voudrait bien, mais on en a déjà trop... » C'est ainsi qu'ils sont arrivés à Auxerre là-dessus, vexés. Ils me l'ont dit immédiatement. Je me souviens qu'ils étaient littéralement passionnés par une espèce de petit jeu, un « game-boy ». Ils étaient assis devant moi, je leur parlais, ils jouaient... A la fin, je leur ai demandé : « Bon, vous êtes d'accord ? » Ils ne m'avaient pas entendu, ils ont dit : « Oui. » Ils ont signé chez nous faute de mieux... En fait, ils étaient vexés.

Après, chaque fois qu'on était confronté à Nantes, Basile passait dans toutes les chambres des joueurs, et il les levait par les oreilles du lit pour leur dire : « Hé ! On joue contre Nantes et on va les fracasser ! » Basile n'a jamais perdu contre Nantes...

Basile, justement, m'a avoué quelque chose d'étonnant. Vous rappelez-vous une finale de coupe de France avec prolongations, entre Paris Saint-Germain et Saint-Etienne, où Pilorget a marqué le but vainqueur dans l'épreuve des tirs au but ?... C'était en 1982... Eh bien, le terrain a été envahi à la fin par des gamins, cinq cents ou mille, beaucoup en tout cas... Le président Mitterrand était là, j'étais trois mètres derrière lui dans la tribune. Lorsque la police est venue et lui a demandé : « Qu'est-ce qu'on fait ? », je l'ai entendu répondre : « Laissez-les se défouler. Nous attendrons. » Les gamins ont couru partout pendant un moment, et puis des policiers en survêtement, sans les toucher, les ont ramenés dans les tribunes. Parmi ces mômes, il y avait Basile. C'est ce qu'il m'a révélé en souriant.

## 11

# FERRERI, MON DEUXIÈME FILS

Dominique GRIMAULT — En tant que formateur, éducateur, entraîneur, vous avez toujours été partisan d'une ferme discipline de vie. Dites-nous comment vos méthodes passaient chez les joueurs ?

Guy ROUX — En 1960, il n'y avait pas beaucoup de discothèques et les gens allaient au bal dans des rotondes, dans les fêtes patronales. Dans toute la région, il y avait un orchestre qui avait la cote, qui s'appelait Alma 05. Je craignais beaucoup que mes joueurs aillent au bal animé par ce groupe. Donc, je regardais dans le journal où se trouvait Alma 05, et le soir, vers 19-20 heures, je passais devant les maisons des joueurs. Et je regardais les compteurs kilométriques des voitures. Je relevais les compteurs en somme, et je repassais à 7 heures du matin. Et, par exemple, si le compteur avait augmenté de cinquante-quatre kilomètres et qu'Alma 05 était à Saint-Florentin, j'en concluais qu'ils y étaient allés : deux fois 27 égale 54.

J'ai toujours considéré qu'il aurait été ultra-stupide pour un entraîneur comme moi qui ai suivi des mois de stage, qui suis allé à toutes les coupes du Monde et dans tous les clubs de la planète pour se perfectionner à ses frais afin de diriger une, deux, trois ou quatre séances dans la semaine au millimètre près, de se faire duper par un joueur qui a passé une nuit au bal ou en boîte. Certes, les mœurs de la jeunesse sont ce qu'elles sont, et je pense que j'ai été trompé, abusé même, par certains, mais sans doute dans une proportion moindre que la plupart de mes collègues. En tout cas, ça bardait quand mes joueurs sortaient. Pourtant, j'avais pris l'habitude de ne jamais mettre de sanction financière. Sinon, au début de l'histoire de l'AJA, mes joueurs auraient été obligés de prendre de l'argent à la Caisse d'Epargne pour payer les amendes. Donc, c'était impossible. Il fallait que je fasse les gros yeux, c'était tout, que je grogne, que je me fâche, que j'utilise, si j'ose dire, mon crédit personnel.

— Et, un jour, est arrivé Jean-Marc Ferreri...

— Pierre Garonnaire et Fleury Di Nallo le voulaient absolument pour Saint-Etienne et Lyon. Ses parents étaient des ouvriers, immigrés italiens, très estimables, et ses six frères et sœurs avaient réussi de très brillantes études supérieures. Il était le dernier-né, de six ans plus jeune que le précédent. Il étudiait au collège. J'ai dit à ses parents : « Je le prends chez moi. » Comme ma femme était dans l'enseignement, on garantissait ses études, ce que ne faisaient pas les autres. Les frères et les sœurs aînés, qui étaient très influents, ont dit : « Il faut le donner à Auxerre. » Nous étions en deuxième division. Ils ne nous choisissaient pas pour notre prestige. Comme j'ai un fils qui a dix-huit mois de moins que lui, ça lui a fait un grand frère. Ils se sont très bien entendus, Baby-foot au garage, foot dans le jardin, tous les jeux qu'on peut imaginer pour des ados de quatorze ans. C'était très agréable pour moi d'avoir deux fils au lieu d'un. Et, à seize ans et demi, il était quasiment dans l'équipe première tellement il était doué. Reste que je ne pouvais pas garder chez moi un joueur entrant dans l'équipe professionnelle. Donc, nous avons réussi à convaincre une des sœurs et un beau-frère de venir à

Auxerre. On les a installés dans un pavillon, et ils ont pris Jean-Marc chez eux. Un ou deux ans plus tard, il était en première division et je crois qu'il était déjà proche de l'équipe de France. On a réévalué son salaire et je lui ai fait acheter une maison dans un quartier qui s'était construit, afin qu'il place son argent.

Un détail : il ne rentrait jamais sa voiture dans son garage. Et il suffisait que je passe devant chez lui pour connaître son programme. Parfois, pas de voiture... Un samedi soir, je reviens de Beaune et je me dis : « Je vais faire ma petite patrouille. » Je passe devant la maison de Jean-Marc. Rien à l'horizon... Pas de lumière, pas de véhicule... Aussitôt, je file en direction des Templiers, la discothèque à la mode de l'époque. Aux Templiers, les patrons de la boîte avaient mis au point un procédé très précis : quand j'entrais, aussitôt une musique particulière devait prévenir tous les joueurs présents. Le problème, c'est que je connaissais la musique par cœur. Mais ce soir-là, il n'y a pas eu besoin de recourir à ce subterfuge, et pour cause : sur le chemin, le long de l'Yonne, qui menait à cette discothèque, il y avait la gendarmerie avec les képis blancs, les chasubles blanches, les lampes de poche et le bâton : arrêt, contrôle d'alcoolémie.

« Ah, pour vous ça va, me lancent les gendarmes.

— Non, non, non, je souffle comme les autres, dis-je.

— Décidément, c'est le soir de l'AJA...

— Ah, pourquoi donc ? Il y en a eu d'autres ?

— Eh bien, oui, tiens, Jean-Marc Ferreri vient de passer il y a un quart d'heure.

— Il n'avait pas bu au moins ?

— Ah non, pas du tout. Mais, quand même, on l'a contrôlé. »

J'ai fait demi-tour et suis rentré me coucher. Le lendemain je lui dis, l'air le plus dégagé possible :

« Ça va, Jean-Marc ? Tu as bien dormi ?

— Ah oui, j'ai dormi. J'ai cassé le lit.

— D'accord, mais à partir de quelle heure ?
— Pas tard, après le film...
— Tu es en progrès, parce que chez moi tu n'avais même pas le droit de voir le film en entier. Mais je crois que tu t'es couché un peu plus tard que ça.
— Non, non.
— Fais attention. Je peux avoir un constat de gendarmerie.
— Ah ! gémit-il, si ceux-là s'y mettent aussi ! »

— Et c'est à partir de cette époque que votre réputation de croquemitaine commence...
— C'est Jean-Marc qui me l'a faite, c'est vrai. Dès qu'il est arrivé aux Girondins de Bordeaux, il a raconté l'anecdote à tout le monde. Mais il avait raison. Je patrouillais également près du Centre de formation. Un soir, j'arrive à une maison qui était normalement habitée par Roger Boli et Pascal Vahirua. Je vois des voitures partout, des deux côtés du trottoir, et encore des mobylettes. On voyait des spots à travers les vitres : vert, rouge, blanc. Je traverse, je vais ranger ma voiture beaucoup plus loin, et je reviens sur la pointe des pieds, je prends un papier, je note tous les numéros de voiture, je mets tout dans ma poche. Je passe par le sous-sol. Je me glisse et j'ouvre la porte en la claquant un peu.

Et là, c'est l'image de Pompéi : c'est-à-dire que tout le monde se fige dans l'attitude où il était. Daniel Dutuel, par exemple, était sur un tabouret, au-dessus de la marmite de sangria, avec une louche qu'il venait de sortir, et l'image le fixe avec le bras en l'air, la louche de sangria proche de la bouche, sur le tabouret.

Un autre joueur, William Prunier, a essayé pour sa part de sortir par le soupirail, mais comme il était très costaud, son corps ne passait pas. Bref, il était coincé. J'enregistre tout pour pouvoir m'expliquer avec eux le lendemain. Comme il n'y avait pas d'amende, j'ai entamé une négociation pour le montant de la participation de la cotisation à l'amélioration des loisirs du Centre. On a pu ainsi acheter un billard à trous.

Autre histoire avec les mêmes joueurs, ou presque. On joue contre Saint-Etienne « B », qui avait une très bonne équipe encore, et les joueurs se disent, après avoir gagné : « Il ne pourra pas nous le reprocher. On sort tous. » Ils décident donc de mettre le cap sur la discothèque. Manque de chance, l'entraîneur, un des éducateurs du Centre de formation, fêtait l'anniversaire de sa femme et l'emmène en boîte ce soir-là. Il tombe sur toute l'équipe. Du coup, même punition collective, et, cette fois, on a acheté un vrai billard de compétition Chevillotte, trois boules. Le billard Chevillotte est toujours là, et il faudra le faire retapisser bientôt...

— Y a-t-il eu un joueur durant ces trente années avec lequel le courant n'est vraiment pas passé ?

— Plusieurs. Toute ma carrière, j'ai eu des joueurs qui, à mon goût, étaient imbuvables, odieux, irrespectueux, déplorables. Mais, s'ils étaient bons, ils jouaient. Car si un entraîneur commence à faire l'équipe en pensant à ceux qu'il aime plus et à ceux qu'il apprécie moins, il ne fait pas long feu. Il commet même une faute professionnelle. Il trahit les bailleurs de fonds du club, qui sont les collectivités publiques, les entreprises, et à l'arrivée il bafoue tout le monde. L'entraîneur est responsable, il doit tenir la boutique. Dans ma carrière, j'ai eu des effectifs de vingt-cinq joueurs adorables, mais sur vingt-cinq hommes, vous ne pouvez pas avoir vingt-cinq perles. Et donc, j'ai eu des gens insupportables que je n'aimais pas, mais je l'ai toujours caché. Il ne fallait pas qu'ils le sentent, il ne convenait pas que les autres le sentent.

12

# CANTONA, L'HOMME EXTRAORDINAIRE

Dominique GRIMAULT — Et puis, il y a eu Eric Cantona... Homme et joueur hors du commun. Racontez-le-nous...

Guy ROUX — Il y a des joueurs qui fonctionnent dans la normalité. Lui, il fonctionnait toujours dans l'excès. Et, avec nous, ça a duré sept ans. Son histoire est très simple. On suit de très près les sélections de jeunes. Plusieurs techniciens prétendent avoir trouvé Eric, mais, indiscutablement, Jean-Pierre Dubord et Daniel Rolland font partie de ceux-là. Cette année-là, notre Centre de formation va ouvrir, donc on fait un recrutement au mois de mai. Il n'y a que trois centres qui fonctionnent à plein à cette époque-là, en France : Lens, Sochaux et Nantes. Tous complets. C'est notre chance. Nous sommes les rois et nous prenons quelques-uns des meilleurs joueurs de France dans la tranche d'âge quatorze-quinze ans. Il y a Eric Cantona dedans. Mais il y en a d'autres : Vahirua, que je ramène de Tahiti où j'étais en vacances ; Roger Boli, Basile Boli, Darras, Mazzolini, Guerreiro... Sur quinze, douze sont devenus professionnels et quatre internationaux – on l'a déjà dit. C'est un 1^er^ mai, je me le rappellerai toujours, que nous organisons un jeu avec tous ces gamins-là. Je suis ébloui, surtout par lui, Cantona.

Le lendemain, le 2, je le mets au milieu des professionnels à l'entraînement : il avait quinze ans. Il y a un « pro » qui me dit : « Dites-lui d'arrêter de me faire des petits ponts, sinon je vais lui mettre une claque ! » Il avait alors un désir, celui d'avoir notre maillot. Je suis allé chercher le maillot, il a été le premier, et très longtemps un des seuls à qui on a offert un maillot... parce que d'habitude je le faisais payer. Il faut voir comment il me l'a demandé : avec une réserve, une pudeur, une timidité... « Monsieur, j'aurais aimé... Si je pouvais avoir un maillot... » Il l'a d'ailleurs raconté : « J'ai signé à Auxerre parce que Guy Roux m'a offert le maillot de l'AJA. »

— Comment se passent les premiers contacts ?

— Le stage est fini. Sa mère est là, une infirmière de métier, et aussi son grand-père qui conduit la voiture. Nous déjeunons au restaurant, sans Eric, et je leur dis : « J'espère qu'on se reverra. Montez le voir de temps en temps à un match. Vous serez mes invités. Restez le dimanche. Nous déjeunerons ensemble. » Et le grand-père me répond : « Vous savez, ça fait de la route, à mon âge. Je suis venu parce que son papa n'a pas pu venir. » Alors j'ai dit : « Au moins, vous allez venir une fois. Le dimanche qui suivra sa première sélection en équipe de France, vous viendrez. Donnez-moi votre parole. » Le grand-père m'a tapé dans la main...

Eric était tout en excès : excès de timidité, excès de colère, excès de talent : il est le plus grand talent qu'on ait jamais eu à Auxerre, et ce diamant n'a plus cessé de briller...

— Vraiment, le plus grand talent que vous ayez dirigé ?

— Oui. Je me souviens de son premier match, on jouait pour un ticket en coupe d'Europe. Il m'arrive un truc incroyable : j'avais trois gardiens de but hors d'état de jouer. Bats avait mal aux adducteurs, Loiseau souffrait d'une angine, et puis le troisième, de je ne sais plus quoi. Finalement, Bats, qui était un dur, décide de jouer quand même. C'était à Rouen. Il pleuvait, il y avait des flaques d'eau partout, et on a gagné. Cantona est parti du milieu de terrain, a mené en force le ballon, et il a marqué.

Puis il y a eu ce dernier match à Strasbourg, pour savoir qui jouerait la coupe UEFA, en 1984-1985. Mon fils, étudiant en Alsace, écoutait le poste de radio sur le banc, car on attendait les résultats de Toulon. Nous étions menés 0-1 à la mi-temps. Grogne et tempête. Cantona me dit : « Coach, ne vous en faites pas. Je n'ai pas encore marqué. Mais je sens que cela ne va pas tarder... » Il rentre, pénètre dans le rond central, file et marque un but. Il était capable de me faire ça n'importe quand. Le jour où il avait fait une bêtise et qu'il avait envie de se racheter, personne ne pouvait l'arrêter. Nous allons au Havre, un jour, on construisait le nouveau stade donc pas de tribune derrière les buts. Un vent longitudinal terrible. Et il devait me manquer cinq ou six joueurs. Nous avons gagné 2 buts à 1. Pour le but de la victoire, Cantona et Otokoré sont partis sur cinquante mètres dans la boue, et je crois que c'est Otokoré qui a frappé le dernier...

Nous faisons un stage à Roscoff avant de jouer à Brest. Nous sommes invités à la mairie par le maire de Roscoff, et, tout d'un coup, je ne vois plus mes jeunes. J'avais une bande de dix-neuf et de dix-huit ans dans l'équipe, Prunier, les deux Boli, Vahirua, Cantona... Je me dis : « Ils sont peut-être rentrés à l'hôtel. » A l'hôtel, il n'y avait que les anciens, le kiné et moi. J'attends : 19 heures, 19 h 10, 15, 20... le kiné m'annonce : « Les voilà ! » Et je vois Cantona – sa tête dépassait – et tous les autres autour. Ils rentrent dans la salle, ils s'assoient. Et moi, je ne dis rien. Eric était tondu ! Plus le moindre cheveu, tout au rasoir, comme c'est la mode aujourd'hui. Mais, à cette époque-là, comme tondus vous aviez les engagés de la Légion étrangère, les bagnards, Yul Brynner... et lui. Il était dans la chambre en face de moi, et je l'entends téléphoner à sa fiancée : « Je suis tondu. Sans les cheveux, qu'est-ce qu'on a froid ! » Le repas se passe. Silence total. Et je dis : « Je donnerai les sanctions demain à 22 heures. » C'est-à-dire après le match. Brest avait alors une grosse équipe : Ginola, Cloarec, Lama et deux Yougoslaves formidables, les deux Milojevic. Et, au bout d'un quart d'heure : 3 buts à 0 pour nous. On a gagné 3 buts à 1.

— Cantona avait été extraordinaire ?

— Ils ont tous été extraordinaires. Je leur ai dit : « Retournez souvent chez le coiffeur. » J'ai ajouté : « J'avais prévu trois mille francs d'amende. Je blaguais... J'ai enlevé mille francs par but. Donc... »

C'est un cœur pur. Chez lui, c'est tout dans l'excès. La violence, quand elle se déchaîne, mais aussi la générosité, la chaleur du cœur, et la reconnaissance, sentiment extrêmement rare. Je suis bien placé pour en parler... Il est un des rares à avoir de la reconnaissance à cette dose. La générosité, le cœur, la reconnaissance. En revanche, il peut être très violent.

— Exemple ?

— A Nantes, un soir, au stade de la Beaujoire, il attaque le défenseur nantais Der Zacharian à ras de la poitrine. Mais il ne le touche pas. Et il y avait un match de l'équipe de France à suivre. Il faisait alors le duo en attaque avec Papin. J'ai dit au président de la Fédération : « Je vous préviens, un suspendu ne doit pas jouer en équipe de France. On ne vous l'envoie pas.

— Mais ça n'a rien à voir.

— Je défendrai devant l'opinion le problème moral. Vous voulez le saquer, vous le saquez. Mais il n'a pas touché Der Zacharian. On a les images. J'insiste : il ne l'a pas touché. Il l'a frôlé. Der Zacharian n'est pas blessé, rien.

— Faites appel », me conseille le président.

Très bien. On va à l'appel. Cantona m'accompagne. Il y avait tous les micros, les caméras, parce qu'il y avait le match de l'équipe de France qui suivait. Dans l'escalier de la « Fédé », Eric me souffle : « Je l'aime bien, Zacharian. Il est de mon quartier, à Marseille. Ça continue comme quand on était petits. On se taquine. » Résultat : une suspension d'un match.

Cela dit, il me fatiguait beaucoup. Ses excès étaient très durs à vivre à la longue. Il se fâchait beaucoup. Durant sept ans, je l'ai vu tous les jours, ou tous les deux jours. Un jour, contre Cournon, un club voisin de Clermont-Ferrand, qui jouait en CFA, l'arrière central l'agresse... Un autre que lui aurait eu le tibia en quatre, mais il était d'une solidité incroyable. Il était rarement blessé. Bref, il guette l'autre, l'arrière central qui lui avait mis un coup, et à la première occasion il le casse en deux ! Fin du match, stade éteint. Reste Cantona dans les vestiaires. Et tous les joueurs de Cournon, très remontés devant notre porte. Je leur dis :

« Qu'est-ce que vous faites ?

— On attend Cantona. »

Je n'avais pas l'aura que j'ai aujourd'hui, le respect qu'on me manifeste dorénavant. J'étais un petit entraîneur de première division des premières années.

« Vous n'avez pas une bonne idée... leur dis-je. Car il existe deux cas de figure : ou vous lui mettez une trempe et j'appelle la police, et vous finissez tous la nuit au commissariat. Il y en a quatre ou cinq en correctionnelle parmi vous, parce que je suis témoin. Ou, deuxième solution à mon avis la plus probable : c'est vous tous qui allez prendre une correction. Vous allez peut-être lui en mettre, mais vous allez tellement en recevoir que vous allez regretter. »

Les autres, en chœur : « Ça ne fait rien. On l'attend. »

Et là, Eric sort avec son sac à la main. Il avait vu le coup. Avant que le premier ne bouge, il commence à faire des moulinets, il en étale trois avec le sac. Les autres se jettent sur lui. Des échanges terribles, comme je n'en ai jamais vu. A mains nues et à coups de pied. Ça dure deux minutes, il y avait déjà quatre ou cinq gars par terre qui ne se relevaient plus. Et je crie : « Halte ! » Tout d'un coup, je me rappelle la force du cri. Et tout le monde s'arrête. Je dis : « Maintenant, ça suffit », et, tout bas, j'ajoute : « Maintenant, on rentre, on ouvre la pharmacie et on efface tout. » Tout le monde est rentré, Cantona au milieu. Il était blessé aux mains. Coton, mercurochrome. Eric n'avait peur de rien.

— Il quitte l'AJA à l'été 1988 : dans quelles circonstances ?

— Oui. Je m'en souviens très bien parce que je n'ai même pas pu aller à l'Euro 1988, tellement j'étais usé. Je suis parti en vacances dans l'avion de la noce d'Eddy Barclay et de Caroline. Mon agent de voyage m'a mis dans cet avion-là pour aller à Marrakech. Je n'en pouvais plus, je lui ai dit : « Mets-moi à deux heures de Paris avec du beau temps, de l'eau chaude. » C'est Stéphane Collaro qui m'a pris au restaurant à Orly et qui m'a mis dans l'avion. Mais je n'ai pas été de la noce avec eux. J'étais ailleurs. Dans l'avion, il y avait Dary Cowl, Jean Lefèvre...

— Le transfert de Cantona à l'OM de Tapie : comment se passe-t-il ?

— A ce moment-là, il n'y a pas de transferts de joueurs français à l'étranger, à l'exception de Michel Platini. Avant, il n'y en avait eu que quelques-uns, comme Kopa, Hon, Bonifaci... La preuve, c'est qu'on les cite, trente ans après. Vous auriez du mal à citer ceux des années 2000, tellement il y en a. Eric avait encore des années de contrat. Jamais aucun litige. Nous avions progressé avec nos moyens de l'époque. Il avait toujours été très loyal. On ne pouvait pas aller plus loin, nous, dans le salaire. Alors, commence la bagarre nationale. Il y a eu Borelli, Bez, Campora, mais les deux derniers en lice furent Tapie pour l'OM, et Jean-Luc Lagardère pour le Matra Racing.

La « finale » commence par une invitation à dîner chez M. Lagardère. Très correct, bien sûr, Jean-Luc Lagardère me fait prévenir par sa secrétaire. J'appelle Cantona : « Tu ne peux pas aller dans cette tenue-là dîner chez monsieur Lagardère. » Il avait un jean avec des coups de rasoir dedans. Maintenant, ils en ont tous, même Zidane lorsqu'il se présente au « Ballon d'or ».

Eric n'était pas d'accord :

« Je ne vais pas m'habiller comme vous, tout de même !

— Non, mais il faut que tu achètes un costume. Va chez Patrick.

— C'est chez lui que vous allez ?

— Oui, mais il a aussi des costumes pour les jeunes. Tu verras. »

Il revient avec un costume et une chemise. Je m'étonne :

« Et la cravate, Eric ?

— Je ne vais pas mettre une cravate comme vous !

— Non, une cravate pour les jeunes. »

En ces temps-là, c'était un truc en cuir. Il demande : « Et Isabelle, comment s'habille-t-elle ? » Je dis : « Une belle robe. Ce n'est pas moi qui vais lui apprendre à acheter une robe quand même. Là, je ne suis pas un grand spécialiste... »

Il revient le lendemain et il me raconte son dîner chez Lagardère : « Il y avait, dit-il, des hallebardiers. Ils étaient habillés comme au Moyen Age. Ils avaient préparé un repas à la française avec des serviteurs qui avaient des perruques blanches. C'est bien. Vraiment, il m'a bien reçu. Je crois que je vais y aller. »

Et le soir, Tapie appelle Gérard Bourgoin. Il lui dit : « Prends-moi à l'aérodrome. J'arrive dans une demi-heure. Je viens voir Cantona. » Il était 10 heures du soir. Bourgoin va le chercher. Tapie arrive chez Cantona qui était couché. Eric se lève. Tapie attaque :

« Bon, Eric, tu es né où, toi ?

— A Marseille.

— Tu veux jouer où ?

— Je ne sais pas.

— Tu joues à Marseille. Tu as compris ? Tu joues à Marseille. Allez, salut, Eric, je te laisse dormir. »

Ça n'a même pas coûté un bifteck à Tapie. Un coup bien à lui. On me l'a raconté. Mais, après, Eric n'a pas supporté certaines choses à Marseille.

— Avez-vous perdu le contact avec Cantona ?

— Non. Il faut que je raconte la dernière histoire, qui est peut-être la plus forte. Parfois je le voyais en ligue des Champions quand je commentais des matchs en Angleterre. Il a d'abord joué à Leeds, puis à Manchester. Il était toujours d'une très grande gentillesse. Sa femme aussi. De même que son frère Joël qui est beaucoup plus ouvert, plus jovial que lui.

Or, un jour, alors que je faisais l'entraînement avec les consignes habituelles, c'est-à-dire interdiction de nous déranger, sauf un accident du président ou un accident de mon fils – c'était une consigne formelle –, je vois arriver ma secrétaire : « Monsieur Roux ! Monsieur Roux !

Madame Cantona a appelé. » Je demande : « Il ne lui est rien arrivé de grave ? » Elle me dit : « Je ne crois pas. Elle veut vous avoir parce qu'il est en prison... Eric est en prison. »

En Angleterre ! Je me dis : « Ça peut attendre. Je finis ma séance. » Je termine ma séance et j'appelle sa mère : « Eric a été jugé ce matin. Ils vont lui mettre quinze jours de prison. Cet après-midi, il y a la cour d'appel. Sûrement que ça va être confirmé, ou même plus. Ce n'est pas très grave. Mais, tel que je le connais, s'il se déchaîne, il va y avoir de tels dégâts que ça risque d'être plus de quinze jours... » Ce qui voulait dire : je connais mon fils, il peut frapper un juge. Et elle me demande :

« Qu'est-ce que vous pouvez faire ?

— Madame, vous vous rendez compte ? Ça serait à Auxerre, je ne pourrais déjà rien faire. Car à Auxerre, le palais de justice, c'est sacré. Je peux intervenir auprès du député pour faire affecter quelqu'un au service militaire. Ou encore pour faire affecter un instituteur, et c'est déjà dur. Mais en justice, je ne suis jamais intervenu, et je sais que dans une démocratie on ne peut pas intervenir. L'Angleterre, c'est comme la France. Qu'est-ce que vous voulez que je fasse ? Et, vous savez, les Anglais, ils ne connaissent pas Guy Roux.

— Vous êtes mon seul recours. Je sais que vous aimez bien Eric. Il vous aime beaucoup. Faites ce que vous pouvez...

— Je vous rappelle, c'est promis, mais ne vous attendez pas à un miracle. Je n'ai pas d'idées... Ne m'en voulez pas si je ne tente rien. »

Quand même, l'histoire me fait beaucoup gamberger. Je vire tout le monde. Et je m'interroge : qui peut intervenir auprès des juges ? Je ne connais pas d'avocat, je ne connais pas de juge en Angleterre, je ne connais pas de juge en France, du moins intimement. Le président de la Cour de cassation pourrait appeler son collègue anglais parce qu'ils ont mangé ensemble dans un colloque, un truc comme ça. Mais je ne le connais pas. Qui est-ce qui pourrait me le faire connaître ? Je me mets à créer dans ma tête un tissu de relations. Et tout d'un coup, tilt ! Lorsque l'AJA s'entraînait, à sa demande, dans sa ville, monsieur le maire de Château-Chinon, François Mitterrand, m'avait dit, le 20 avril 1981, alors que nous venions de poser pour une photo avec lui pour le *Times* et que nous buvions un pot avec la sous-préfète, Béatrice Marre : « Monsieur Roux, si vous avez un grave problème un jour, appelez Béatrice. Et si je peux faire quelque chose, je le ferai. » Plus tard, Béatrice Marre était devenue la directrice de cabinet du Président. Et j'avais aussi rendu un petit service à Béatrice Marre : j'étais allé à une fête du foot dans un endroit où elle voulait se présenter aux élections. Je lui avais dit oui, pour notre amitié, sans faire de politique. Donc, je l'appelle et je lui raconte l'histoire. Et je lui dis :

« Voilà, il faut que le Président envoie un câble à Sa Majesté la reine en lui signifiant : l'affaire Cantona va faire très mauvais effet sur la jeunesse française et va contrarier l'amitié entre nos deux jeunesses. Il ne faut pas le mettre en prison. Il faut trouver d'autres sanctions. Pouvez-vous demander à François Mitterrand d'intervenir ?

— Vous êtes drôlement culotté ! réplique-t-elle. Même si je sais depuis longtemps que vous êtes fou.

— D'accord, dis-je, mais rappelez-vous ce que le Président m'a promis. Vous étiez présente ainsi que Jean Glavany. Et, depuis, je ne l'ai jamais dérangé. Ça fait maintenant des années qu'il est président. Alors, au moins, vous pouvez essayer. Je comprendrai très bien s'il juge ma demande inconvenante. Je suis très respectueux du président de la République. Mais je sais que s'il peut le faire il le fera. Je ne déjeune pas. Je reste près du téléphone. »

Il est alors 12 h 30. Une heure plus tard, elle m'appelle et me dit : « La chance ne sourit qu'aux cinglés. Le Télex est parti directement au cabinet de la reine. » L'après-midi à 15 heures, l'appel était remis à une date ultérieure. Quinze jours après, Eric se présentait à la cour d'appel : travaux d'intérêt général, c'est-à-dire école de football aux petits Anglais face à la télévision. Et l'histoire s'est finie avec un Cantona absolument ravi, gentil, qui faisait la bise aux gamins : un triomphe dans tout le territoire.

— Et une carrière totalement relancée...

— Voilà... Mais la maman de Cantona m'avait expressément recommandé : « Surtout ne dites jamais à Eric que je suis intervenue auprès de vous ! Il m'en voudrait beaucoup. » Donc, je ne dis rien. Les années passent, quand je suis envoyé à un match à Manchester par TF1. Et les journalistes de la chaîne me disent : « Ça fait onze mois qu'il n'a pas donné une interview. Peut-être qu'il acceptera, avec vous. » Je téléphone à Alex Ferguson, l'entraîneur de Manchester United. Il était venu passer une journée à Auxerre pour me demander le mode d'emploi de Cantona, une journée complète dans mon bureau, un déjeuner à Chablis et une balade un peu partout, dans la région. J'étais copain avec lui. Je lui explique : « Ecoute, j'ai un petit problème. TF1 me demande d'interviewer Cantona. Il a tout refusé jusque-là. Est-ce que tu peux lui demander de ma part s'il veut répondre à quelques questions, face à un cameraman ? » Peu après, Ferguson me fait rappeler par un de ses adjoints : « C'est d'accord. Vingt minutes après le match, vous serez attendu à la porte des vestiaires par quelqu'un de notre staff et serez introduit dans les vestiaires. Une seule personne avec vous. C'est le deal qui a été convenu. » J'y vais. L'interview se déroule comme du papier à musique. Il est en peignoir, un survêtement dessous. Il m'interroge : « Coach, ça va ? »

C'est l'année où il a stoppé sa carrière. Je lui réponds : « Tu ne devrais pas t'arrêter, Eric, car tu as encore été bon ce soir.

— J'en ai marre. C'est trop dur.

— Dis donc, quand même, il faut que je te dise quelque chose... »

Et je lui raconte l'histoire. Il réagit : « Ah, c'est donc ça ! Ça m'étonnait beaucoup, ce qui est arrivé, parce que mon avocat, c'était une bille ! »

Après je l'ai revu, le jour où j'ai managé l'équipe de Roger Boli à Lens, contre Lens, où il y avait une véritable équipe de France, avec Desailly, Deschamps, Papin, Lama... Cantona était venu pour Roger, qui était son grand copain du Centre. Il avait emmené son fils, pour me le présenter : un gentil gamin de sept ans.

Il est venu aussi une autre fois présenter un de ses films. Car, maintenant, c'est un véritable acteur et non un footballeur connu faisant du cinéma. Il est reconverti. Et en plus, il a son foot de plage. Il est bon dans le business. Il est allé le montrer à Tignes ? Tignes lui a acheté son spectacle. Il a monté je ne sais pas combien de camions de sable dans la station, et ils ont organisé un match France-Brésil avec d'authentiques Brésiliens, pas des Français déguisés en Brésiliens. Ils ont fait un match à tout casser. Ils ont joué un quart d'heure de plus, en guise de rappel. Il y avait deux mille personnes qui étaient venues de toute la montagne. D'ailleurs, il a fait admettre son foot de plage par la FIFA.

— Avec tous ses excès, pensez-vous que Cantona a réussi sa carrière ?

— Oui. Car s'il n'avait pas eu ce tempérament de feu, il n'aurait jamais été capable d'assumer le patronat de l'équipe de Manchester pendant des années. Il faut avoir vu dix mille drapeaux français, plus la *Marseillaise* chantée dans le stade de Manchester. Avec ces gens dans la rue, vous croyiez que vous alliez assister à un match de l'équipe de France. Et lui, le torse en avant... Tous les samedis et les mercredis... Il aurait pu, bien sûr, être différent. On peut toujours imaginer un autre bonhomme, avec d'autres chromosomes. Mais aurait-il été capable d'exploser de cette manière-là, avec un aplomb complètement hors du commun ? Non.

13

## BASILE NE PENSAIT QU'À ÇA...

Dominique GRIMAULT — Il y eut Jean-Marc Ferreri, Eric Cantona pour faire les grands jours de l'AJA. Il reste que les frères Boli, Roger et plus encore Basile, ont occupé une place à part dans votre histoire...

Guy ROUX — Le premier problème avec les Boli a été leur âge. Ils étaient supposés avoir quatorze ans à leur arrivée. On se demandait si Roger, qui était apparemment âgé d'un an de plus, n'avait pas un an de moins, puisqu'il était le plus petit. En réalité, ils avaient une maman différente, et la maman de Roger était une femme plutôt mince et frêle tandis que la maman de Basile une dame plutôt grande et imposante. Basile disait que la maman de Roger était d'une race africaine de la forêt, parce que dans la forêt ils étaient petits pour passer sous les arbres, et que sa maman à lui était plutôt du désert, parce que dans le désert il n'y a rien qui gêne...

Cependant, les Boli n'étaient pas des enfants du peuple, mais ceux d'une certaine aristocratie africaine, puisque M. Boli père, héros de la guerre de 1940 et décoré, était ensuite entré au service de sécurité de M. Houphouët-Boigny. Ce n'étaient donc pas des enfants de la rue ; en revanche, ils jouaient en banlieue parisienne, à Romainville. Basile, en rigolant disait : « Il y avait un anormal dans notre équipe, c'était un Blanc ! »

Basile a toujours eu beaucoup d'humour, et c'est l'un des seuls à qui j'ai permis – et ça ne s'est jamais mal passé – des plaisanteries sur la couleur de peau, tel un Juif qui raconte des histoires juives ou un Belge qui raconte des histoires belges. Ainsi, lorsque je distribuais des chasubles orange et blanches, et qu'il avait une chasuble blanche, il attendait que je dise : « Les blancs de ce côté-ci » pour aller de l'autre côté. Avec Daniel Rolland, ils ont tout gagné : le championnat de France amateurs et la coupe Gambardella, face au Nantes de Marcel Desailly et Didier Deschamps.

Je le disais : il y a toujours eu une petite interrogation au sujet de l'âge de Basile. Celui-ci est né un 2 janvier, et c'est pourquoi on l'avait appelé Basile car le 2 janvier, figurez-vous, c'est la saint Basile. Garande lui disait : « Si tu étais né le 14 juillet, on t'aurait appelé *Fête-nat* ! » Avec nous, il a commencé au mois de mai 1983, il avait donc seize ans et quatre mois. Je pense qu'en vérité il avait dix-sept ans, voire plus. Toutefois, même pour un stoppeur, c'est jeune. Il a gagné sa place lors du stage d'avant-saison, à Annecy. Il est devenu un titulaire inamovible. Nous jouons le titre lors de la saison 1983-84. On perd le premier match, mais on en gagne huit de rang par la suite, avec Janas et lui dans l'axe. Dans le cadre de notre défense individuelle, Basile s'affirme comme un compétiteur intraitable. Il affichait la photo de l'avant-centre adverse dans sa chambre, ou bien la gardait dans son portefeuille toute la semaine. Il ne pensait qu'à ça. Nos adversaires avaient horreur de jouer contre l'AJA. Certains adversaires m'ont avoué : « Si j'avais pu ne pas venir, je me serais volontiers abstenu. » Basile tenait un carnet où il inscrivait scrupuleusement ses observations sur les meilleurs buteurs. Durant sa deuxième saison, aucun des joueurs qu'il surveillait n'a marqué, mis à part Delio Onnis qui l'a feinté à Toulon, en attaquant une balle au premier poteau alors que Basile l'attendait au deuxième.

Au début, sa technique individuelle était faible, mais il l'a améliorée petit à petit. Il tirait toujours dix mètres au-dessus du but. Le jour où il a enfin marqué un but, de vingt-cinq mètres dans la lucarne, c'était à l'entraînement, eh bien, il a fait trois tours d'honneur !

Les veilles de match, très souvent, il montait dans sa chambre dès la fin du dîner, tirait les rideaux et dormait dès 20 heures pour être en forme le lendemain. A l'entraînement, il était toujours devant. En ce temps-là, j'emmenais les footings. Je lui disais que j'étais meilleur que lui et nous faisions la course, pari à la clé. Je mettais des joueurs dans le coup et ils le faisaient parler. C'était un conteur africain et il adorait raconter des histoires. Je me glissais en douceur vers la tête du groupe et je démarrais. Il s'apercevait soudain que j'avais pris deux cents mètres d'avance, et il essayait de me rattraper, en courant comme un fou. Parfois, il y parvenait, à quelques mètres de l'arrivée. Nous étions comme des gamins...

Il a accédé rapidement à l'équipe de France. Il voulait aller jouer à Marseille, et Bernard Tapie voulait l'avoir. Tapie me disait, au téléphone, en rigolant : « Ton Black, quand même, il a les pieds carrés. » Ce n'était pas méchant, pas raciste : c'était le langage de Tapie. Je lui répondais : « Faites vos économies, parce que ça va vous coûter le double de ce que ça vous aurait coûté cette année... » Tapie m'a écouté et, au moment venu, quand il était bien mûr, Basile est parti. Il a été immédiatement titulaire à l'OM, de même qu'en équipe de France. Il a fait des grandes années. Il a eu le bonheur de marquer le but de la victoire de l'OM en finale de la ligue des Champions, en 1993, d'un coup de tête, sur corner, contre Milan.

Il est un héros pour toujours à Auxerre et un héros éternel à Marseille.

— Le revoyez-vous ? Passe-t-il à Auxerre de temps à autre ?

— Parfois, oui. Mais je le vois surtout à Paris. Nous sommes restés liés, comme je le demeure presque toujours avec mes anciens joueurs. Et puis, il a le tutoiement des Africains... C'est amusant. Son pays d'origine, la Côte-d'Ivoire, lui a demandé un peu d'aide. J'avais toujours dit qu'il serait ministre. Quand le président Bédié a consigné les joueurs dans une caserne après une défaite, il en a tenu le rôle puisqu'il fut le médiateur qui arrêta cette crise. Mais, à mon avis, il a compris que la politique est beaucoup plus dangereuse que les affaires. Il est désormais dans le business, avec une société d'événementiel en Europe et en Afrique, et il réussit magnifiquement. Il est arrivé un jour chez moi, après avoir joué au Japon et au Glasgow Rangers, et il m'a dit : « Donnez-moi une journée. Je souhaite vous parler. » Il est venu un jour d'été, un lundi. Nous sommes allés au bord de mon étang. Nous avons mangé une grillade. Il m'a dit : « Qu'est-ce que j'étais bête de ne pas travailler quand j'étais au Centre, de ne pas avoir bossé intellectuellement, je veux dire... » C'était vrai. Il ne pensait qu'au foot. Il a ajouté : « Je suis obligé de retourner étudier dans une école de commerce à Singapour, en anglais, pour me perfectionner. » Qu'il ait fournit un effort pareil montre tout son caractère ; il sait ce qu'il veut. Basile est un cerveau, doté d'une forte personnalité. Il aime le monde, il aime les gens. Sincèrement.

— Et son frère Roger ?

— Ah, le petit frère ! Beaucoup moins de dons que Basile, mais il a tiré 200 % de ses qualités. Il était gaucher, comme Pascal Vahirua, qui était meilleur que lui à vingt ans. Donc, c'est Vahirua qui jouait dans notre équipe. Roger, je l'ai mis à droite pour le faire jouer, et il s'est bien débrouillé. Puis, je l'ai laissé partir. J'ai ouvert la cage à l'oiseau. Il est allé à Lille, puis à Lens. Et c'est avec Lens qu'il a inscrit vingt buts en un seul championnat. Il ne mesurait que 1,68 mètre, n'était pas très rapide, pas très bon de la tête... Et, pourtant, il fut sacré meilleur buteur du championnat en 1994 ! Un grand exploit. Il s'ajoutait ainsi aux Auxerrois meilleurs buteurs du championnat, Szarmach, Garande, et Djibril Cissé. Comme Basile, c'était un conteur-né. Maintenant, il est agent de joueurs. Et il est resté un homme délicieux.

## 14

# N'GOM, LE SEUL JOUEUR QUE J'AI PERDU

Dominique GRIMAULT — Au début des années 80, il est un événement qui a beaucoup marqué l'histoire de l'AJA, c'est la mort accidentelle de Michel N'Gom...

Guy ROUX — L'accident de Michel fut un très grand drame. C'est le seul joueur que j'ai perdu pendant sa carrière. Il a joué le samedi et il est mort le lundi. J'ai eu d'autres drames. J'ai un joueur professionnel qui a perdu un petit garçon dans un accident de la route. Je ne m'autorise pas à donner son nom. Et j'ai perdu Serge Mésonès, notre capitaine, notre ami.

Michel N'Gom, nous l'avions pris au Paris Saint-Germain. C'était l'été 84. Il était international espoir, très copain avec Dominique Rocheteau et Luis Fernandez. Il était en fin de contrat et avait demandé : « Je veux aller chez Guy Roux pour devenir international A. » C'était déjà très flatteur pour moi, très gentil. Comme il était célibataire, il vivait un peu avec les gars du Centre de formation qui l'avaient tout de suite adoré. En outre, cette année-là, les pros se préparaient sur la pelouse du Centre, car nous avions refait la pelouse du stade d'entraînement. Il était chez nous depuis un mois et demi. Il venait d'inscrire un magnifique but, de trente mètres, dans la lucarne, contre le club portugais de Rio Avé.

J'avais déjà des souvenirs de lui. Nous avions fait une grande promenade dans la montagne durant notre stage préparatoire en Suisse. Il était en retard. Je me demandais pourquoi. Et je l'avais vu, dans les lacets : il tenait une vieille dame par le bras et l'aidait à marcher. C'était vraiment un garçon adorable. La tragédie se situe dans le dernier week-end avant le championnat. Je lui ai dit : « Ne va pas à Paris. » Comme il allait retrouver Rocheteau et ses copains, j'avais peur qu'il n'ait pas son compte de sommeil. Il est parti quand même. En outre, il avait l'habitude de conduire la Coccinelle décapotable de Dominique Rocheteau. Or, elle était en panne et il n'avait qu'une Renault 5 de location. C'était un lundi. Il me semble que c'était le lundi 12 août 1984, jour de la finale des jeux Olympiques de Los Angeles gagnée par la France aux dépens du Brésil. Patrice Garande était dans cette équipe et je m'étais levé à 4 heures du matin pour voir la finale avec mon fils. Avec François, l'après-midi, nous sommes passés par une route que nous n'aurions pas dû emprunter. Et là, un attroupement, un accident, les gendarmes. Une Renault 5 contre un poteau télégraphique en béton. Les gendarmes m'annoncent : « C'est un de vos gars. »

Je ne savais pas si c'était Michel N'Gom ou Basile Boli. Je demande :

« Il est mort ?

— Il est à l'hôpital. »

Je fonce à l'hôpital. C'est moi qui ai reconnu son corps. Il avait une toute petite blessure. La voiture avait heurté un pneu de tracteur qui venait en face et elle s'était couchée dans le fossé à vingt kilomètres à l'heure. Michel a cogné le poteau presque à l'arrêt. Il était mort. Sa ceinture l'aurait sauvé. Il y a eu une émotion extraordinaire. Les obsèques ont eu lieu à la cathédrale, célébrées par l'évêque, alors qu'il était complètement inconnu à Auxerre. Une cathédrale bondée. Tous les dirigeants et joueurs du Paris Saint-Germain étaient venus, Francis Borelli et Luis Fernandez en tête. Il y avait trois cents personnes sur la place de la cathédrale qui n'avaient pas trouvé de place à l'intérieur. C'était le Auxerre du peuple, des « quartiers », qui était là. Sa tombe est toujours à Auxerre. Elle est entretenue par des supporters de l'AJA. Lorsque nous y allons, il y a toujours des fleurs dessus, alors que sa disparition date de vingt-deux ans. Tous les 1er novembre, le Centre de formation va au cimetière déposer des fleurs sur la tombe de Michel, et celles de l'abbé Bonnefoy et de Georges Poligot, les figures historiques de notre club.

Le drame s'est prolongé. Un an plus tard, le frère de Michel a été tué par une bombe dans un colis qu'il a ouvert chez Marks & Spencer. Un destin tragique. Il n'est pas de jour sans que je pense à Michel. Au stade de l'Abbé-Deschamps, sa mémoire est honorée à jamais. Un salon porte son nom.

## 15

# CHER JEAN-CLAUDE, CHER GÉRARD

Dominique GRIMAULT — Ce qui a été réalisé depuis 1960 à Auxerre est-il spécifique au club, à l'AJA ? Ou bien aurait-il été possible d'initier l'expérience ailleurs ? Et comment ?

Guy ROUX — Ce n'est pas la bonne manière de poser la question. J'aurais préféré que vous me demandiez : est-ce que le même groupe d'hommes peut exister ailleurs ? Je pense que oui. J'ai été entraîneur de quelque cinq cents ou six cents joueurs et, *grosso modo*, avec des résultats toujours égaux, quels qu'ils soient. Depuis ma première équipe de division d'honneur jusqu'à ma dernière équipe professionnelle, j'ai réussi, sur trois matchs en moyenne, un peu plus d'une victoire, un peu moins d'un match nul et un peu moins d'une défaite. Je pense que j'aurais pu trouver des alliés de qualité pour ce genre d'entreprise dans d'autres endroits. Ce dont je ne suis pas sûr, c'est de la manière dont ces alliés auraient pu s'entendre entre eux, se fédérer.

Comme je suis né à Colmar, ça m'a souvent tenté de prendre l'équipe de Strasbourg – qui ne me l'a jamais demandé. Est-ce qu'à Strasbourg j'aurais pu réussir ce que j'ai fait à Auxerre ? Je ne sais pas, bien sûr... On ne refait pas le monde. Mais je peux vous dire au moins que, si j'avais été en poste à Strasbourg, Mme Catherine

Trautman, le maire, aurait posé la candidature de sa ville pour la coupe du Monde 1998. Il y aurait eu ainsi un stade de quarante mille places assises, avec d'immenses loges de tous les côtés. Pourquoi ? Parce que j'aurais été tellement persuasif qu'elle n'aurait jamais laissé passer une chance pareille ! Une chance, oui, quand on s'appelle Strasbourg, qu'on se prétend une des deux capitales de l'Europe, qu'on est adossé à l'Allemagne. Voilà un point dont je suis sûr.

Maintenant, je peux toujours imaginer Strasbourg avec un super stade, des infrastructures et un centre de formation de pointe. Si j'avais réalisé en gros les mêmes performances qu'à Auxerre, ce stade de quarante mille places aurait été plein, ce qui aurait donné de la richesse. La richesse vive de l'Alsace est d'ailleurs énorme, avec la proximité allemande. La force économique de toute l'Alsace, c'est peut-être vingt fois la Bourgogne. Strasbourg, c'est quinze fois la ville d'Auxerre. Et le Bas-Rhin, c'est cent fois la force économique de l'Yonne. Donc, si on avait intéressé les gens grâce à des résultats et si on leur avait demandé de participer, on pouvait réussir à Strasbourg ce qu'a réalisé Jean-Michel Aulas à Lyon : multiplier les titres de champion de France et surtout jouer des coupes d'Europe, aller loin dans l'épreuve, et peut-être en gagner une. Le seul point qui me laisse perplexe, je le répète, c'est la bonne entente entre les hommes. Jean-Claude Hamel et Gérard Bourgoin ne se sont jamais disputé le pouvoir sur toute la durée de l'aventure d'Auxerre. Gérard Bourgoin a toujours accepté que le président reste à son poste, et lui au sien. Donc, pas de conflit d'hommes.

Alors qu'à Strasbourg, cela a été la valse permanente, le bilboquet entre les hommes. A Auxerre, *a contrario*, règne une parfaite entente. On peut parvenir, me semble-t-il, à cette entente dans un club d'une grande ville. A Lyon, depuis qu'il y a Aulas, personne n'est venu contester sa présidence. Il travaille avec ses collaborateurs, tranquillement. Il n'y a jamais de révolution de palais. On me dit parfois : « Si le président s'arrête ou disparaît, comment faites-vous ? » Eh bien, on fait fonctionner les institutions, c'est-à-dire qu'on élit un successeur. Ce qui marche à l'échelle de la France peut quand même marcher à l'échelle d'un club de football qui a un budget de PME moyenne. Les cent cinquante millions de francs de l'AJ Auxerre, c'était le budget du garage Hamel qui vendait des camions et des véhicules industriels et qui salariait cent dix ouvriers. Donc, un club de foot, ce n'est ni Renault ni Citroën, c'est une petite affaire.

La question posée est : aurais-je pu mener avec des chances de succès une autre équipe, ailleurs qu'à Auxerre ? Sûrement, oui. J'ai absolument confiance en moi là-dessus. Il y a peut-être des grosses machines qui m'auraient mangé car elles sont trop « broyeuses », telles que Marseille ou Paris Saint-Germain. C'est possible, parce que, en sport, il y a des périodes où on ne gagne pas. Et si, à partir du moment où vous avez perdu trois matchs, on vous licencie, vous ne pourrez jamais faire vos preuves. Mais, pour le reste du travail, je n'ai aucun problème. Et je pense que j'ai toujours fait gagner de l'argent à l'AJ Auxerre. Dans les deux dernières années, les salariés ont touché de la participation sur les bénéfices, puisque c'est la loi maintenant. Ils vont peut-être en toucher encore.

Bref, je pense très sincèrement que si j'avais été l'entraîneur de Strasbourg j'aurais fait gagner de l'argent au Racing de Strasbourg. Et si j'avais été l'entraîneur de Paris Saint-Germain, au lieu de dépenser plus d'un milliard, eh bien, je lui aurais permis de réaliser quelques bénéfices. A Marseille, je suis moins sûr car c'est encore plus difficile. Je ne perçois pas bien – moi qui suis un homme du Nord-Est – les choses du sud de la Loire. J'ai du mal à les mesurer et à les apprécier. Mais en revanche, à Paris, et surtout à Paris, qui est quand même l'endroit du siège de toutes les sociétés, il y a de quoi faire.

— Expliquez-nous la raison de la bonne entente qui règne entre MM. Hamel, Bourgoin et vous-même, qui êtes les piliers de l'AJA ?

— C'est chaud parfois. Si vous entriez dans l'une de nos réunions, vous pourriez avoir l'impression d'arriver en pleine guerre de Troie. Lorsqu'il faut prendre des positions fortes sur des problèmes essentiels et que nos avis divergent au début, chacun défend âprement son idée. Mais, à trois, on finit toujours à deux contre un. Et c'est le responsable qui a le dernier mot. Dans le domaine des finances, c'est le président, toujours. On le sait au départ. Quand il s'agit de développement, c'est plutôt Gérard Bourgoin qui emporte la décision. Et enfin, quand on entre dans la partie technique, c'est-à-dire la formation de l'équipe, le choix des joueurs, ils ne discutent pas mes avis. Il y a toujours une fin au dossier. Et les trois répondent présents pour défendre le point de vue qui s'est imposé, même celui qui était contre. C'est une très grande force collective.

— S'il vous fallait tracer un court portrait de Jean-Claude Hamel et Gérard Bourgoin ?

— D'abord, ce sont des hommes extrêmement originaux. Jean-Claude Hamel a été tiré en un seul exemplaire dans le monde, non pas physiquement car il est le Français type, sinon le Normand type, mais psychologiquement. Le président est en effet un atypique complet. On ne peut le ranger dans aucune catégorie, sinon la catégorie Hamel. Dans une discussion, il se met sans arrêt dans la position de l'avocat du diable. Quand il veut parvenir à un résultat, il argumente sans arrêt à l'envers pour obtenir les objections et mieux asseoir sa conviction. Il est évidemment très fort, disons qu'il a un ego très fort : il a très confiance en lui. Cette confiance est confortée par une très bonne réussite sociale, puisqu'ils étaient quand même quatre frères et deux sœurs dans le petit garage Simca et Berliet que leur père leur a légué. Jean-Claude et son frère Jean-Jacques ont pris la partie camion, et construit un garage neuf : une magnifique réussite. Le président a travaillé jusqu'à soixante-dix ans, bien après qu'il eut assis sa réussite. Je n'ai jamais vu ses bilans, mais je suis sûr qu'il n'a jamais présenté un bilan négatif, même dans les premières années de ses investissements. Il avait cent dix ouvriers et il les traitait à l'ancienne, de façon paternaliste pourrait-on dire, mais paternaliste, pour moi, c'est un compliment. Il les connaissait tous par leur prénom. Vraiment un patron du début du XX^e^ siècle. Il n'y a jamais eu l'ombre d'un mouvement social chez lui. En mai 1968, ils se sont arrêtés de travailler à regret, parce qu'il n'y avait plus de circulation et que les camions n'arrivaient plus. Ce qui veut bien dire qu'il était estimé dans sa boutique. Il a eu beaucoup de problèmes et de difficultés, des deuils prématurés. Mais il a été très solide chaque fois. En s'appuyant sur cette force inébranlable, il se fait évidemment respecter, y compris par moi. Il défend ses règles de base : « J'aime mieux descendre d'une division que de faire du déficit » ; « Il ne faut jamais dépenser plus que ce qu'on gagne » ; « On ne doit jamais finir une année négativement. »

— Qu'est-ce qui a conduit Jean-Claude Hamel à devenir président de club ?

— Il dit toujours – et je suis certain de la sincérité de son propos : « Je m'occupe de l'AJA parce que j'ai été gamin au patronage. » C'est son slogan, sa marque de fabrique. Quand il est devenu président, il était au

Rotary Club, car il aime bien la vie en société. Il déteste être seul. L'un de ses problèmes, dans le bureau, c'est qu'il appelle toujours un collaborateur, il l'assoit devant lui et il fait autre chose. Moi aussi, il me fait asseoir, il prend un téléphone et il appelle quelqu'un d'autre. Alors, je m'en vais. Il me dit : « Attendez. » Je dis : « Non, non, je reviendrai. » Il ne peut pas être seul. Voilà une de ses caractéristiques. Une deuxième : non seulement il n'aime pas être seul, mais il adore tellement la compagnie des gens qu'il ne ferme jamais ses portes. Ses murs sont en verre. On entend tout de ce qu'il dit et fait. Or, le football, c'est un domaine qui réclame parfois de la discrétion. Je lui ai répété, sans relâche : « Il ne faut pas qu'on vous entende. » Réponse : « Je suis comme ça. » Il s'en moque. Donc tout le monde est au courant de tout. Il n'existe pas un homme d'une plus grande transparence que lui.

— Quand Jean-Claude Hamel est-il devenu le pilote de l'AJA ?

— En 1963, au moment où Jean Garnault est devenu président de la Ligue. Il y a toujours une petite polémique parce que, avec le temps, le président dit : « C'est moi qui ai embauché Guy Roux. » En fait, il était dans le bloc de dirigeants qui m'a embauché, et c'est Jean Garnault qui était alors président. Une chose le caractérise : il ne se met pas en avant pour les honneurs, il a horreur de parler avec la presse, alors qu'il la lit beaucoup. Il fait une revue de presse chaque matin : il découpe les articles, il colore les titres et il donne les doubles aux autres. Mais, en revanche, il s'exprime très rarement. Si je ne m'en mêle pas, on est sans communicant.

Ce qu'il adorait par-dessus tout – et ce qu'il doit toujours adorer –, c'est la Coupe... La coupe de France, pour lui, c'est d'être en finale dans la tribune officielle avec Giscard d'Estaing, Mitterrand et Chirac. Car Auxerre a quand même vu défiler trois présidents de la République, plus MM. Raffarin et Lamour. Il y a la photo encadrée, dans son bureau, du coup de gueule de Chirac lorsque *La Marseillaise* a été sifflée lors d'une finale avec Bastia : on voit sa tête derrière. Il a une petite fierté républicaine. Il a été élu adjoint au maire pendant un mandat ou deux, à la demande expresse de Jean-Pierre Soisson, mais il ne voulait pas faire de politique. Il a ses idées, mais il n'est pas un militant.

— Parlez-nous maintenant du « phénomène » Gérard Bourgoin, car il s'agit littéralement d'un phénomène, d'accord là-dessus ?

— Essayer de résumer Gérard Bourgoin est difficile. Il a été pendant quelque temps élève au lycée avec moi, dans la classe d'en dessous parce qu'il a un an de moins que moi. Et il s'est fait renvoyer. Il ne supportait pas l'école. Il ne pouvait pas rester assis. Il n'acceptait pas « les conneries que disaient les profs », c'était son leitmotiv. Sauf en maths. Alors il est entré au collège technique, en quelque sorte une école professionnelle. Il a appris la comptabilité. Il a supporté parce que c'était mixte. Et aussi parce qu'il voulait être bon dans le business. Mais il s'est fait renvoyer aussi, je crois. Son père, qui était charcutier à Chailley, comme son grand-père, lui a alors fait préparer un CAP de boucher. Son père, entre parenthèses, a été un vrai résistant dans l'Yonne et un très grand dirigeant d'athlétisme, un mordu de ce sport. Donc il a pris son fils comme apprenti. C'est alors que Gérard a inventé un produit : des pattes de lapin vendues dans des pots de confiture. Il est le premier à avoir vendu les lapins autrement qu'entiers. La nuit, avec un ouvrier de son père qu'il gardait avec lui, ils stérilisaient des pattes de lapin ou des bouts de lapin et les mettaient en bocaux. Et dans la journée, avec son vélo, il faisait la tournée des autres charcutiers et des épiciers pour leur placer ce qu'il avait fait pendant la nuit. C'est un gars qui a toujours très peu dormi. C'est ainsi qu'il a commencé dans la vie active.

Puis il a créé un atelier où ils étaient cinq. Après, ils ont été trente. Un moment, ils étaient peut-être cinquante. Il avait horreur des permis de construire, donc il bâtissait tout lui-même, avec son équipe. Ils accomplissaient leur journée de travail et, le soir, ils construisaient une extension des bâtiments. Il allait vendre ses produits lui-même, en voiture. Un jour, l'usine a brûlé. Il a dit aux gens de ne pas bouger. Les pompiers avaient fini, ça fumait. Il a touché les briques, il a dit : « C'est trop chaud. On reprendra demain matin à 6 heures. Allez vous coucher. » Et le lendemain à 6 heures, il n'y a pas eu de mise au chômage technique par manque de travail : ouvriers et ouvrières sont devenus maçons et ils ont refait l'usine, avec Bourgoin au milieu. Il devait avoir vingt-cinq ou trente ans. Quand sa société a commencé à prospérer, il avait deux cents salariés, il continuait ses agrandissements. Mais il invitait le préfet à l'inauguration. Il disait : « Monsieur le préfet, pendant que vous êtes là, voilà la demande de permis de construire. » Devant tout le monde. Une fois, des inspecteurs des impôts menaçaient quasiment de le mettre en faillite. Il s'est saisi de son livre des comptes, et, le 28 du mois, il s'est rendu chez le préfet. Le bureau du préfet, c'est l'ancien bureau de l'évêque, à Auxerre. Les évêques furent de grands personnages de la Bourgogne. Donc, le bureau mesure trente mètres de long. Il a parcouru vingt mètres et, là, il a jeté le livre sur le bureau du préfet. Il avait vingt-six ans. Et il a dit : « Vous m'avez envoyé deux contrôleurs. Donnez-leur donc le livre, qu'ils aillent faire la paye ! »

C'était un fou de travail. Un exemple : nous allons jouer à Laval le 20 décembre. Pour lui et ses ouvriers, à cette date, c'est le boulot permanent. Il y avait même des dortoirs dans les usines, car Noël, c'est une partie de la recette annuelle pour la vente de la volaille. Il nous a posés avec son avion, il a redécollé et s'est rendu dans une de ses usines en Bretagne. Il s'est glissé dans la chaîne à 15 heures. Il a dormi une heure, pour ensuite retravailler la nuit et encore toute la journée du lendemain. A Laval, il est revenu le samedi, à 18 heures. Il me dit : « Donne-moi ta clef de chambre. Je vais dormir dans ton lit. Je ne vais pas au match. » Il a demandé qu'on le réveille à 22 h 30 à l'hôtel. Et à 22 h 45 il était dans son avion pour nous ramener, frais et rose. Il ne perdait jamais une minute et il mettait la main à la pâte, toujours, toujours... Tant et plus qu'il est devenu, avec Doux, le premiers volailler de France. Il pouvait nommer directeurs d'usine des bonshommes qui avaient le CAP de boucher, dont un qu'il avait pris en stop ! Beaucoup d'eau est nécessaire pour nettoyer la volaille. Une fois, en Bretagne, il n'avait pas de station d'épuration et les écologistes avaient protesté. Qu'à cela ne tienne : il a construit sa propre station. Et comme il voulait toujours faire mieux que les autres, il appelle Jacques Martin pour son émission *Incroyable, mais vrai*, et il lui explique : « Je suis en train de faire une station d'épuration. Si ça vous intéresse, je plongerai pour montrer que l'eau est vraiment pure. » Au lieu de se finir en septembre, les travaux se termineront finalement en novembre. Et là, non seulement il plonge, mais il entraîne une jolie secrétaire qu'il avait parée d'un maillot de bain deux pièces, et il la fait aussi sauter. Elle a attrapé une pneumonie... Mais lui a nagé, il est remonté, et il a replongé !

— C'est une force vive, Bourgoin !... Quand et dans quelles circonstances arrive-t-il à l'AJA ?

— En 1978. Le président lui vendait des camions, à grand-peine parce que Gérard faisait jouer à fond la concurrence. Mais c'était quand même un client et un copain de Jean-Claude Hamel. Nous voulions nous renforcer un peu, parce qu'on était en deuxième division. On cherchait aussi de l'argent, un sponsor. Donc, nous sommes allés le voir avec le président, un soir, et il a accepté de se joindre à nous. Il a tout de suite apporté son dynamisme. Il a descendu les Champs-Elysées, le jour de la finale de la Coupe en 1979, avec un landau bourré de dindes, arrêtant la circulation sur l'avenue, avec des gens arborant des T-shirts « Chaillotine » !

En ce qui concerne ses affaires, tant qu'il a dirigé ses propres usines avec ses gars et ses personnels, il n'y a pas eu de problèmes. Mais après, pour accélérer son développement et devenir le major du marché en Europe, il a commencé à racheter des boîtes. Des difficultés sont apparues dans son groupe à cause de ces boîtes-là ; une, en particulier, en Espagne. A un moment donné, il s'est retiré et il a cédé l'affaire à sa fille. Il a eu jusqu'à cinq mille ouvriers.

— Dans votre club, quelle est l'action de Gérard Bourgoin ?

— Avec nous, ça va très bien. Il est droit, il est fidèle en amitié, il a un dynamisme fou, en somme beaucoup de qualités. Il est très copain avec les joueurs, il a un très bon contact avec les jeunes. Et puis, avec lui, il possède une licence de pilote professionnel, on disposait de deux avions Mitsubishi. On possédait une tranche horaire de Mitsubishi à nous.

## 16

## LE RITE COMME UN MOYEN DE GOUVERNANCE

Dominique GRIMAULT — C'est très étonnant : pour vous avoir suivi depuis toujours en tant qu'entraîneur, nous n'avons jamais relevé chez vous, ou très rarement, des manifestations de grande joie. Pourquoi ?

Guy ROUX — Un peu quand même, mais je gardais ça au fond. C'était une joie épaisse.

— Question de maîtrise des sentiments et des mots ?

— La communication, ce n'est pas la même chose que la réalité : c'est ce qu'il faut dire au moment où vous le dites. La vérité, c'est autre chose. Dans les sentiments, c'est pareil. Bien sûr, après une grande victoire en coupe d'Europe, je jubilais un peu. Mais, comme les fusils-mitrailleurs étaient en joue, tout de suite, derrière, j'ai toujours pensé : si je n'ai pas trop jubilé en public, ils ne vont peut-être pas trop tirer, ou un peu moins vite, ou un peu moins fort. Je vivais selon des rites. J'ai tout piégé avec des rites, aussi bien les joueurs que moi-même.

Par exemple, lorsque l'équipe jouait à Auxerre, l'après-midi précédant le match, pendant presque toute ma carrière, je suis allé rendre visite à des parents âgés à Appoigny. Parler avec eux, ça me faisait un prétexte pour m'échapper. Ensuite, il fallait faire durer le temps jusqu'à la collation de 16 h 15. J'allais souvent dans mes bois fétiches pour me sentir bien. Je devais être déjà gonflé, car j'avais ma dernière mise en condition des joueurs à réussir : il fallait déjà que je sois moi-même très convaincu pour les convaincre. Et après, je les laissais...

— Cette mise en condition n'est-elle pas un discours toujours semblable ?

— Il n'y a pas beaucoup de variété. Quand tu fais quarante ans de carrière, il n'y a pas assez de mots pour les changer tout le temps. En une année, en cinquante-huit matchs, on ne peut pas faire cinquante-huit discours différents. C'est impossible. Mais c'est le ton qui change chaque fois, avec beaucoup ou peu de notes, c'est selon... A 17 heures, je rentrais à la maison, qui était en général vide, et, là, je me changeais sachant qu'au stade il fallait que je passe à un moment par le salon VIP. Donc je m'habillais un peu. J'ai des chemises préférées : je suis un peu fétichiste là-dessus. Je jetais un coup d'œil à mon jardin, car je n'ai guère le temps de le faire dans la semaine. Ou bien je regardais la première mi-temps du match de 17 h 15, en prenant des notes, car il s'agissait toujours d'adversaires potentiels. J'ai une rubrique et des pages de notes sur chaque club. Je partais à la mi-temps. Je garais ma voiture toujours au même endroit. Je me rendais aux vestiaires. Je rencontrais mes adjoints. J'allais vérifier le terrain, et tous les filets. Je rentrais et je regardais en général la fin de la deuxième mi-temps du match télévisé de l'après-midi dans mon bureau fermé. Après, les joueurs arrivaient. Il fallait aller chez les arbitres. A partir de ce moment-là, j'étais totalement pris. Venait l'échauffement. Je ne le dirigeais plus depuis des années, mais je le regardais toujours. Je signais quelques autographes. On rentrait dans les vestiaires. Les cinq dernières minutes. Je ne disais plus rien. C'est le capitaine qui devait parler. 19 h 50, les dernières minutes... Là, c'est le cœur déchiré avec de grands ongles...

Je sortais le dernier, pour être sûr qu'il n'y en avait pas un qui traînait en route. C'est un truc de métier. L'arbitre va arrêter un joueur. Motif, par exemple : « Vos crampons ne sont pas bons. » Et il veut le faire rentrer changer ses crampons. Imaginez que vous soyez devant vos joueurs... L'arbitre a fait sortir dix joueurs et vous commencez à dix. Mais si vous êtes le dernier et que vous êtes témoin de la réclamation de l'arbitre, vous rappellez les dix autres et c'est l'arbitre qui est en difficulté. Vous lui dites : « Ecoutez, ça va, ils ne sont pas pointus ces crampons. Il ne faut pas exagérer. Mais si vous y tenez, alors on rentre tous et on change de crampons. On a dix minutes, le règlement le permet. Vous prévenez la télé qu'on commence dans dix minutes. » Sa réaction ? « Bon, ça va. »

— Et vous vous asseyez sur le banc.

— Oui, mais il y a un protocole. Je m'arrangeais pour ne pas avoir un preneur de son trop près de moi... sauf le jour où j'en voulais un. Car parfois, oui, j'en avais besoin d'un, parce que j'avais l'intention de faire passer des messages pris par le son. Donc, je laissais approcher le technicien avec son micro-capuchon : à dix mètres environ. Autrement, je le repoussais à dix-huit mètres. Et si jamais il ne voulait pas reculer, je lui envoyais deux costauds : « Monsieur, vous vous écartez, ou vous allez dans la tribune. » Et c'était réglé. Pas besoin d'en parler au réalisateur. Mais le bonhomme, avec son micro, tentait toujours sa chance. On avait dû lui conseiller : « Mets-toi le plus près possible de Guy Roux. » Quand j'avais délivré mon message, je l'écartais... Certains de mes messages étaient destinés aux joueurs. Parce qu'ils regardaient le match, le lendemain, Mais cela regardait le plus souvent l'arbitrage. Quand je soupçonnais un arbitre, je lui déclarais la guerre dès la première minute afin que tout le monde sache que je ne me laisserais pas faire. Quoi qu'il arrive, même s'il s'agit du plus grand arbitre du monde, ou n'importe qui d'autre, je ne me laisserai pas faire ! Je m'arrêterai toujours avant de me faire exclure, mais il faudra un peu me passer dessus.

— On a quand même la sensation que vous vous considérez comme le maître dans votre stade...

— C'est normal. Je l'ai construit. Je ne l'ai pas acheté : c'est l'abbé Deschamps. Oui, je l'ai construit, avec mon président, avec Soisson, avec l'argent de tout le monde. Il y a eu un concours pour une tribune. J'avais dessiné la tribune. Il y avait dix architectes. J'ai donné mon dessin aux dix. Mais celui qui avait bâti la tribune, c'est celui qui avait pris mon dessin.

— Autour de vous, sur le banc, comment cela se passait-il ?

— J'ai toujours placé les gens de la même façon. A ma droite, les remplaçants, enfin, depuis qu'il y en a, c'est-à-dire depuis 1980. A ma gauche, mes adjoints successifs. J'ai commencé sans adjoint, et j'ai vécu seul, pendant dix saisons. Personne ne se rappelle cette époque. J'entraînais même le gardien, avec mes propres tirs, de 1980 à 1984. Après, il y a eu un kiné, puis un médecin, l'entraîneur des gardiens et le gardien remplaçant...

— Comment suiviez-vous le match ? Comment réagissez-vous par rapport à la télévision, au public ?

— J'ai toujours accepté qu'on me filme cinq minutes. Je sais le métier et connais les plans de coupe... Donc le cameraman venait et je lui disais : « Cinq minutes. » Au bout de dix minutes, s'il était toujours là, je haussais la voix : « C'est fini ! » S'il restait encore, je prenais la bouteille d'eau et lui mettais un peu d'eau sur l'objectif ou sur le nez. Il comprenait et s'en allait... Pour plus de sécurité et de confort, j'avais encore quatre videurs de discothèque à ma disposition, sur ma gauche. Une flotte de porte-avions ! Des spécialistes du kick-boxing. Un vrai commando.

En vérité, c'étaient avant tout les gardes du corps des arbitres. Ils ne devaient pas les quitter des yeux. Si un spectateur sautait hors de la tribune, ils devaient bondir et l'intercepter. C'est arrivé un jour... Il y avait un costaud qui courait dans tous les sens à la fin du match, très agité... Peut-être qu'il ne voulait pas de mal. Ils n'avaient pas le droit de frapper, mais ils ont mis les mains où il fallait, et le manifestant est tombé les bras en croix. Je m'honore – et j'insiste là-dessus – d'avoir été pendant quarante-cinq ans entraîneur-joueur et entraîneur de vingt-sept équipes – ce qui signifie douze matchs par semaine à domicile, sur des terrains éparpillés sur huit hectares –, sans qu'il y ait jamais eu à Auxerre le moindre arbitre en difficulté.

— A ce niveau-là, ce ne sont plus des rites, c'est une véritable organisation...

— Dans les conférences, je dis toujours : j'ai essayé de chercher les déclics pour gouverner les hommes. Et dans la société humaine, si on cherche quelles ont été les entreprises qui se perpétuaient à travers les siècles, on trouve l'armée et la religion. L'armée, elle ne tient que par le rite. Tiens, j'ai entendu un gars des banlieues dire : « C'est dommage qu'ils aient supprimé l'armée. C'est une grande erreur. Les militaires m'ont appris à me raser le matin, à avoir les cheveux courts, à saluer et à marcher au pas. » Un de ses copains a remarqué : « Ça ne te sert à rien de marcher au pas. » Il a répondu : « Non, mais quand tu sais marcher au pas, tu es déjà autrement. » Le drapeau, le respect du chef, magnifier l'entité dans laquelle tu te trouves, ce sont des rites.

La religion vit aussi de ses rites : la messe, les habits des prêtres et la liturgie. Moi, j'utilise les rites, car les gens sont pris dedans. Vous avez beaucoup d'athées qui entrent dans l'église lors d'obsèques, notamment quand c'est leur famille. S'il y a une communion, ils s'inclinent. Ils font comme tout le monde : ils respectent le rite. Ils s'inclinent devant l'hostie à laquelle ils ne croient pas une minute, mais ils s'inclinent. Ils ne sifflotent pas au moment de l'élévation. Le rite, ça vous prend. Et si vous instituez de bons rites dans votre équipe, dans votre groupe, il tourne tout seul. Le rite est un moyen de gouvernance.

— Vous n'avez pas parlé des rites lors des matchs à l'extérieur : en aviez-vous ?

— A l'exception des trois dernières années, je faisais chaque matin un footing, avant la partie de tennis-ballon traditionnel avec mes joueurs. Après le déjeuner, je marchais et parfois je regardais du rugby à la télé. Toujours seul. Je n'ai jamais accepté une visite à l'hôtel avant un match. Plein de copains me téléphonaient : « On vient te voir.

— Non. »

Le jour du match, personne. Il faut comprendre que c'est une souffrance... La souffrance de l'anxiété. Ce n'est pas une peur, rien à voir avec celle qu'a connue mon grand-père trois fois sorti des tranchées, pendant la Grande Guerre, avec les échelles... Mais tout de même très dure à vivre...

# 17

## NOS GAMINS DES BANLIEUES

Dominique GRIMAULT — Au-delà des personnages, nous avons le sentiment qu'il y a une identité, un label AJ Auxerre. Y a-t-il un moule, un modèle auxerrois ?

Guy ROUX — Je connais beaucoup entraîneurs qui disent : « Ce joueur est passé par Auxerre, donc il est combatif et possède une très bonne technique générale. » Cela fait plaisir. Mais je ne révèle pas nos méthodes car c'est une très grande faute de confier son identité à l'ennemi. Je cite toujours une anecdote que mon père avait racontée, et que j'ai lue aussi dans *L'Illustration* : en 1936 ou 1937, les généraux français ont accueilli dans la ligne Maginot les généraux allemands de la Wehrmacht et la leur ont fait visiter. S'il y a un truc plus stupide, il faut qu'on me l'indique. Tu fais visiter tes défenses à l'adversaire. Les Allemands ont vu que la ligne Maginot serait très difficile à franchir. On sait ce qu'il en est advenu en 1940... La ligne a été contournée...

A Auxerre, il y avait une identité tactique puisque, pendant très longtemps, nous avons pratiqué le marquage individuel. Et toujours, j'ai aligné deux ailiers. Aujourd'hui, Lyon évolue de la sorte. J'ai toujours cherché des dribbleurs et des joueurs capables de déborder. Peut-être parce que je n'étais pas rapide, personnellement...

— Est-ce qu'on ne peut pas dire que l'identité de l'AJ Auxerre va bien au-delà de votre enseignement technique et tactique ? L'équilibre n'est-il pas politique et culturel ? Les garants n'en sont-ils pas Hamel, Bourgoin et vous ? Et que se passera-t-il quand vous passerez la main ?

— On ne peut pas savoir de quoi demain sera fait. On ne peut pas parier, ou faire des suppositions sur l'avenir. Il faudrait déjà prendre en compte les changements liés au temps qui passe. Par exemple, entre le moment où j'ai repris à soixante-deux ans ou soixante-trois ans et le moment où j'ai arrêté à soixante-sept, la Ligue 1 s'est quasi renouvelée à 100 %. En somme, tous les gars qui entraînaient durant la saison 2000 avaient moins d'avenir que moi ! Et j'avais soixante-trois ans. Et on pourrait recommencer la même démonstration demain. Observez que Marseille a compté quatre présidents, Strasbourg sept, Paris Saint-Germain trois, durant ces six dernières années, autrement dit entre les soixante-dix et soixante-seize ans de Jean-Claude Hamel. Et je suis prêt à parier qu'entre ses soixante-seize et ses quatre-vingts ans, quelques clubs verront passer trois ou quatre présidents. Donc, on ne doit pas s'inquiéter à cause de l'âge, surtout si on a des gens solides autour soi. Il faut avoir des institutions saines, et les nôtres à Auxerre fonctionneront.

— Vous avez insisté sur l'originalité de Jean-Claude Hamel et Gérard Bourgoin. En ce qui vous concerne, vous avez parlé d'une autre manière de travailler, pour faire la différence avec la concurrence. Pourtant, nous sommes obligés de nous poser la question : comment empêcher que le patrimoine de l'AJA ne soit un jour dilapidé ?...

— Je réponds que M. Calvet était un P-DG formidable de Peugeot, qui avait redressé l'entreprise, qui l'avait modernisée, qui avait reconstruit des usines neuves robotisées, renoué avec les bénéfices, quadruplé le prix des actions... et il s'est arrêté. On avait le droit de s'interroger : « Comment allait-on remplacer un génie pareil ? » Peugeot, avec des milliers de salariés dans le monde, n'est pas un club de football : si la société se trompe sur un modèle, ça lui coûte des milliards. Eh bien, Peugeot va bien, aujourd'hui. Renault *idem*. Après Dreyfus, il y en a eu un autre. L'AJA, ce n'est ni Peugeot ni Renault. Donc, il n'y a pas de raison que le renouvellement ne se fasse pas, à moins que nous soyons, tous ensemble, victimes d'un accident d'avion. Mais si on disparaît un par un à un moment donné, tous les trois ou quatre ans, soit en s'arrêtant, comme je l'ai fait, soit en ayant une moins bonne santé avec l'âge, ça devrait aller.

— Il est peut-être plus difficile de perpétuer l'AJA que Peugeot. Peugeot, c'est quelque chose de considérable, avec des rouages puissants, bien en place... Un jeune homme qui sort des grandes écoles, qui est très brillant, prend la succession avec succès. Auxerre, c'est plus fragile, plus délicat, non ?

— Il est vrai que la reprise de l'équipe n'est pas facile parce qu'il y a un changement de style complet. Nous sommes au même niveau que l'année dernière, avec d'autres méthodes, d'autres moyens, un autre esprit. Il nous manque des choses : on va embaucher par exemple un jeune directeur marketing et communication qui vient d'un autre club. Il va commencer bientôt, et il va boucher le vide actuel en ce domaine. La presse a pris des libertés, durant la saison 2005-2006, qu'elle n'avait jamais osées avec l'AJ Auxerre, qui frisent le manque de respect, que ce soit la presse locale ou *L'Equipe*. On ne peut pas laisser faire ça.

— C'est l'illustration de la fragilité d'une équipe, d'un club en période de transition, non ?

— Oui, mais le train va revenir sur les rails. Nous ferons ce qu'il faut pour ça. De mon côté, cette année, c'est le silence total. L'année prochaine, déjà, on m'aura un peu oublié. Il n'y aura plus qu'un tiers de mes joueurs dans l'effectif. Et dans deux ans il n'y en aura plus aucun, ou un ou deux, seulement, dans l'équipe. Là, je pourrai travailler, manœuvrer, communiquer. Par exemple, je pourrai convoquer l'entraîneur et lui dire : « Ça ne va pas. »

Par ailleurs, j'ai trois années de contrat avec Canal. J'ai envie de continuer, mais je ne sais pas si Canal aura alors la maîtrise des images et la volonté de me garder. Ça me plaît, ce métier-là ; donc je continuerai, si possible. Mais la santé comptera aussi. En restant à l'AJA, enfin, je pourrai être efficace en apportant de l'aide au président qui avancera en âge. On verra : il ne faut jamais prévoir...

— Dans le cadre du Centre de formation de l'AJ Auxerre, vous êtes un témoin privilégié de l'évolution de la jeunesse. Quel est votre sentiment à ce sujet ?

— Ce ne sont plus tout à fait les mêmes gamins. Ceux d'hier jouaient en majorité au Baby-foot. Durant les déplacements, ils jouaient aux cartes. Maintenant, ils ont tous un ordinateur. Certains jouent aux échecs contre la machine. D'autres se passent un film. Et en voilà quatre autour d'une machine et qui font un match de foot. Ou deux qui font un match de tennis. Ce sont des nouveaux jeux, grâce aux nouvelles technologies. Bien entendu, ils ont tous une adresse e-mail et ils vont avoir des blogs.

L'origine sociale des jeunes joueurs a changé. Auparavant, ils venaient de milieux ruraux, ou de la ville, petite ou grande. Quelques exemples. Eric Cantona : ses parents sont tous les deux infirmiers, donc fonctionnaires français, fils d'immigrés, sa mère, espagnole du Sud, et son père, napolitain. Fils d'immigré, certes, mais il va à l'école normalement à Marseille. La famille vit dans une petite maison que son grand-père a construite. Ferreri, c'est un enfant d'une petite ville, Pouilly-sous-Charlieu, dans laquelle il y a une ou deux usines, et ses parents sont ouvriers. Il va à l'école dans une ville de trois mille ou cinq mille habitants. Le père de Christophe Cocard est cadre dans une entreprise, un ancien avant-centre amateur, de très bon niveau social et de très haut niveau de culture. Il est d'Evreux, ou d'un petit village près d'Evreux. Pascal Vahirua est un cas particulier : je suis allé le chercher dans une petite ville de l'île de Tahiti, mais son père était employé à l'Energie atomique. Basile Boli est le fils du responsable de la sécurité de l'ambassade de Côte-d'Ivoire en France, il était sous-officier dans la deuxième DB. Ses parents ont habité le 16e arrondissement. Il a des frères et des sœurs tous parfaitement éduqués. Il vit chez une sœur aînée dont le compagnon est médecin. Enfin, vous voyez que toute cette génération ne venait pas des banlieues.

— Ce qui n'est pas le cas aujourd'hui...

— Les enfants des banlieues ont complètement dépassé les autres enfants de France dans le domaine de la compétition sportive. Ils sont les meilleurs, notamment dans les grandes villes. A l'AJA, 80 % de nos jeunes viennent de la banlieue. Pourquoi ? Parce que le football, c'est leur vie. Ce qui ne veut absolument pas dire qu'ils sont des garnements et des vauriens. Beaucoup de nos garçons ont une très bonne éducation. Il suffit de les observer sur nos terrains. Ils sont blacks ou beurs, de la banlieue de Paris, de Marseille, de Lyon ou d'Auxerre, mais en tout cas d'une cité. Les petits Cantona et Ferreri d'aujourd'hui sont des Africains ou des Africains du Nord. Remarquez que les footballeurs sont toujours les enfants des derniers immigrés. Après la guerre, Kopa, Wisnieski, Glovacki, Cisowski étaient les enfants d'immigrés polonais qui venaient dans les mines à la place des Français. Il y avait aussi les enfants d'Italiens, comme Platini ou Piantoni. Mais, maintenant, ce sont des Blacks et des Beurs. La France est une terre ouverte, à l'extrême ouest de l'Europe. Elle a conquis un empire colonial à l'échelle mondiale, où elle a apporté la langue française et une partie de sa culture. Il ne faut pas s'étonner, alors qu'il faut cinq heures d'avion pour passer d'Afrique en Europe, qu'ils soient venus. Les hommes de nos colonies ont participé très largement aux deux guerres et aux deux victoires. Il y a ceux qui sont venus étudier, il y a ceux que nous sommes allés chercher, pour construire des 4CV Renault. Puis il y a eu la loi du regroupement familial. Et, surtout, il y a eu la récession, il n'y a plus eu de travail. Et maintenant ils sont cinq millions. C'est la dernière génération arrivée. Ce sont eux qui jouent au foot. Il se trouve que les Africains, comme leurs cousins brésiliens ou antillais, sont très à l'aise la balle aux pieds. Ils possèdent une grande adresse naturelle. Ils sont doués et ils ont envie de le prouver. Ceux qui ont déjà réussi les transcendent...

L'autre jour dans le vestiaire, j'ai demandé à mes jeunes d'où ils venaient. Ils m'ont récité la carte d'Afrique. Ils sont, pour la plupart, très gentils, mais ils sont ou seront parfois pollués petit à petit, par un agent ou par un club adverse, et par l'argent naturellement.

— Avez-vous un exemple ?

— Un de nos jeunes, Diaby, un garçon de vingt ans, a été convoité à la fois par Chelsea et Arsenal. Il a fait ainsi l'objet d'une lutte sévère entre les deux grands clubs anglais, et d'une bataille de prestige entre les entraîneurs, Wenger et Mourinho, au milieu de laquelle il y avait une dame agent qui a largement orienté le choix, avec la perspective d'une énorme commission.

— Est-ce que ça ne détruit pas votre système ?

— Ça porte atteinte à notre système. Mais nous n'allons pas tomber tous les matins dans une concurrence Chelsea-Arsenal pour un joueur de l'AJA. Mais si cela se produisait pour un de nos garçons sur dix, et que ça monte au prix où c'est monté, cela nous irait quand même : le budget du transfert de Diaby représente facilement quatre ou cinq années de fonctionnement de notre Centre de formation. Je veux dire *tout* le fonctionnement : les salaires des professeurs, des entraîneurs, des cuisiniers ; les frais d'entretien ; le règlement des travaux du Centre que nous allons engager cet été, notamment le passage en deux étoiles, c'est-à-dire les douches dans toutes les chambres.

— Mais ne craignez-vous pas que les centres de formation français soient systématiquement pillés ?

— Malgré les nouveaux droits de télé, personne ne peut s'opposer à Chelsea. On ne résiste pas aux puits de pétrole de la Russie mis au service d'une équipe. On ne peut pas non plus résister à Arsenal qui a beaucoup d'argent. Mais il est possible de batailler avec beaucoup de clubs anglais au niveau des jeunes.

— Est-ce que le nombre et l'influence des agents a changé la donne ?

— Certainement. Du temps de Cantona et de Ferreri, il y en avait quatre ou cinq en France, plutôt des types bien, qui défendaient les intérêts des joueurs. Mais depuis qu'on a créé le diplôme d'agent, c'est la jungle, parce qu'il doit y en avoir trois cents ou quatre cents. Je ne les connais pas. Ils constituent un poison pour le football. Mais il y a d'autres poisons... Le poison, ça va, ça vient. Prenez les accidents de la route en France : quand j'ai commencé à être assureur, il y avait quatorze mille morts, avec 10 % du parc automobile actuel. Si on était restés dans la proportion, on aurait cent quarante mille morts. Et on en compte désormais cinq mille en moyenne sur nos routes. Eh bien, dans le même esprit, il y aura une régulation du métier d'agent.

— Est-ce que vous avez un problème de discipline dans le Centre ?

— Nous avons reçu quelques jeunes complètement asociaux, c'était il y a deux ans... Des gosses de quatorze, quinze ans qui ne savaient pas dire bonjour, ne savaient pas se laver, n'avaient pas de montre. Notre éducateur, un jeune homme d'une grande valeur morale, était effondré. Je lui ai dit : « Qui sommes-nous ? Des éducateurs. Alors, on va éduquer. Nous ne sommes pas là pour recevoir des gamins déjà éduqués. Bon, d'accord, avec ceux-là, au lieu de partir à cinq points sur l'échelle de Richter d'éducation, on part à un demi-point. Eh bien, nous allons faire le chemin entre un demi et cinq. Ensuite, ils seront au niveau des autres. » Et donc je suis allé au Centre et je les ai pris entre quatre yeux.

J'ai demandé :

« Bon, qu'est-ce qu'on fait le matin quand on se lève ?

— On va manger.

— Non, on dit bonjour à son copain parce que vous êtes deux par chambre. Et comment on dit bonjour ?

— Eh ben, quoi, salut...

— Non, on lui tend la main. »

J'en prends un et je dis : « Tends-moi la main. » Il me tend la main, il me prend les doigts. J'ai dit : « Non, ça, c'est une poignée de doigts. Maintenant on va se faire une poignée de main. » On les pousse pour avoir une poignée de main, on serre et on secoue. « Ça, c'est une poignée de main. Mettez-vous par deux, face à face. Poignée de main. » Et ça finit par devenir un jeu.

Mon deuxième principe :

« Après, vous allez au réfectoire. Vous faites quoi ?

— Ben, on mange.

— Non. Vous dites bonjour au cuisinier.

— Comment ?

— Mais avec la poignée de main. Troisièmement, vous allez en cours. Comment vous faites ? Ça dépend du nombre. Si vous êtes trente, pas de poignée de main. Vous saluez de la tête, parce que c'est trop compliqué de donner trente poignées de main. Si vous êtes trois – parce qu'il y a des classes de trois –, vous donnez une poignée de main aux professeurs. Et maintenant le Centre. C'est chez nous. C'est l'AJA. Et l'AJA c'est vous, c'est moi, c'est nous. Donc, vous êtes chez vous, d'accord ?

— Ah oui, oui, c'est bien.

— Alors tous les gens qui rentrent chez vous, vous faites quoi ? Eh bien, vous leur dites bonjour. Et comment ? Avec une poignée de main. »

Depuis, ils disent bonjour, ils sont respectueux. Des principes simples donnent une ambiance. Après, il faut veiller au détail. Par exemple, le ramadan. Douze sont musulmans. J'ai appelé l'imam de la mosquée de Paris. J'ai lu des extraits et des explications du Coran. Ils ont le droit de pratiquer. En outre, ils ne sont pas majeurs et dépendent de leurs parents qui leur ont indiqué un chemin. Certains sont très convaincus, d'autres moins. Mais il faut qu'ils respectent le ramadan. Il y a donc une pièce spéciale pour eux dans laquelle le cuisinier, le soir, met un repas. On les réveille à 5 h 30 du matin, et les douze mangent, sans faire de bruit pour ne pas réveiller les autres. J'ai demandé aux imams qu'ils puissent boire dans la journée quand ils s'entraînent. Pour ce qui est des jours de match, en revanche, j'ai dit : « Ils mangent, impossible de faire autrement. » J'ai obtenu l'accord de l'imam. C'est leur santé qui est en jeu. Ils doivent faire le jour perdu du ramadan à la fin. Et si les parents ne sont pas d'accord, ils viennent me voir. Je leur expliquerai. On appellera les imams. Lorsqu'on se comporte ainsi avec eux et leurs parents, c'est plus facile après d'exiger des choses.

— En dehors de la politesse, quelles sont les exigences du Centre ?

— Pas de boucles d'oreilles, c'est interdit. Nous sommes stricts sur les horaires, parce qu'ils ont des programmes assez serrés. Lever, cours, foot, déjeuner, sieste, cours, foot, étude, dîner, télévision et coucher. Les horaires sont respectés à la minute. On ne peut pas avoir des traînards dans une collectivité. Nous exigeons de la dignité et de la propreté, nous veillons à l'habillement : vous les voyez tous avec un anorak bleu.

Je crois que, pour diriger les hommes, qu'ils soient jeunes ou pas jeunes, il faut des rites. On n'a rien inventé. Il faut s'adapter face à des garçons au tempérament de feu, mais c'est cela la tâche de l'éducateur. On n'est pas payés pour ne rien faire.

— On vous a souvent reproché votre paternalisme exacerbé...

— C'est vrai. Mais j'ai connu des entraîneurs accusés de paternalisme, tel Albert Batteux que ses joueurs embrassaient, à commencer par Michel Hidalgo. Je trouve que c'est un gage de respect de la part d'un homme pour un autre homme.

— Pour tous, vous êtes le « coach ». Qu'est-ce que cela signifie, exactement ?

— Que je suis le « big chief », comme ils disent. Je veille à ce que tout aille bien. Ils le savent, ils le sentent. Car j'ai des retours par les parents, même par les agents, au sujet de ma présence. Mais le genre de phrase qu'ils me disent et qui me plaît beaucoup est : « C'est bien que vous soyez là-bas au milieu du Centre. » Ils passent devant mon bureau, je les vois tous. Ils me font un petit signe. Il y a les plus fragiles, ceux qui viennent d'arriver, ceux qui ont le cœur gros parce qu'ils sont loin de chez eux. Ou ceux qui sont malheureux parce qu'ils ont joué en B, ou parce qu'ils ont été mauvais le dimanche, ou parce qu'ils ont une mauvaise note en maths, ou parce qu'ils ont un conflit avec un autre. Il faut gérer leurs conflits. Il faut gérer leur vie, pendant un temps. C'est notre passion.

## 18

# QUAND TARIBO SOUFFLE LA BOUGIE

Dominique GRIMAULT — On croit savoir que, parmi tous les jeunes qui sont passés à l'AJA, vous avez eu une affection particulière pour Taribo West. Pouvez-vous nous en dire plus ?

Guy ROUX — Taribo était un jeune Nigérian qui était arrivé en février, introduit par un agent sénégalais. Dans ce temps-là, cette profession d'intermédiaire n'était pas définie du tout, ni par la FIFA ni par la loi française. Cet agent m'a assuré que son joueur était tout à fait exceptionnel. Evidemment, comme chacun des deux mille joueurs qu'on m'a présentés... Dois-je vous préciser que je n'ai jamais pris ce type de recommandation pour argent comptant ? Enfin, j'ai vu débarquer ce gaillard de 1,80 mètre, costaud, sympathique, avec un bon sourire, empreint de générosité, de chaleur humaine, et je l'ai accueilli tout de suite dans le groupe de l'équipe professionnelle, même si, étant donné qu'il était arrivé en février, il n'avait pas le droit de jouer, dans aucune équipe. Il a participé à l'entraînement, et il ne paraissait pas très adroit, pas très habile. Ses rapports avec le ballon étaient assez conflictuels. Pour résumer : il avait un pied gauche extrêmement faible, un pied droit moyen, un jeu de tête plutôt bon ; en revanche, il avait un physique au-dessus de la moyenne, aussi bien pour la puissance que pour la vitesse et la résistance, ce qui ne sont pas toujours des qualités qui se marient bien ensemble. Alors, je me suis dit qu'en travaillant beaucoup on pourrait en faire quelque chose.

Je m'en suis occupé moi-même, pour ne pas gêner le Centre de formation. Il s'est engagé avec une telle générosité que, dès les premiers entraînements, plusieurs joueurs sont venus me voir et m'ont demandé de ne plus le mettre dans le groupe, car il constituait une source de danger pour leur santé et pour leur participation au match du dimanche. Lui, de son côté, me montrant Prunier, m'a demandé : « C'est lui votre arrière central ? Mais je suis meilleur que lui ! » Ça m'a amusé. De toute façon, ça n'avait aucune conséquence parce que, même si j'avais été de son avis – et j'étais loin d'être de son avis –, je n'aurais pas pu le faire jouer. Enfin, on a commencé à travailler et je me suis aperçu que nous étions tombés sur un bonhomme assez exceptionnel. Après l'entraînement normal, je le gardais vingt minutes pour qu'il améliore la qualité de frappe de son deuxième pied, contre le mur. Il s'agissait en quelque sorte d'améliorer chez lui les gestes de base du football. Il m'a demandé s'il pouvait garder un ballon pour s'entraîner un peu, en dehors. Jamais un joueur ne m'avait encore demandé un tel supplément de travail. Quelques jours plus tard, l'entraîneur du club voisin, le Stade auxerrois, Jean-Yves Grégoire, qui était un de mes anciens joueurs juniors, m'appelle et me dit : « Dis donc, il y a un grand Noir de chez toi qui vient sur notre terrain d'honneur et qui fait des heures de jonglage et des courses à travers. Ce n'est pas qu'il abîme le terrain, mais ça choque certains de nos dirigeants. Vous avez six terrains. Est-ce que ce n'est pas suffisant ? » Je lui ai dit : « Non, ce n'est pas ça du tout. C'est qu'il a peur de nous montrer qu'il s'entraîne en plus de toutes les séances. » L'été arrive et il participe au camp d'entraînement, à Saint-Martin-de-

Bellevue. Le soir, dans les stages, ou même les veilles de match, j'aime bien aller dans la salle de soins. Les joueurs sont allongés, d'autres attendent, et il y a des conversations à bâtons rompus. On n'est vraiment pas dans le cadre du rapport habituel joueurs / entraîneur et on peut avoir des échanges très riches. En plus, on se renseigne sur la valeur physique des joueurs et sur l'évolution de leurs blessures. La salle était installée dans le grenier de l'hôtel, et les fenêtres étaient ouvertes : on entend un martèlement du sol sur la route, puis ça s'arrête. Puis deux minutes après ça reprend. Et comme ça sept ou huit fois. Je regarde par la fenêtre, mais je n'arrive pas à voir. Donc je descends. Il y avait une très grosse côte qui menait à l'hôtel. Eh bien, mon Taribo West avait décidé, après les trois séances d'entraînement dans la journée, d'en faire une quatrième, et de monter dix fois la côte au sprint. Il a repris cette méthode d'entraînement dans une maison à Moneteau, un village voisin. Un jour, je suis allé lui rendre visite pour voir si tout se passait bien dans le quartier, et les voisins m'ont dit : « Après le film, à 22 h 30, il est très fréquent qu'il coure très vite des longueurs de rue. Il revient en marchant et il recommence. Il fait ça une dizaine de fois. » Et le lendemain, frais comme une rose, il était à l'entraînement, toujours devant.

A partir de là, j'ai commencé à l'aimer vraiment. Il a encore joué une partie de l'année en équipe B. Il a très bien bossé avec Daniel Rolland. Puis, un jour, je l'ai pris en première, lors de la saison 1994-1995. Il a réussi de très grands matchs. Je crois que le point d'orgue de sa carrière se situe contre l'Ajax Amsterdam à l'Arena. Nous étions très diminués : six joueurs en moins. Taribo était protestant, un peu mystique. Le soir, dans sa chambre, je lui ai dit : « Taribo, je compte beaucoup sur toi. Il va falloir me faire zéro faute derrière et, même, il va falloir donner un coup de main devant, parce qu'on a vraiment une équipe où il y a beaucoup de jeunes. Toi, tu es l'ancien. » Il me tutoyait comme beaucoup d'Africains, mais ce n'est pas un tutoiement sans respect. Il me dit : « T'en fais pas, coach – il aimait bien dire le mot *coach* qu'il prononçait "coooch" –, je vais conduire l'équipe à la victoire. » Avant le match, il a réuni les joueurs au milieu du vestiaire, alors que l'arbitre avait sifflé pour l'appel sur le terrain. Je tenais la poignée de la porte. Il a fait éteindre la lumière, il a allumé une bougie et il a commencé une prière en dialecte nigérian, en anglais avec l'accent nigérian, puis en français. Et il a terminé en s'écriant : « Nous sommes tous des Auxerrois. » Et il a soufflé la bougie. Nous sommes restés dans le noir quelques secondes, c'était surréaliste, j'ai fini par ouvrir la porte, et les joueurs, gonflés à bloc, sont sortis sur le terrain. On a gagné 2 buts à 1. Sur l'un des deux buts – je crois que c'est le deuxième –, Taribo a traversé tout le terrain, conquérant comme jamais.

Il montrait encore une grande générosité dans la vie. Il avait eu un petit problème de permis de conduire. La loi précise que le permis de conduire d'un pays avec lequel la France n'a pas d'accords est valable pendant un an, comme s'il s'agissait d'un touriste en visite. Il avait obtenu son permis en guise de prime de match après une victoire en finale de la coupe du Nigeria. Quand il est arrivé, je l'ai donc inscrit dans une auto-école et je lui ai fait prendre une vingtaine de leçons. Mais, un jour, les gendarmes l'ont arrêté avec son permis non valable. Il n'avait pas un brin d'alcool dans le sang, parce qu'il ne buvait pas. Il n'avait commis aucune infraction, mais il était quand même en faute. Il m'a appelé sur son portable et il m'a dit : « Coach, je suis en prison. J'y suis déjà allé au Nigeria quand j'avais treize ans. Mais cette fois, je vous jure que je n'ai rien fait, sinon que mon permis n'a pas la bonne couleur. » Je suis allé le chercher. Je lui ai loué une Ligier, pas la Ligier d'Alain Prost, mais une voiturette sans permis. Il était tellement grand qu'il conduisait la tête baissée.

Il a dû nous quitter parce qu'il était à un an de la fin de son contrat. Quand les joueurs s'améliorent – après la ligue des Champions, il était demandé –, on ne peut pas leur verser le salaire qu'ils méritent et que d'autres leur offrent. C'est une double bonne affaire : le joueur s'en va et multiplie son salaire par deux, quatre ou dix, et l'AJ Auxerre touche un transfert. La France ne peut plus s'aligner sur les salaires offerts par les clubs étrangers car les clubs n'échappent pas aux charges sociales et aux impôts. Taribo faisait vivre au moins dix personnes et il savait que la carrière de joueur est courte. C'est ainsi qu'il est parti au Betis Séville. Mais voici que ce club le séquestre pour le contraindre à signer. Ils l'avaient enfermé dans une pièce, avec deux gardes du corps, et ils exigeaient son accord ! On lui avait confisqué son portable... son premier portable, car il en avait un deuxième dans sa chaussette. C'est avec celui-là qu'il a pu m'appeler :

« Coach, je suis à Séville... Je suis enfermé... Il y a deux gardes du corps... ils sont presque aussi forts que moi... Est-ce que je dois aller les taper pour sortir ou est-ce que vous me faites sortir ?

— Où est le président ? dis-je

— Il est parti. Il m'a dit que les gardes l'appelleraient quand j'aurais signé.

— Tu as faim ?

— Oui, j'ai faim.

— Tu dis que tu ne signeras pas tant que tu n'as pas mangé et bu. Et tu me rappelles. »

Ils lui ont donné à manger. Il m'a rappelé ensuite, et je lui ai dit : « Ton portable, tu le gardes dans ta main. Et là, tu leur montres que s'ils veulent le saisir, eh bien, ça va mal se passer. » J'ai appelé le consulat de France, son agent, j'ai remué ciel et terre... On a pu joindre directement le président du Betis Séville. Il m'a avoué sa surprise. Officiellement, il n'y était pour rien. Sous la pression du consulat français, Taribo a été relâché. Et il a été tout droit signer pour l'Inter de Milan.

Mais à l'Inter de Milan, tout le monde n'était pas d'accord pour qu'il vienne, parce que dans la direction de l'Inter, à ce moment-là, il y avait plusieurs chapelles, différents leaders. Il passe une visite médicale, et comme souvent en Italie, ceux qui ne souhaitaient pas trop sa venue trafiquent son analyse sanguine et décrètent qu'il avait... un nombre de plaquettes trop faible. Tellement faible que lorsque j'ai montré le fax à mon médecin il m'a dit : « Mais il devrait être mort depuis huit jours avec un nombre de plaquettes pareil. » Donc, c'était vraiment une manœuvre. J'ai rappelé la personne qui souhaitait sa venue à l'Inter et j'ai dit : « J'arrive. » Il était toujours là-bas et, moi, j'avais entraînement le matin et le soir. Donc, je prends un Falcon de Gérard Bourgoin à 11 heures. A midi, je suis à Milan. Taribo m'attendait. On va directement au siège. On arrive à environ 13 heures au siège. Je prends l'annuaire et je dis : « Donnez-moi la page des laboratoires d'analyses médicales », et j'ajoute, pour le dirigeant de l'Inter de Milan présent : « Monsieur, voilà un stylo. Fermez les yeux, tournez et laissez tomber... Très bien. Allons tout de suite dans ce laboratoire. » On l'appelle. Coup de chance : il était ouvert. Prise de sang. Analyse, une heure après : très bonnes plaquettes. Je me suis fait ramener à l'aérodrome, et à 17 h 30 je débutais mon entraînement à l'heure à Auxerre. Et Taribo West a signé à l'Inter de Milan dont il a été une vedette pendant plusieurs saisons.

Mais il a également vécu une dernière de ses prodigieuses histoires avec le Nigeria qui participait, aux Etats-Unis, en 1994, aux jeux Olympiques. Les équipes olympiques doivent aligner des joueurs de moins de vingt-trois ans, à l'exception de trois plus âgés. Il m'a dit : « Nous, on en a trois... de moins de vingt-trois ans. » En souriant, je lui dis que cette épreuve olympique m'intéressait beaucoup : « Tiens-moi au courant, dis-moi comment ça se passe. » Chez les Africains, j'étais souvent un peu considéré comme le vieux, comme leur père, surtout pour ceux qui n'en avaient pas. Trois jours plus tard, il me téléphone et m'explique : « Nous sommes en stage : l'hôtelier réclame le paiement de la note et le gouvernement n'a pas envoyé l'argent. Je ne sais pas comment on va faire.

— Il faut payer, dis-je. Il faut que vous payiez, vous, les joueurs qui avez de l'argent. »

Il me rappelle le lendemain et me raconte : « Notre gouvernement a enfin envoyé l'argent. Mais notre entraîneur hollandais l'a pris, sous le prétexte qu'il n'avait pas eu de salaire depuis six mois. Donc on n'a toujours pas réglé l'hôtel. Les joueurs des clubs européens ont donc décidé d'utiliser leurs cartes de crédit. » Et il me demande : « Comment on fait pour la suite ? » J'ai dit : « Vous redemandez au gouvernement. » Il se trouve que le gouvernement n'a jamais envoyé les fonds. A l'arrivée, des sélectionnés olympiques ont payé eux-mêmes leur participation : une grande première. Cela n'a pas empêché le Nigeria de jouer un grand rôle dans la compétition, c'est le moins qu'on puisse dire. Taribo me raconte : « Déjà qualifiés. On joue le Brésil en poule. On va perdre. Parce que comme ça, quand on va les rejouer plus tard, en demi-finale ou en finale, ils vont croire que c'est facile et on va les battre. » Il ajoute : « Et, en plus, on va les étudier. » J'ai pensé qu'il essayait de se prémunir contre une défaite. Et, effectivement, ils ont perdu, par 4-2 je crois. Il me téléphone le lendemain et me confirme : « Tu as vu ? On a perdu. Mais on les a bien examinés. La prochaine fois, Bebeto et Romario ne passeront plus à côté de moi. » Il est vrai que, pour lui, un joueur qui dépassait sa ligne était un homme mort. Et la compétition continue. Ils jouent le Brésil, en demi-finale, et ils gagnent 3 buts à 1. Il me fait remarquer : « Tu as vu ? Et Bebeto et compagnie ne sont pas passés une seule fois. » Dans cette équipe nigériane jouaient, il est vrai, Okocha, Oliseh, Amokachi, Kanou, Ikpeba entre autres... Ils ont gagné la médaille d'or, en battant l'Argentine en finale, 3 buts à 2, et ils sont rentrés à Lagos.

Evidemment, ils ont été directement invités à la présidence de la République. Le Président leur a demandé : « Vous allez faire le tour de la ville sur un autobus. Je vous donne des terres. » Les joueurs avaient chacun un territoire peut-être grand comme le département de l'Yonne en titre de propriété. Ils ont répondu : « Oui, mais nous, on a payé notre hôtel avec nos cartes bleues. Donne-nous l'argent. Sans ça, on ne va pas sur l'autobus. » C'était assez courageux de leur part, parce que le Président était un général, pas du genre sentimental. Il a commandé au ministre des Finances : « Va chercher l'argent ! » Le ministre des Finances leur a distribué les dollars qu'ils ont mis dans leurs poches. Ensuite, ils sont montés sur l'autobus et ils ont fait le tour de Lagos... Lagos bourré de bandits, tandis qu'ils avaient des millions dans les poches.

Taribo a joué ensuite dans plusieurs clubs, au Partizan de Belgrade, notamment, et en ce moment il est au Qatar. J'espère qu'il gagne bien sa vie car il a été parfois victime de sa gentillesse.

On n'a pas forcément des rapports privilégiés – comme ceux que j'ai eus avec Taribo – avec tous les joueurs. Il en est qui font carrière sans rien demander à l'entraîneur. Ils arrivent le matin, ils partent le soir, ils font des bons matchs, on est content d'eux, mais il n'y a rien à raconter à leur sujet. Pourtant, il y en a un, de ce genre, qu'il me faut citer. Il n'apparaît pas comme une vedette. Mais à mes yeux et dans mon affection, il est important. C'est un joueur qui arrive une demi-heure avant l'heure, qui se fait masser avant les autres, et qui est toujours en tenue à l'heure. Quand il y a un peloton de joueurs qui courent, il est toujours dans les cinq premiers. Quand il y a des exercices techniques, il n'y a jamais besoin de revenir dessus parce qu'il a toujours tout compris, et il les exécute très bien tout de suite. Sur le terrain, c'est un travailleur infatigable. Ce joueur-là est arrivé chez nous venant de Niort, de deuxième division. Au bout d'un an, il a quasiment gagné sa place. Il a fait des matchs formidables, dont un, mémorable, à Arsenal. Parvenu en fin de contrat, il est allé à Lyon où il a commencé à cumuler les titres avec l'Olympique lyonnais. Je suis allé le rechercher, alors que l'Olympique lyonnais était en train de le doubler par Essien, et il est revenu. Et depuis qu'il est ici, il joue formidablement. A trente-cinq ans, il est toujours un des meilleurs de l'équipe. C'est Philippe Violeau. Voilà un joueur type. Aussi bien que lui, j'en ai eu quelques-uns, mais pas cinquante. Voilà un joueur représentatif de ceux qui ont tracé le destin, le chemin de l'AJ Auxerre, sans qu'on puisse en faire des pages.

## 19

# RAMASSEUR DE BALLES

Dominique GRIMAULT — Vos toutes premières années n'ont pas été faciles, pour vous comme pour votre famille. Quels souvenirs le Guy Roux d'aujourd'hui a-t-il du Guy Roux enfant ?

Guy ROUX — Mon grand-père, Maurice Lorry, est parti à la guerre de 1914 à l'âge de trente-trois ans. Il a été blessé, soigné, renvoyé au front trois mois plus tard. Il fut ensuite blessé au mollet dans une attaque au cours de laquelle tout le monde trouva la mort dans son groupe. Il avait été touché dès les premiers mètres par un éclat d'obus. Il a signé pour qu'on ne lui coupe pas la jambe, à l'hôpital de Nice. Trois mois après, il revenait dans la même tranchée à 8 heures du matin. Mais, à midi, il était fait prisonnier par les Prussiens qui avaient contourné la position. Ce qui lui a encore sauvé la vie. Il n'est revenu qu'en janvier 1919. Si on a sonné le clairon le 11 novembre, les prisonniers ne sont pas revenus le lendemain. D'autant que mon grand-père se trouvait en Poméranie, dans une ferme à côté de Stettin. Il n'est donc rentré qu'un 21 janvier, souffrant d'une pneumonie dont il a réchappé parce qu'il était robuste. Il n'existait pas d'antibiotiques à l'époque, et une pneumonie était généralement fatale.

Il est revenu dans une France appauvrie à l'extrême. Il m'a raconté qu'il n'y avait plus d'hommes et que l'on rencontrait un nombre incroyable d'invalides. L'économie avait été complètement orientée vers la guerre. Ainsi, l'usine Guillet d'Auxerre – qui fabriquait des machines à bois, des scies et des toupies – s'était mise à la fabrication d'obus de 75, avec essentiellement des femmes comme ouvrières.

Mon grand-père était issu d'une famille de paysans de l'Yonne dont il était le treizième enfant sur vingt-trois nés. Par conséquent, aucune terre ne lui était revenue en héritage. Il était devenu courtier en légumes, mais il n'avait pu reprendre ce travail après la guerre. Donc, pas de travail. Il a trouvé, par un cousin, la possibilité de tenir le premier magasin à succursales multiples qui a dû exister dans l'histoire, qui s'appelait Sadal en Alsace, à Colmar. Ces années furent très, très difficiles. Mais comme il était bon commerçant, il a prospéré et il est devenu fournisseur de légumes aux armées. Il avait deux filles, nées en 1910 et 1913, qui étaient donc de belles jeunes filles en 1930-35. Il les emmenait au bal des officiers, et c'est comme ça que ma mère, Alice, a connu mon père, Marcel, un jeune aspirant sortant de Saint-Maixent, et attaché au 15/2, qui est toujours le régiment de Colmar. Et c'est ainsi que je suis né là en 1938.

Puis mon père a été mobilisé lors de la « drôle de guerre » sur le Rhin. Il a été fait prisonnier lors des combats de 1940. Mon grand-père qui, jusqu'en 1939, avait acheté des pommes de terre en Allemagne pour l'armée française, avait parfaitement vu la montée de Hitler. Il n'était allé à l'école que jusqu'à douze ans, âge auquel il est allé travailler à la ferme, mais c'était un autodidacte et il connaissait beaucoup de choses. Il était un fervent observateur de la politique et il avait détecté la montée du fascisme. En se rendant régulièrement en Allemagne, il voyait les grandes manifestations et il entendait les discours de Hitler, retransmis dans les rues par des haut-parleurs. Il avait observé la renaissance de l'armée allemande qui avait été dissoute. Après Munich, il était persuadé qu'il fallait quitter l'Alsace. Donc, les malles de la famille étaient prêtes.

1938, c'est l'année de ma naissance... et notez que la coupe du Monde se déroule alors en France. Mes parents assistent à un match Brésil-Pologne, 7-5, disputé à Strasbourg. C'est mon premier match... dans le ventre de ma mère. D'où mon amour du jeu offensif.

En 1939, la famille est revenue à Appoigny, le véritable port d'attache de la famille. Mon grand-père a acheté une maison à un de ses beaux-frères. Et c'est ainsi qu'à un an et demi je deviens bourguignon. Cette maison est devenue la maison de famille et elle le reste aujourd'hui. Je me suis toujours opposé à ce qu'elle soit vendue. Elle est habitée par une cousine.

— Quel est votre premier souvenir ?

— C'est l'armée allemande dans Appoigny, en 1943, parce que le château d'Appoigny abrite la kommandantur. Sur la place du village, où il y a l'arbre de la Liberté, les soirs d'été, on ferme tous les volets et les Allemands jouent au foot. Ils posent leurs vestes autour – pas leurs armes, car c'était le soir –, et ils jouent. Tout le monde ferme les volets. C'est une place un peu circulaire, et tout le monde les regarde. C'était une troupe de bureaucrates. Ceux qui étaient au château n'étaient pas des SS. Mais il y avait déjà le maquis dans les forêts alentour...

Un jour, âgé de quatre ans, j'ai lâché la main de mon grand-père et j'ai fait un slalom au milieu de la troupe allemande qui était en train de défiler, à la grande horreur de tous les gens qui m'ont vu. Et puis, il y a évidemment le premier souvenir de football dans un stade. Ma mère et mon grand-père assistaient au match. C'était un dimanche. J'ai le souvenir d'un gars qui s'appelait

Maurice Jossiet qui a eu la jambe cassée et qui a été évacué dans une ambulance allemande.

On m'a dit que des gars du maquis venaient à vélo pour jouer au foot, le dimanche. Le maquis, on ne parlait que de ça. A la maison, j'étais envoyé au lit, et ils écoutaient Radio-Londres. Et comme la maison avait des cloisons minces, mon grand-père sortait et regardait s'il n'y avait pas quelqu'un sur la route. Puis il fermait, calfeutrait tout, et il écoutait presque religieusement.

— L'école pour vous ? Y trouvez-vous du plaisir ?

— Le jour de mes cinq ans, un 18 octobre, j'entre au cours préparatoire, chez la femme de l'instituteur, M. Teinturier. C'était une grande personnalité du village. Sa femme enseignait dans la petite classe. Je suis un enfant sage. J'ai un livre pour apprendre à lire. Et je me souviens que j'étais impatient d'arriver à la dernière page du livre parce que c'était une histoire de petite poule rouge, comme on en avait une dans la basse-cour. Une institutrice a retrouvé ce livre et me l'a donné. J'écris aussi ou, même, je calligraphie. On apprend alors selon la méthode analytique – pas du tout globale –, et on apprend très bien. A la fin de l'année, à cinq ans et demi, je sais lire parfaitement, et tous mes copains aussi. En hiver, chaque écolier vient à pied à l'école, avec une bûche pour le poêle. Les travaux scolaires étaient parfois originaux : « Il faut détricoter des vieux pull-overs, nous dit-on un jour, faire des pelotes de laine et apprendre à tricoter. » C'est ainsi que l'institutrice nous a appris le point de riz. Nous tricotions des carrés de quinze sur quinze afin de faire des couvertures pour la Résistance. Et, en même temps, on chantait « Maréchal, nous voilà ».

— Peut-on mesurer la présence de Pétain à l'école ?

— Sa photographie et le chant « Maréchal, nous voilà ». Mais notre instituteur était communiste. Il était en particulier l'animateur du « colis du prisonnier ». Je me souviens que la grande astuce était de camoufler dans le carton des petits mots supplémentaires : la kommandantur vérifiait en effet la petite carte mensuelle écrite au crayon par les prisonniers dans les deux sens. Ma mère prenait des cartons doubles des colis, elle décollait le carton et mettait du courrier dedans, et elle le recollait.

— Parlez-nous de votre vie de famille...

— Je vis dans une maison où les femmes sont majoritaires, puisqu'il y a ma grand-mère, ma tante – la sœur de ma mère –, ma mère et ma sœur. Il n'y a que deux hommes : mon grand-père et moi. J'étais toujours dehors et sans cesse avec mon grand-père dans les champs, à pied, ou sur des tombereaux de cousins paysans. L'hiver, on allait dans les bois, on coupait et on ramenait du bois. Nous vivions quasiment en autarcie. Mon grand-père avait toujours cultivé un jardin. Mais, là, c'était devenu une nécessité vitale. Il sème, mais il achète le minimum de graines : il prélève les semences sur la récolte, melon, pomme de terre et même blé. Il faisait un peu de blé pour les poules et il savait le battre au fléau. Car nous avons des poules et des lapins. Et c'est calculé pour qu'on ait une poule ou un lapin chaque dimanche. C'est-à-dire qu'il faut qu'il y ait cinquante bestioles. L'armée allemande prend les œufs. Mon grand-père élève des poules naines à ce moment-là, car les Allemands ne prennent pas les œufs des poules naines. Les épluchures des légumes sont récupérées pour faire la pâtée. J'en sens encore l'odeur... Nous avions besoin d'un peu d'argent quand même, et mon grand-père vendait ainsi quelques légumes à ceux qui n'avaient pas de jardin.

— Vous parlez peu de votre père, c'est curieux...

— Mon père, ce sont des lettres. Ma mère m'en parle. Par la suite, j'ai compris qu'il n'aimait pas se raconter.

Il était prisonnier en Tchécoslovaquie et n'est revenu en France que durant l'été 1945. Il a été affecté, à l'automne 1945, dans les Vosges, au 15/2 de nouveau. Là, nous avons habité Munster pendant six mois, les six mois où j'ai vécu entre père et mère. Je me souviens qu'il était un peu gêné pour me rappeler à l'ordre, moi-même je trouvais ça complètement insolite. Je me disais : « De quoi se mêle-t-il, celui-là ? » Avec mon père, nous avons eu des relations un peu ambiguës. Il m'emmenait à la pêche. C'est la seule activité que nous ayons eue en commun durant une grande partie de sa vie. Mon père gardait des prisonniers allemands qui déminaient : avec des barres de fer, pas des poêles à frire... De temps en temps, il y en avait un qui sautait...

Puis, en 1946, nous rentrons à Appoigny, car mon père est affecté en Indochine. Cette année-là, ma mère tombe malade. Elle devient paralysée, hémiplégique. J'ai neuf ans. C'est évidemment un drame énorme. Elle a trente-six ans. Mon grand-père porte une très lourde charge. C'est pourquoi je retourne en Alsace chez des maraîchers, amis de mon grand-père, d'avant la guerre, qui me recueillent une année. Puis chez mon oncle, deux autres années. Je suis arrivé là-bas un samedi par le train, tout seul, à neuf ans, en changeant quatre fois de gare, à Migennes, Dijon, Besançon et Belfort. Et tout d'un coup, quand je monte dans le train à Belfort, tout le monde parle alsacien comme si la langue française n'existait plus. Je me retrouve chez des gens formidables, des amis véritables, des patriotes de surcroît.

Me voici petit maraîcher : j'effeuille les raves et je les mets en cageot. Le dimanche, déjeuner terminé – un repas alsacien, avec schnaps –, je me sauve sans rien dire à 13 heures. Je demande le chemin du stade. Un gars à vélo me dit : « Suis-moi. » Et je cours... Il y avait entre sept et neuf kilomètres. Une heure, une heure et quart de course. J'arrive au stade et je veux entrer. On me dit :

« Non, il n'y a que les enfants accompagnés d'un adulte qui entrent. » Je change de porte, j'attrape le manteau d'un grand, et puis je rentre avec lui. Donc, à mon premier match professionnel, je rentre déjà en fraude. Le jeudi suivant, pas d'école. Je vais à l'entraînement des professionnels. Je cours derrière les buts et je ramasse les balles. Le gardien de but, au bout de deux ou trois jeudis, me repère. Il s'appelle Angel et il a joué à Lille et en France B. Il me prend en sympathie. Je lui explique : « Le dimanche, ils ne veulent pas que j'entre au stade. » Ils me font un papier et je deviens ramasseur de balles. J'apprends déjà des petits trucs : « T'es malin, tu as compris, quand on gagne, il ne faut pas te dépêcher pour ramasser le ballon... » Le jeudi, je joue avec les gamins, avant l'entraînement des pros. Je suis couvert de boue noire parce qu'on joue sur du mâchefer. J'observe les pros. Je les connais tous. Ils me connaissent tous. Je suis le gamin du club. D'ailleurs, je suis encore capable de réciter la composition de l'équipe. A l'issue de la saison 1947-48, les Sports réunis de Colmar, maillot vert et blanc, vont monter en première division.

— Mais comment est née cette folle passion du football ?

— Cela a commencé avec les Allemands qui jouent sur la place du village. Puis, très tôt, en 1945, je joue avec des copains, les fils Laguillaumie, le volailler, et les fils Chantier, le notaire. Chez ce dernier, deux marronniers font les montants, et une ficelle tirée entre deux clous joue le rôle de la transversale. On enlève la ficelle pour que les clients ne s'étranglent pas en entrant chez le notaire. Nous jouions aussi dans un pré. On pensait au foot, tout le temps.

— Votre grand-père aimait-il le football ?

— Mon grand-père avait tellement travaillé qu'il ne pouvait pas être sportif. Les paysans étaient aux champs du matin au soir. Et il était âgé. Mais il assistait aux matchs. Il y avait des sportifs dans la famille : mon oncle avait été champion d'Alsace du 800 mètres, qu'il avait couru en 1 minute 58 secondes. Il avait failli se qualifier pour les jeux Olympiques de 1932. J'ai une photo de mon père en sprinter...

— Donc votre passion a pris corps en Alsace ?

— Je suis resté trois ans en Alsace, de dix à treize ans. Déjà, j'étais capitaine et je faisais l'équipe. J'étais aussi chef de classe. Une balle appartenait à la classe : elle était dans la poche de ma blouse. Alors que j'étais le plus petit, et même tout petit. Mais je m'imposais, car c'est moi qui connaissais le mieux le foot. J'avais acquis du prestige parce que les gamins m'avaient vu au stade lorsque j'étais ramasseur de balles. Pour vous dire ma passion : je poussais du pied – intérieur/extérieur – un caillou rond sur près de deux kilomètres jusqu'à l'école.

— Vous rappelez-vous le nom des grands joueurs de l'époque ?

— Oui, naturellement. Chez les Chantier, le dimanche après-midi, lorsque l'équipe de France d'après guerre joue, la TSF est à fond, et nous écoutons le match tout en le jouant sur la pelouse du notaire. Les noms ? Grégoire, Darui, Vignal, Baratte, Strappe, les frères Alpsteg. Ou Louis Hon, par exemple, qui était de Brienon. Hon, que j'ai connu plus tard, fut le premier grand entraîneur français, entraîneur de trois clubs en Espagne et du Real Madrid. Il a joué au Real Madrid avant Raymond Kopa.

— Vous lisiez le journal ?

— Evidemment, mais je n'avais pas d'argent pour l'acheter. Donc je trouvais toutes les astuces possibles pour pouvoir le lire. Avec un tout petit peu d'argent de poche, dans le magasin de journaux j'achetais un chewing-gum et je lisais quatre journaux : *But et Club*, *Miroir Sprint*, un peu *L'Equipe* s'il était arrivé, et un peu plus tard *France Football*. Ou bien j'avais mes copains plus riches qui me les prêtaient. J'ai attendu l'âge de dix-sept ans avant d'acheter des journaux.

— Etiez-vous bon élève ?

— A Appoigny, je suis un des meilleurs élèves de notre « instit » qui nous fait apprendre des mots du dictionnaire par cœur ! D'où ma facilité de communication : je la tiens de mes deux instituteurs, des dingues de la langue française, à l'ancienne. En Alsace, le grand problème, c'est que les gamins parlaient alsacien. Donc, en septième, il y avait un jour de vocabulaire. D'ailleurs, les Alsaciens parlent mieux français que d'autres Français, parce que c'est un français appris. C'est la même chose en Afrique. J'ai eu cette chance de bénéficier d'une langue apprise méthodiquement, avec acharnement. Et en septième, je suis prix d'excellence. La famille qui m'a accueilli est folle de joie, de fierté. Bizarrement, ça se détraque en sixième, parce que je m'ennuie de mon village. Je veux revenir, mais je ne le dis pas, parce que je sais bien que ma mère est malade et que mes grands-parents ne peuvent pas tout supporter. En 1948, mon grand-père a soixante-sept ans. Mais je ne travaille pas bien et je reviens en quatrième au lycée d'Auxerre, comme pensionnaire. En plus, mes copains m'avaient dit qu'il y avait deux récrés, de 12 h 30 à 13 h 30 et de 16 heures à 17 heures, où l'on jouait au foot ! Je suis toujours le dépositaire de la balle, dans ma blouse ou dans mon casier, derrière le dictionnaire. Mais, à partir de ce moment-là, je suis un élève moyen, parce que, déjà, je ne pense qu'au foot, et... que je n'ai pas de moyens.

En 1950, lorsque je suis en quatrième, on me donne cent centimes comme argent de poche. Après l'entraînement, j'achète de la margarine soixante-seize centimes, et un paquet de frites dans un cornet pour vingt centimes. Ça fait quatre-vingt-seize, et il me reste quatre centimes. Et toutes les cinq semaines, je peux acheter un double cornet de frites, parce que j'ai de nouveau vingt centimes. A partir de la quatrième, il y a le ciné-club. Ça coûte cher. Alors, je deviens le président du ciné-club, car je ramasse ainsi l'argent des spectateurs, et je le porte au secrétaire général du ciné-club de la ville. Je dis : « Voilà, il y a vingt-cinq élèves et moi. Voilà vingt-cinq parts. » Et moi je ne paye pas. Je me souviens avoir négocié ça.

# 20

## UN SOU EST UN SOU

Dominique Grimault — Est-ce que cela a constitué une humiliation pour vous d'avoir été privé à ce point d'argent dans votre jeunesse ?

Guy Roux — J'étais un peu humilié parfois, pas beaucoup, mais un peu. Par exemple, c'était un grand problème pour aller au bal. Ma grand-mère mettait le porte-monnaie dans le buffet : interdiction d'y toucher bien sûr, parce qu'elle ne le donnait qu'à mon grand-père pour qu'il puisse aller acheter le pain. C'était à peu près le seul truc qu'il fallait payer, car on n'achetait pas de viande. Donc pour aller danser il me fallait tricher. Dès qu'un copain qui avait acquitté son droit d'entrée ressortait de la salle pour boire un coup – il n'y avait jamais en ce temps-là de buvette à l'intérieur –, on lui mettait un coup de tampon. Et le système consistait à imprimer sur ma main le fameux sésame à l'aide d'une tranche de pomme fraîchement coupée. Je n'ai presque jamais payé une entrée au bal dans mon adolescence.

— Dans ces mêmes années d'adolescence, imaginiez-vous, rêviez-vous à faire carrière dans le football ?

— Non. Au début, je voulais être instituteur, car c'était l'homme le plus prestigieux du village. Le nôtre était magnifique, il me faisait rêver. Aux yeux de mes parents, l'instituteur avait une bonne paye et il bénéficiait de longues vacances. Aux yeux de mon grand-père, il pouvait faire un jardin en dehors de son salaire, et ainsi se nourrir. Donc, c'était quelqu'un qui vivait bien. C'était un notable, oui, c'était l'homme important du village, avec le curé. Mais le curé était fauché, tandis que l'instituteur comptait parmi les mieux payés. Et s'il était en poste double, il était franchement riche car il était logé par la commune, il avait un jardin qu'il faisait faire en général par les élèves. Et de temps en temps il courtisait les mamans...

Seulement, le destin en a décidé autrement. Le jour du concours, je rentre manger au lycée, je vais place de la Poste – il faisait beau – et je regarde la pendule : 13 h 35. Ça va, me dis-je. Il fallait dix minutes pour monter à l'Ecole normale. Je partirais à moins le quart. Et je continue de rigoler avec les autres. Et je regarde la pendule : toujours 13 h 35. Elle était arrêtée ! Je cours comme un fou, j'arrive dans la classe en sueur, je m'assois, je prends ma feuille. Celui qui dictait me dit : « Tant pris, tu prends là où on est. Je veux bien recommencer la phrase. Tu auras une faute par mot qui manque. » Il manquait deux lignes. Eliminé. C'était un acte manqué. Je ne l'aurais peut-être pas eu. Et puis, deuxième session pour compléter la liste, car tous les reçus n'allaient pas dans les Ecoles normales, mais dans la proportion de six places pour six cents candidats. J'étais avec Claude Laguillaumie... Son père, Jean, nous a emmenés en Traction Citroën à Troyes, tous les deux, pour passer le concours. Nous étions cette fois dans les temps et nous avons planché toute la matinée... Problème : l'après-midi nous avons préféré aller voir l'entraînement de l'équipe professionnelle, et je crois me souvenir que nous avons préféré nous abstenir le lendemain. Voilà comment et pourquoi je n'ai jamais été instituteur.

— Alors, quel projet aviez-vous ?

— Je ne sais pas. Je suis en seconde et je me dis : je dois avoir mon bac. Je sais déjà que je serai pion, car on ne pourra pas me payer d'études. C'est l'époque où je joue deux matchs par dimanche entre Appoigny et l'AJA. Puis j'arrête de doublonner, en cadet deuxième année, car je réalise un rêve : je joue dans l'équipe première de l'AJA, en division d'honneur. Je fais partie des meilleurs. Tout le monde me dit que je joue bien : je suis le petit gamin qui joue dans l'équipe première. Je fais partie des vedettes dans la ville. Je croyais que j'étais très fort. Je m'entraînais en plus, très dur, pendant les vacances. Et déjà, à seize ans, je m'occupais des douze ans...

— Mais d'où vous vient cette vocation d'organisateur ?

— Une question d'envie et de dons, peut-être. Chez les scolaires, Henri Rocca, le « prof », un homme formidable, me confie l'équipe, et les gars m'écoutent. J'ai un avant-centre, Giroud, qui mesure 1,85 mètre, tandis que, moi, j'ai beau avoir seize ans, je ne dépasse pas 1,62 mètre. Je ne grandirai vraiment qu'à partir de l'âge de dix-sept ans. N'empêche, je compose l'équipe, je tire les penaltys, et en plus j'arbitre en jouant, comme les Anglais au début de l'histoire du football.

A cette époque, mon père fait de grosses dépenses pour soigner ma mère. Donc, il emprunte, et bientôt il n'y a plus d'argent dans la famille. Je demande si je peux être maître au pair, c'est-à-dire élève en terminale, avec certaines fonctions de pion et le paiement de la pension. On me donne le poste, parce que le proviseur me connaît et que nous sommes champions d'Académie de cross, ce qui nous a qualifiés pour les championnats de France à Reims : un grand événement, avec photo dans *L'Yonne républicaine*.

Je remplace également des pions qui vont à Dijon en faculté, et ils me rémunèrent. J'ai, enfin, un peu d'argent. Et puis, à un moment, un autre poste se libère. Et on me demande de remplir la fonction en me payant un demi-mois. Je vais dépenser cet argent, mais pas vite. Je sais combien on en a besoin. Dans le même temps, je deviens un grand dragueur de toutes les bourses pouvant exister. Il y a notamment les bourses Zellidja (Zellidja, c'étaient des mines de potasse au Maroc et en Algérie). Il y a un concours dans tous les lycées de France, et on offre un certain nombre de bourses de vingt mille anciens francs (deux cents francs) pour aller faire une étude à l'étranger. J'ai alors dans l'idée de devenir ingénieur agronome. Je décide d'aller étudier l'industrie laitière dans les pré-Alpes de Fribourg en Suisse, à Gruyère, en 1955. Evidemment, aucun argent pour le déplacement. L'année d'avant, mon père, pour mon BEPC réussi, m'avait offert un vélo pour aller voir ma mère à Aix-les-Bains. Bref, je pars à vélo en Suisse, en couchant dans les auberges de jeunesse ou dans des fermes. Dans les auberges, je fais réchauffer les pâtes que ma grand-mère m'avait fait cuire d'avance, et, dans les fermes, je demande du lait. A Gruyère, je vais voir le maire, je lui raconte mon histoire et il m'envoie dans un alpage pour traire des vaches... car je sais traire les vaches : j'avais appris ça chez un cousin paysan. Dans l'alpage, je me retrouve au milieu des vachers, avec mon 1,62 mètre, à peine, et mes quarante kilos. Il faut se lever à 3 h 30, monter dans l'alpage avec un bidon, un sceau, et traire les bêtes. Aller chercher les vaches dans l'alpage à partir de 4 heures du matin. Je fais ça pendant deux semaines, et je suis payé. Après je reprends mon vélo, direction La Chaux-de-Fonds, où j'achète une montre. Ma première. Lorsque je rentre à la maison, j'ai un peu d'argent d'avance.

Dans le genre équipée cycliste, il y a aussi mon voyage à Marseille, la même année. Je fais partie de l'équipe de cross du lycée en cadets, à seize ans. J'ai couru le 3 000 mètres, parce que le gars qui doit courir ce jour-là, et qui est meilleur que moi, est malade. Donc je ne suis pas le titulaire. Et le prof, qui joue dans l'équipe de l'AJA, Marc Olivier, écrit à l'OSSU (Office du sport scolaire et universitaire) pour avoir un billet de plus. Mais il y a un règlement : un billet par athlète. Pas de billet de plus. Il est embêté pour m'annoncer ça. Je n'ai pas pleuré, mais j'en ai gros sur le cœur. A seize ans, les autres partent, et moi non.

Je me dis alors : « Tu seras à Marseille, et tu iras à vélo !... »

Et me voilà parti pour le grand voyage. Je transporte dans ma sacoche les quatre ou cinq kilos de pâtes préparées par ma grand-mère, enveloppés dans de la cellophane. En général, je les mange à la main, dans un village, près d'une fontaine. Je m'achète une baguette par jour, et je bois le lait que me donnent les paysans dans les fermes. Et le soir, auberge de jeunesse. Il m'a fallu trois jours pour accomplir le trajet. Deux cents kilomètres par jour. A Marseille, je fais une entrée triomphale. J'arrive au stade Vélodrome. L'entrée était payante, je me rappelle : deux cents anciens francs. Je dis : « Je n'ai pas d'argent. Je suis membre du lycée. » J'ai montré ma carte de scolarité. Le contrôleur me dit : « Tu es venu à vélo ? Mais tu es complètement fada ! » J'ai dit : « Oui, il n'y avait pas de billet de train. » Et là, avec mon vélo, je suis entré dans le Vélodrome par où les coureurs du Tour de France avaient l'habitude d'arriver à fond, le nez dans le guidon. J'en ai des frissons... Et, sans m'annoncer, je me suis pointé face aux copains de mon lycée qui se déshabillaient ou se rhabillaient dans les tribunes-vestiaires. Je les appelle un par un, ils me reconnaissent, s'étonnent tous de ma présence, et je fais mon tour d'honneur avec les sacoches. Un triomphe !

Le soir, je suis allé coucher chez des amis de mes grands-parents à Cheval Blanc, à côté de Cavaillon. Deux jours après, le Tour de France passait au mont Ventoux. Et je repartais en me délestant des sacoches pour être plus léger. J'ai commencé l'escalade avec un braquet de 47 x 22. Quand je suis arrivé dans la pente avec les plus gros pourcentages, j'ai calé. J'avais mis le même braquet que Louison Bobet, c'était un peu présomptueux ! J'ai fini les deux ou trois derniers kilomètres à pied. Mais j'ai vu passer toute la course en haut. Je me souviens des moindres détails. Et ensuite, la descente : une griserie formidable. Cette année-là, je suis parti en tout trente-deux jours : trois mille deux cents kilomètres à vélo !

— Combien on s'aperçoit que le sport guide totalement votre vie...

— C'est le fil rouge, oui. Je ne pense qu'à ça. Je me revois un été à Appoigny... C'est l'été, les vacances... Nous sommes trente ou quarante gamins. Et il me vient l'idée de composer des équipes de trois, avec un grand, un moyen, un petit. Puis je proclame : « Organisons des jeux Olympiques. » Je me rappelle très bien : j'avais une grande feuille, je tirais des traits. D'un côté, les équipes avec les noms des participants, et de l'autre, les épreuves d'athlétisme : 60 mètres, 1 000 mètres, 3 000 mètres. Puis la natation : 30 mètres contre le courant, un kilomètre dans le courant. Puis le vélo, avec une course contre la montre. Et, bien sûr, du football : tir de penalty, coup franc des 18 mètres.

— Revenons à vos études...

— J'ai choisi sciences « nat » et sciences « ex » à cause de la nature, mais encore pour une bonne raison : au lycée Jacques-Amyot, sciences ex était une classe mixte ! Je me suis dit : « A dix-sept ans, ça vaut le coup. » Je passe le baccalauréat... En deux ans, parce que la première année je joue trop au football. Admissible en deuxième session en septembre et collé à l'oral, puis reçu mention assez bien l'année suivante, en étant pion.

— Et la religion ? Quels rapports entretenez-vous avec elle ?

— Il y a la messe. Comme mon père est catholique, ma mère a été baptisée pour se marier. Ma mère, par respect pour mon père, m'emmène au catéchisme. J'accepte volontiers le catéchisme pour deux choses. Premièrement, parce que le curé, un Hollandais, Jean Lerink, nous passe des films de *Tintin et Milou* – c'était révolutionnaire – avec un petit Pathé, en muet, en nous les racontant avec un merveilleux accent. Deuxièmement, parce que, quand on avait bien appris le catéchisme, on allait à un match de foot. Donc j'aime bien mon curé. Mais je rate le poste d'enfant de chœur à cause des jeux Olympiques de 1948, où brillaient Emile Allais et Henri Oreiller, à Saint-Moritz. Au catéchisme, j'ai dit : « On va faire le slalom olympique sur la rampe de la chaire. Chacun son tour et que le meilleur gagne ! » Et quand le curé est rentré, c'est mon tour ! Le départ est donné, le portillon vient d'ouvrir, on arrive en bas et on fait un roulé-boulé sur un tapis qu'on a pris devant l'autel, pour ne pas se faire mal... Résultat : renvoyé sur-le-champ du corps des enfants de chœur. J'ai fait ma communion. J'étais quand même très croyant et la messe en latin, dans une église du XII^e^ siècle, comme il y en a à Appoigny, devant des vitraux superbes racontant les scènes de l'Evangile, c'était très prenant. Mais la messe, pour nous, c'est long... Car il y a un match de foot, après, derrière l'église. J'ai mon costume et mes souliers du dimanche qui sont mes seules chaussures. Autrement, j'ai des brodequins à semelles de bois, comme ceux qu'on portait pendant la guerre. A un moment donné, je suis allé voir le cordonnier pour qu'il me cloue des crampons sur mes chaussures du dimanche. Donc le dimanche matin, après la messe, je cours vers sa boutique. Puis j'enlève les crampons et je rebouche les trous avec du papier. Ma grand-mère est un peu complice parce qu'elle lave mes godasses, les fait sécher, puis les cire pour la messe suivante. Elle a bien vu qu'il y a des trous dedans. Comme on joue sur terre, je rentre également plein de boue, mais ma grand-mère, ma mère et ma tante sont toutes gentilles. Mon grand-père ferme les yeux.

Une des plus grosses histoires de gosses du village, c'est qu'un jour, après la messe, les grands nous ont attrapés et nous ont emmenés jouer à la guerre. On est tout petits. En 1946, j'ai huit ans. C'est l'automne, je me rappelle, il pleut et nous partons jouer au-dessus d'Appoigny, dans les collines, dans les vignes qui étaient grasses : il y a du calcaire, et de l'argile qui affleure. D'ailleurs, on plantait les vignes là où l'argile affleure. On joue à la guerre, ce qui consiste à se bombarder de marrons d'Inde. Mais cela peut tourner à des jeux très dangereux. La division allemande Das Reich se repliant devant l'armée américaine et s'accrochant avec des résistants avait traversé les alentours d'Appoigny, et il y avait encore des casques et des balles dans la nature. Les grands mettent de la paille et du petit bois dans les casques, avec les balles dessus, et ils mettent le feu ! On se sauve pendant que ça pète dans tous les sens ! Une balle peut nous tuer, mais on joue, une bande contre une autre bande. A midi, personne n'est rentré, ni à 13 ni à 14 heures. Tous les gamins du village manquent à l'appel. Les gens ont presque organisé une battue. Après avoir joué à plat ventre dans les vignes pendant des heures, on imagine dans quel état nous sommes rentrés à la maison.

— Est-ce que le sport ou les jeux vous distraient de votre foi d'adolescent ?

— En fait, j'ai vécu un moment très grave à Colmar. A ce moment-là, c'est-à-dire entre dix et treize ans, je suis encore croyant. Je vais à la messe chez les Franciscains. Je me rends à l'éducation religieuse. Je suis alors très affecté par la maladie de ma mère, de la voir ainsi paralysée, de voir aussi la profonde peine de mes grands-parents. Rien n'existe à cette époque pour soutenir les handicapés. On me parle alors des miracles et on me dit : « Il y a un pèlerinage aux “Trois Epis”. » J'apprends alors que, les « Trois Epis », c'est un Christ, au-dessus de Turckheim, dans une station climatique. « Tu fais le pèlerinage et ta maman va guérir. » Je pars, le dimanche, je pars en priant. Je me mets dans l'ambiance mystique d'un pèlerinage. Je marche deux heures, j'arrive au sommet, je suis persuadé que ma mère va guérir. Mais ce ne sera pas le cas. Dès lors, si je fais ma communion, c'est d'abord pour faire plaisir à tout le monde. Je n'y suis déjà plus. Je me sens trahi. Un grand doute m'envahit. Ça a mis longtemps à se décanter. Après, je m'en suis moqué. Et plus tard j'ai fait baptiser mon fils.

— Un réflexe ?

— Une convention sociale. J'ai fait le raisonnement simpliste suivant : il y a une moitié des gens dans le monde qui croient et une moitié qui ne croient pas. J'ai ma conviction, mais je ne tiens pas pour autant l'autre moitié du monde pour quantité négligeable. Je ne me classe pas forcément dans la catégorie qui a raison. Et j'assiste à des mariages ou à des obsèques religieux, par respect pour les familles.

— Est-ce que vous tendez la joue gauche ?...

— Quand j'en prends, j'en remets. Peut-être même que j'en ai mis avant. Mais dans le temps, on se bagarrait avec les poings. On faisait de la boxe dans le jardin du notaire avec les torchons de la grand-mère autour des mains. Parfois jusqu'au sang. Quand on en prenait une, ça brisait les arcades. Donc, on n'avait pas peur des coups. Et dans la cour du lycée, notamment durant la récré du soir, après le repas, de 19 h 30 à 20 heures, il y avait des bagarres, tel village contre tel village, ou Untel contre Untel. Ça partait à deux, et puis les copains venaient défendre leur camp. C'était fréquent. Et les pions tournaient la tête et n'intervenaient pas. Mais ça ne durait pas longtemps. Un « ça suffit ! » et tout le monde arrêtait. Et il n'y avait pas la revanche le lendemain. Le lendemain, c'étaient d'autres qui se prenaient à leur tour. La différence avec aujourd'hui est que tu n'étais pas collé pour ça. C'était un peu comme dans le rugby d'hier : on s'en mettait trois ou quatre, puis on allait boire le coup et bouffer ensemble après. Nous, c'était comme ça. Et je n'étais pas le dernier. J'ai eu le nez cassé plusieurs fois. Et voyez mes arcades. Mais ce dont je suis sûr, c'est qu'il n'y a jamais un élève qui aurait pris un outil pour se battre, un bâton ou autre chose. Prendre un couteau, alors, ç'aurait été considéré comme un crime. Le garçon qui aurait sorti un couteau, il allait en prison directement. La bagarre, d'ailleurs, c'était un truc de gamin. Plus on grandissait, moins on se battait. C'étaient plutôt les schnards qui aimaient se battre.

— Vous avez dit les « schnards » ?

— C'était un mot employé au lycée pour désigner les petits : une sorte d'esclave que le grand protégeait, à qui il donnait parfois un petit bout de pain... si le grand, bien sûr, en avait les moyens.

21

# MON GRAND-PÈRE, MON MAÎTRE

Dominique GRIMAULT — Quel est l'homme qui vous a marqué le plus, qui a influé le plus fortement sur votre vie ?

Guy ROUX — Assurément, mon grand-père. Il est mort au printemps 1981 alors que j'étais revenu à Auxerre, plus exactement à Appoigny, depuis l'année 1961. Pendant ces vingt années, je lui ai rendu visite tous les jours à 14 heures, sauf quand j'étais en voyage. Pendant une demi-heure, ou un quart d'heure, ou une heure, j'ai parlé avec lui des événements, de l'histoire, de sa vie, mais aussi de la vie de son père et de son grand-père, de la vie du début du siècle, donc de l'existence des paysans à la fin du XIXe siècle.

Il m'a appris à compter. Quand j'ai commencé à travailler, à être entraîneur, je n'avais pas d'argent, mais alors pas d'argent du tout, au point que je ne pouvais même pas acheter des ampoules électriques pour équiper le studio que le club m'avait aidé à trouver. « Prends les ampoules du grenier, m'a-t-il proposé, car je ne vais pas au grenier l'hiver. Mais rends-les moi avant l'été, parce que alors j'irai là-haut pour sécher mes haricots. » Il a ajouté : « Je pense que tu vas réussir car tu te donnes du mal. » Quand j'ai commencé à gagner ma vie avec mon portefeuille d'assurances, il m'a conseillé : « Economise

Le mariage de mes grands-parents (vers 1900).

Le mariage de mes parents (1936).

Avec ma mère et ma sœur.

En classe de sixième au lycée Bartholdi de Colmar. © Francis Demange/Gamma

Président des étudiants à Limoges avec Bill Coleman, trompettiste de jazz.

Brigadier chef au CIDB de Trèves (1962).

Match de CFA au FC Limoges (1960).

Éducateur des Baby-foot à Auxerre (1970).

Mes deux premiers présidents, maître André Chantier d'Appoigny et Jean Garnault de l'AJ Auxerre.

Dans mon jardin, mon fils François et ses copains (1979).

Coupe du Monde 1966 en hommage à Alf Ramsey, sélectionneur de l'équipe d'Angleterre.

Début médiatique avec Michel Drucker pour RTL (vers 1970).

Visite de l'équipe de l'ORTF (1967). Avec Thierry Roland, Bernard Père, Stéphane Collaro, Michel Drucker, Michel Drey et leurs camarades.

Inauguration du centre de formation avec Michel Hidalgo et Georges Boulogne (1982).

Visite du président Jean Sadoul avec l'abbé Bonnefoy.

Avec Jean Zozo Boli, le papa et Basile Boli.

Avec le président bien-aimé de l'UNECATEF, José Aribas, entraîneur de Nantes.

Un bon gauche.

L'équipe de deuxième division (1976).

Remise de la Légion d'honneur
par Jacques Chirac (1999). © Georges Gobet/AFP

Remise des Palmes académiques
par Jean-Pierre Soisson.

Finale de la Coupe de France 1993 avec le président Mitterrand
et Michèle Alliot-Marie, ministre des Sports.

L'Yonne à Auxerre.

Le trio magique
avec Gérard Bourgoin et Jean-Claude Hamel.

Le carré magique d'entraîneurs
avec Marc Olivier,
Daniel Roland et
Dominique Cuperly.

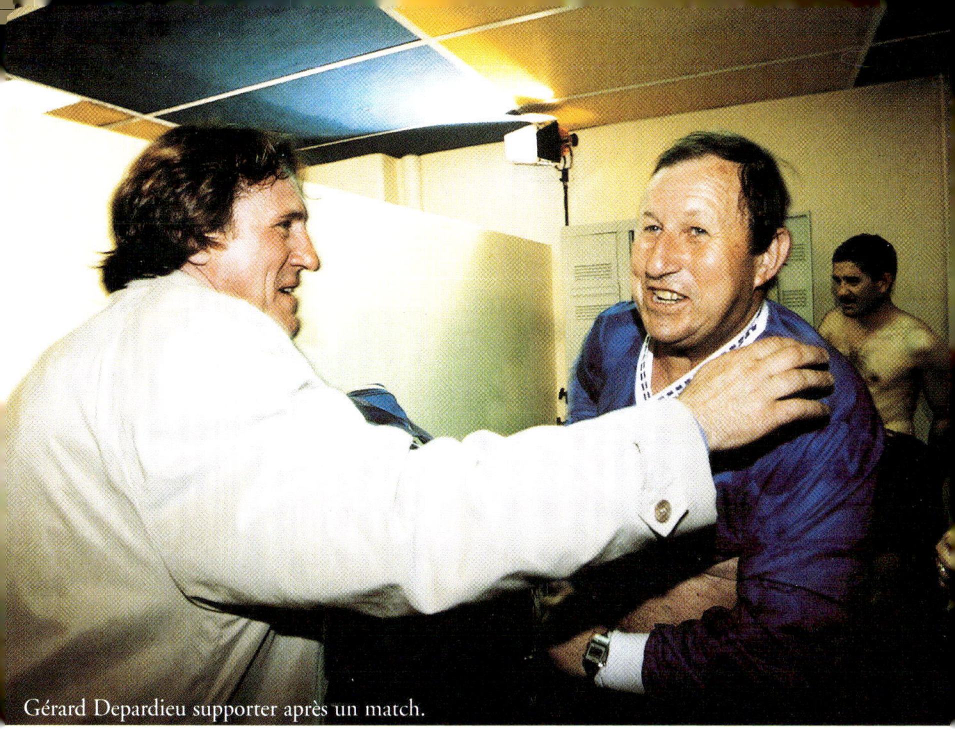

Gérard Depardieu supporter après un match.

Le sourire de TF1 avec Claire Chazal.

Mon collègue Jean-Claude Suaudeau, entraîneur de Nantes.

Le salut aux supporters de l'entraînement.

Sculpture en argile dans mon bureau. © James Andanson/Corbis Sygma

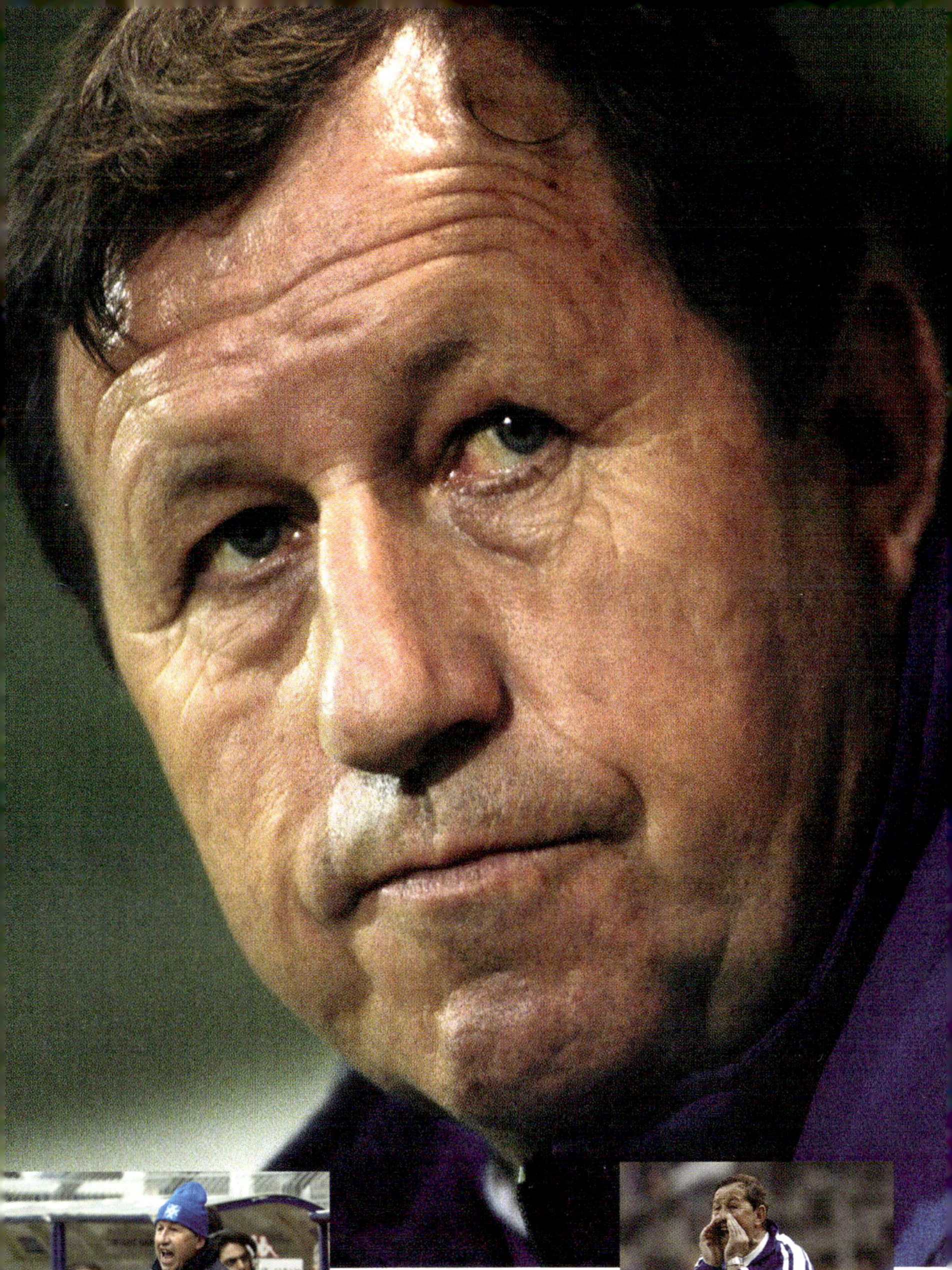

L'inquiétude,
le dynamisme
et l'organisation.
© Simon-Stevens/Gamma,
Jacques Demarthon/AFP,
Damien Meyer/AFP

Avec la coupe de France en 2003.
© Jacques Brinon/AP/Sipa

Avec Djibril Cissé, mon dernier buteur.
© Photo PQR/*Le Parisien*/Guy Gios/Max PPP

Avec Malamine Koné, brillant entrepreneur, équipementier sportif. © FEP/Airness

Le film de la peur avec la panthère du cirque Gruss et Sylvain Wiltord. © FEP/Airness

Clin d'œil à mes amis du Handisport Basket et leurs fauteuils de compétition.

Dans le Tour de France 2005 avec Mécénat Chirurgie Cardiaque. © Alexandre Marchi/Gamma

Avec le ballon à 67 ans.

Quatorzième année d'Europe 1 avec le président Jean-Pierre Elkabach. © Lydie/Sipa

Début d'entraînement avec Benjani, Kalou, Bolf et Sagna.

La Ligue des Champions sur TF1 avec Roger Zabel et quelques-unes.

Avec Alexandre Bompard,
patron des sports de Canal+.
© Grégoire Elodie/Gamma

Le match du samedi après-midi.
© Jean-François
Deroubaix/Gamma

l' AJA est un empire.

Vigneron, mais dans le Valais. Vigne de Farinet à Saillon.

Avec le taureau
champion de France
des Charolais.
Il ne mange que
de l'herbe.

1 % de ce que tu gagnes. Même si tu as un petit peu faim le 28 du mois, enlève quand même 1 % ou 2 % de tout ce que tu gagnes et mets-le de côté. Ça va t'apprendre. Ensuite, considère qu'une crise peut durer deux ans. La guerre de 1940 a duré cinq ans. Mais une crise économique normale, comme en 1929, ça peut durer deux ans. Alors évalue ce qu'il te faut pour vivre en pain et en lait. Vois combien de pain et de lait il te faut sur deux ans. Estime le prix et achète des louis d'or qui représenteront cette somme. Tu auras à manger pendant deux ans. » J'ai commencé comme ça. C'était une superbe leçon. Et j'ai appliqué ces principes à un moment où j'avais vraiment besoin d'argent, où je vivais avec trois cents francs par mois, vraiment un demi-SMIC, même pas un RMI. J'achetais l'essence par deux litres pour ma 4 CV, en attendant les commissions de l'assurance. J'ai su vivre avec rien, car il ne fallait pas que je tape dans la caisse. J'étais commissionné à 10 %. Quand je faisais rentrer cent francs, j'avais seulement dix francs à moi. Des inspecteurs venaient à la fin du mois prendre les quatre-vingt-dix francs. Et cette somme devait être disponible tout le temps. Je ne pouvais même pas me les avancer sur vingt-quatre heures. C'est comme un employé de banque : s'il « emprunte » dix mille francs un soir et qu'il est contrôlé le lendemain matin sans les avoir remis en caisse, il perd sa place à la banque et il en gagne une en prison.

Il a voulu me donner aussi le sens de la famille. Mais je n'ai pas totalement écouté sa bonne parole. J'étais toujours parti. Je suis maintenant le patriarche, depuis un certain temps. Par exemple, quand ma grand-mère est morte quelques années avant lui, il m'a parlé des droits de mutation, puisque nous étions en fait deux branches : il avait deux filles. « Tu es le plus âgé, m'a-t-il expliqué. C'est toi qui vas régler ça. » Il l'a dit aux autres aussi, à ma sœur et à ma cousine : « Il faut laisser la maison à la tante [la sœur de ma mère]. Ne vendez pas la maison pour faire de l'argent. Débrouillez-vous autrement. Faites en sorte de ne pas en avoir besoin et laissez-la vivre dans la maison. Et puis après, vous verrez. Affectez-la à celui qui en aura besoin. »

Il s'adressait à la troisième génération, à ma cousine, à ma sœur et à moi-même. Nous l'avons écouté tous les trois, scrupuleusement. Il est mort en 1981, et je n'étais plus dans le besoin. J'avais construit ma maison en 1968. Je n'avais pas fini de la payer, on n'était pas loin du terme du crédit, mais je n'avais pas à me plaindre. Ma sœur aussi avait une habitation personnelle. Mais ma cousine et son mari, qui travaillaient dans la grande distribution, n'avaient pas eu le temps de se fixer. Nous sommes restés en indivision, ce qui permettait premièrement à ma tante d'habiter jusqu'à sa mort dans la maison – elle est morte il y a deux ans – et, ensuite, à ma cousine de prendre sa retraite dedans. A ce moment, nous avons fait la division harmonieusement, et ainsi nous avons respecté le vœu du grand-père. Il n'avait pas fait un grand discours, mais simplement dit : « Ça serait bien que... » Le profond respect qu'on lui a voué et l'autorité qu'on lui a reconnue viennent du fait qu'il nous a consacré sa vie à partir de 1940, et ce jusqu'à sa mort.

Mon grand-père fut un maître pour moi, bien qu'il n'ait fréquenté l'école que jusqu'à l'âge de douze ans. Il est né en même temps qu'un enfant mort-né du docteur Chavances, une famille qui existe toujours dans la région. La coutume, en ce temps-là, voulait que l'on paye le médecin le 31 décembre. Et les familles riches réglaient le docteur plus que les familles pauvres. Chez mon grand-père, il n'y avait plus à manger, parfois, en décembre, mais son père avait mis de côté le sabot où il y avait la paye du médecin. Et on ne tapait pas dedans pour manger, alors qu'ils étaient vingt-trois enfants, et dix-huit vivant dans la famille. Comme le docteur avait perdu un enfant la même semaine que mon grand-père était né, il avait reporté son affection sur lui. Quand ce dernier est allé sur ses douze ans, il a dit au père Lorry : « Eh bien, je vais lui payer le lycée à Auxerre. » Mais le père Lorry a répondu : « Pas question. Il y a la moisson. » Tout était organisé dans la famille : on gardait à peu près une fille sur quatre pour les travaux à la maison et un garçon sur trois pour aider aux travaux des champs. Un aîné, Jules Lorry, avait bien réussi : il avait construit un hôtel-restaurant à Auxerre. C'était un très grand établissement qui s'appelait La Tour d'Orbandelle. Les filles Lorry avaient une embauche préférentielle dans l'Hôtel de l'Epée, un autre hôtel très luxueux. Quand on était engagé, c'était pour la vie. Il y avait aussi le frère devenu homme de rang, le gendre qui était cuisinier, et les sœurs serveuses. Il y avait une très grosse entraide. C'était à l'africaine. Comme l'offre du docteur Chavances avait été refusée, mon grand-père a su s'instruire lui-même. Il était complètement autodidacte.

De plus, il avait un don de devin. Toute la France s'est passionnée pour le championnat du Monde de boxe qui avait opposé, dans les années 20, le Français Georges Carpentier à l'Américain Jack Dempsey. L'importance de l'événement était comparable dans l'opinion d'alors à celle de la victoire dans la coupe du Monde de football de 1998. Mon grand-père était au café avec le Tout-Colmar, et il y avait notamment le commissaire de police qui était son ami. Ils ont parié une caisse de champagne, et mon grand-père a dit : « Malheureusement, je suis obligé d'être précis. Carpentier va se casser la main et il va perdre par KO au 4e round. » Stupéfaction du commissaire de police et de tout le café...

Mais ça ne s'est pas arrêté là. Juste avant la guerre, mon grand-père a dit au commissaire de police : « J'ai vu cette nuit le roi Alexandre Ier de Yougoslavie assassiné à Marseille. Un ministre français est également tué lors de l'attentat. » Et le commissaire lui répond : « Eh bien, on se tait, parce que si je fais un rapport, peut-être que ça va le sauver, mais ma carrière sera brisée et nous irons en prison tous les deux. » Et ils ont appris l'assassinat le lendemain par la TSF. Effectivement, le roi de Yougoslavie est mort sur le coup. Louis Barthou, ministre des Affaires étrangères, a eu une mort extraordinaire.

J'ai un peu hérité du don de mon grand-père. Il y a, par exemple, un événement que j'ai ressenti d'une manière fulgurante, c'est la mort de ma mère. J'accomplissais mon service militaire en Allemagne. Ma mère était paralysée depuis quatorze ans. Elle souffrait particulièrement du rein à ce moment-là. Mon père était en permission, auprès d'elle, dans une clinique à Aix-les-Bains où elle essayait d'améliorer sa motricité. Pas de changement dans son état, donc. Comme elle était à Aix-les-Bains et non pas à Appoigny, j'avais choisi de prendre une double permission un peu plus longue après les fêtes. Mais l'après-midi du 31 décembre, j'ai ressenti une douleur fulgurante. Et l'idée que ma mère était morte m'est venue immédiatement à l'esprit. De fait, elle venait de mourir, à 3 heures de l'après-midi. C'était tellement fort en moi que je suis allé au PC tout de suite. En qualité d'entraîneur de foot, je pouvais aller chez le colonel. Il y avait là un adjudant-chef de permanence à qui j'ai dit :

« Il faut me faire un billet tout de suite : ma mère vient de mourir.

— Comment le sais-tu ? C'est impossible. Il n'y a pas eu de télégramme.

— Je le sais. C'est monté en moi. De toute façon, mon père est officier, il m'enverra un câble. »

A 17 heures, j'ai reçu le télégramme. Mais, dans le cas contraire, si l'adjudant-chef m'avait dit : « Non, non, tu ne pars pas », je serais parti quand même, je serais passé sous le grillage. J'avais l'absolue certitude que ma mère était décédée. Plus tard, j'ai eu des intuitions sur certains matchs. Et ça s'est produit. Par exemple, en 1981-1982, nous étions avant-derniers et nous sommes allés jouer à Nantes, qui n'avait pas perdu depuis cinq ans dans son stade. Et je suis arrivé là en étant sûr qu'on allait gagner. Et nous avons remporté ce match par 1 but à 0. Ce n'est pas de l'autosuggestion. Ça monte en moi. Je n'avais aucune raison de croire en ce résultat. Notre équipe était mauvaise et accumulait les défaites. C'est Patrick Remy qui a inscrit le but. J'étais sûr qu'on ne serait pas rejoints au score. Les Nantais bombardaient notre but. Bats arrêtait tout, les tirs frôlaient les barres, les Nantais rataient ce qu'ils voulaient, mes gars mettaient le pied... Mais je serais presque rentré sans regarder au vestiaire : j'étais sûr de mon sentiment et du résultat...

— Est-ce que c'est votre grand-père qui vous a donné le sens de la propriété ?

— J'ai voulu conserver tout ce que mon grand-père nous a légué. J'ai réussi, avec le cadastre, à savoir ce que son aïeul, un grognard de Napoléon, avait acheté. J'ai eu ainsi un exemple de la division des biens en France. Cet aïeul, qui a été blessé à la Moskova, est rentré en 1821. Il a eu sept enfants, dont le père de mon grand-père. Donc, notez bien : sept. Le père de mon grand-père a eu, lui, dix-huit enfants. Donc mon grand-père a reçu un cent vingt-sixième. Et mon grand-père a eu deux filles qui ont donc eu chacune un deux cent cinquante-deuxième. Et moi, j'ai eu une sœur : donc j'ai eu un cinq cent quatrième de l'aïeul. C'est mathématique. Alors j'ai racheté à ma sœur et à ma cousine le deux cent cinquante-deuxième, donc je suis au niveau de mon grand-père, j'ai un cent vingt-sixième de l'aïeul grognard napoléonien. J'ai racheté des forêts. Les quelques ares auxquels j'avais droit sont tangibles. Tout le monde n'a pas la chance de remonter ainsi le temps. Ces bois sont d'anciennes vignes. Dans les bois, on distingue encore les sillons. Il y a encore ici et là des pieds de noa qui résistaient au phylloxera, qui donnent quelques grappes en octobre, alors qu'ils ont été plantés il y a un siècle. Je les mange mais je ne fais pas de vin avec : il paraît qu'il rend fou, et, de toute manière, je n'en ai pas assez. Il faut se rendre deux ou trois fois sur place, parce qu'il faut manger le noa très mûr, juste avant que les oiseaux l'aient picoré. Donc c'est une espèce de course entre eux et moi.

22

# DEVOIRS DE VACANCES

Dominique GRIMAULT — Vous n'avez entraîné qu'un club dans votre vie. Et pourtant, très tôt, très vite, vous avez été attiré par le football international dont un événement vous a particulièrement marqué : la coupe du Monde 1966 en Angleterre.

Guy ROUX — En fait d'Angleterre, j'avais été initié, déjà, six ans auparavant. En 1960, je m'étais débrouillé pour entrer pendant un mois dans l'effectif professionnel d'un club anglais. J'avais participé à un projet d'études dont le sujet était « Le sport en Grande-Bretagne ». Mon projet étant retenu, j'ai écrit au manager Arthur Rowe, à Crystal Palace, et il a accédé à ma demande. J'ai ainsi participé à l'entraînement tout le mois de juillet, et j'ai tout de suite découvert des choses inconnues en France : chaque joueur avait son panier et son porte-manteau, tout l'équipement était fourni, jusqu'à la serviette et la savonnette, toutes choses qui n'existaient pas en France. Je portais le numéro 29.

Chaque matin, nous prenions un bus au siège du club à Crystal Palace, et arrivions au bout d'une demi-heure sur un ancien aérodrome de la Royal Air Force. Je me souviens qu'il fallait passer les pieds pendant dix minutes dans un bac où il y avait du tanin, pour endurcir la peau. Après, nous chaussions des tennis. La longueur du footing était de six kilomètres. Les gars qui arrivaient en retard, en guise de punition, étaient obligés de porter un pull-over supplémentaire, en plus du survêtement, le lendemain. Je n'avais pas de problème car je possédais beaucoup d'endurance. Ensuite, nous suivions un circuit de musculation avec des charges : c'est la première fois que je voyais ça. On passait d'atelier en atelier en levant de la fonte et en sautant. C'est devenu monnaie courante aujourd'hui. Ça prenait la matinée. On prenait une douche. On jetait les équipements dans notre panier. Retour à la tenue civile, déjeuner, dans le hangar de l'aérodrome, d'une salade et de trois cornichons arrosés d'une tasse de thé. La récréation des joueurs consistait en une partie de golf improvisée sur les terrains de foot. Reprise à 14 heures : séance technique, avec les ballons de cuir lacés de l'époque. Il pleuvait, un jour sur deux, quand ce n'était pas deux jours sur trois. Je garde le souvenir, par exemple, de quarante minutes d'exercice de jeu de tête sur balles longues, au terme desquelles les vingt-six joueurs de champ partaient avec le front tailladé par les lanières qui fermaient les ballons ! Il y avait un immense paquet de coton sur la table et nous nous épongions tous le front après la douche. C'était un peu sanguinolent. A la fin du mois, j'avais le front « grillagé ».

Ce qui m'a particulièrement frappé à cette époque, c'est l'attitude des joueurs professionnels anglais. Au bout d'une semaine, deux équipes ont été composées. Faites cela en France, et ceux qui n'ont pas été choisis dans la meilleure équipe commencent à faire la grimace. Là, rien de tel. Impossible de connaître le sentiment des joueurs. Ils accomplissaient leur travail, un point c'est tout. J'ai participé à ce mois d'entraînement avec un très grand profit en prenant des notes tous les jours. Je me souviens que j'ai même pris quelques photos, avec un appareil de l'époque.

Pendant ce séjour en Angleterre, j'ai pu assister au match d'athlétisme Grande-Bretagne-France à White

City. La sélection française à l'époque comptait des vedettes comme Jazy et Bernard en demi-fond ; Delecour et Piquemal en sprint ; Macquet, Alard et Husson dans les lancers. Comme j'étais débrouillard, je me suis retrouvé au milieu du stade, à l'intérieur de la piste. Et j'ai découvert le fair-play anglais...

L'épreuve de saut en longueur était décisive. Dernier essai : le Français Christian Collardot était quelques centimètres derrière l'Anglais. Il a pris sa course d'élan. Et là, le jardinier avec le râteau qui aplanissait le sable a traversé la fosse de réception pendant sa course d'élan ! Le directeur de l'équipe de France Robert Bobin a hurlé. Collardot n'a pas gagné. La France, non plus. « Tiens, ce doit être cela, le fair-play anglais... », me suis-je dit à ce moment-là. J'avais vingt-deux ans mais l'impression m'est restée, car j'ai pu la vérifier je ne sais combien de fois par la suite. L'Anglais est un homme séduisant, souriant, très poli, rapidement familier. Déjà le *you* marque un doute, car il signifie soit du tutoiement, tantôt du vouvoiement. Il vous appelle par votre prénom à la deuxième rencontre, quand ce n'est pas la première. Vous avez l'impression que vous êtes déjà son ami. Mais non, il cache un couteau dans l'autre main et n'attend qu'une occasion pour vous le planter dans le dos ! J'ai disputé des matchs de coupe d'Europe, j'ai mené des négociations avec eux, et il en fut toujours ainsi. Si vous conservez cela présent à l'esprit, vous avez des chances de ne pas trop vous faire avoir.

J'ai bénéficié également d'une bourse pour aller en Allemagne. Je représentais outre-Rhin des truffes et du foie gras du Périgord. J'avais aussi dans l'idée, bien sûr, d'aller voir des matchs de football. Il y avait ainsi un grand match à Braunschweig. Mais Braunschweig était en Allemagne de l'Est. En qualité de syndicaliste étudiant, je me suis fait inviter à un congrès à Berlin. Mais j'ignorais qu'en venant de la partie ouest vous entriez sur une autoroute dont vous n'aviez plus le droit de sortir, tout au long de la zone communiste, avant d'arriver dans la capitale de la RDA. Ça s'appelait « le couloir ». On m'avait donné comme tuyau : la fausse panne. Comme la 4 CV possède quatre cylindres, il m'a suffi de mettre un bout de buvard sous une bougie : elle a tourné sur trois pattes. Je m'arrête et j'attends. Mais je m'arrête juste avant Braunschweig... La police, qui sillonne évidemment cette autoroute, arrive et j'explique en allemand : « Ma voiture marche mal. » Ils proposent : « On vous emmène à Braunschweig. » J'ai dit : « Combien de temps ai-je pour réparer ? » « Vous avez droit à vingt-quatre heures. » Ils me conduisent dans un garage, qu'ils connaissaient sans doute très bien. Tout de suite, j'ai dit au garagiste : « Je veux aller au match ce soir. Réparez ma voiture. Regardez bien les bougies... » Et j'ai assisté au match. Et, dès le lendemain matin, je reprends ma voiture. Ils avaient enlevé le buvard. Je paie en marks de l'Ouest et je repars vers Berlin, où les étudiants m'attendent pour faire la fête. J'ai un visa assez court et, quand je reviens, il est dépassé. Des policiers américains m'ont contrôlé. Comme mon visa n'est plus valable, me voici encadré par deux Trabant (une marque de voiture est-allemande) et arrêté. Je suis descendu dans une pièce où j'ai été mis à la question de 3 heures à 8 heures du matin, jusqu'à ce que le consulat de France à Berlin ouvre ses portes. Après vérifications officielles, ils ont dit : « Ça va. Laissez-le passer, laissez-le partir. » Mais ils avaient procédé à un vrai interrogatoire. Ils ne m'avaient pas frappé mais je répondais debout, dans une ambiance pas sympa du tout, aux mêmes questions dix fois répétées. J'ai raconté cette péripétie dans *Le Populaire du Centre*. Eh bien, l'ambassade américaine était très bien organisée car six mois plus tard je recevais une bouteille de whisky de la part de l'ambassade des Etats-Unis, avec des excuses.

J'ai sillonné par la suite la République fédérale en passant par Hambourg, Hanovre et Dortmund. Dans cette dernière ville, je voulais voir un match amical entre le Borussia et le Racing Club de Paris, entraîné par Pierre Pibarot. J'étais à court d'argent : juste de quoi me payer l'essence, et à peine de quoi manger avant de rentrer à Auxerre. Je voulais voir ce match. J'avais un équipement parce que je continuais l'entraînement, à l'occasion. J'ai donc pris mon sac, duquel j'ai laissé dépasser une godasse, et j'ai demandé où se trouvaient les vestiaires, à moitié en français, à moitié en allemand. Ils m'ont dit : « C'est là-bas. » Et je me suis retrouvé dans le vestiaire du Racing. Il y avait là Roger Marche, longtemps recordman des sélections en équipe de France, et le soigneur, Abel, en train de masser un gars. Les autres regardaient le lever de rideau auquel participaient les anciens de l'équipe d'Allemagne, championne du monde en 1954 avec les frères Walter. J'ai expliqué à Abel : « Voilà, je suis étudiant, je joue à Limoges. Je n'ai pas d'argent. Je me suis fait passer pour un joueur. Gardez-moi avec vous. » Il m'a répondu : « Pas de problème. Va voir Pibarot. » L'entraîneur du Racing m'accepte : « Viens, viens, m'a-t-il dit. Je n'ai pas trop de joueurs. Tiens-toi prêt, pour le cas où... » Dans l'équipe du Racing, je me rappelle, il y avait Bruno Bollini, le demi-droit. J'ai donc assisté à ce match, mais sans jouer, il n'y a pas eu de blessés...

Une fois arrivé à Hambourg, j'ai vu Uwe Seeler, le grand avant-centre allemand des années 50-60. J'ai assisté à une de ses séances de volées et de tirs. J'ai été très impressionné. A l'époque, j'étais déjà entraîneur dans ma tête, et je copiais des exercices partout. Seeler était un petit bonhomme trapu, un buteur-né, comme Gerd Müller plus tard. Ses tirs étaient tous cadrés, d'une violence inouïe. Techniquement, j'ai l'impression que, dans le football des années 60, il y avait des domaines où les joueurs étaient plus forts qu'aujourd'hui. Notamment en ce qui concerne les frappes de balle. Actuellement, les modernes sont meilleurs dans les rapports entre le corps et le ballon, et dans la tenue de la balle. Mais, jadis, ils étaient supérieurs dans le dribble et dans la frappe.

Ensuite, j'ai dû faire mon service militaire. A l'armée, je me suis fait payer par le régiment pour entraîner l'équipe. L'entraîneur venait d'être démobilisé et il fallait absolument une équipe, car le CIDB de Trèves faisait un peu office d'équipe des Forces françaises en Allemagne. Un adjudant de Limoges m'avait reconnu. Il a rapporté au colonel qu'il y avait dans le rang un gars qui entraînait et jouait à Limoges. Le colonel me convoque et me demande : « Je voudrais que vous soyez l'entraîneur de l'équipe. » J'ai répondu : « Je veux faire l'école des officiers de réserve. C'est le vœu de mon père qui est commandant. Et j'ai besoin de faire les EOR pour des raisons financières. » Quand on était aspirant, à partir du douzième mois, au-delà de la durée légale, on bénéficiait en effet d'un vrai salaire d'officier. Le colonel m'a promis : « On va vous indemniser. »

J'ai accepté. J'entraînais l'équipe chaque jour, de 11 heures à 13 heures. Tous les deux mois, deux mille nouveaux soldats arrivaient, et il fallait que j'opère une sélection. L'équipe était du niveau de la deuxième division française. Nous avons battu Metz, au stade Saint-Symphorien, par 3 buts à 2. Chaque dimanche, il y avait un match et une occasion de sortie. C'est dans ces circonstances que j'ai fait la connaissance de Lionel Jospin, membre et capitaine de l'équipe de basket. Nous partions ensemble, en déplacement, en autobus.

— Vous êtes démobilisé en décembre 1963 ?

— Oui, et je me marie en juillet 1964. En novembre 1965, j'ai un fils, François. Je suis à court d'argent, mais j'ai économisé, et en juin 1966 je pars en Angleterre pour voir ma première coupe du Monde. Mes conditions de voyage sont extrêmement modestes. Je me base à Londres, dans une pension de famille. Je prends le métro. Je rencontre, dès le premier match, une joyeuse bande que je ne quitte plus : Henri Biancheri, Just Fontaine, Claude Brasseur et la bande du *Miroir du foot*, Jacques Thébault, Francis Le Goulven et les autres. Tous les matins, à Hyde Park, nous faisons un sept contre sept en posant des poteaux sur l'herbe. Ensuite, je vois autant de matchs que je peux. Il y a un marché noir pour les billets. Je fais un petit commerce : ainsi, quand il y a des équipes éliminées, leurs supporters partent. Et ils possèdent des billets pour les demi-finales et la finale. J'achète à 10 % de leur valeur leurs billets pour les demi-finales et la finale, et je les revends au prix fort. C'est ainsi que j'ai payé mon séjour. Notez qu'on avait tout à fait le droit, en Angleterre, d'acheter et de vendre des billets aux abords des stades.

Mais le but essentiel du voyage, c'était bien sûr d'accroître mon expérience. J'ai vu quelques grands matchs, mais j'ai également tiré parti de mes rencontres. Je me rappelle avoir passé un moment merveilleux avec Kader Firoud, l'entraîneur emblématique de Nîmes olympique, en allant assister à URSS-RFA. Nous avons parlé football toute la nuit, pendant quatre heures je crois, car les trains à cette époque roulaient à cinquante kilomètres à l'heure. Firoud était un enseignant-né. Tous les joueurs portaient des protège-tibias devant et derrière, car, pendant quatre-vingt-dix minutes, ils ont joué la revanche de Stalingrad ! Ce fut le match le plus violent de la coupe du Monde 1966. Ils se sont même tapé dessus. Je me souviens que Franz Beckenbauer jouait demi, au milieu de terrain.

Il y a eu un épisode plus amusant à Liverpool. Le match se déroulait dans le stade d'Everton. Je suis parvenu à entrer dans une sorte de salon où l'on buvait des *cups of tea*, comme il y en avait d'ailleurs dans tous les stades. Je me souviens que Lucien Leduc, excellent entraîneur, et Just Fontaine, figure emblématique du football français, étaient présents. A un moment, un gros monsieur se présente, que chacun salue avec déférence. Je me dis que je le connais, mais je ne l'identifie pas tout de suite. Il vient me voir et me dit, en français : « Bonjour, comment allez-vous et comment va votre famille ? Est-ce que vous jouez toujours ? » C'était Santiago Bernabeu ! Le grand patron du Real Madrid ! Il m'avait pris pour quelqu'un qu'il connaissait a priori très bien, sans doute un ancien joueur, mais je n'ai jamais su qui.

— Peut-être votre ressemblance avec Kopa ?

— Non, impossible. Raymond Kopa était là. En tout cas, tous les autres étaient verts de jalousie. Santiago Bernabeu a parlé vingt minutes avec moi. Il m'a même annoncé qu'il allait construire une cité sportive au milieu de Madrid, qu'il en possédait déjà les terrains. Il était intarissable. Ensuite, et jusqu'à la fin de sa vie, Lucien Leduc, grand entraîneur à Monaco et Marseille, m'a toujours appelé « Bernabeu ».

— Mais comment parvenez-vous à vous fondre au milieu de joueurs célèbres, comme Just Fontaine par exemple ?

— Eh bien, je causais...

— Et vous leur dites : voilà, je suis entraîneur de l'AJ Auxerre, en division d'honneur...

— Fontaine était déjà venu jouer un match amical à Auxerre avec Reims. J'avais parlé avec lui. Je le connaissais un peu. Comme Lucien.

# 23

# PELÉ, COMME UN ÉBLOUISSEMENT...

Dominique GRIMAULT — Quatre ans plus tard, c'est la plus belle coupe du Monde de l'histoire : Mexico, 1970. Vous avez évidemment une folle envie d'y aller, on suppose ? Ne serait-ce que pour parfaire vos devoirs de vacances...

Guy ROUX — En 1970, je suis toujours entraîneur à moins de mille francs par mois. Je ne monte en CFA que cette année-là. Mais j'avais une cagnotte. En gros, j'économisais un paquet de cigarettes par jour. Ainsi, j'ai pu amasser cinq mille francs pour me rendre au Mexique. Mon copain Claude Laguillaumie m'a emmené en voiture jusqu'à Bruxelles. Là, je me suis adressé à une compagnie qui soldait les billets, une sorte de *low cost* avant l'heure. C'était la Loftleidir, une compagnie islandaise qui disposait de quadrimoteurs. Etape en pleine nuit à Reykjavik, puis Reykjavik-New York en passant au-dessus du Groenland. J'arrive à New York. Et, depuis New York, autobus Greyhound jusqu'à Mexico City. Le voyage a duré trois jours et trois nuits, avec des escales de quatre heures, parfois, dans des ranches où l'on se restaurait. Plus on allait au sud, plus il faisait beau et chaud. J'ai ainsi traversé tous les Etats-Unis. On mangeait pour presque rien : d'une cuisse de poulet ou d'un sandwich... Je me souviens d'un endroit superbe, avec piscine, à San Antonio... Il reste qu'en arrivant au Mexique j'étais totalement épuisé.

— Aviez-vous établi un programme ?

— J'ai vu le match d'ouverture au stade de Mexico, et, dès le lendemain matin, j'ai repris un bus, direction Guadalajara, où j'avais établi mon camp de base. Huit cents kilomètres en autobus. Et, de plus, je me trompe d'autobus ! Dans la gare, je suis monté dans un omnibus au lieu de l'express. Nous nous arrêtions tous les dix kilomètres dans les villages. Il y avait des gens qui montaient, qui descendaient, avec des poules. Je suis doublement seul. Pas de partenaire et pas un mot d'espagnol. Je me débrouille. Je me sers beaucoup de mes mains pour me faire comprendre. Et je prends le risque maximum : je mange comme les Mexicains. Dix francs par jour, avec le risque de la turista. Arrivé à bon port, je retrouve les journalistes du *Miroir du football*, François Thébaud, le rédacteur en chef du magazine, et l'un des pigistes, Norbert, qui m'héberge dans sa chambre car, évidemment, je n'ai pas assez d'argent pour me payer l'hôtel. J'ai sur moi ma série de billets, les moins chers, dans les virages. Il allait falloir que je feinte doublement. Voici comment j'ai procédé. D'abord, je me suis habillé comme un prince : blazer bleu, avec un écusson français, chemise et cravate de la Fédération française. Avant de monter dans le bus de la presse, il y a l'armée qui contrôle tout. Je monte et je cours au fond du car pour m'asseoir, en misant sur le fait que jamais un contrôleur ne va se compliquer la vie au point d'aller au fond d'un car de journalistes étrangers pour vérifier l'identité d'un passager. Au besoin, je brandis une espèce de carte tricolore et je file aussitôt car je n'ai pas la moindre accréditation. Premier arrangement... Deuxième truandage : ne jamais rester dans le virage. Premier match à Guadalajara : Brésil-Tchécoslovaquie. J'arrive assez tôt. Les contrôles ne sont pas trop stricts. J'enjambe les barrières entre les divisions des tribunes. Puis j'arrive dans la tribune officielle. Au préalable, j'ai acheté une plaque d'insignes, des espèces de pins. J'arrive, je prends un contrôleur de haut – n'oubliez pas que je suis bien habillé –, et je me présente : « Monsieur, Fédération française de football. » Sur ce, je prenais un insigne et le lui donnais. Le type sourit, agrafe mon cadeau. Je demande : « Je m'assois où ? » Il me désigne une place qui va devenir la mienne : « Ici, monsieur. » Terminé. Pour les matchs suivants, j'arrive toujours très tôt, juste avant les officiels. Et tous ont fini par me saluer. J'avais trente-deux ans. Personne ne représentait la France dans cette coupe du Monde, si ce n'est Georges Boulogne et Fernand Sastre. Je rappelle que la France n'était pas qualifiée pour cette coupe du Monde...

Ce n'est pas fini. Je me suis mis dans la tête d'assister à l'entraînement du Brésil. Celui-ci se déroule au club Atlas de Guadalajara, un club de riches, comme il y en a dans ce pays. J'avais observé que le grand sport des journalistes était de se plaindre de l'organisation. Et tout particulièrement pour l'entraînement du Brésil car chaque demande d'entrée était passée au peigne fin. Les organisateurs étaient extrêmement tatillons. Il vous fallait toutes sortes de documents, photos à l'appui. Moi qui n'étais pas journaliste, je n'avais donc aucune chance de passer. François Thébaud m'avertit : « Guy, tu ne peux pas y aller. Ça fait trois fois qu'on se prend la porte dans le nez. Ils ne laissent passer que quelques Brésiliens... »

Qu'à cela ne tienne, je passe à l'attaque. Je ressors le blazer bleu, la chemise blanche, la cravate de la Fédération, le pantalon gris, les chaussures cirées. Et j'y vais. Je prends la précaution de glisser un billet de cinq dollars – ce qui était énorme pour moi – dans mon passeport. Un sergent commandait le peloton de la garde. Bousculant tout le monde, je vais directement vers lui, et lui donne mon passeport. Et... il ne me laisse pas passer ! Non, il me fait passer !

Et là, je me retrouve dans l'un des endroits les plus séduisants que j'aie vus de ma vie : le camp d'entraînement du Brésil. Celui de Pelé, de Tostào, de Gerson, de Rivelino, de Jairzinho, etc. Les radio-reporters brésiliens font un grand folklore. Ils traînent des fils et des micros dans tous les sens. L'un d'entre eux tient en main cinq micros. L'autre jette ses fils par-dessus le mur. Ils font tous ensemble le reportage en direct. J'apprends que dans les usines de Rio, de Sao Paulo, de Bahia, les ouvriers arrêtent de travailler à l'heure de l'entraînement de la « seleçao ». Pendant deux heures, toutes les radios détaillent la séance.

Un exercice amuse beaucoup les joueurs brésiliens : à une vingtaine, ils forment un grand cercle autour du rond central, et, en jouant par paire – Pelé est avec Gerson, Carlos Alberto avec Jairzinho, etc. –, ils se renvoient le ballon en l'air par-dessus le centre de leur cercle qu'ils ont marqué par un sac. Et leur grand plaisir, c'est de faire se toucher deux ballons en l'air. Et tout le monde est plié de rire. La séance se termine toujours par un quinze contre quinze, d'un quart d'heure. En plus des vingt-deux joueurs rentrent les kinés, le médecin, les entraîneurs et le cordonnier. C'est un match de rigolade absolue entre une équipe qui joue torse nu et l'autre qui porte le maillot du Brésil.

— Et Pelé, au milieu de tout ça ?

— Il joue, joue, joue... Il dribble, dribble... Il est comme un fou. Il participe pleinement à ce match de mômes, où rien n'est tactique, rien n'est technique. Certes, il y a eu, au début des séances de tirs au but, des coups francs, et aussi un travail par ateliers. Je vois ainsi deux ou trois joueurs s'isoler. Et je constate que Rivelino, parfois, est seul. Il pose un ballon au sol, s'en éloigne, prend un élan fou, arrive à fond, pique le ballon et le voici qui commence à travailler des feintes, des dribbles...

L'ensemble est absolument surprenant. Je suis sous le charme. Pelé ? Tous les petits Mexicains, tous les radio-reporters ne regardent que lui. Pelé le sait. L'air de rien. Il finit par frapper et le ballon s'envole derrière les buts. Et derrière les buts, il y a le vestiaire. Pelé a choisi de s'éclipser... discrètement.

J'ai assisté encore à l'entraînement brésilien lorsque, rentrant de la coupe du Monde, en Argentine, je suis allé à Botafogo, en 1978. Mario Zagalo, l'entraîneur-joueur le plus titré de l'histoire du football, quatre fois vainqueur de la coupe du Monde en 1958, 1962, 1970 et 1994, en était le patron. Eh bien, même chose, entraînement par petits groupes, par ateliers, un pour les tirs, un pour les dribbles, un pour les sauts, un pour le jeu de tête. Et les joueurs décident d'eux-mêmes de changer de programme. Et, toujours, l'entraînement se termine par un jeu. De même qu'ils sont systématiquement disponibles pour au moins une radio. De grands enfants. De grands professionnels. De grands artistes ? Des Brésiliens, quoi...

— Cherchez-vous à parler avec Pelé, lors de cette coupe du Monde 1970 ?

— Non, je n'essaie pas de parler aux joueurs. Je cherche avant tout à ne pas me faire prendre et à regarder de tous mes yeux. Je voulais visualiser Pelé. Sa technique, depuis, je la connais par cœur. Il y a une chose, une seule, qu'il ne savait pas faire...

— Dites-nous vite laquelle ?

— Eh bien, il était maladroit avec l'extérieur du gauche. Personne ne l'a jamais dit. Sinon, il était exceptionnel, tout était parfait : l'intérieur coup de pied, l'extérieur du droit, le jeu de tête, le contrôle aérien, où il était très en avance, la vitesse d'exécution, le dribble, la course... C'est lui le meilleur joueur de tous les temps. Au Mexique, j'ai vraiment été ravi.

Toutefois, j'ai été vraiment concerné par un détail économique : les journalistes, quand ils mangent ensemble, divisent systématiquement la note. A ce rythme, j'étais ruiné en deux jours. Donc, j'ai commencé par demander : « Faites-moi la note sans le vin. » Car je ne buvais pas une goutte de vin à ce moment-là. Je n'y arrivais toujours pas. J'ai fini par manger un seul plat par jour. Et j'ai attrapé la turista, le soir de la finale Brésil-Italie...

— A part ça, quelle leçon tirez-vous de la coupe du Monde 1970 ?

— Ce que j'en garde, c'est l'aspect essentiel du football : la technique, le rapport joueur-ballon. Mais je savais cela depuis toujours, depuis les Rémois de la grande époque, les Kopa, Glovacki, Piantoni... Si vous avez des rapports magiques avec le ballon, meilleurs que ceux des autres, ceux-ci ne peuvent pas vous battre... sauf s'ils vous cassent. C'est pourquoi dans mon entraînement j'ai toujours placé des séances techniques longues, fouillées, répétitives.

— Pelé, le plus grand, mais juste après lui, qui placeriez-vous ?

— Il y a eu Johann Cruyff, une sorte de Pelé blanc, par l'aspect complet de sa technique et de son abattage. Il était moins magique, mais à mon avis à peu près aussi efficace. Mais moins magique, parce que Pele était vraiment beau. Il montrait de l'élégance dans tout ce qu'il faisait. Mais Cruyff n'était pas laid, évidemment : il avait la tête haute, le torse droit, et il voyait tout le jeu. Il semblait toutefois décomposer plus ses gestes que Pelé qui, ramassé, jaillissait comme une espèce de diable de sa boîte. Je ne voudrais pas enfoncer des portes ouvertes, mais dans la catégorie de joueurs hors normes, il y a Kopa, Platini, Zidane, et si vous ajoutez Beckenbauer, Di Stefano, Puskas, Maradona, Ronaldinho, Eto'o, vous avez la liste des plus grand artistes de toute l'histoire du foot.

— Et qu'est-ce qui distingue ces types-là des autres ?

— Déjà, ils n'ont aucun problème dans leur rapport avec le ballon. Ils s'y prennent toujours du bon côté. Ils sentent l'ensemble du jeu, ils savent où sont leurs adversaires, où sont leurs partenaires. Ils ne font jamais un contrôle orienté du côté où il y a un adversaire. Ils sentent plus vite, ils ont un instinct, quelque chose qui n'est pas appris. J'ai fouillé les dribbles de Kopa de très près : il dribblait autour de ses adversaires, mais jamais il n'allait du côté où il y avait un pied pour lui prendre le ballon...

# 24

# BABY-FOOT AVEC CHARLES DE GAULLE

Dominique GRIMAULT — Une figure a dominé votre vie comme elle a impressionné celle des Français, et notamment ceux de votre génération : Charles de Gaulle...

Guy ROUX — J'ai rencontré le général de Gaulle... sur Radio-Londres. J'avais quatre ans. Ce n'est pas lui qui parlait mais, dans l'esprit de mes grands-parents qui m'envoyaient coucher le soir, avant d'écouter le message de la France libre, c'était de Gaulle qu'ils écoutaient. En 1943, notre instituteur appliquait les directives de Vichy et nous parlait du maréchal Pétain ; mais, en sous-main – ce qui était très dangereux –, il nous parlait déjà du général de Gaulle, comme le curé nous aurait parlé de Jésus-Christ. Dès la Libération, à l'école, on s'est mis à peintre des draps en drapeaux tricolores, avec la croix de Lorraine, et des drapeaux anglais, américains et russes.

Mais j'ai surtout vécu le retour du général de Gaulle, de très près, en 1958. Mon éducation ou ma scolarité secondaire – les deux peut-être – m'avaient amené à penser, sans être vraiment de gauche, que le colonialisme n'avait aucun avenir. Ce point de vue n'était pas alors majoritaire dans le pays. J'avais assisté, en 1956, à une réunion électorale où un socialiste, Gérard Vee, grand personnage du département – qui arrivait sur la scène en chaise roulante, car il avait été victime de la polio –, avait développé le programme de Guy Mollet : « Paix immédiate en Algérie. Rappel des soldats. Retrait des crédits. » Et quinze jours après, quand les socialistes avaient gagné les élections, le programme était devenu « Cent millions de francs, cent mille hommes, rappel des troupes des réservistes. » On fermait des boulangeries dans les villages pour envoyer des hommes en Algérie. La France était dans l'impasse avec des gouvernements qui changeaient sans arrêt. Et, tout d'un coup, il y a eu le général de Gaulle. Celui-ci a commencé par aller dans le même sens que ses prédécesseurs, celui d'une victoire militaire et d'une pacification. Sur le plan militaire, il a vaincu, mais pour le reste, il n'a pas gagné le cœur des Algériens. Comme j'étais membre de l'UNEF, je savais qu'on chassait des gens de chez eux pour les regrouper dans des camps, afin qu'ils ne puissent pas alimenter le FLN. Ce qui revenait à se faire beaucoup d'ennemis dans la population. Je n'ai pas cru un seul instant qu'on garderait nos colonies. Le général de Gaulle a dénoué cette situation au prix de beaucoup de souffrances, notamment des rapatriés, et plus encore des harkis. Mais le maintien d'une présence militaire en Algérie aurait provoqué sans doute une guerre de cent ans, ce qui aurait été pire.

J'ai donc toujours suivi le général de Gaulle. J'ai continué à approuver sa politique d'une façon générale. Et quand on fait le bilan, quand son fils Philippe tire, dans un livre, le bilan de l'action de son père – la Sécu, le Concorde, la conquête spatiale –, on comprend pourquoi le Général fut un très grand homme d'Etat. J'ai connu des gens qui étaient très proches de lui. Pierre Lemarchand, député de l'Yonne, marié à la fille du ministre des Finances de 1945, M. Lepercq, cosignataire de la création de la Sécurité sociale avec Ambroise Croizat, le communiste. Pierre Lemarchand était un ancien résistant authentique ; il s'était fait arrêter par les Allemands à seize ans et demi, s'était évadé, avait fait la guerre avec le général de Lattre de Tassigny dans la première armée. Ensuite, il avait été rappelé pour participer à la lutte contre l'OAS.

Député de l'Yonne, il avait dans son cabinet d'avocats Charles de Gaulle, le petit-fils du Général. Et un jour, Charles de Gaulle est venu à Auxerre défendre une cause. Il était tout timide pour sa première plaidoirie. Le président de la cour lui demanda : « Pardonnez- moi, je n'ai pas entendu votre nom...

— Charles de Gaulle.

— Et moi, Jean XXIII ! »

Le Charles de Gaulle en question, après la plaidoirie, alla voir le président et mit sa carte d'identité sur la table. Etonnement du président : « Vous êtes parent ?

— Je suis le petit-fils. »

Pierre Lemarchand, en qualité de député de l'Yonne, a énormément aidé l'AJ Auxerre en s'occupant des affectations militaires des joueurs du club à Monéteau, proche d'Auxerre. Il était essentiel que nos joueurs ne s'éloignent pas à cause de leurs obligations militaires. Au fil de ces relations, je m'étais lié d'amitié avec lui, et ce fut encore grâce à lui qu'un jour et j'ai joué au Baby-foot avec Charles de Gaulle !

— Etre gaulliste, qu'est-ce que cela peut signifier en 2006 ?

— J'ai hérité de mon grand-père, de mon père, et de mon instituteur une éducation qui privilégie un grand amour de la liberté, de la République et de la laïcité. J'ai reçu également au départ une éducation religieuse avec un curé hollandais. Je reconnais au général de Gaulle, dans des circonstances constamment difficiles et scabreuses, de ne s'être jamais écarté de la volonté de maintenir les principes de la démocratie. Rappelez-vous ce qu'il déclara – en tenue civile – lors d'une conférence de presse : « Croyez-vous que c'est à mon âge que je vais devenir dictateur ? » Cette réponse aux sempiternelles accusations de la gauche avait fait rire tout le parterre de journalistes. Mais sa réponse tenait dans le fait qu'il s'était fait élire chaque fois que c'était possible ; et qu'il s'est retiré avec dignité dès qu'il a été battu. Je pense aussi que Michel Debré, qui était un de ses hommes de confiance, a dû écouter ses conseils avant d'écrire notre Constitution qui fonctionne toujours en 2006. Je suis, oui, un admirateur de l'œuvre du général de Gaulle, de certains aspects de sa personnalité de sa probité, par exemple. Mme de Gaulle faisait ses courses sur ses propres deniers, en dehors des repas officiels. Jamais les de Gaulle n'ont fait réparer leur propriété de La Boisserie par les maçons de la République. La preuve, c'est qu'elle était très abîmée quand le Général est décédé. Personne n'a jamais pu discuter cela. Et, pour ma part, je suis admiratif.

— Vous avez aussi beaucoup apprécié sa manière d'apprivoiser les médias...

— Je me suis inspiré de lui, c'est exact, à ma manière, à mon niveau, bien sûr. Je ne manquais jamais les conférences de presse du Général ou les discours dans les villes qu'il visitait. Il soignait la mise en scène, avec les ministres assis à côté de lui, et les journalistes en face ; ainsi que le scénario, avec des questions préparées et présentées à l'avance... et puis celle qui n'avait pas été posée, ou dont il voulait parler et que tout le monde attendait. Il avait beaucoup d'humour. Dans l'assistance, il y avait des journalistes de toute opinion, et souvent de gauche, ou des Américains qui ne l'aimaient pas. Ceux-ci posaient des questions sur des sujets scabreux : la réconciliation avec l'Allemagne ou la guerre d'Algérie. Et lui alternait avec habileté la tenue de général de 1944, avec les grandes poches, le képi et les deux étoiles, ou la tenue civile. Quelle que soit la tenue, il imposait sa prestance. Mais ce qui m'a particulièrement touché, c'est sa recherche du vocabulaire, admirable, avec ses mots qu'il lançait à la cantonade : la *chienlit*, un *quarteron de généraux rebelles*, etc. Après lui, il n'y a eu que Mitterrand pour la qualité de son français.

— N'avez-vous pas été considéré pendant longtemps comme un homme de gauche ?

— Quand j'étais étudiant, oui, j'étais membre de l'UNEF, qui était hostile à la guerre d'Algérie. J'ai défilé contre les généraux du putsch. La préfecture de Limoges m'avait d'ailleurs engagé à la prudence. J'étais catalogué de gauche aux Renseignements généraux. L'UNEF était à gauche, et ses dirigeants – Wallon, le président – ont été des militants du parti socialiste par la suite. Mais j'étais de gauche uniquement sur la décolonisation. Le général de Gaulle a réglé en deux ans, de façon magistrale, tous les problèmes des colonies françaises, l'Algérie en quatre ans.

Quand je suis entré sous les drapeaux en 1962, j'avais donc un dossier des RG qui me suivait. Le colonel m'a interrogé à ce sujet. C'était un homme très droit qui avait fait – comme mon père – l'Allemagne, l'Indochine, l'Algérie. Je lui ai répondu : « La guerre d'Algérie est finie. La politique est terminée pour moi. »

Par la suite, les racines familiales ont agi en moi : mon père était colonel, son père était colonel. Mon grand-père, côté paternel, était paysan avec dix-sept frères et sœurs enfants. Ils souffraient de la famine l'hiver et ils n'étaient pas partageux. Ils avaient un lopin de terre et ils le cultivaient pour survivre. Partager la terre était inenvisageable pour eux. Mon grand-père m'avait bien expliqué ça : c'était un libéral qui ne pouvait pas accepter le collectivisme. J'ai étudié le marxisme, comme tout le monde en classe de philosophie. J'avais un professeur qui n'était pas marxiste, mais qui nous l'expliquait bien. Mais moi, je n'y ai jamais cru. J'ai toujours pensé que l'initiative était mue par l'intérêt personnel. Après des voyages dans les pays communistes, en observant la dérive des libertés dans ces pays, je n'ai pas pu accepter le communisme. J'en ai beaucoup parlé avec Serge Mésonès. C'était intéressant, parce qu'il vivait ça au plus haut niveau français. Il était aux prises avec des contradictions. Et comme il était très intelligent, ça l'engageait à des réflexions. Il m'a demandé deux fois d'aller à la fête de l'Huma pour animer des débats sportifs. Puisque tout le monde venait dans notre stade, je me suis dit simplement que je devais aller à la fête du parti communiste. Sans adhérer pour autant.

— Justement, est-ce que vous avez été tenté un jour d'adhérer à un parti politique ? Est-ce que vous vous sentiez attiré par un parti plutôt qu'un autre ?

— Non, à cause de ma profession. Mais j'ai fait partie de la liste des candidatures municipales de 1965, de Pierre Lemarchand, une liste gaulliste, contre Jean Moreau, le maire sortant qui était, lui, centriste, exactement indépendant paysan. C'était un bon maire de l'époque, mais il ne voulait pas refaire nos terrains de football, il ne voulait pas investir dans le sport. Il m'a dit : « Si vous n'êtes pas content, présentez-vous contre moi. » Et je m'étais présenté contre lui. On a été battus parce qu'il était très bien implanté. Mais ça ne faisait rien. L'essentiel est bien qu'il ait bâti les terrains par la suite. Ce fut ma première et unique expérience. Je ne me suis plus jamais engagé politiquement.

## 25

# JOSPIN, MON COPAIN DE RÉGIMENT

Dominique GRIMAULT — Gaulliste donc, vous êtes et le resterez. Mais vous n'avez jamais rencontré le Général. En revanche, vous avez croisé plusieurs fois Georges Marchais et sympathisé avec Lionel Jospin. Expliquez-vous...

Guy ROUX — Dans les années 1970, Georges Marchais était une vedette médiatique, comme il n'y en a plus dans le monde politique actuel. Or, il venait tous les ans à la chasse dans l'Yonne, un lundi de janvier, avec Serge Mésonès et Guy Fernandez, le député européen. Les cadres du parti communiste et de la CGT, tels Georges Séguy, Valbon, Gayssot, étaient présents, et d'autres, dont les noms m'échappent. J'arrivais au moment du casse-croûte à 9 heures. Il s'agissait d'une chasse au sanglier. Pas de fusil pour moi, car je ne suis pas chasseur. Le matin, j'étais à l'affût avec Georges Séguy qui était un excellent conteur d'histoires, et que j'aimais faire parler sur les grandes grèves. Deuxième casse-croûte à 13 h 30, et, croyez-moi, ils ne buvaient pas que de l'eau ! L'après-midi, j'allais avec Marchais. Gayssot, très intelligent, ne le quittait pas d'une semelle. J'assistais en fait à la grande récréation annuelle du Parti communiste français.

Or, un jour, Robert Herbin, l'entraîneur des Verts de Saint-Etienne, est renvoyé par le maire communiste stéphanois, M. Sanguedolce. Et moi, je pars au quart de tour et je déclare à l'AFP : « Si en plus les communistes se mettent à licencier, où va-t-on ? »

Lorsque j'arrive au casse-croûte, tout le monde me fait la grimace. Il y en a même un qui me dit : « Ne va pas voir Marchais, il va te taper dessus... »

Georges Marchais aimait aller au Parc des Princes où il bénéficiait d'une invitation dans ce qu'on appelle la « corbeille ». Mais les Parisiens font le vide autour d'un type qui ne leur plaît pas. Ils ont eu la même attitude vis-à-vis de Tiberi et de Jospin. En ce qui concerne Marchais, c'était un *no man's land*, personne à son côté, ni à droite ni à gauche. Marchais était avec son chauffeur ou avec un copain, et, moi, j'avais honte pour le football. J'allais donc m'asseoir à côté de lui, ce qui devait accréditer l'idée que j'étais de gauche. Un jour, la France était menée 2 buts à 0 par la Belgique. Il me dit : « Oh ! là, là ! c'est mal parti ! » J'ai dit : « Non, non, vous allez voir, on va gagner 3 buts à 2. » Ce qui s'est réalisé. Au coup de sifflet final, Marchais s'est levé et a dit : « Guy Roux l'avait prédit. »

— Vous aviez donc de bons rapports avec lui ?

— Oui, parce que je n'ai jamais essayé de me faire passer pour ce que je n'étais pas. Je n'ai pas discuté de politique avec Marchais, pratiquement pas. Mais je lui ai fait raconter une visite à Moscou. Ça m'intéressait beaucoup. On parlait de campagne électorale. Et de football, car il aimait vraiment le jeu, comme un spectateur de base. Il connaissait moins bien le football que Jospin, mais mieux que Mitterrand.

— Voulez-vous nous parler de Lionel Jospin ?

— Lorsque j'étais au CIDB de Trèves, je dirigeais l'entraînement de l'équipe de football entre 11 heures et

13 heures. Suivait le déjeuner. L'équipe de basket connaissait le même régime de faveur, et son capitaine était Lionel Jospin. Vous pensez bien qu'à l'époque il ne portait pas l'étiquette « futur Premier ministre, futur candidat à la présidence de la République ». Nous avions vingt-cinq ans, nous étions sursitaires, alors que les autres avaient dix-neuf ans en moyenne. Les équipes de foot et de basket partageaient parfois le même bus quand nous allions jouer contre des équipes allemandes ou des équipes de Lorraine. Un dimanche sur deux, en retour, nous recevions une équipe, même civile, à l'intérieur de la caserne, parce que cela constituait un spectacle pour deux mille soldats qui n'avaient pas le droit de sortir. Et, parfois, Lionel Jospin assistait au foot. Il me l'a rappelé bien plus tard : « J'étais autour du terrain et on allait boire une bière, après, au foyer. » Mais nous n'étions pas intimes. Or, un jour, *L'Express* raconte la vie de Jospin et publie une photo de l'équipe de basket du CIDB de Trèves. Je le reconnais dans le groupe. L'AJ Auxerre joue à Toulouse pendant une campagne électorale où il se présentait contre Dominique Baudis. Et dans le couloir, après le match, j'entends une voix : « Mais oui, c'est mon camarade de régiment. » C'était Jospin avec des photographes. Il est venu dans le vestiaire, on a reparlé de Trèves. A ce moment-là, il devait être premier secrétaire du parti socialiste. Je l'ai retrouvé au Parc des Princes. Nous avons sympathisé. Il m'a donné le numéro de sa secrétaire personnelle et m'a aidé pour régler quelques mutations de femmes de joueurs qui étaient dans l'enseignement.

Puis sont arrivées les présidentielles. Lors d'une soirée à l'Abbé-Deschamps, Jospin vient et il annonce sa candidature sur France 2. Je l'invite ainsi qu'Henri Nallet, député de Tonnerre, et Daniel Vaillant, à venir boire un pot après le match. Nous sommes donc dans mon bureau avec une bouteille de chablis ouverte, quatre verres, et je propose : « On va faire un petit pari : un repas. Si vous êtes élu, on mange tous les quatre à l'Elysée aux frais de la République. Si vous n'êtes pas élu, puisque c'est moi qui ai lancé le pari, on mange ici, dans l'Yonne. Je choisirai le restaurant. » Le résultat est celui qu'on connaît. Donc évidemment, le lendemain, j'évite de me manifester. Mais, quelques mois plus tard, je l'appelle et on se retrouve à Joigny chez Lorrain, à la Côte Saint-Jacques, avec Nallet, Jospin – Vaillant n'avait pas pu venir – et Gérard Bourgoin. Nous déjeunons et il nous annonce : « Dans dix-huit mois, ce sera les législatives. La gauche les gagnera et je serai Premier ministre. » Pendant ce repas, qui s'était terminé à 17 heures, on avait refait la France. Nous avions parlé du chômage, de l'Education nationale, des sociétés anonymes en sport...

Ensuite, il devient donc Premier ministre. Je ne le dérange pas ; je suis conscient de sa responsabilité. Et puis, je n'ai aucune raison de le faire. Mais lorsque j'arrête d'entraîner, en 2000, il m'invite à Matignon. Je croyais que nous partagerions un repas avec Mme Buffet, ministre des Sports, et trois ou quatre autres convives, afin de parler des dossiers de sport. Pas du tout. Tête-à-tête, servis par des marins, car ce sont les marins qui font la cuisine à Matignon : il paraît que ce sont les soldats qui savent le mieux faire la cuisine...

— Mais quel était le motif de cette invitation ?

— Ce qui l'intriguait, c'est la raison de mon arrêt. De son côté, il avait arrêté la politique une première fois, et il souhaitait comparer la situation psychologique dans laquelle j'étais avec la sienne. Ce fut vraiment un repas très sympathique. J'étais quand même un peu ému de rencontrer le Premier ministre. Il y avait des caméras, tout le monde se demandait ce que je venais faire à Matignon... Est-ce que je n'allais pas être ministre des Sports ?

Ensuite, je le revois à l'occasion de la finale de la coupe du Monde 1998. Il est l'invité de PPDA qui présente le journal de 20 heures. Patrick Lelay, président de TF1, me prie d'accueillir Lionel Jospin et sa femme à la sortie de leur voiture. Je fais alors la connaissance de Mme Jospin, que je n'avais jamais vue.

Il faut que nous montions au dernier étage où le studio est installé. Le Stade de France n'est pas terminé. La moitié des ascenseurs n'existent pas. Nous montons donc à pied, et comme elle a une robe longue, je tiens la robe. Nous parlons :

« Vous avez connu Lionel au régiment ?

— Oui.

— Comment était-il ? »

Je ne savais pas quoi répondre. Et puis j'ai dit :

« Il était tondu. Il n'avait pas ses belles boucles. Nous étions dans la cavalerie. Nous étions tous tondus à ras pour qu'il n'y ait pas un cheveu en dehors du képi. En dehors de ça, il était comme moi, il était un sursitaire et il aurait préféré être ailleurs. »

Enfin, nous l'avons invité à Auxerre pour un match, et nous avons dîné avec M. Patriat, président du conseil général socialiste, dans le meilleur restaurant d'Auxerre. C'était une table de dix, avec l'adjointe aux Sports, Mme Richer ; Safia Otokoré, qui est l'ancienne épouse de Otokoré, mon joueur ; le maire de Saumur-en-Auxois, vice-président du conseil régional ; Jean-Claude Hamel, le président de l'AJA. Et tous ces gens mélangés vivent un repas de trois heures très, très animé. Lionel Jospin est alors dans la période ancien candidat battu de la présidence. Il est très détaché, très courtois, très cultivé.

Dans le domaine précis du football, il est certainement l'homme politique français qui connaît, qui sent le mieux le jeu. Je me souviens que le jour de notre déjeuner à Joigny nous avions parlé de la juge norvégienne, Eva

Joly, qui avait dit la veille à la télévision : « Je peux faire mettre n'importe quel homme politique du pays en prison en une heure. » Et Lionel Jospin m'avait répondu : « Je l'ai entendue car c'était à la mi-temps du match Lyon-Monaco, que j'ai regardé. » Et nous nous sommes mis à parler du match. Il connaissait les vingt-deux joueurs. Je lui ai demandé : « Connaissez-vous les miens ? » Il m'a dit : « Bien sûr. Et ceci, depuis vingt ans. » Il n'a jamais utilisé cette connaissance sur le plan électoral. Parfois, les hommes politiques s'inspirent de Napoléon qui, lorsqu'il s'en allait voir un régiment, connaissait par cœur, ou presque, le pedigree de chaque soldat : « Vous, vous étiez à Austerlitz. Je vous ai vu. Vous êtes un brave ! » Dans le cas de Jospin, c'était impromptu. Il ne pouvait pas avoir inventé qu'il avait regardé le match la veille. Nous avons également parlé des salaires, du départ des joueurs en Angleterre à cause de la défiscalisation. Je lui disais : « Bien sûr, je ne peux pas vous demander d'enlever les impôts aux Français qui gagnent le plus. » Il m'a répondu : « Ce n'est pas dans la culture ni dans l'histoire fiscale des Français. Les Anglais ont une autre histoire fiscale qui leur vient des rois d'Angleterre, et ils prélèvent l'impôt à la source. »

— Sérieusement, avez-vous eu l'ambition un jour de devenir ministre des Sports ?

— Oui, quand François Mitterrand a proposé le poste à Michel Hidalgo. Et puis, j'ai réfléchi : la tâche d'un ministre, c'est 90 % d'administration et 10 % de visites protocolaires. Les 90 % d'administration, c'est beaucoup plus ennuyeux que ce que je fais actuellement. Reste les 10 %. J'ai vu Jean-Pierre Soisson travailler. Les visites, c'est plutôt amusant, mais il est clair que je peux me rendre au même endroit, pour mon compte, en étant libre d'aller où je veux, quand je veux, avec qui je veux.

Un jour, Jean-Pierre Soisson m'a contacté : « Vous pourriez être député européen, sur la liste de droite.

Vous êtes né à Colmar et reconnu comme alsacien. Vous êtes entraîneur d'Auxerre et reconnu comme bourguignon. Vous êtes très estimé des Francs-Comtois et de la Haute-Saône. Vous êtes en plein dans la circonscription du Centre-Est ». Et il me précise : « Ça gagne plus qu'un député français. » Ce qui me fait penser : « Oui, mais ça gagne beaucoup moins qu'un entraîneur de football. » Et je n'en ai plus reparlé. Il m'a prévenu, par gentillesse, ensuite : « Je n'ai pu poursuivre mon idée vous concernant – et que plusieurs de mes collègues partageaient en haut lieu – parce qu'il aurait fallu vous mettre à l'écart de la liste des grands militants. »

Aujourd'hui, je ne suis pas sûr que j'aurais envie de me lancer en politique. Je préfère ce que je vis, médias et pub. Mais, bon, je ne ferme pas la porte. Il y a une certitude : je serai candidat probablement, en 2008, au conseil municipal d'Appoigny, dont je suis déjà membre.

## 26

# UNE FORCE TRANQUILLE À CHÂTEAU-CHINON

Dominique GRIMAULT — Est-ce que nous nous trompons si l'on vous dit que vous avez éprouvé de la fascination pour François Mitterrand ?

Guy ROUX — J'ai abordé François Mitterrand lorsque nous étions en deuxième division. J'avais commencé à chercher des lieux de stage pas trop onéreux et pas trop éloignés d'Auxerre, car certains de mes joueurs exerçaient encore un métier. Je cherchais un lieu en moyenne altitude. Et j'ai trouvé le Haut-Follin à 902 mètres. L'hôtel le plus proche était à Château-Chinon, et j'ai choisi le Vieux Morvan. Le maire du village séjournait dans l'établissement. C'était Mitterrand. Nous étions en 1975-76. Il était le grand vainqueur du congrès d'Epinay et avait en main le parti socialiste. Il était également conseiller général et membre du conseil économique et social de la Bourgogne. Au printemps 1974, il avait été battu à la présidentielle par Valéry Giscard d'Estaing. Il était dans la soixantaine.

Je rencontre l'hôtelier, je regarde les chambres qui étaient des chambres d'un deux étoiles, très sommaires, sans douche, avec un lavabo, et W-C dans le couloir. Un établissement très propre avec une vue magnifique sur le Morvan depuis chaque fenêtre. Un beau village, avec ses toits gris. Un terrain de football honnête avec des vestiaires corrects. Je me suis dit : « Pour des stages de deux ou trois jours, cela devrait aller. » Il y avait surtout la montagne, les sentiers, l'altitude. Un décor superbe. Nous venons donc quelquefois en stage, et je commence à mieux connaître M. Mitterrand. Une fois, il est arrivé de Paris le soir, et un des joueurs occupait « sa » chambre. Il a fallu insister pour qu'il accepte que le joueur lui rende sa place habituelle.

Je l'ai toujours appelé « Président ». Il était toujours seul. Enfin, façon de parler, car que ce soit au bistrot ou au restaurant, il était sans cesse entouré par beaucoup de gens, des conseillers généraux, des hommes politiques... Et ils étaient à la table à côté de nous. Notre table de quinze était servie à toute allure, et il mangeait ensuite avec ses invités ou ses collaborateurs.

L'été, nous prenions le café sur la terrasse. Et, là, il me disait : « Monsieur Roux, venez avec nous. » Et nous parlions un peu de foot. Et moi, un peu de politique avec lui. Un jour, il nous a rendu visite à l'entraînement. Je m'en souviens bien. Il voulait nous remercier car j'avais invité les gars de Château-Chinon à venir jouer avec nous, c'est-à-dire que nous avions partagé les équipes comme dans une cour d'école. Nous avions mis cinq joueurs d'Auxerre avec cinq joueurs de Château-Chinon dans chaque équipe. Il est venu au stade, et il s'est assis avec moi sur le banc. C'est à ce moment-là qu'il m'a dit : « Vous savez que j'ai tapé dans le ballon au collège de Jarnac. » Il m'a ensuite posé des questions sur le football professionnel, sur l'argent, sur beaucoup de choses. On parlait à bâtons rompus, et il relançait toujours la conversation. Il s'intéressait vraiment aux choses. Il m'a interrogé sur ma famille. C'est là que je lui ai dit : « Mon père est officier. Il a fait les enfants de troupe. » Il m'a répondu : « J'ai eu également beaucoup d'officiers dans ma famille. » Il avait notamment un frère amiral, c'est pourquoi il connaissait très bien le milieu militaire.

Nous avons créé ainsi une vraie relation humaine. Lorsque la date des présidentielles 1981 s'est approchée, – au moment où il allait révéler s'il serait candidat ou non –, je lui ai dit : « Monsieur le Président, il ne faut pas qu'il y ait d'équivoque entre nous. Vous me manifestez beaucoup de sympathie et je suis très flatté, parce que je n'ai jamais connu un homme politique, en dehors de Jean-Pierre Soisson. Mais je dois vous dire que je vote à droite. Et que si vous vous présentez, je ne voterai pas pour vous. Ça ne me gênait pas jusqu'à présent, car je ne vote pas dans la Nièvre. Mais si vous allez à la présidentielle, je ne peux pas faire l'hypocrite et dire : "Ah, on a gagné !" et venir boire le champagne avec vous si vous gagnez.

— Je comprends, sourit-il. Mais dites-moi que vous ne voterez pas pour l'extrême droite.

— Non. Pour la droite républicaine.

— Je m'en doutais. Sachez que vous n'êtes pas dix parmi les gens que je connais qui m'ont dit cela. Et pourtant, à chaque élection, ils sont plus de dix à ne pas voter pour moi ! Rassurez-vous, cela n'enlèvera rien à la qualité de nos relations. » Mais, tout de même, il a fait certaines choses par la suite auxquelles je ne m'attendais pas.

— Lesquelles ?

— Nous sommes en 1981. Je connaissais les élus de la Nièvre et la sous-préfète, Béatrice Marre, aujourd'hui députée de Picardie. Les élections approchaient. Jean Glavany m'appelle à 12 h 30 au stade. Il se présente :

« M. Roux, je serai le futur chef de cabinet du président Mitterrand, quand il sera élu. Pour l'instant, je m'occupe de sa campagne. Est-ce que vous pourriez venir à Château-Chinon lundi, parce que nous avons reçu une demande du *Times* de Londres pour que François Mitterrand apparaisse avec une équipe de football. C'est pour la page une du *Times* de Londres.

— Prenez l'équipe de Château-Chinon, dis-je.

— Non, l'équipe d'Auxerre a de l'allure. Elle est connue. Vous comprenez bien que, pour nous, c'est mieux. Elle est appréciée en Angleterre. Et puis, c'est une équipe de première division française.

— Oui, mais vous savez, mon président, Monsieur Hamel, est conseiller municipal de Jean-Pierre Soisson, et politiquement ça ne va pas être facile.

— Ce n'est pas une obligation. Faites comme vous pourrez...

— Je vous rappelle ce soir. »

C'était vers le 20 avril. Le 10 mai, il y aurait le deuxième tour de l'élection et la victoire qu'on connaît... Nous sommes allés au stade de Château-Chinon. Entraînement normal. Gérard Bourgoin nous avait donné des maillots neufs avec sa marque floquée, car il exportait pour la première fois en Angleterre, malgré Mme Thatcher. Que La Chaillotine soit connue grâce à la page une du *Times* de Londres n'était pas innocent. C'était mon excuse vis-à-vis du président Hamel pour le cas où... L'entraînement a commencé et, tout d'un coup – comme dans le Tour de France –, un véritable convoi est arrivé, avec des voitures de Europe 1, RTL, France Inter, et de la presse étrangère, et encore toutes les télévisions.

J'ai dit aux joueurs : « Tiens, le maire vient nous rendre visite. » Je les ai rassemblés dans le rond central. Arrivée, salutations. Serge Mésonès n'était plus là, mais ceux qui étaient de gauche, dans l'équipe, jubilaient. Lorsque nous avons fait la photo avec un ballon dans la main, j'ai observé : « Monsieur le Président, regardez comme le football est beau ! Ce côté-là pour vous, le côté gauche. Et pour moi, c'est le côté droit. Ça symbolise toute la politique. »

Il m'a interrogé : « Il paraît que vous avez des Polonais. »

J'ai appelé Wiejorek.

François Mitterrand l'a regardé dans les yeux :

« Monsieur, vous êtes de l'équipe nationale de Pologne. D'où êtes-vous exactement ?

— De Cracovie, monsieur.

— Ah bon, je suis allé à Cracovie. La situation en Pologne est sérieuse, mais ça va s'arranger. Vous verrez. La France aime beaucoup votre pays. »

Ce jour-là, il a tenu un discours de chef d'Etat. Il y avait là toute la presse internationale et il traitait du problème polonais sur le terrain de foot.

J'ai continué l'entraînement, et nous nous sommes rendus ensuite au Vieux Morvan. Là, il m'a présenté Jean Glavany. Béatrice Marre était présente. Puis il m'a dit : « Voilà, je vais être président de la République, il n'y a aucun doute. Les sondages, c'est une science assez exacte, et il y a assez d'écart pour vous dire que je vais être élu. » Il a ajouté : « Si vous avez un problème grave – il n'a pas dit *délictuel* –, un problème avec notre administration, par exemple, ça peut arriver, eh bien, appelez Jean Glavany qui sera mon chef de cabinet. » J'ai pris le numéro et je suis devenu ami de Glavany ce jour-là, et je le suis toujours, ainsi que de Béatrice Marre. A partir du moment où il est président de la République, je ne le rencontre que lors des deux finales de coupe de France de 1994 et de 1996. J'ai peu affaire à lui. Il m'aide dans le cadre d'un dossier administratif. J'ai appelé Béatrice Marre qui nous a orientés vers le chef de service d'un ministère qui a examiné le dossier et corrigé l'erreur.

— Avez-vous eu d'autres contacts avec François Mitterrand ?

— Un jour, Jean-Pierre Soisson est devenu ministre de gauche, avec le portefeuille du Travail, sous Rocard, dans le cadre de l'ouverture. Je vis alors un moment délicieux, lorsque nous dînons à la préfecture de l'Yonne après un match. Il y a Henri Nallet, ministre de la Justice, Roger Bambuck, ministre des Sports, et Jean-Pierre Soisson, ministre du Travail. Roger Bambuck remarque : « Henri, toi tu représentes le château ; Jean-Pierre, toi tu es l'ouverture ; et moi, je suis la société civile "noire". » Il y avait aussi le préfet et Jean-Claude Hamel. C'est à cette époque que François Mitterrand a décidé de venir faire un discours au théâtre d'Auxerre, sur le thème, devenu fameux, de « L'argent en dormant », au sujet des spéculations en Bourse.

Durant l'été, il avait été prévu que le Président atterrirait avec son hélicoptère à la gendarmerie d'Auxerre. Ils avaient tout repeint dans cette perspective. Mais, de mon côté, avant de partir en vacances, j'avais appelé Béatrice Marre, qui était devenue sa chef de cabinet, et je lui avais suggéré : « Est-ce que le Président ne pourrait pas atterrir au Centre de formation, au milieu d'un terrain ? Avec les jeunes, il recevrait un accueil comme il n'en a jamais eu, au lieu d'être toujours entouré par des gendarmes.

— Mais vous êtes fou ! m'avait-elle répondu. Changer quelque chose vingt jours avant la visite, alors que le protocole travaille là-dessus depuis trois mois et qu'ils ont envoyé des émissaires sur place ! Il y a trois cents policiers. Tout est préparé, et l'itinéraire est établi au millimètre. Les greniers sont visités. Le déplacement d'un chef d'Etat est extrêmement lourd : on tient ça de l'Ancien Régime, quand le roi se déplaçait. Vous ne pouvez plus le changer.

— Et lui, il peut le changer ?

— Ah ! lui, il peut tout !

— Demandez-le-lui. Il m'a promis que si je voulais lui demander quelque chose, je pouvais essayer. Je ne l'ai pas beaucoup dérangé ces dernières années. S'il me dit non, je ne deviendrai pas pour autant un anti-Mitterrand viscéral. Je le comprendrai, surtout après ce que vous venez de m'expliquer. »

Elle me rappelle très vite et me dit : « Vraiment, vous, je ne sais pas ce que vous lui avez fait. Il vient au Centre de formation. » Et là, je glisse à *L'Yonne républicaine*, avant de partir en vacances : « Je crois que le Président va venir au Centre de formation. » Et les journalistes écrivent : « Guy Roux prend ses rêves pour des réalités. Il veut faire poser l'hélicoptère du Président sur son terrain. Pour qui se prend-il ? » Sur ce ton-là, vraiment. Bref, ils se moquent un peu. Au retour de mes vacances au Kenya, j'ai un problème terrible : grève des aiguilleurs du ciel en France. Donc j'achète un autre billet d'avion – moi l'Harpagon des Guignols – pour un vol Mombassa-Londres-Bruxelles. Je loue une voiture à Bruxelles et j'arrive à minuit à Auxerre, la veille du voyage de François Mitterrand. Tout de suite je vais au Centre de formation et je vois dans la cour deux camions de CRS. Et je me dis : « J'ai gagné. Il va se poser où je le souhaitais. » Mais ce que je ne savais pas, c'est que les responsables de la sécurité avaient recommandé : « Pas de drapeaux, pas de bouquets de fleurs. » Naïf, j'ignorais qu'on pouvait cacher une bombe dans un drapeau ou un bouquet ! J'avais commandé vingt petits bouquets de fleurs, comme on en faisait le 14 Juillet avec mon instituteur à la Libération, avec des bleuets, des marguerites et des coquelicots. Mon fleuriste m'avait dit : « C'est très difficile ! », mais je lui avais dit : « Décarcassez-vous. Composez des bouquets tricolores. » Il avait un peu triché, oublié les coquelicots et mis des œillets à la place...

Il y avait aussi un bouquet de roses rouges pour Béatrice Marre qui devait être dans l'hélicoptère présidentiel. Mes gamins tenaient donc les bouquets tricolores à la main. J'avais mis des drapeaux dans les filets. Un peu comme l'accueil du général Leclerc à Strasbourg à la Libération, tel que Hansi l'avait dessiné. Le Président était ravi.

A sa descente d'hélicoptère, un de nos garçons, qui était un petit Espagnol, un fils d'immigrés, lui a lu un texte d'accueil d'une dizaine de lignes des jeunes Français étrangers du Centre qui étaient honorés d'accueillir le président de la République française. François Mitterrand, sincèrement ému, a dit : « Je n'ai jamais eu un accueil comme ça. » Et le protocole est entré en fureur parce que trois minutes avaient été prévues pour l'atterrissage et que le Président est resté... trente-cinq minutes à discuter avec les gamins. Il demandait aux petits Africains d'où ils venaient, et leur disait : « Je connais bien votre chef d'Etat... »

Puis, alors qu'on le tirait par la manche, il est enfin monté en voiture pour aller faire son discours au théâtre municipal. Comme il était déjà en retard avant d'arriver au Centre, beaucoup de monde attendait. Pas moins de dix ministres, car le Président devait prononcer un grand discours, un peu sur le modèle gaulliste. Attendaient aussi la télévision et la foule, dans toute la remontée de la rue du Pont. Les écoles primaires étaient sorties, bien sûr, mais sans petits drapeaux. Dommage, moi je trouve ça bien. Il faut, de temps en temps, faire une messe de la République. La République doit avoir des rites, et d'ailleurs, elle en a. L'Elysée, c'est un rite : c'est le palais. Le peuple a besoin d'une image du pouvoir.

C'est à ce moment-là que j'ai montré aux responsables de l'Etat le schéma d'une petite aire de jeu que j'avais copiée en Yougoslavie : un terrain en synthétique entouré d'un muret et d'un grillage avec des petits buts et des panneaux de basket à hauteur variable sur les poteaux. Il y avait là MM. Joxe, Nallet, Soisson, Bambuck, Bianco, et le directeur des Sports, Graillot, qui nous avait mis jadis un but en CFA avec Nevers. Et j'ai souligné : « Vous feriez un truc comme ça dans toutes les banlieues, après l'école, vous auriez cent gamins qui viendraient jouer : des petits et des grands. Les ballons ne sortent pas, donc, pas de casse. C'est très pratique et très costaud, en béton armé : ils ne peuvent pas le vandaliser. Vous pouvez mettre deux mètres de grillage et des filets au-dessus. »

Quelques semaines plus tard, pendant l'été, un drame survient : à Mantes-la-Jolie, une policière et un jeune Algérien sont tués par balles, lors d'une mini-émeute de quartier. L'opinion s'enflamme alors, mais pas trop les banlieues. J'étais à l'entraînement, et, à la fin de celui-ci, Jean-Louis Bianco m'appelle et me dit : « Pouvez-vous venir à Paris et déjeuner avec moi à l'Elysée ?

— Mais il faut deux heures, monsieur... Laissez-moi le temps de venir...

— Ça ne fait rien. Venez, venez. Ne vous occupez pas de la vitesse. » Donc je monte à Paris. A peu près une heure et demie après, j'étais à l'Elysée. J'étais attendu à la porte par l'huissier, qui me conduit directement dans le salon de Bianco. Il me dit : « Vous voyez, c'est ici qu'on vivait pendant la guerre du Golfe. Il y avait une permanence, parce que nous avions des soldats engagés là-bas. Il y en avait une aussi au ministère des Armées. » Nous déjeunons normalement, et il me dit : « Qu'est-ce que vous nous avez montré, le jour où nous sommes venus, à Auxerre ? Vous avez vu ce qui se passe dans les banlieues. Le Président m'a demandé d'étudier la question. J'en ai parlé avec Bambuck qui s'est rappelé votre histoire, mais sans les détails. Décrivez-moi ça. » J'ai pris un crayon et j'ai dessiné un modèle. Je lui ai donné le prix :

« Ça vaut un demi-million de francs. Il faudrait faire financer ça pour moitié par les collectivités locales et pour l'autre moitié par l'Etat.

— A votre avis, combien en faudrait-il en France ? m'a-t-il demandé.

— J'ai entendu à la radio qu'il y avait quatre cents quartiers sensibles. Il faut en faire mille, deux par quartier...

— C'est facile, il y a un budget, me dit-il.

— Simplement, dis-je, il faudra motiver tout le monde. Je vous fais le pari que toutes les municipalités vont vouloir en prendre, parce que toutes, ou presque, rencontrent des problèmes avec les jeunes. Tout le monde sera content si vous financez 50 % comptant !

— Bon, merci, je vais en parler au Président. »

Il me rappelle le soir même à Auxerre où j'étais déjà revenu, vers 17 heures : « J'en ai parlé au Président, il dit que l'idée est bonne. Il en a parlé à Michel Charasse. Celui-ci va lancer des calculs. Bambuck est d'accord, et c'est Graillot qui sera le maître d'œuvre. Il paraît que c'est votre ami d'enfance.

— Non, pas d'enfance, mais de jeunesse. Il jouait avant-centre dans une équipe rivale, et j'allais manger avec mon équipe chez sa maman qui tient un restaurant à Vauzelle, près de Nevers.

— Eh bien, alors, tout va bien. Attendez, nous vous rappellerons. »

Quelques jours plus tard, il est de nouveau au bout du fil : « Est-ce que vous pouvez monter jeudi chez Delebarre, le ministre de l'Equipement ?

— Non, pas jeudi, mais ce soir...

— Ça tombe bien. Il est parti à Dunkerque. Il va revenir. Rendez-vous à 21 heures. Ça vous va ?

— D'accord. »

Je conduis mes deux entraînements. A 21 heures, je suis chez Delebarre. Je lui explique le problème. Je fais mon croquis. Il estime aussi que c'est intéressant. Charasse annonce : « J'en fais cinq cents cette année. Je débloque les crédits immédiatement. Le 15 novembre, je ramasse les copies. Tous ceux qui n'ont pas dépensé les crédits, je les reprends. Comme ça, il y a une date butoir. »

C'est parti dans les régions, mais pas tout droit. Il y a eu des concours. Le projet a été détourné par endroits. Certains ont voulu utiliser du bois. Il en a été construit mille cent cinquante en deux ans. En somme, cela a été ma plus grande œuvre. J'avais une autre idée : « Dans un département, par exemple, le conseiller technique départemental prend dix footballeurs chômeurs dans les quartiers, au sein des nationalités ou des ethnies du coin. Il leur donne une formation d'éducateurs, payés au SMIC, avec des CDD, transformables en CDI s'ils passent les examens. Ces dix-là peuvent recruter chacun dix jeunes footballeurs, chômeurs du quartier. Dix fois dix, ça fait cent, plus les dix ça fait cent dix, et plus le CDD, ça fait cent onze. Bien entendu, dans certaines régions, le football sera l'objectif, dans d'autres le rugby, le ski, le basket, et ainsi de suite. Ça faisait un budget considérable qui se comptait en milliards, mais moins cher que le prix de la guerre du Golfe. Cela n'a pas eu de suite.

J'ai encore rencontré M. Mitterrand en 1994 pour la finale de la coupe de France contre Montpellier. Je suis dans le protocole, il vient et me salue : « Bonjour, monsieur Roux. Vous savez où j'étais ce matin ?

— Non.

— A Château-Chinon.

— Heureux homme !

— Non, il pleuvait. »

Nous étions sur le terrain, sous un parapluie, entourés de micros. C'était la dernière fois.

27

# LE PHÉNOMÈNE TAPIE

Dominique GRIMAULT — A la fin des années 80, un homme nouveau, très nouveau, débarquait dans le football professionnel français : Bernard Tapie. Vous souvenez-vous de votre premier contact avec lui ?

Guy ROUX — Je prends un avion, un dimanche. Destination : Marseille. Dans cet avion, se trouvait Bernard Tapie qui n'était pas encore président de l'Olympique de Marseille. Je l'ai salué. On a échangé quelques mots. Il était sur le point d'acheter le *Phocéa*. Gaston Defferre lui avait proposé de reprendre le club. L'homme m'a intéressé dès le premier instant : sa manière de s'exprimer, son enthousiasme, et cette force de persuasion qui vous pénètre comme un poignard. J'ai vu ça chez lui, dès le premier jour.

Ensuite, il a pris l'OM, et il est devenu un adversaire. Vu la puissance de ce club, sa tradition, le savoir-faire de plusieurs entraîneurs et la qualité des joueurs qu'il a su faire venir, Tapie est rapidement devenu l'un des présidents clés du championnat, avec, à l'époque, MM. Bez, Borelli, Lagardère et Campora. La place de leader du championnat de France n'était pas gagnée d'avance. Tout le monde connaît peu ou prou toutes les aventures qu'il y a eu sur le chemin de la première place. Il y a toujours eu des rumeurs, et celles-ci, bien sûr, ne me passaient pas au-dessus de la tête. Il y a des rumeurs qui passent et, comme dirait Raymond Devos, « les doutes qui planent ». Mais tout cela ne fait pas des certitudes, ne fait pas des aveux, ne fait pas des coupables. Un fois, on m'a prévenu que certains de mes joueurs avaient été approchés par l'Olympique de Marseille avant un match... Or, ce match, nous l'avons gagné 4 buts à 0 ! Une autre fois – c'était au moment où tout le monde pensait qu'il mettait de la « mort au rat » dans les jus de fruit de tout le département, nous avons passé trois buts aux Marseillais, et, de plus, au stade Vélodrome. Donc, à part ce qui a été démontré par la justice, je ne peux rien dire sur Bernard Tapie. Lors de l'affaire VA-OM, j'étais membre du conseil d'administration de la Ligue. Noël Le Graët a d'abord envoyé deux délégués civils à Valenciennes diligenter une enquête, juste après le match. L'un d'eux s'appelait M. Halphen, juge d'instruction de métier. Ils se sont rendus au Novotel et ont demandé : « Donnez-nous les fiches de téléphone. » Le directeur a répliqué : « Je n'en ai pas le droit. » Ils sont revenus voir Le Graët qui a décidé : « Mettons cette affaire entre les mains de la justice. Elle seule peut agir. » Je me suis tenu au courant au jour le jour, au cœur des instances fédérales. Et je crois à toutes les conclusions de justice, rendues publiques par la suite. Pour tout le reste, je m'en remets à la sagesse de Georges Boulogne qui nous avait dit : « Quand vous perdez 3 buts à 0, ne dites pas que l'équipe adverse s'était dopée. Car la semaine d'après, si vous gagnez 3 buts à 0, vous serez obligés de prétendre avoir mangé des nouilles... »

Mais je reviens à Tapie. Il est truculent, fascinant, agréable. On peut rire avec lui.

Un jour, l'OM nous rend visite à Auxerre. Comme je suis un peu facétieux aussi, je place deux parpaings sous mon banc pour être plus haut que lui. Evidemment, avant le match, il s'en aperçoit : « C'est un scandale !

dit-il. Tu rehausses ton banc ! Tu veux voir mieux que moi ! » Je lui ai répondu : « Votre majesté, c'est pour être à votre hauteur. Vous êtes ministre. » Il a rigolé. On en est restés là. Il aimait bien des histoires comme ça. Il a un amour fou de l'activité, de la vie, de l'aventure. Il a aimé le vélo avant d'aimer le foot. Il n'a sûrement jamais fait de vélo. Mais il n'a pas fini de nous amuser...

— Pensez-vous que le passage de Bernard Tapie dans le football français a constitué un bien ou un mal ?

— Je ne pense pas qu'on puisse dire de quelqu'un qu'il est un bien ou un mal. Tapie a réalisé des choses qui ont fait progresser le football français. Il a été de ceux, après le Reims de Henri Germain et Albert Batteux ; le Saint-Etienne de Roger Rocher et Robert Herbin ; et même, un peu, le Bordeaux de Claude Bez et Aimé Jacquet, qui a fait croire aux Français qu'ils pouvaient gagner. Personne n'osait. Les Français étaient toujours « petits bras ». Lui n'a pas été « petit bras ». Ensuite, la légende s'est emparée de lui.

— Si Tapie vous avait demandé d'être l'entraîneur de son OM ?

— Je ne serais jamais allé à l'OM, parce que Bernard Tapie faisait l'équipe... Il arrivait à 17 h 30, la conférence était finie, l'équipe était donnée. Il prenait un chiffon, il effaçait tout, il composait une autre équipe. Moi, je n'aurais pas toléré ça plus d'un samedi. Donc j'aurais été son entraîneur un seul match ! En fait, il prenait tout à son compte. Un jour, Marseille nous recevait, et jouait le titre, tandis que le PSG jouait à Lens. Il fallait aux Marseillais un résultat nul pour être sacrés champions. Nous étions à égalité, mais nous dominions la fin de la rencontre. Nous sortions vraiment le gros match. Imaginez : le stade Vélodrome plein à craquer avec le titre pour enjeu. Dans ce temps-là, le banc était enterré à Marseille. Ils ont changé ça il y a deux ou trois ans. Toujours est-il qu'à l'époque je me plaisais à dire : « Marseille est la ville où on enterre les entraîneurs. » et j'ajoutais : « L'architecte qui a mis l'entraîneur au fond du trou, il faudrait le jeter en prison. Comme ça, tout le monde sera à son niveau. » C'est d'ailleurs pourquoi, à Marseille, sur la fin, je ne m'asseyais jamais sur le banc. Je prenais une chaise pour être à hauteur du terrain. Mais, dans ce temps-là, pas question ! trop dangereux ! Il y avait des projectiles qui jaillissaient des tribunes. Durant les dix dernières minutes, où l'on additionnait corner sur corner, j'étais monté sur l'herbe, j'étais à moitié à quatre pattes, à moitié accroupi, et j'encourageais les joueurs à pleins poumons : « Allez, allez, il faut tenir ! » Et lui, il était dans la fosse à côté et je l'entendais hurler : « Gros con ! Rentre dans ta niche ! Descends ! » Et puis quand le match s'est terminé, les Marseillais étaient champions, il est venu m'embrasser, tout à sa joie. Mais, au moins, nous avions tout tenté pour gagner.

Reste que ce jour-là on leur a fait un joli coup : on a immédiatement échangé les maillots, juste à la fin du match. Et ils ont fait quinze minutes de télévision avec... nos maillots sur les épaules.

— Un coup prémédité de la part de Gérard Bourgoin, sponsor du club, on suppose ?

— La Chaillotine était très contente, c'est vrai. Les Marseillais ont fait tour d'honneur sur tour d'honneur. Une autre anecdote du même genre. Je crois que le score était de 0-0... mais là, c'est Marseille qui nous dominait à mort dans les dernières minutes. Les joueurs réclamaient des penalties. Ça plongeait, ça plongeait, et ça replongeait... Et sur une dernière tentative de plongeon, les Marseillais entourent l'arbitre M. Bouillet pour réclamer une faute et une sanction contre nous... Mais Bouillet reste inflexible. Nous amorçons une contre-attaque avec Vahirua et Otokoré. Tous les deux passent le dernier défenseur et ils filent au but. Dans la même seconde, Vercruysse fauche l'arbitre ! Et celui-ci, couché, siffle un grand coup. Aussitôt, je pousse un hurlement à son intention : « C'est la loi 18 ! Quand on fauche l'arbitre, il y a coup franc au milieu du terrain. » A ce moment-là, il n'y avait que deux ballons disponibles, celui du match et un de secours. Coup franc pour nous, donc. Et je crie à Matysik, mon joueur polonais qui se trouvait au milieu du terrain : « Mets la balle à côté du poteau là-bas, à gauche, le plus loin possible. » Et Matysik a trouvé une touche, comme on fait au rugby. Derrière, je crie à Bouillet : « Ça suffit ! Ça suffit ! » Il a sifflé la fin. On avait tenu notre résultat. Je crois que Bouillet n'a plus jamais accepté d'aller arbitrer à Marseille.

— En matière de transferts, comment Tapie se conduisait-il ?

— Sur le plan du respect des contrats, c'était un modèle. Je veux dire que si vous deviez avoir une échéance le 28, elle n'arrivait pas le 29, elle arrivait le 27. Oui. Aucun souci avec lui. Personne ne l'a jamais dit. On a toujours soupçonné des irrégularités. Mais il y a des choses simples qui sont difficiles à obtenir chez les petits, et qui se passent bien chez les très grands. Avec Tapie, ces choses-là n'ont jamais fait problème.

— On vous trouve très indulgent avec Tapie ?

— Ecoutez, c'est un homme doté d'une énergie incroyable, d'un très grand courage. Je pense qu'il a été bien traité en prison mais je doute fort que ce soit la même chose qu'une semaine sous le soleil, à Saint-Barthélemy ! Il est resté quelques mois derrière les barreaux. Il en est ressorti intact. Il a la pêche. Il avance. Il a des côtés positifs. Il a été un ministre de la Ville avec des idées, dont certaines ont été reprises ou le seront. Il n'est pas aussi négatif qu'on le dit. Il a un langage vrai. Il connaît la banlieue car il est du Bourget. Ce n'est pas du bluff. Moi-même, si vous me demandez de parler d'Appoigny, ou même du monde agricole de l'Yonne, je vais savoir quoi dire, alors que je n'ai jamais semé des petits pois depuis l'âge de neuf ans. Pour tous les hommes, il y a une part d'ombre et une part de lumière. Tapie a une très grande part de lumière et une certaine part d'ombre.

28

# LE JOUR OÙ J'AI RÉVEILLÉ PLATINI

Dominique GRIMAULT — S'il est un joueur qui a marqué à jamais l'histoire du football français, c'est bien Michel Platini. Quel type de relation avez-vous entretenu avec lui ?

Guy ROUX — J'ai rencontré Michel Platini pour la première fois à Fontainebleau au stade de la Faisanderie. Il disputait un match amical avec l'équipe de France militaire. Lucien Troupel, l'entraîneur, m'avait prévenu : « Regardez bien le numéro 10. Il est très bon. » Platini faisait à l'époque ses débuts à Nancy. En une heure et demie, j'avais compris son talent. Après, je n'ai eu aucun rapport avec lui, sinon d'adversaire à adversaire, avec Nancy d'abord, puis avec Saint-Etienne. En général, je le faisais marquer en individuel par Dominique Cuperly. Bien entendu, il détestait ça. Ma définition du marquage individuel, c'était que l'attaquant devait sentir l'haleine du défenseur sur sa nuque et sa pointe de soulier sur ses talons. Mais ça ne devait jamais aller plus loin... C'était une forme de privation de liberté.

Platini possédait l'arme meurtrière avec ses coups francs brossés. Ça se passait toujours de la même façon : avec sa trajectoire de feuille morte, il plaçait une balle par-dessus le mur, et le ballon tombait dans le but. Ou bien, si le gardien s'en allait pour aller le chercher, il utilisait l'espace libéré.

Pour essayer de parer à cette menace, j'avais imaginé une tactique : je plaçais le gardien au milieu du but et je demandais aux défenseurs de former un double mur, à trois et trois, couvrant les deux poteaux. Je me disais que le gardien, au milieu de sa cage, aurait une bonne vision et n'aurait que trois mètres cinquante à faire de chaque côté pour aller chercher la balle. Une fois, nous avons travaillé l'exercice toute la semaine, le matin même du match, à côté de l'hôtel. Match le soir à Saint-Etienne et pas seul un coup franc ! Je l'aurais presque regretté...

Puis vint le France-Pays-Bas qualificatif pour la coupe du Monde 1982. Michel Hidalgo, patron des Bleus, jouait sa carrière à quitte ou double. Battu, il était remercié. J'étais très ami avec lui, et il m'a demandé que l'AJA serve de sparring-partner à l'équipe nationale, à huis clos, au Parc des Princes, trois jours avant le grand rendez-vous avec les Pays-Bas. Hidalgo ne m'avait rien précisé mais j'avais annoncé à mes joueurs : tacle interdit. Je m'étais dit : « Celui qui casserait Platini aujourd'hui serait tristement célèbre pour le restant de ses jours. » Nous avons joué ce match, arbitré par Henri Emile, dans un Parc des Princes complètement vide, et, avec Platini à la baguette, nous avons encaissé une lourde défaite, 6 buts à 1. Après, la France a battu la Hollande et assuré sa qualification pour le Mondial espagnol de 1982.

— Oui, avec un but superbe de Platini, sur coup franc...

— En Espagne en 82, puis au Mexique en 86, j'étais un Français comme des millions d'autres, supporter de Platini. Je suis persuadé que sa blessure au tendon nous a sans doute coûté la coupe du Monde au Mexique, ou au moins une place en finale. Après, je l'ai retrouvé sélectionneur. Il a fait jouer un très grand nombre d'Auxerrois, Cocard, Vahirua, Martini et Cantona. J'avais des rapports sains avec lui, d'entraîneur de club à sélectionneur national. Je répondais à ses questions sur la forme de mes joueurs quand il m'interrogeait. Aucun conflit.

Nous avons ensuite longuement travaillé en commun dans le cadre de la commission Sastre, avec pas loin de vingt séances. Cette commission a mis en place les structures du football français actuel, tant sur le plan administratif que financier. A la suite de l'élimination de la coupe du Monde 1994, Roger Bambuck, ministre des Sports, avait décidé de remettre le football national sur les rails. Il avait lancé cette opération avec Fernand Sastre, Michel Platini, Michel Hidalgo, Georges Boulogne, Jean-Michel Aulas, M. Delelis, ex-ministre du Commerce, maire de Lens, ainsi que des inspecteurs de son propre ministère.

Michel est venu ensuite avec le Variétés Club de France à Auxerre, et on l'a intronisé pilier chablisien. Puis il a démarré une carrière politique. Il me surprend car il est très efficace, va très vite et monte très haut, beaucoup plus que je l'avais imaginé. Il est lancé dans sa finale pour la présidence de l'UEFA contre Franz Beckenbauer. Car je suis persuadé que Beckenbauer va se présenter, malgré le flou qu'il entretient sur sa candidature. Je sais par exemple que Beckenbauer a emmené Basile Boli avec lui dans quelques pays d'Afrique, durant l'hiver 2005. Ils ont visité quatre pays, dont le Togo...

Platini est toujours tranchant et pertinent dans ses déclarations. Je le vois sur Canal dans la ligue des Champions : compétent et malin, en somme, très intelligent. Sa position de candidat à l'UEFA lui commande quelques retenues : il s'est imposé un devoir de réserve.

En vérité, pas de rapports personnels avec Michel. Je connais bien mieux son père, Aldo, qui était attaché à l'AS Nancy-Lorraine. Bruno Martini était troisième gardien de l'AJA, derrière Joël Bats et Didier Loiseau, et cela me contrariait beaucoup parce que ce garçon avait un grand talent. Je cherchais donc un club où il serait second. Or, un matin, j'achète *L'Equipe* et je lis : « Nancy cherche un gardien de but. » A 7 h 15, j'appelle Aldo Platini. Et je tombe sur un jeune homme endormi qui me dit : « Mon père est parti chercher les croissants. Rappelez dans une demi-heure. » J'avais réveillé Michel Platini. Il n'y en a pas eu beaucoup qui ont dû le réveiller à cette heure matinale. Donc j'ai rappelé Aldo Platini qui m'a dit : « Je connais Martini, parce que vous l'avez pris, son profil m'intéressait beaucoup. Envoyez-le-moi. » A 8 heures, j'avais réveillé Bruno Martini qui a sauté dans sa Renault 5. Je l'ai habillé de pied en cap : des gants neufs, une nouvelle tenue. Il est arrivé à Nancy à midi, il a joué l'après-midi et il a été embauché le soir même. Un mois plus tard, Jean-Michel Moutier se déchirait un tendon et Bruno devenait gardien de première division. Je l'ai laissé finir cette année-là, plus une année. Ensuite, il est devenu titulaire pendant cinq ans à l'AJA. Fabien Cool vient de battre son record du nombre de matchs joués.

— Revenons à Michel Platini et à son talent exceptionnel pour tirer les coups francs. Quelle explication avez-vous ?

— C'est un pur geste technique. La qualité de celui-ci peut varier selon les hommes, de l'excellent au très mauvais. Des très bons joueurs peuvent avoir des lacunes : un seul pied, par exemple. Platini excellait dans l'art de donner une trajectoire courbe et assez forte à un ballon à environ vingt-cinq mètres du but, le ballon montant à deux mètres de haut à dix mètres de l'impact, avant de retomber ensuite. Il avait travaillé tout particulièrement la frappe, à l'instigation de son père qui était entraîneur. Il a souvent raconté que sa première cage de but c'était la porte de garage familial. Il a dû répéter beaucoup de frappes. Ensuite, il y eut les fameux mannequins fichés dans une boîte lestée qui permettait de travailler avec un mur factice et mobile. L'idée de Claude Cuny, le président de l'AS Nancy-Lorraine, a été reprise, mais mal, par différents fabricants, et ça constitue un manque pour les éducateurs. Le tireur de coups francs à la Platini, aujourd'hui, c'est le Brésilien Juninho. Il a le même talent que Michel.

29

# 1998 : NOTRE AIMÉ NATIONAL

Dominique GRIMAULT — Le 12 juillet 1998, c'est une date à jamais inscrite dans la mémoire collective. L'équipe devenait championne du monde et un homme attrapait sa belle étoile : Aimé Jacquet. Parlez-nous de lui.

Guy ROUX — J'ai connu Aimé très tôt. Il débutait à Saint-Etienne quand j'étais à Limoges, dans les années 1960. Il était très mince, posé. Puis il a été entraîneur de Lyon et de Bordeaux. Nous étions amis parce qu'il était sympa, toujours disponible. A la réunion des entraîneurs de Division 1 et de Division 2, il était l'un des rares qui me saluaient. Je les ai retenus à vie, ceux-là, avec, entre autres, José Arribas et Pierre Flamion. J'accompagnais Aimé, et parfois Michel Hidalgo, à Orly lorsqu'ils prenaient l'avion, après nos réunions. Pour le choix du sélectionneur de l'équipe de France, en 1993, je ne dirai pas que c'est moi qui l'ai choisi, mais j'ai soufflé à Noël Le Graët, alors président de la Ligue, que c'était un excellent choix.

Je comprends très bien Aimé Jacquet car nous partageons beaucoup de principes, même si la vie nous a un peu séparés. Premièrement, il considère que la modestie et même l'humilité sont des bases nécessaires et que l'orgueil divise l'homme par deux. Sa deuxième valeur fondamentale est le travail. Il accomplissait sa mission dans la constance. Il envoyait ses assistants sur tous les terrains pour des matchs en France, mais aussi à l'étranger... Il y avait déjà des joueurs français en Italie et en Angleterre. Ils étaient observés toutes les semaines. Bref, il était renseigné de manière permanente et précise. Il a, de cette façon, limité les erreurs. En plus, les joueurs français qui jouaient dans les grands clubs italiens ou anglais voyaient arriver avec plaisir un entraîneur national français de la DTN. Lorsqu'ils étaient sélectionnés, ils étaient moralement intégrés. Son staff était excellent, avec Roger Lemerre, l'ancien entraîneur du Bataillon de Joinville. Le même genre d'homme que lui : très consciencieux, très rigoureux, très droit, très juste, immédiatement estimé par tous les joueurs. Dans une épreuve comme la coupe du Monde ou l'Euro, les lendemains de match sont difficiles pour ceux qui n'ont pas joué. Il faut qu'ils accomplissent un entraînement dur, alors qu'ils sont un peu déçus. L'épreuve doit être présentée par un homme positif. Marc Bourrier excellait dans ce domaine, du temps de Michel Hidalgo. Il y avait Philippe Bergeroo, l'entraîneur des gardiens ; Henri Emile, l'intendant qui était à la disposition des joueurs et organisait les cantonnements et les déplacements. Une équipe technique de grande valeur peut vous conduire à la victoire ; ce fut le cas ici.

— La victoire de 1998 a-t-elle été un accident de l'histoire, ou la preuve d'un véritable progrès de la France et du jeu à la française ?

— Les équipes de France à succès ont toujours possédé au moins un grand joueur : il y a eu l'ère Kopa, puis l'ère Platini et puis l'ère Zidane. C'est le premier élément, mais ce n'est pas le seul. Il faut ensuite du travail, beaucoup de travail. Enfin, la coupe du Monde 1998 a eu lieu sur notre sol. Avantage considérable.

L'équipe de France s'est trouvée, petit à petit, portée par le peuple, vivant au cœur de la nation. Rappelez-vous les déplacements de l'autobus de l'équipe de France, au milieu d'une foule serrée et enthousiaste. Les joueurs ont été complètement transcendés. Ce fut donc une affaire bien menée, avec un groupe de bons joueurs – plus un joueur exceptionnel, Zidane – encadrés par une équipe technique qui maîtrisait son sujet.

Il faut rappeler pourtant que certains journalistes ont maltraité Aimé Jacquet, notamment le principal journal sportif de ce pays. Il y a eu un million six cent mille exemplaires vendus le lendemain de la finale, mais les deux principaux spécialistes de football de ce journal n'ont pratiquement plus écrit sur notre sport à partir de ce jour-là. Ils avaient tellement accumulé les critiques que cette victoire en coupe du Monde les a pris à contre-pied. D'ailleurs l'un des directeurs a avoué : « Notre journal n'était pas, à ce moment-là, en phase avec l'opinion. »

— Pourriez-vous préciser en quoi consiste l'avantage de jouer en son pays ?

— Quand on gagne grâce à un but en or contre le Paraguay, à Lens, la France est portée par le public, par les quarante mille supporters présents. Si ce match-là s'était tenu au Paraguay, on aurait eu beaucoup moins de chances de le gagner. L'équipe a profité de ce facteur, et elle a eu raison. Je vous parle de l'appui d'un public sain. Or, le public français de la coupe du Monde s'est toujours très bien comporté. Il ne sifflait pas quand l'équipe adverse attaquait. En revanche, il criait très fort dès que son équipe se portait à l'attaque. Quand les décibels montent, les gars le sentent, ils ne peuvent pas ne pas entendre. Il y avait également l'ambiance générale. Les femmes des joueurs pouvaient venir les voir, avec leurs enfants. Ce sont de jeunes papas souvent. Tout était facile à Clairefontaine.

— Comment analysez-vous les effets de cette victoire sur le football français dans son ensemble ?

— Cette victoire a constitué un phénomène de société en France. Le regard porté sur le football a beaucoup changé. Dans l'amour du jeu, nous sommes en retard par rapport à nos voisins. On cite toujours la pression fiscale et les cotisations sociales parmi les handicaps français. C'est vrai, mais il faut noter que nos stades ne sont pas tous pleins. Dans d'autres pays, les spectateurs aiment tellement le football qu'ils acceptent d'acheter des places chères. En France, pour remplir nos stades, nous pratiquons des prix dérisoires pour certaines places. Le peuple italien qui remplit les stades, le dimanche après-midi, n'est pas plus riche que le peuple français, il est même plus pauvre. Et pourtant, le prix d'un billet pour les places les moins chères de Milan est supérieur aux places les plus chères d'Auxerre ! Même chose à Manchester ou à Liverpool. Les gens se privent. Il y a des passionnés à Londres qui n'ont pas de voiture pour payer leur abonnement à Arsenal. Ils disent : « Une voiture ne sert à rien car on ne peut pas circuler dans Londres. Donc, pas de voiture, mais on va quarante fois au stade dans l'année ! »

En Italie, j'ai assisté à des matchs du « calcio », dans différentes villes, à Bergame, à Bari, à Florence aussi. J'étais au milieu des familles. J'avais vu les prix affichés et je leur demandais : « Comment avez-vous fait pour venir ?

— Mais, monsieur, on mange de la viande seulement deux jours par semaine. Et on mange des pâtes les autres jours. Et encore, on achète la farine et on les fait nous-mêmes. »

L'amour du football dans ces pays-là est bien plus fort, plus ancré qu'en France. Grâce à la coupe du Monde 1998, cet amour a augmenté chez nous de 5 % ou 10 %. Il a progressé chez les femmes, mais aussi chez les hommes, un peu. Il y a eu également un phénomène d'identification des immigrés – en France, ils sont cinq millions –, puisque notre équipe comportait plusieurs Antillais, des hommes de souche africaine, et Zidane qui est d'origine nord-africaine. Sur l'instant, il y a eu, je le répète, un phénomène de société qui, depuis, n'a pas été toujours bien digéré. Il y eut, ce fameux 12 juillet 1998, une sorte d'abolition des privilèges, c'est-à-dire d'acceptation des autres. Mais il faudra encore beaucoup de piqûres de rappel.

— Selon vous, quelle a été la part de Jacquet dans cette victoire historique ?

— Aimé a jeté dans cette affaire toutes ses forces, et je pourrais presque dire ses dernières forces. Il s'est défoncé et, ensuite, il ne s'est plus senti en état de continuer. Un peu comme moi qui ai jeté mes dernières énergies en disputant cinquante-neuf matchs durant l'exercice 2004-2005, pour gagner la coupe de France, avant de dire « stop ! » Après la coupe du Monde, Aimé a dit : « Je ne serai plus jamais entraîneur. » Il n'est pas réapparu dans les semaines qui ont suivi. Et, là, on doit lui tirer le chapeau. Son héritier, Roger Lemerre, qui était son second, a géré intelligemment le capital pendant deux ans. Il n'a rien touché et, dans l'élan, il a gagné l'Euro qui était à nos portes. C'était un Euro à demi, à domicile, parce que Bruges est à une demi-heure de Lille par l'autoroute. Donc tout le monde y était : plus de la moitié du stade en bleu, blanc, rouge. Je me souviens de France-Danemark. Le premier match des bleus à l'Euro 2000. Zidane a été formidable. C'est sûrement le meilleur match que Zizou ait jamais fait avec l'équipe de France...

Puis il y a eu la Corée, mais la Corée, ce n'était pas à notre porte ; ni, peut-être, à notre portée...

— L'Allemagne, où se déroule la coupe du Monde 2006, n'est-elle pas à notre porte ?

— Certes, mais on ne peut pas dire que, culturellement, on se sente aussi bien à Stuttgart qu'à Bruges. C'est l'Allemagne, et il n'y aura jamais la moitié d'un stade en bleu, blanc, rouge. Donc, ça ne sera pas facile.

En conclusion, je dirais que les épopées 1998 et 2000 marquèrent l'apogée d'une grande équipe. Il y avait eu une première grande équipe de France, débutée en 1978, qui a connu son pic en 1982, 1984, 1986, soit l'équipe d'Hidalgo-Platini. La deuxième superbe équipe, celle de Zidane, a commencé en 1996 et a connu son sommet en 2000.

— N'oublions pas non plus l'équipe de France de 1958, celle de Batteux-Kopa... Pourquoi, généralement, faut-il attendre vingt ans avant de recommencer une grande histoire ?

— Parce que, chaque fois, il faut se refaire. Et puis il faut une maman Kopa, une maman Platini et une maman Zidane, avec le papa, bien sûr. Car le super joueur, ce sont d'abord des chromosomes, ne l'oublions pas. Observez ainsi le parcours de l'équipe de France dans la course à la qualification pour 2006. Au début, elle s'est passée de ses leaders. Elle a sombré. Elle était partie pour être éliminée. Les patrons sont revenus, à la dernière extrémité, avant la chute. On était au bord de la falaise... Ils sont arrivés, ils ont tiré tout le monde en arrière, et la France s'est qualifiée pour la phase finale.

— Que peut-il se passer après cette coupe du Monde 2006 ?

— A partir de l'automne 2006, ça va être terrible ! Chaque fois, c'est la même chose. Quand les Rémois se sont tous retirés, entre 1958 et 1960, il n'y avait plus personne. Les autres n'avaient que quelques sélections par-ci, par-là. Quand les Platini boys ont pris leur retraite, la génération intermédiaire ne comptait pas les trente sélections nécessaires pour être efficace. Est-ce que Thierry Henry sera un aigle ? C'en est un dans le championnat anglais. Mais l'aigle, c'est celui qui plane au-dessus, celui qui commande tout le monde. Donc l'aigle de l'équipe, ce sera le Zidane suivant. Or, Henry est avant-centre. Donc il dépend des autres. Tandis que tous nos génies étaient meneurs de jeu : Kopa, Platini et Zidane, dans des styles très différents et à des époques différentes, mais tous les trois des numéros 10. Et, pour l'heure, il n'y en a aucun en vue de leur classe...

30

# LA VIE D'ARTISTE

Dominique GRIMAULT — On vous a vu de nombreuses fois en compagnie de Gérard Depardieu. Qu'est-ce qui vous a séduit chez lui ? Son sens du théâtre ? Son goût pour le vin ? Son appétit de vivre ? Sa vie d'artiste ?

Guy ROUX — J'ai connu Gérard Depardieu par Gérard Bourgoin. Il nous a beaucoup suivis en 1996, car il avait tourné un film avec des gamins d'une école communale. Il avait tellement sympathisé avec eux qu'il a voulu les emmener dans notre vestiaire. Ils ont chapardé quelques maillots d'ailleurs. Il nous a accompagnés ensuite en coupe de France. A l'occasion de la demi-finale à Marseille, il était présent la veille. Il nous avait proposé des gardes du corps. Il avait bien fait, parce que, à ce moment-là, le public marseillais était encore plus agité qu'il ne l'est aujourd'hui. Je me souviens bien d'eux. Il y avait un Guadeloupéen dont les oreilles étaient attachées directement aux épaules, tellement il avait un cou énorme. Il pesait cent soixante kilos et mesurait deux mètres : un monstre. C'est lui qui me protégeait. Pour m'approcher, il aurait fallu le découper en bifteck. Justement, j'y ai pensé lors du repas, la veille du match. Une scène digne du *Pantagruel* que j'avais étudié en quatrième. Gérard Bourgoin, lui-même diplômé boucher, tranchait des biftecks d'un kilo et demi environ dans un énorme morceau de viande. Les deux Gérard prenaient des morceaux d'environ deux cent cinquante grammes qu'ils enfournaient d'un coup. L'alcool étant interdit ce jour-là, ils descendaient aussitôt un litre et demi d'eau minérale. Et puis ils reprenaient un deuxième morceau de viande de deux cent cinquante grammes. Deux phénomènes !

Autrement, Depardieu est un homme d'une sensibilité extraordinaire. Son talent, je n'en parle pas. Tout le monde le connaît. Mais il exprime une humanité, un sens de l'entreprise, une envie de créer... Problème : il est dans l'excès, toujours. Il passe d'un bonheur extrême à la plus grande tristesse, comme s'il vivait un film.

Une fois, il me crie, au téléphone : « Mon Guy, tu es la risée de Tout-Paris !

— Ah bon ? dis-je.

— Eh oui, tu as eu un contrat dérisoire pour cette marque-là. Tu gâches le métier, mon Guy !

— Mais je ne suis pas Depardieu, moi. Je ne peux pas prendre huit millions de francs pour un paquet de pâtes !

— Oui, mais quand même, entre Depardieu et Guy Roux, il ne devrait pas y avoir une aussi grande différence. Il faut que tu demandes beaucoup plus la prochaine fois. »

Voilà. Il me téléphonait parce qu'il venait d'apprendre le montant de mon cachet sur une publicité. Je me suis dit : « Tant mieux, comme ça, quand ils vont me reprendre la prochaine fois, ils vont me payer pendant trois ans au lieu d'un. »

— D'autres personnages grand public, à l'instar de Gérard Depardieu, vous ont-ils marqué ?

— Oui, Léo Ferré. Il n'était pas grand public, mais quel talent, quelle poésie, quelle force ! Il y a maintenant une dizaine d'années qu'il est mort, et on en parle comme au lendemain de sa mort, et même mieux encore. C'est un musicien poète et un personnage que j'ai découvert quand j'étais lycéen. Un des pions avait un tourne-disque et une chanson de Léo Ferré parlait du pont Mirabeau : j'ai été séduit dès la première écoute. Je me souviens que j'écoutais Ferré à l'armée, et que ce n'était pas très bien vu car il était considéré comme un artiste engagé. Je l'ai rencontré bien plus tard à l'Alhambra. Je n'étais rien du tout. Je ne suis toujours rien, mais enfin, je n'étais pas du tout connu. Nous étions dix et il a signé ce que je lui avais demandé de signer, mais il ne m'a pas vu. J'étais tombé sous le charme. Dès que j'ai eu quelques moyens financiers, j'ai acheté tous ses disques : Léo Ferré chante Verlaine, Aragon, Baudelaire, ainsi que ses propres textes, bien sûr... J'ai vraiment fait sa connaissance à l'Olympia. J'ai parlé avec lui, car j'étais seul cette fois en sa compagnie. Je me souviens qu'il était furieux parce qu'un gars enrhumé toussait dans la salle. Il m'a parlé de ce genre de chose à plusieurs reprises, au fil du temps, car il avait horreur de ça. Parfois, il disait au gêneur de sortir. Il arrêtait sa chanson : « Allez tousser dehors. » Il entretenait un dialogue viril avec son public. J'allais partout l'écouter : si, par exemple, j'apprenais qu'il donnait un récital à Annecy, je partais en milieu d'après-midi. S'il n'y avait plus de place, j'entrais quand même, car personne ne m'a jamais empêché d'entrer quelque part. Et j'écoutais le récital. Ferré, je l'ai presque pourchassé, pour ainsi dire.

Nous avions un rite dans l'équipe de l'AJA, pour les trajets en autobus, durant les années 70-75. Les joueurs apportaient des cassettes qu'ils donnaient au chauffeur. Sur une heure de parcours, on fonctionnait à la proportionnelle : cinquante-cinq minutes de musique des joueurs et cinq minutes pour celle des entraîneurs. Et je proposais Léo Ferré ; c'est ainsi qu'Eric Cantona est devenu un inconditionnel de Ferré. Je suis allé le voir à l'occasion de l'un de ses derniers récitals à Paris, au petit théâtre Dejazet. Il était très âgé déjà, et malade, sans doute. Il chantait, avec ses textes écrits au crayon de papier sur une feuille qu'il tenait à la main, car il ne les avait plus en mémoire. Personne ne lui en voulait. Les gens au contraire le réclamaient. Et il chantait, il chantait... J'étais arrivé de voyage, comme toujours, et il n'y avait plus de place. Ce fut une soirée extraordinaire. Je me tenais à côté du rideau et c'est moi qui lui servais ses verres d'eau. Je le voyais de profil et je distinguais la salle en même temps. C'est évidemment un des spectacles qui m'a le plus bouleversé dans ma vie. Ce vieux poète mordu, qui aurait pu se satisfaire du nombre de chansons prévues, cherchait les textes en dessous de la pile pour en chanter dix de plus, tous plus beaux les uns que les autres.

Et puis j'ai eu une récompense assez fabuleuse, bien que tragique. Il y a, à côté d'Auxerre, en pays d'Othe – c'est une grande forêt –, un festival de musique et de poésie, initié, monté, tous les ans, par un comité de gens de grande valeur. J'apprends que Léo Ferré va se produire dans leur petit théâtre de verdure, à Saint-Florentin. On avait repris l'entraînement, c'était peut-être un mercredi. Dès la fin de l'entraînement, je plie tout et je fonce. J'arrive deux heures avant. J'étais tout seul. Et puis il est arrivé. Je l'ai salué. Il avait son pianiste. Il a chanté. Il était plus en forme qu'au petit théâtre Dejazet. Il avait un public à 110 % pour lui. Sur les bancs de pierre, il y avait quelques jeunes, mais c'étaient surtout des profs, des personnes aimant la poésie, des gens plus à gauche qu'à droite. Il chantait l'anarchie, mais avec une sensibilité particulière. Il y avait là beaucoup de barbus, des copains que je n'avais pas revus depuis le lycée, quand j'avais raté l'entrée à l'Ecole normale. Ils avaient été reçus, et ils approchaient de la retraite. Ce fut une soirée formidable. Personne ne voulait partir. Ensuite, je suis allé dîner avec lui, à la cantine du groupe scolaire. Nous étions assis sur des petites chaises, ou peut-être les tables étaient-elles pour les petits, un peu basses. Il y avait sa femme, Marie, et son fils, dont j'ai ainsi fait la connaissance. Les musiciens étaient avec nous, naturellement, ainsi que les trois ou quatre dirigeants du groupe de la forêt d'Othe. Le dîner a duré au moins deux heures car, évidemment, on a parlé, beaucoup parlé...

Et l'été suivant, c'est-à-dire onze mois plus tard, il est mort. En novembre, on m'avait prévenu qu'il était malade et qu'il ne voulait pas se soigner.

Dix ans après sa disparition, ils ont organisé, dans le même théâtre de verdure, un récital Léo Ferré avec deux chanteuses et deux chanteurs magnifiques. Bien sûr, j'y ai couru. C'était d'un très grand niveau sur le plan de l'interprétation. On était tristes de ne pas voir Ferré, mais il y avait une nouvelle fraîcheur apportée par d'autres. Sur les cinq cents personnes présentes, quatre cent cinquante étaient du spectacle dix ans auparavant. Léo Ferré a été un artiste, un homme qui a suscité une vraie passion chez ceux qui l'ont aimé, et j'en fais partie.

Une fois, il avait écrit des textes, de la poésie moderne, c'est-à-dire un jeu de sonorités, des mots qui se suivent mais qui ne sont pas inscrits dans des phrases, et comme je n'ai pas été formé à ce style, je n'ai rien compris à son message. Après un récital auquel j'avais assisté, je suis allé le voir. Lui, il fallait le tutoyer. Je lui ai dit : « J'ai écouté ton nouveau truc, franchement, c'est impossible. En venant, je l'ai mis deux fois dans la voiture, je ne comprends rien. » Il m'a répondu : « Il faudra t'y faire. » C'est sûrement, sur le plan artistique, l'homme qui m'a le plus marqué.

J'ai assisté aussi plusieurs fois à des récitals de Brassens. Et j'ai chéri Barbara. Quant à Brel, j'ai passé une nuit en sa compagnie. Il avait chanté à l'Escale, le cabaret de Laroche-Migennes. Il était arrivé en voiture, tout seul, dans l'après-midi, avec une guitare sèche. Il avait répété avec l'orchestre de l'Escale qui nous faisait danser, d'habitude. Il avait ajusté quelquefois les interventions de l'orchestre mais, la plupart du temps, il chantait tout seul. Cela a duré trois heures. L'orchestre derrière lui. Il chantait, un pied sur une chaise, avec la guitare sèche. Silence. Cent cinquante personnes ou deux cents personnes. Un cabaret, lumière tamisée. Il était minuit quand il a fini. Mon ami journaliste Jean-Claude Charlet est allé le voir après le spectacle et lui a demandé : « Je suis journaliste à *L'Yonne républicaine*. Il faut que je fasse un article sur vous. Est-ce qu'on peut parler quelques minutes ? Est-ce que vous pouvez venir boire un verre avec nous, ou vous repartez tout de suite ? » Il a eu un sourire. « Non, non, j'arrive. » Il est allé se changer. C'était en décembre 1961. Il est venu à notre table, en chemisette blanche ou verte, je ne sais plus, sympa. On a ouvert une bouteille de champagne. Après, le patron est venu, et il a commandé à manger. Puis on a parlé. On a mangé. Il était 3 heures du matin. On a continué de parler. Tout d'un coup, c'était le matin, et le patron est allé chercher des croissants, chocolat, café. Et puis, il est reparti, il est rentré à Paris. Je l'ai vu une ou deux fois encore sur scène. Je l'ai raté – cette fois pas comme chanteur, mais lorsque son bateau était dans le port en Corse –, ça devait être dans les années 1967. On était en vacances. On m'a dit : « C'est le bateau de Jacques Brel. » Alors j'ai guetté, mais on ne l'a pas vu. Ce moment, à l'Escale, a été l'une des grandes nuits de ma vie.

— Dans la conversation de Brel, y avait-il ce feu qui passait dans ses chansons, cette espèce de flamme ?

— Non, il n'était pas excité. Il n'était pas véhément. Il était calme et très intelligent.

— Cela vous aurait-il plu d'être un artiste ?

— Je crois pouvoir dire que, dans l'ensemble de ma vie, j'ai manqué de temps. J'étais parti, je crois, pour être très cultivé, c'est-à-dire qu'à partir de l'âge de neuf ans, huit ans même, notre instituteur nous faisait lire un livre par quinzaine, à peu près. J'ai continué : au lycée, j'ai lu un livre par semaine. J'étais pensionnaire, j'avais une lampe de poche et je lisais sous les draps, dans le dortoir. Parfois, en fin de semaine, la pile était usée et j'étais malheureux. Ensuite quand j'étais étudiant, j'allais au cinéma, jusqu'à quatre fois par semaine. J'étais aux *Enfoirés* à côté de Brialy, dans un salon, pendant les répétitions. C'est un homme qui m'a toujours fasciné. Je ne le connaissais pas. Mais quand il est venu dire bonjour, il fallait que je lui dise quelque chose. J'ai sorti : « J'ai vu tous vos films entre trois et cinq fois. » Il me regarde avec des yeux énormes et j'ajoute : « Oui, mais jusqu'en 1961 seulement... » Toute la période « nouvelle vague ». Il m'a regardé, l'air étonné. J'ai vu que cela avait allumé quelque chose en lui. « Et comment ça se fait ? » Je lui ai dit : « Après, j'ai travaillé comme un fou et je ne suis plus allé au cinéma. »

— Ce n'est pas un regret ?

— Si. Le problème, c'est qu'il n'y a que vingt-quatre heures par jour, et que des choses vous occupent l'esprit tout le temps. Je l'ai bien vu lorsque j'ai arrêté le métier d'entraîneur : j'ai libéré un peu de mon temps, mais j'ai surtout libéré ma tête. Cela dit, même prisonnier de mon métier, je me suis toujours forcé à aller, par exemple, au théâtre d'Auxerre, voir des hommes et des spectacles que j'adore.

Ainsi, Raymond Devos, qui est très malade aujourd'hui, et dont je n'ai manqué aucun passage à Auxerre. Je me débrouillais, j'y étais, toujours. Guy Bedos, c'est autre chose. Il avait une image de moi, celle de l'entraîneur de foot, pour lui un saltimbanque de bas étage. Un soir, j'étais au balcon, il arrive, et, pour prendre son public, il demande : « Il est là, Soisson ? »

Alors toute la salle crie : « Non ! » Bedos continue : « Et il est là, Guy Roux ? » Et moi, la voix forte : « Oui, je suis là !... Comme chaque fois que tu viens. » C'est la seule fois où j'ai élevé la voix dans un théâtre. Je l'avais pris à contre-pied.

— Pourquoi Devos vous a-t-il passionné ?

— Parce que, Devos, c'est le sommet de l'intelligence mise au service du verbe. On est content d'être français quand on a entendu Devos. On le repasse trois fois, pour être sûr d'avoir tout entendu. C'est tellement phénoménal. Quand on atteint les sommets dans un art, on offre un grand plaisir esthétique.

Moi-même, j'aurais aimé être un très grand musicien, et plus précisément un grand violoncelliste. Ça m'a toujours fasciné, le violoncelle. Avec cet instrument, il y a de la place, on peut respirer. Mais j'étais nul en musique. Je n'avais donc aucune chance.

J'aurais aimé aussi être un grand coureur cycliste ! Si j'avais eu les moyens de posséder un vélo de course à quatorze ans, j'aurais fait du vélo en compétition. Parce que, le cyclisme, c'est l'effort pur, c'est un sport très intelligent où il faut mesurer tous ses efforts. C'est une discipline beaucoup plus réfléchie qu'on le pense, et en même temps très physique. Je sais que j'aurais su être sérieux et bien me préparer, que j'aurais eu la rage pour aller m'entraîner en hiver. En puis, enfin, le vélo, c'est dans la nature que ça se passe. Et c'est également un sport collectif. Un type tout seul ne peut rien faire. Même s'il est très fort, il ne peut pas réussir. Je n'aurais pas prétendu être Louison Bobet ou Fausto Coppi. Il est des coureurs qui accomplissent une très bonne carrière sans gagner le Tour. Donc si je fais le bilan de « mes regrets », j'aurais aimé jouer du violoncelle, j'aurais voulu participer au Tour de France, être Premier ministre et entrer à l'Académie française !

— N'auriez-vous pas eu l'étoffe d'un comédien ?

— Le métier de comédien est très difficile. Il est certainement excitant de conquérir un public tous les soirs. Il doit y avoir une décharge d'adrénaline égale à celle du football, celle que j'éprouvais les jours de match.

— Au bout du compte, quel est le personnage que vous avez rencontré, qui vous a fasciné le plus ?

— C'est un footballeur... C'est Pelé pendant quelques phases de match ou d'entraînement... Il avait une invention, une pratique, une vision – avec lui, je dirais un art – dans un domaine que je connais très bien. Quand on songe à établir un classement des meilleurs joueurs de tous les temps, on ne peut faire autrement que de placer Pelé avant les autres.

— Le football est-il un art pour vous ?

— Par moments, oui, bien sûr.

31

## QUAND JE PASSE À TABLE...

Dominique GRIMAULT — Vous êtes un homme passionné par le chablis, ami des grandes toques bourguignonnes, alors que vous êtes resté à l'eau jusqu'à l'âge de trente-cinq ans... Comment expliquez-vous ce paradoxe ?

Guy ROUX — Dans mon désir d'être un grand joueur de football, j'ai voulu mettre tous les atouts de mon côté. Le soir du réveillon de mes quatorze ans, on m'a acheté un paquet de deux cigarettes – des High Life – et je les ai fumées, ou plutôt j'ai toussé et éternué. Mes copains fabriquaient un peu de tabac avec les cheveux de maïs. Mon grand-père fumait : il avait même cultivé son propre tabac pendant la guerre. Il le faisait sécher sur les cordes à linge, ce qui ne plaisait pas à ma grand-mère. Il confectionnait ses cigarettes avec la boîte et le papier à cigarettes Rizla.

Mais je voulais être un joueur de football. J'ai décidé : « Je ne fumerai pas. » J'ai tenu parole. Le jour où on m'a demandé à l'hôpital si je fumais, ou si j'avais fumé, j'ai répondu : « Oui, un peu.

— Combien ?

— Deux cigarettes.

— Par jour ou par semaine ?

— Dans ma vie. »

Le tabac fut pour moi le premier interdit. Fumer encrassait les poumons et nuisait à la course et donc au foot. Et le deuxième interdit concerna le vin. Au lycée, le spectacle de mes copains de Chablis, le lundi matin, quand ils revenaient de chez leurs parents, n'était pas fait pour me faire changer d'avis. Ils cachaient des bouteilles dans leurs sacs et, le lundi soir, dans le dortoir, ils étaient ivres, avec tout ce que cela suppose. Je me disais : « Premièrement, le vin nuit au foot. Deuxièmement, ces gars soûls sont malades et à demi fous, puisque l'ébriété est une folie temporaire. » Conclusion : « Moi, je n'y touche pas. » J'ai toujours pensé que c'était plus facile de refuser totalement quelque chose que d'essayer de doser. Ceci, dans tous les domaines. Par conséquent, pas une cigarette et pas une goutte de vin. J'ai tenu parole. J'ai participé à je ne sais combien de noces sans boire, tant que j'ai joué au foot.

Vers trente ou trente-cinq ans, j'ai décidé d'éduquer quand même mon goût. J'ai demandé quelle était la différence entre les vins locaux, les rouges de l'Auxerrois, par exemple, comme l'irancy et le coulanges. Je suis allé dans des caves. Mais je crachais lors des dégustations. Enfin, je suis allé à Chablis où l'on m'a expliqué la merveilleuse histoire de ce vin. Un vin qui date, croit-on, des Romains. Chez nous, il date même des Eduens et des Celtes, qui habitaient la région avant les Romains. Tout le Chablisien a toujours été couvert de vignes qui produisaient de très bons vins. Les vins de l'Yonne s'en allaient à Paris par flottage avec le bois du Morvan. C'était réglé d'une manière savante : il y avait des retenues qu'on lâchait successivement afin de créer du courant. Ces retenues existent toujours en amont, dans les hauts de l'Yonne et des affluents, comme le Cousin. On plaçait les barriques sur les radeaux de billes de bois. Sur l'eau, pas de chaos, alors que, dans les diligences, les barriques éclataient à cause des irrégularités des chemins de l'époque. Sans compter les bandits qui attaquaient la diligence et volaient le vin.

Le vin ordinaire, comme celui d'Appoigny, était le vin du faubourg Saint-Antoine, c'est-à-dire celui du peuple de Paris. Les vins de Coulanges, d'Irancy et de Chablis, les meilleurs, allaient à la Cour. Les rois buvaient des vins de l'Yonne parce qu'ils étaient plus facile à transporter que les vins de Loire. Ils buvaient ces derniers quand ils allaient dans leurs châteaux sur la Loire.

Le chablis est un vin exceptionnel parce qu'il possède deux caractéristiques. La vigne pousse grâce à l'énergie du sol et à l'énergie solaire. Une vigne a deux vies. Elle a la vie de ses racines et la vie de ses tiges. Qu'est-ce qui peut donner de la qualité aux racines ? C'est la terre. Nous sommes dans la vallée du Serein, un petit affluent de l'époque glaciaire. Après la glaciation, la mer a recouvert toutes les terres ici, et déposé des sédiments, tantôt des argiles, tantôt du calcaire. Les couches de calcaire sont remplies de coquillages. Dans les racines du chardonnay, un plant qui donne du vin blanc, il y a une molécule qui permet de traverser ces couches, et la racine peut descendre jusqu'à un mètre, par an. Les racines s'enfoncent de trente mètres dans le sol. C'est pour cette raison qu'en 2003, lors de la canicule, les vignes de notre région étaient superbes.

Cette longue racine prend les arômes de la mer dans le sol : celui des coquillages et de l'iode enfermés dans l'argile et dans le calcaire. En même temps, la feuille fait la photosynthèse qui donne notamment du sucre. C'est un fruit savant, car on est ici à la limite du supportable au point de vue climat. Au-dessus, il n'y a plus que le champagne. Mais il y a un risque : c'est le gel de mai qui menace la fleur. Les vignerons protègent leurs vignes par aspersion : l'eau entoure la fleur, gèle et, en produisant le gel, il y a un dégagement de calories qui protège la fleur et l'empêche de geler. Dans l'ancien temps, il y avait une veille avec un thermomètre dans les vignes. Quand la température descendait à – 1°C, ils sonnaient le tocsin, et tous les vignerons se levaient et allumaient des sarments entre les treilles pour sauver au moins les grands crus. La légende raconte que les vignerons quittaient leur lit aux alentours de minuit, quand tombait le froid, et qu'ils ne revenaient pas forcément dans le même lit, car ils en trouvaient d'autres ! Il y avait une autre nuit comme ça dans l'année : les matières solides du vin précipitent à – 4 °C. Maintenant, ils ont des cuves réfrigérées réglées par ordinateur pour régler ce problème. Mais, jadis, ils devaient sortir les barriques dans la rue durant une nuit très froide...

C'est à l'endroit où se trouvent les meilleures couches géologiques et où le soleil se présente sous le meilleur angle – l'angle sud-ouest – que vous trouvez les grands crus. Il existe quatre catégories de chablis : le petit chablis, qui est du chablis des coteaux ; le chablis générique, qui a la plus grande superficie avec une géologie correcte ; le premier cru, qui est déjà d'une géologie supérieure, doté d'une meilleure exposition ; enfin, les sept grands crus.

J'ai appris ça au fur et à mesure, et j'ai appris à déguster.

— Vous connaissez beaucoup de jeunes gens de Chablis : ont-ils appris à vous apprécier grâce au football ?

— Une partie d'entre eux étaient au lycée avec moi. Cette génération de vignerons de Chablis a joué un rôle très important. Avant eux, les anciens vignerons chablisiens ne faisaient pas de vin : ils vendaient leurs raisins à Beaune qui faisait le chablis. Ceux qui avaient vingt ans, en 1958, ont étudié l'œnologie et ils se sont décidés à traiter le vin dans les caves du village. Le phylloxera a détruit le vignoble en 1874 et, dès lors, il a fallu tout regreffer avec des plants américains. A Chablis, c'était un peu extensible et les vignerons ont eu la chance d'avoir deux ministres de l'Agriculture, Jean-Pierre

Soisson et Henri Nallet, député de Tonnerre, et donc de Chablis, qui ont donné des droits de plantation légaux. Ils ont un peu accru le vignoble. Mais l'appellation « grand cru » est en revanche immuable. On ne peut l'augmenter d'un seul petit mètre carré. En haut des collines, il y a des arbres qui doivent rester afin de protéger le vignoble du vent. Eh bien, un hectare de grand cru peut valoir six à huit millions de francs, tandis qu'un hectare de forêt contigu du grand cru, avec la même géologie, vaut moins de dix mille francs l'hectare. A un mètre l'un de l'autre...

— L'AJA fait la publicité du chablis au stade de l'Abbé-Deschamps, ce qui est contradiction formelle avec la loi Evin, vous le savez ?

— Je sais. Mais nos panneaux portent la simple mention « Chablis ». Sans compter qu'une cave peut être un monument historique, datée du XVI$^{e}$ siècle, et que les propriétaires peuvent en proposer la visite à des touristes. On voit donc des panneaux : « Caves » avec le nom du vigneron, mais jamais d'inscription « Grands vins de Chablis ».

— Combien d'arpents de chablis possédez-vous ?

— J'ai des parts de groupement foncier viticole, dans le cadre d'un organisme d'Etat qui s'appelle la SAFER. C'est un groupement d'investisseurs qui ouvre droit à l'achat de parts. Chaque part vaut dix mille francs. Vous achetez dix parts : cent mille francs. Ça vous donne droit à 10 % du vignoble et vous êtes devenu propriétaire. A ce moment-là, vous louez par bail de vingt-cinq ans à un vigneron, et ce vigneron vous rémunère chaque année selon la loi : tant de bouteilles, qu'il vous paie ou en argent ou en liquide, c'est-à-dire en vin. A Chablis, comme les grands crus sont rares, les vignerons préfèrent nous payer en argent, ce qui leur permet ensuite de mieux vendre les bouteilles.

— Etes-vous un grand propriétaire, vous-même ?

— Non ! En raison du prix de la part, je n'ai même pas une surface de réparation...

— Le vin et le vignoble sont devenus pour vous, semble-t-il, une véritable passion.

— Disons que cela m'a aidé. Entraîneur est un métier rude. J'ai utilisé durant toute ma carrière plusieurs recettes pour me remonter. La première, c'était d'abord de bien dormir. La deuxième, c'était d'aller dans la forêt, marcher et respirer. Et la troisième, c'était d'aller dans une cave, soit de vin blanc, soit de vin rouge, chez des copains. Dans les caves, le soir, les Bourguignons savent déboucher et faire goûter. Généralement sont réunies sept ou huit personnes qui viennent acheter ou pas, et qui refont le monde entre deux vins. Personnellement, j'arrivais dans une cave vers 19 heures et je buvais – pas beaucoup – deux verres, des petites gorgées que je recrachais. Et j'attendais toujours le dernier verre, d'assez loin le meilleur. J'ai toujours eu une tendresse particulière pour Jean Podor, aujourd'hui à la retraite. Il faisait un irancy superbe, et je revenais gonflé à l'entraînement le lendemain.

— Quels sont les vins que vous buvez, habituellement ?

— Je bois des AOC, en particulier du coulanges ou de très bons vins de pays. Nous sommes deux à la maison, et une bouteille nous fait quatre jours. Je bois un verre par repas. Pas plus.

— Et votre cave ?

— Ce sera pour la quatrième partie de la vie : ranger la cave.

Je finirai un jour par la ranger...

— Du vin à la bonne chère, il n'y a jamais loin... Vous avez été très lié au célèbre cuisinier Bernard Loiseau, aujourd'hui disparu...

— Bernard Loiseau a repris un relais de poste, à Saulieu, qui était fréquenté par les hommes politiques de la IIIe et de la IVe République. Il débutait dans le métier. Il avait été apprenti chez Troisgros. Il avait l'ambition d'être le premier, de conquérir des étoiles. Il a travaillé comme un fou. Comme il venait aux matchs, nous nous sommes rencontrés à l'époque où l'AJA était en deuxième division. Il était plus jeune que moi, de quinze ou vingt ans. Un jour, il m'a proposé de venir dîner chez lui, et c'est ainsi que nous sommes devenus copains. Un homme remarquable. Un champion. J'ai ressenti tout de suite de l'admiration pour lui. La cuisine, pour moi, c'étaient les tartes de ma grand-mère, dont je n'ai jamais retrouvé le goût. Elle confectionnait aussi un plat dans une cocotte en fonte, la crapaudine, des pommes de terre rissolées dans le saindoux, dont la saveur était extraordinaire. Bernard Loiseau m'a fait découvrir ce qu'est la grande cuisine. Il n'avait pas d'étoile, à l'époque. Et puis, il a grandi, grandi... Je l'ai vu désespéré, lors d'un réveillon du nouvel an. Il venait de dépenser dix millions de francs de travaux de rénovation. Et il y avait soixante-dix centimètres de neige ! Dans le restaurant, personne. Il s'est alors débrouillé pour alerter les gars de l'Equipement, et ceux-ci ont ouvert la route jusqu'à l'autoroute. Enfin, les gens sont venus.

Bernard a eu longtemps de grandes difficultés financières, parce qu'il investissait sans arrêt. Mais je l'ai vu monter en puissance. Jusqu'au jour où il a eu un hôte prestigieux en la personne de François Mitterrand qui était venu de Château-Chinon, par les petites routes du Morvan. A partir de là, sa notoriété a grandi. Il a obtenu sa deuxième étoile, bien méritée. Il a changé sa salle de restaurant, amélioré l'hôtel... Je l'ai souvent vu en déprime profonde, rongé par l'inquiétude. François Mitterrand est venu par la suite en hélicoptère, il atterrissait sur le stade. Helmut Kohl, alors chancelier d'Allemagne, le rejoignait. Il y avait un « hélico » sur chaque moitié de terrain. Bernard Loiseau venait les chercher, en tablier, avec sa voiture. Alors que trois cents policiers surveillent un voyage officiel, François Mitterrand n'arrivait chez Loiseau qu'avec un officier de gendarmerie. Helmut Kohl faisait de même. Dès lors que l'estafette de la gendarmerie de Saulieu tournait dans le village, toute la population savait que le Président était là. Les deux chefs d'Etat mangeaient dans la salle, sans paravent, au milieu des autres convives. Il n'y avait aucune protection. On aurait pu placer une bombe près du mur extérieur, contre lequel il était adossé... C'était incroyable, mais bon, Mitterrand a toujours méprisé le cérémonial. Il n'avait peur de rien, il s'esquivait même pour échapper à sa protection.

La présence de Mitterrand a évidemment élevé la notoriété de Bernard Loiseau. Il travaillait toujours et lançait des recettes nouvelles. Un jour, il a inventé les cuisses de grenouilles au cresson. Il a présenté le plat au Président. Et, à ce moment-là, le « Collaro show » croquait Mitterrand sous la forme d'une grenouille. Le Président a demandé : « Mais, monsieur Loiseau, vous vous moquez de moi ?

— Comment, je me moque de vous ? C'est mon nouveau plat. J'y travaille depuis six mois. Je l'ai goûté, c'est excellent. C'est la première fois que je le réussis aussi bien.

— Mais, vous ne regardez pas la télévision...

— Oh non, monsieur le Président. Le soir, je suis devant mes fourneaux. Je fais la cuisine.

— Ah bon ! Je vais goûter, je vais goûter... »

Et il a obtenu enfin sa troisième étoile, tellement justifiée. Il était fou de bonheur. L'établissement prenait sans cesse de l'ampleur. Je suis souvent allé chez lui à ce moment-là, pour des repas d'affaires.

— D'une certaine manière, vous avez grandi ensemble.

— Oui, un peu. Et il me disait : « Moi, je suis comme toi, je veux être le premier. Je veux avoir ma troisième étoile. » Quand il a eu sa troisième étoile, il a dit : « Je veux être le meilleur des trois étoiles. » Quand la rumeur de la perte d'une étoile a couru, ça l'a touché profondément.

— Un souvenir précis ?

— Oui. Un jour, nous décidons de fêter le réveillon chez lui. Je ne couchais pas dans son hôtel, d'abord parce que c'était trop cher, et puis parce que je laissais les chambres aux visiteurs étrangers. Je logeais à l'hôtel de la Poste en face, chez un autre copain. Je suis allé annoncer mon arrivée et confirmer ma réservation. Il était environ 18 heures, trois heures avant le début du dîner. Il me guettait, car il avait demandé que je vienne le voir tout de suite. Je suis allé à la cuisine. Ils étaient cinquante, en pleine préparation. Il me dit : « Viens avec moi. J'ai un apprenti qui s'est cassé la jambe ce matin. Il est à l'hôpital. C'est à deux cents mètres. On va aller sabrer le champagne avec lui et tous les autres malades. » Nous sommes partis avec un seau rempli de bouteilles de champagne et un sabre, parce que Bernard aimait sabrer. Nous nous sommes retrouvés dans la chambre du gâte-sauce, désespéré à l'idée de manquer un réveillon chez son grand maître. Nous avons appelé les médecins et Bernard a sabré cinq bouteilles de champagne pour donner un peu de joie à ceux qui étaient à l'hôpital, un jour pareil. Voilà qui était Loiseau.

— Amoureux du foot ?

— Non. Supporter. Il était fier de l'AJA, sans bien connaître le football.

— Vous étiez comme deux étendards de la Bourgogne, ces dernières années... puis il y eut pour lui cette fin tragique...

— Le jour de sa mort, j'étais à Liverpool. Je l'ai appris par téléphone. On m'a dit : « Ton copain s'est suicidé. » Je ne pouvais le croire. Le lendemain, son nom s'étalait dans tous les journaux anglais. Quand je suis revenu, je suis allé tout de suite sur sa tombe, car je n'avais pas pu aller aux obsèques. Puis, j'ai fait des émissions de télé avec sa femme, Dominique. J'ai rencontré depuis le nouveau chef, son second, qui travaille bien. Le niveau de cuisine n'a pas baissé. Le restaurant a gardé sa troisième étoile. Ce n'est pas par sentiment qu'ils la lui ont laissée, car ils ont continué à travailler. Depuis, ils ont installé un spa et une piscine dans le jardin. L'endroit est merveilleux. Dans le Morvan, les fleurs poussent de bonne heure. Comme ils ont un très bon jardinier, leur patio est « un jardin extraordinaire », comme chantait Trenet.

— En matière de gastronomie, vous êtes gâtés en Bourgogne, non ?

— Oui, dans la région, il y a en effet trois « trois étoiles ». Avec Loiseau, il y a Meneau, à Saint-Père-sous-Vézelay. Il a connu le désespoir de perdre une étoile. Meneau était mon élève au lycée l'année où j'étais pion. Il le dit à tout le monde. C'est un très, très grand chef. Il y a encore Michel Lorin, à Joigny, la Côte-Saint-Jacques. Lorin a eu la chance de voir son fils, Jean-Michel, prendre sa suite, après sa retraite. Michel est vigneron, et il fait renaître le vignoble de Joigny, un grand vignoble. Ils ont fait des travaux énormes, et c'est à ce moment-là qu'on l'a descendu d'une étoile. Mais il l'a regagnée depuis. Curieusement, Meneau et Lorin ont perdu une étoile la même année. J'ai piqué un coup de sang : « C'est pas possible, ils en veulent à l'Yonne. »

A tous les deux, j'ai proposé : « Allons à TF1, à *Combien ça coûte ?*, et on flingue le Michelin. » Ils m'ont rétorqué : « Surtout pas, on ne remonterait jamais. Tais-toi. On fait le gros dos, on pleure. »

— Depuis combien de temps vous connaissiez-vous ?

— Lorin et Meneau nous ont invités, par exemple, après la coupe de France de 1979. Après ma première pige à Europe 1, j'ai emmené les entraîneurs dîner à Saulieu. Et après ma deuxième pige, quelques mois plus tard, nous sommes allés chez Meneau.

— Existe-t-il un stress des grands cuisiniers ?...

— Oui, à l'égal de celui des entraîneurs. Leur credo : « Nous avons un match à gagner tous les soirs. » Au réveillon, par exemple, ils préparent cent quarante couverts. Un menu unique, mais de très grande classe, avec sept plats. Ce ne sont que des petites choses, mais toutes plus savoureuses les unes que les autres. Meneau présente une espèce de grenade aux truffes chaudes qu'il convient de faire exploser dans la bouche en la gardant fermée car, sinon, vous aspergez les voisins ! C'est un pur délice. Votre palais, d'un coup, s'enflamme, s'illumine. C'est ça, la gastronomie ! Je vais deux fois par an chez chacun d'entre eux. Je ne peux pas faire plus, régime oblige...

## 32

# MON COMBAT AVEC L'UNECATEF

Dominique GRIMAULT — L'Unecatef a tenu un rôle très important dans votre carrière. Pouvez-vous nous préciser ce que représente cette association pour le football français ?

Guy ROUX — « Unecatef » signifie Union nationale des cadres techniques du football, syndicat des entraîneurs. Elle fut créée en 1972. Georges Boulogne, ancien instituteur, fut, dans son rôle de directeur technique national, le créateur des diplômes d'entraîneurs dont il établit le contenu et organisa les examens. Il a jugé bon d'organiser la profession afin que les entraîneurs soient solidaires les uns des autres. Un pari, car c'est un métier qui suppose une opposition totale : chaque semaine, vous êtes engagé à vaincre un collègue. Georges Boulogne crée une amicale nationale d'éducateurs. L'association a rapidement regroupé plusieurs milliers de membres. Elle tenait une assemblée générale chaque année, à l'occasion d'un jour de match international à Paris. Tous les entraîneurs, même les amateurs, étaient concernés. Mais il est apparu que les professionnels avaient des problèmes spécifiques. Une commission des entraîneurs professionnels a été fondée. Et quand il s'est agi de traiter de problèmes sociaux aussi graves que les licenciements, Georges Boulogne et ses collègues se sont aperçus que la structure régie par la loi de 1901 était insuffisante. Il fallait créer un syndicat, mieux armé pour s'opposer à des licenciements ou obtenir réparation après des licenciements qu'une association 1901. La condition requise pour faire partie du syndicat était le statut d'entraîneur professionnel.

— Quand avez-vous été concerné pour la première fois par ces questions ?

— J'étais entraîneur de deuxième division à Auxerre. Notre équipe était « promotionnelle », ce qui signifie que les joueurs possédaient un travail en marge de leur activité sportive. Pour ma part, j'avais un cabinet d'assurances. Je n'ai donc pas été convoqué à la première assemblée générale constitutive, en 1970, parce que je n'étais pas professionnel à plein temps. Le syndicat a été fondé, et José Arribas – un saint homme – en a été le premier président. Il recherchait un secrétaire général possédant quelques notions de droit. Pierre Flamion a pensé à moi. Il m'avait connu comme joueur et comme vice-président de l'Association générale des étudiants de Limoges. Jean-Pierre Destrumelle m'a annoncé la nouvelle : « Tu as été nommé secrétaire général de l'Unecatef. » Les statuts avaient été rédigés par Roger Lemerre, ancien instituteur comme Boulogne. Voilà le début de l'histoire.

Je suis intervenu chaque fois que des collègues étaient renvoyés. Je les ai défendus, et je le faisais savoir en donnant des communiqués vengeurs à l'Agence France Presse.

L'une de nos règles majeures était de protéger la profession. Nous avons décidé par conséquent d'établir des règles protectionnistes. La France était en effet le seul pays, avec la Suisse et l'Allemagne, où l'on délivrait des diplômes. Nous refusions que des gens arrivant en France sans diplôme supplantent des entraîneurs français qui avaient travaillé durement pour réussir leurs examens. J'ai été embarqué dans toutes ces batailles, pendant des années, avec Georges Boulogne et José Arribas. J'étais la cheville ouvrière du syndicat : j'entreprenais les actions, je déclenchais les procès, j'ameutais la presse. Je prenais des coups, certes, mais ça se passait bien.

Le grand problème, à la longue, fut de trouver des candidats pour entrer au bureau, car les entraîneurs étaient tellement malmenés par les présidents de club qu'ils n'avaient plus du tout envie de s'afficher dans le combat syndical. Nous avons perdu José Arribas, qui était très gravement malade. Je n'étais pas candidat à sa succession. J'avais même horreur du titre. J'aurais aimé vivre ma vie sans être président de quoi que ce soit. Je trouvais que c'était un titre prétentieux. Mais tout le monde s'esquiva devant l'épreuve. Je proposais : « Avant de nous décider, laissons-nous une année de réflexion, comme une année de deuil, car José a été un homme extraordinaire. » L'année suivante, on en était au même point. Je suis devenu président. Georges Boulogne, qui était en retraite, accepta d'être secrétaire général. Nous avions alors conquis le droit d'être au conseil d'administration de la Ligue nationale qui, jusque-là, était ouvert uniquement aux présidents de clubs. Ce fut assez simple : Jean-Pierre Soisson, le maire d'Auxerre, était ministre des Sports, et l'astucieux président de la Ligue nationale, Jean Sadoul, me convoqua : « Cher Guy Roux, je souhaite avoir des bonnes relations avec le ministre. Je pense qu'il est souhaitable que vous entriez au conseil d'administration. » Dès que les entraîneurs furent admis, j'ai fait remarquer, et Sadoul en était conscient, que s'il y avait les entraîneurs il faudrait qu'il y ait les joueurs. Et c'est ainsi que Philippe Piat, président de l'UNFP, entra aussi au conseil d'administration.

— A propos de ces combats, est-ce que vous n'avez pas la sensation d'en faire un peu trop et de vous créer des ennemis ?

— Notre lutte n'était pas toujours populaire. Mais, j'étais élu par les entraîneurs français et ma mission était de les défendre. Je ne m'arrêtais pas là. Je veillais beaucoup au bon état de nos finances. J'ai eu à cœur, de 1977 à 2001, de ne pas prendre un seul franc pour remboursement de frais personnels. J'ai toujours réglé mes repas et payé l'essence de ma voiture. Les cotisations rentraient, et nous possédions une bonne réserve financière. Nous composions le plus petit syndicat de France. Les choses se passaient très bien, entre copains. Je subissais rarement des critiques, car je défendais les collègues avec acharnement. Je me suis fait des ennemis dans les dirigeants. J'ai eu un procès en diffamation avec un président, dentiste à Lyon. Pour défendre Jean-Pierre Destrumelle, j'y étais allé un peu fort dans un article du *Progrès*, avec Patrick Chêne. Mon argument était simple : un président qui vire un entraîneur qu'il a lui-même embauché reconnaît *ipso facto* son incapacité. J'ai gagné le procès sur un défaut de procédure.

Les principes qui protégeaient notre profession étaient fondés sur la loi de 1984 sur le sport. Celle-ci disait clairement : ne peut être éducateur sportif que le détenteur d'un brevet d'Etat. Georges Boulogne avait fait passer cette loi-là, grâce à un gros travail de lobbying auprès de l'Assemblée et du Sénat. Le principe tient toujours. Tous les pays civilisés vérifient la compétence des gens à qui ils confient leur santé et leur jeunesse. Dans le domaine de la santé, pour être ambulancier, brancardier, infirmier et chirurgien, il faut un diplôme. Dans l'éducation de la jeunesse, c'est pareil : pour être animateur de colonies de vacances, pour être pion, pour être prof, il faut également un diplôme. *Idem* pour les entraîneurs. Nous étions très forts parce qu'un entraîneur travaillant sans brevet d'Etat du premier degré relevait du pénal. Mais, bien sûr, on a cherché à contourner la loi en donnant des équivalences. Il y a une commission d'équivalence au ministère des Sports, et il pouvait arriver que le ministère des Sports, sous la pression d'un homme politique, accorde l'équivalence. Ou bien on trichait sur le titre.

— Avez-vous personnellement subi des pressions ?

— Il est arrivé qu'un maire de la même majorité que Soisson lui demande de me calmer, en incitant Jean-Claude Hamel à faire pression sur moi. Mais mon président disait : « Vous ne pouvez pas faire pression sur Guy Roux. C'est impossible. Laissez-le, vous allez l'exciter ! »

— Et cela vous a excité pendant quinze ans !

— Cela m'a surtout donné du travail. Les gars m'appelaient parfois à 23 heures. Je me souviens d'un entraîneur qui n'avait jamais été membre de l'Unecatef. « C'est par principe philosophique. Je ne veux pas être syndiqué », disait-il. Mais quand il a été licencié, il s'est plaint : « Je suis viré. Qu'est-ce que je fais ? » Dans ces cas-là, je leur faisais d'abord prendre quelques précautions sur le plan juridique. La tactique des présidents, c'était de les chasser sans trace écrite et de faire établir ensuite un constat d'huissier prouvant qu'ils n'étaient pas à l'entraînement le lendemain ou au départ de l'avion, en cas de déplacement. Je leur conseillais donc : « Le lendemain, c'est vous qui demandez les services d'un huissier quand vous allez à l'entraînement. Vous vous mettez en tenue. Et au moment d'entrer sur le terrain, vous vous faites signifier par le président que vous n'êtes plus l'entraîneur. Il est obligé de le déclarer, autrement, vous entrez sur le terrain de force. » Même démarche avant un déplacement : « Vous allez à l'avion avec l'huissier. Et celui-ci constate qu'on vous empêche de monter dans l'avion. » Certains timides n'osaient pas suivre ce conseil. Mais ceux qui le faisaient gagnaient devant les prud'hommes. » Nous avons ainsi remporté 90 % de nos procès, avec Jean-Jacques Bertrand, comme avocat, le fils de Jacques Bertrand, auteur de la Charte du football.

— Est-ce que c'était une forme de pouvoir, ou de contre-pouvoir, qui vous séduisait ?

— Je ne contrôlais personne. Et je ne me régalais pas, non ! Je peinais, et j'ai essayé de passer la main plusieurs fois, croyez-moi. Mais la tâche me tenait à cœur, car nous avions mené des combats difficiles. J'avais très souvent les mains dans le cambouis...

— Croyez-vous que c'est le diplôme qui fait l'entraîneur ? N'est-ce pas un métier un peu particulier ?

— Oui, c'est un métier particulier, mais qu'il faut apprendre quand même. Par exemple, un garçon comme Didier Deschamps a exercé un peu avant d'être diplômé grâce à une dérogation, parce qu'il était en train de passer ses examens. Nous fermions un peu les yeux quand des gens valables étaient en cours d'examen, notamment lorsqu'il s'agissait d'internationaux français. Laurent Blanc et Didier Deschamps ont dit : « Le diplôme nous a mis les connaissances en place. » Prenons un exemple : vous allez trois mois en Angleterre et vous parlez anglais. Vous suivez les cours d'un professeur d'anglais, vous parlez anglais autrement. Suivre les stages d'entraîneur, c'est respecter la loi, mais c'est aussi acquérir une compétence. Pour avoir le diplôme d'entraîneur, il faut même passer le diplôme de secouriste. Je suis allé sur le terrain dans le passé, mais un entraîneur, aujourd'hui, n'entre plus sur la pelouse du Parc des Princes pour aller soigner un joueur. Depuis une quinzaine d'années, pour ce travail, il y a médecins et kinés sur le banc d'une équipe.

— Parmi tous les entraîneurs que vous avez pu fréquenter, quels sont ceux avec lesquels vous vous sentez le plus d'affinités, aujourd'hui encore ?

— J'ai beaucoup aimé Pierre Flamion. C'était mon maître. C'est lui qui m'a décidé à me lancer dans la profession. J'ai un profond attachement pour José Arribas. J'ai admiré sa trajectoire : républicain espagnol, clandestin en France, dans la Sarthe, pendant la guerre. Il jouait au football sous un faux nom. Il était peu allé à l'école en Espagne ou en France, et, au départ, il ne parlait que basque. Il m'avait avoué : « Guy, j'ai appris le français à l'âge de vingt-cinq ans. » Il avait appris notre langue pour passer son diplôme d'entraîneur. C'était un homme extraordinaire. Je suis resté son ami jusqu'à la fin. Lorsque je l'ai vu pour la dernière fois, lors d'un match de l'AJA à Nantes, il était sous morphine. Il a fait l'effort de venir me saluer, et il n'est pas resté au match. Il fut comme un père pour moi, ou un grand frère. Il avait l'Estime (avec un E majuscule) du monde du football. Son exemple justifie notre combat pour défendre le label français. Il faut savoir que notre examen comporte une dissertation. Je me souviens à ce sujet d'un international français alsacien, dont je tairai naturellement le nom, qui était deux rangs devant moi durant cette épreuve. J'ai rédigé son texte au brouillon et il l'a recopié pour éviter d'avoir cinq qui était la note éliminatoire. Ses parents ne parlaient qu'alsacien et il n'avait pas pu aller beaucoup à l'école. C'est pour ces hommes que j'ai lutté contre les passe-droits : n'importe qui arrive, fait le boulot, alors que des Français ont travaillé dur pour démontrer leurs compétences. Vous ne pouvez pas accepter ça ! Je ne l'accepte toujours pas.

J'ai parlé de José Arribas, mais, je ne sais pas trop pourquoi, j'ai toujours aimé les Nantais. Je suis lié à Jean

Vincent, que j'avais beaucoup admiré comme joueur et ensuite comme entraîneur. Jean-Claude Suaudeau, Raynald Denoueix ont été à leur tour des apôtres de ce qu'on a appelé la méthode nantaise. Pour résumer, cette dernière consiste en un apprentissage du football par la méthode globale, en comparant avec l'apprentissage de l'écriture. La méthode auxerroise, c'est en revanche la méthode analytique. Là-bas, ils font des exercices sous forme de jeux, sans arrêt, en affirmant : « La technique va venir toute seule. » Je pense, au contraire : « On révise la technique, et quand on a une bonne technique, on joue. » Cette différence d'approche ne m'empêche pas de les estimer.

Je suis très copain avec Gérard Houllier, l'ancien entraîneur de Liverpool, avec qui il a gagné la ligue des Champions en 2005, et l'actuel patron de l'Olympique lyonnais, champion de France 2005-2006. Je me souviens de notre première rencontre. Il était venu à l'Abbé-Deschamps avec Nœux-les-Mines. Il était encore professeur d'anglais. Je n'ai pas attendu la fin du match pour me dire, à part moi : « Voilà un entraîneur formidable. » Intelligence lumineuse, sang-froid, sens du management, il avait toutes les qualités, de naissance semblait-il. Il ajoutait une compréhension intime du football à un bagage intellectuel d'universitaire. Il m'intéressait d'autant plus qu'il appartenait à la même catégorie que moi : il n'avait pas été joueur professionnel de haut niveau avant d'épouser la carrière d'entraîneur.

Pour réussir dans la direction d'un grand club, il faut de l'intelligence, de la volonté, du courage, de la psychologie, l'amour du foot et l'amour des hommes. Ces qualités peuvent exister aussi bien chez des gens ayant joué au football toute leur vie, mais pas au niveau professionnel, que chez ceux qui ont joué en professionnels. Parmi nos internationaux français récents, Jean Tigana, Didier Deschamps, Luis Fernandez sont très doués.

— Mais est-ce qu'on ne fait pas un complexe lorsqu'on n'a pas été international ?

— Non, au contraire. J'ai toujours dit : « Je vais les bouffer. » En quittant Limoges, tout au début, à vingt et un ans, j'avais annoncé : « Vous entendrez parler de moi. » Je n'ai pas exactement dit : « Je vous passerai tous devant », mais plutôt : « Je serai le premier de tous, à l'usure. » Mais, à ce moment-là, je ne savais pas comment je m'y prendrais pour réaliser ce beau programme ! J'étais loin de penser alors que j'accéderais à la première division...

— Est-ce que votre rôle de secrétaire général de l'Unecatef ne vous a pas ouvert les portes des médias ?

— Non. Pendant très longtemps. Je n'étais médiatisé qu'à la mesure de mes résultats et de mon niveau. En dix ans de division d'honneur, j'ai eu droit en tout et pour tout à une demi-page dans *France Football*, l'autre demi-page revenant au Stade auxerrois de Marcel Parmeggiani. Ensuite, j'ai peut-être eu droit à un article, lors de la montée de l'AJA en division supérieure. Mais j'ai fait mes quatre ans de CFA dans l'ombre. Ce qui ne m'empêchait pas de faire certaines rencontres. Lors d'un lever de rideau, à Lyon, un arrière lyonnais tacle Georges Eo... en dehors du terrain ! Il lui déchire même la chaussette, alors que celui-ci allait ramasser un ballon. Ça m'a frappé... Ce joueur lyonnais est devenu célèbre depuis.

— Vous voulez parler de Raymond Domenech...

— C'était lui. Il faut bien se dire que l'AJA et Guy Roux, à l'époque, ne représentaient rien du tout. Je peux même dire que ma médiatisation était négative, dans la mesure où les journalistes étaient plus ou moins attachés aux grandes équipes que je dérangeais parfois avec l'Unecatef. Si je n'ai jamais eu de démêlés avec Roger

Rocher à Saint-Etienne, ou Claude Bez avec les Girondins de Bordeaux, j'ai souvent bataillé avec le Paris Saint-Germain qui s'était fait une spécialité de ne pas prendre des entraîneurs français ou des diplômés.

— Leur choix n'était pas toujours mauvais, ainsi d'Artur Jorge...

— C'est vrai. Quand on s'apercevait qu'il s'agissait d'un grand, nos attaques étaient modulées. Artur Jorge, effectivement, était un universitaire brillant, parlant et écrivant notre langue, un grand entraîneur, et nous étions tout à fait d'accord pour qu'il bénéficie d'une équivalence délivrée par le ministère des Sports. Le fait qu'il soit portugais ne nous gênait absolument pas. Mais quand il s'agissait d'un ressortissant d'Europe centrale incapable de dire un mot de français, nous bloquions l'opération. Notre action a eu un effet dissuasif. Mais je n'ai rien gagné personnellement dans cette croisade : je n'ai récolté que des coups et un procès en diffamation.

— On peut supposer que vous avez tissé des liens avec vos collègues, avec vos confrères...

— Très peu. La reconnaissance – et on en parlera –, c'est le sentiment le plus rare qui soit. Je me souviens d'un entraîneur à qui le président envoyait des voyous pour lui jeter des cailloux ! Je l'ai défendu de tout mon cœur, mais il a quand même été renvoyé. Eh bien, le jour où j'ai eu besoin de voix pour avoir la majorité, lors de l'assemblée générale, le type n'est pas venu le matin, pour voter. Pas de surprise. J'ai appris cela dès l'enfance. On m'a dit plusieurs fois : « N'attends rien des autres. Compte sur toi. Bats-toi tout seul. »

Enfin, l'AJ Auxerre a tellement progressé dans la hiérarchie que le club a fini par être jalousé, parce qu'il venait manger le pain des autres en prenant une place en coupe d'Europe. Ne pas oublier qu'il n'y en avait pas beaucoup jadis : une en ligue des Champions, une pour le vainqueur de la Coupe et une, ou deux, en UEFA.

Ma carrière de président s'est terminée par un complot ourdi par certains membres de la Direction technique nationale qui se sont présentés avec cent cinq pouvoirs d'élèves entraîneurs à l'assemblée générale.

Il y avait soixante-dix entraîneurs chevronnés dans la salle.

Je ne me suis pas représenté, mais je suis resté adhérent de base de l'Unecatef.

Aujourd'hui, la DNT va créer un syndicat dissident de l'Unecatef...

## 33

# LES YEUX VIDES

Dominique GRIMAULT — Entraîneur, qu'est-ce que cela a représenté pour vous ? Une vocation ? Un métier ? Un sacerdoce ?

Guy ROUX — C'est une longue route. J'ai commencé en 1961, comme entraîneur-joueur, dans un club de division d'honneur, sans moyen. Comme je vous l'ai dit, Je devais alors diriger des garçons qui avaient mon âge, voire plus que mon âge, comme mon professeur de gymnastique qui avait trente-cinq ans, alors que j'en avais vingt-deux. Je le vouvoyais. Il me tutoyait. Et, parfois, je le mettais en réserve. C'est l'apprentissage des règles de direction des hommes.

Avec son lot d'erreurs. J'en ai commis une, monumentale, dont je me souviens encore. Mais je ne l'ai jamais répétée au cours de ma carrière. Mon meilleur joueur est blessé. Je suis catastrophé ! Je réunissais, déjà à cette époque, les joueurs le samedi, vers 17 heures, pour éviter qu'ils ne sortent le soir. Je leur tiens ce discours : « Ecoutez, ça va être très très difficile parce que X... n'est pas là... » Et je montre ouvertement mon état d'esprit : je suis découragé. Ils s'exprimaient avec une totale liberté, car ils avaient mon âge et, pour certains, avaient été au régiment avec moi. Ils m'ont ramassé sans ménagement : « Mais tu te fous de nous ! Tu crois que l'équipe c'est un joueur ? Tu nous comptes pour rien du tout ! » Bref, ils m'ont mis plus bas que terre. Et ils ont eu raison. Je n'ai plus jamais mis en évidence l'absence de joueurs importants dans mon équipe. J'ai lutté contre la presse qui titrait : « L'AJ Auxerre sans Szarmach. » Je rétorquais : « Mais non, l'AJ Auxerre avec Garande, qui débute, sera fidèle à son rendez-vous et à sa réputation. » Le meilleur exemple de la justesse de cette attitude fut un match de coupe d'Europe, parmi nos plus aboutis, disputé contre l'Ajax d'Amsterdam, dans son stade de l'Arena. Nous comptions cinq blessés dans nos rangs et un sixième fut touché à l'entraînement... Au vestiaire, je n'ai jamais été aussi joyeux de ma vie. J'ai dit aux garçons : « C'est formidable. Notre défi est extraordinaire. Vous vous rendez compte ! Vous étiez jadis en championnat de France amateurs. Et là, vous jouez contre l'Ajax d'Amsterdam. Eh bien, on va réaliser un exploit phénoménal parce que tout le monde va s'apercevoir que vous, qui êtes complètement inconnus, vous allez battre le grand Ajax, dans son stade. » Et ils ont battu le grand Ajax, par 2 à 1 !

En début de carrière, je ne ressentais pas les souffrances que j'ai vécues ensuite, en qualité d'entraîneur. Sans doute parce que je jouais à ce moment-là. En plus, il n'y avait pas de changement de joueurs. Quand il y avait un blessé, on finissait à dix. Quand il y en avait deux, on finissait à neuf. Donc pas besoin de management ou de coaching. On jouait. Puis, petit à petit, je me suis retiré de l'équipe avant de la quitter complètement quand l'équipe a accédé au championnat de France amateurs, en 1970. J'avais trente-deux ans. Je me suis arrêté de jouer en équipe première, mais j'ai continué, en réserve, pour les aider à monter, ce qui constitua l'un des objectifs permanents du club au fil des années.

— Quand le stress est-il vraiment survenu ?

— Progressivement. Il est d'abord apparu les veilles de match, avec les soucis pour composer l'équipe, pour traiter les états d'âme des joueurs. Mais il s'agissait encore de problèmes objectifs. C'est dans le cadre du professionnalisme que le stress profond a commencé à m'envahir, peu à peu. Dans les premières années – en 1980, j'ai quarante-deux ans – je suis en pleine force de l'âge, et en début de carrière : tout va bien. En 1990, l'AJA est depuis dix ans en première division. J'ai atteint la cinquantaine et, là, c'est très dur, même si je suis à l'âge où l'on ne se pose pas encore de questions. C'est au mois de novembre que je commence à peiner. Nous sommes sur la brèche depuis le 15 juin. Et je souffre, j'attends les vacances de Noël avec impatience. C'est une souffrance avant tout psychologique. Je commence à mal dormir, à être anxieux, et cette anxiété se manifeste par de l'agressivité.

— Est-ce à cause de l'enjeu sans cesse plus grand avec la progression de l'équipe dans la hiérarchie ?

— L'enjeu est permanent. Quand vous êtes mal classé, vous avez peur de descendre... Quand vous êtes parmi les premiers, vous voulez devenir leader... Et quand vous vous situez au milieu du classement, à la fois vous avez peur de descendre et vous voulez aller devant. Donc, l'anxiété de l'entraîneur existe dans les vingt clubs engagés dans le championnat. Personne n'est à l'abri. Il y avait parfois des tranches de repos. C'est là que je mesurais la différence. Par exemple, les premières années, pour assurer le maintien en première division, j'avais décidé de faire l'impasse sur la coupe de France, mais sans l'avouer. Nous avons été cinq ans de suite éliminés au premier tour. Alors que je croyais être un grand spécialiste de la Coupe, parce que j'avais été en finale en 1979 avec une équipe de deuxième division, puis en quart de finale, l'année suivante.

En fait, je laissais faire... On perdait, et cela ne me touchait pas...

Mais le samedi d'avant et le samedi suivant, nous retombons dans le championnat avec les points qui représentent une obsession permanente. Quand vous êtes entraîneur – j'ai fait l'analyse depuis –, vous êtes le dépositaire des valeurs d'un club aimé par des milliers de gens. Ou bien vous leur offrez des joies intenses, ou bien vous leur infligez des déceptions profondes. Quand on sait d'où ils viennent, comment ils travaillent, comment ils vivent, c'est encore pire ! Or, j'ai le pouvoir de diriger l'équipe, et la vérité de l'équipe, c'est son classement.

A Auxerre, j'ai toujours été aidé, bien sûr, par des dirigeants qui mettent des moyens à ma disposition. Notamment dans ce club de l'AJA dont la gestion est exemplaire, ce qui nous a laissés à l'abri des soucis. Mais, à cette époque-là, il n'y avait pas la recette des droits de télévision. Donc on serrait, on serrait... L'obsession est là, précisément : tandis que tous ces gens sont bénévoles, je suis moi-même la seule personne payée. J'amène le produit sur un plateau. S'il perd, c'est un mauvais produit. S'il perd plusieurs fois, c'est un très mauvais produit. S'il gagne, c'est un bon produit. Tout le monde veut qu'il soit très bon.

Puis, justement, le produit devient bon, parce que des jeunes ont éclos tels Boli, Cantona, Ferreri, Garande, avec Szarmach qui est encore là. Nous terminons troisièmes du championnat en 1983-1984. Nous avons même failli être champions : à trois journées de la fin, il y a un problème d'arbitrage lors d'Auxerre-Bordeaux. Mais on joue la coupe d'Europe – notre première coupe d'Europe – l'année suivante. Nous voici sur le devant de la scène. Et, là, je découvre le stress de ceux qui sont en tête. Par exemple, cela devient une honte de perdre chez soi, et même de perdre à l'extérieur. Et ma vie est totalement touchée par cela. Mon fils François, quand il était plus petit, avait inventé une expression : « Papa, tu as les yeux vides. »

— A partir de quel moment vous sentiez-vous totalement absorbé ?

— La veille du match, et même deux ou trois jours avant le match, déjà : tu as les yeux vides car tu n'es plus là. Je me rappelle bien quand il m'a dit cela. Je venais de manger et je m'en veux, parce que c'est agréable d'avoir un fils, et terrible de lui offrir ce visage...

Je n'avais pas encore bien défini ce stress à ce moment-là, car il y a en même temps des moments merveilleux, bien sûr. Les victoires, ce sont des moments d'extase. Il y a des buteurs qui ont dit que s'ils avaient marqué un but, c'était comparable à un orgasme. Moi, je pense que gagner un match, c'est aussi une forme plus durable de la chose, c'est une extase et une adrénaline qui vous envahit, on peut dire, de bonheur. Il est très difficile de trouver cela ailleurs. Dans la vie familiale, on peut le trouver quelquefois : le jour de la naissance d'un enfant, peut-être le jour du mariage, ou quand l'enfant a son baccalauréat, ou quand il sort de l'Ecole supérieure de commerce en bon rang, ou le jour où il trouve du travail. On ressent un grand allègement lorsque des problèmes qui vous assiègent depuis longtemps se trouvent résolus.

Dans le football, une ou deux fois par semaine, on vit la victoire... ou la défaite, le désastre total, l'anéantissement de la personnalité, la honte. On est vidé, on est furieux, on cherche si on ne s'est pas trompé, on pense qu'on s'est trompé...

— Ça dure combien de temps ?

— L'après-match dure des heures, jusqu'au sommeil. Il y a la joie, on est bien, et ensuite on oublie. Mais la douleur est terrible, brutale, avant de diminuer progressivement. Comme un deuil. « Sois sage, ô ma douleur, et tiens-toi plus tranquille... » a écrit Baudelaire. Le football, c'est moins grand qu'un deuil, mais c'est quand même de cette nature-là. On est détruit, on a perdu une bataille, on est atteint dans sa personnalité, dans son honneur, dans son amour-propre.

— Sans compter qu'il y a des phénomènes aggravants ? Le témoignage des journaux, des copains ?

— Le phénomène aggravant, c'est la défaite sans appel, la déroute, une différence de cinq ou six buts en faveur de l'adversaire... Là, c'est le déshonneur complet.

— Et pourtant, il faut vite se remettre dans l'action, préparer le match suivant qui sera, on l'espère du moins, différent ?

— Tout dépend de l'importance de la compétition et du moment où survient la défaite. Est-ce que l'on peut s'en remettre, ou pas ? Mon président, par exemple, était un amoureux de la coupe de France, depuis toujours, même quand nous étions en division d'honneur. Si nous perdions au troisième tour, il ne me parlait pas pendant deux jours. Et je crois que c'est pour lui faire plaisir que je me suis vraiment intéressé à cette compétition, et que j'ai fini par la remporter à quatre reprises, en 1994, 1996, 2003 et 2005 !

Reste que la coupe de France est une épreuve impitoyable : une défaite, et c'est fini. Rendez-vous la saison prochaine. La coupe d'Europe, c'est pire : quand vous êtes éliminé, vous pouvez penser que vous venez de la jouer pour la dernière fois de votre existence. Dans ces conditions, une erreur d'arbitrage prend d'énormes proportions...

C'est à cause de tout cela que l'entraîneur est saisi par une angoisse phénoménale. Je me suis souvent posé la question : est-ce que j'étais le seul à connaître cela, ou non ? Celui qui me semble le plus imperméable à ces pressions diverses – mais il faudra vraiment que je le lui demande un jour –, c'est Gérard Houllier. Il a souffert, comme moi, d'un grave accident cardiaque – en fait plus grave que le mien –, et il est très malheureux s'il ne dirige pas une équipe. Il retourne au feu, sans hésiter. Je crois qu'il a réussi à dompter son stress, du moins pour l'instant. Mais, par exemple, Arrigo Sacchi a interrompu brusquement sa brillante carrière. Il était, à mon avis, le plus doué d'entre nous tous. Il a inventé la « défense zone » et la pédagogie pour l'enseigner. Et Sacchi arrête, tout d'un coup ! Je l'ai rencontré dans un avion. Il me connaissait un peu par la télé. Je suis allé lui dire quelques mots : « Pourquoi avez-vous arrêté ?

— Le stress. Je n'en peux plus.

— Vous allez revenir ?

— Peut-être. »

Il est revenu une fois, puis il s'est arrêté de nouveau. Et maintenant il est directeur sportif, il n'a plus directement la responsabilité de l'équipe. Ce n'est plus son affaire personnelle. J'ai connu cela, à mon tour : vous êtes fini, comme entraîneur.

— Dans ce stress, y a-t-il d'autres facteurs que le résultat sportif ?

— Une année, j'étais en colère, parce que Jean-Pierre Soisson avait refusé des subventions à l'AJA. Or, il était ministre des Sports, grâce à ses talents d'homme politique, mais aussi grâce à nous, de l'AJA : chaque semaine, à l'Assemblée nationale, les députés lui vantaient les mérites de l'équipe : « Bon alors, tu as gagné ? Tu as perdu ? Ton équipe est formidable. Tu es en coupe d'Europe ! » Le mercredi, il quittait la séance pour voir le match. Enfin, cela faisait partie de sa vie. Et je me dis : « Il en a profité largement. On lui demande un truc, il refuse. » En novembre, je l'évitais pour ne pas avoir à refuser de lui serrer la main. J'ai fait une fixation, injuste quand même, parce que globalement il était en notre faveur. Maintenant je le sais. Il nous a beaucoup aidés. Mais, ce jour-là, il nous avait laissés tomber.

— Aviez-vous un remède pour lutter contre ce stress ?

— Le ski. C'est la seule chose qui me faisait oublier. J'allais, à Noël, à Tignes à 2 000 mètres, et je sortais par n'importe quel temps, moins 25 °C, moins 30 °C. Parfois, on n'y voyait pas à deux mètres, mais j'allais au cours collectif, même si on était deux. Le moniteur avait intérêt à nous garder trois heures. J'allais skier en famille, tout le temps, avec mon fils. Et, quand je revenais, c'était clair, la solution la meilleure, c'était d'emmener l'équipe en stage... Le stage, c'est le bonheur. C'est l'inverse de la compétition. Tu as tous les bonheurs du football, et tu n'as pas le stress. Ensuite, je reprenais gaillardement. Puis le stress reprenait... Je finissais la saison... J'allais un peu en vacances... Je me remontais. Et ça repartait. Pendant des années, c'était comme ça... Des hauts, des bas.

34

# LA PETITE FLEUR JAUNE

Dominique GRIMAULT — Nous souhaiterions développer un thème qui vous tient particulièrement à cœur : la superstition. Car vous êtes superstitieux, et à un point incroyable. Pourquoi ?

Guy ROUX — Je reconnais que la superstition a fait partie de ma vie d'entraîneur. Elle n'avait pas une part prépondérante, mais elle comptait pour de bon. Au fil des années, je suis même devenu très superstitieux ! Par exemple, j'effectuais une promenade dans la campagne, le matin des matchs, où que nous soyons. Et dans toutes les villes du Championnat, toute l'année, il fallait que je trouve une petite fleur jaune. Dès lors que je l'avais trouvée, je la glissais dans une poche de mon survêtement, et j'avais une raison supplémentaire de croire que nous allions gagner. Dans le cas contraire, j'étais inquiet, et je n'aurais pas su dire exactement pourquoi. Peut-être parce que, un jour, j'ai trouvé une fleur jaune, que je l'ai mise dans la voiture, et que nous avons gagné le match...

Au sujet de la voiture, quand les soirs de match j'arrivais au stade de l'Abbé-Deschamps – toujours de très bonne heure, vers 18 heures –, j'avais *ma* place. Pas question qu'on me la prenne ! Je me suis rangé à la même place jusqu'à mon opération cardiaque. Après celle-ci, je m'en suis fichu ! Il y avait également une paire de tennis que je portais lorsque nous avions gagné trois ou quatre matchs d'affilée : je ne pouvais en chausser une autre. Je mettais « ma paire de tennis qui gagne ». Les joueurs, aussi, sont très souvent superstitieux. Ils enfilent toujours les chaussettes en choisissant un pied plutôt que l'autre, par exemple, et tant d'autres petits gestes ritualisés.

— Pas d'explication rationnelle ?

— Non. Cela relève de la foi. J'avais neuf ans et j'étais avec mon cousin dans le verger de mon oncle à Turckheim en Alsace. Il restait une pomme sur un pommier. Mais elle était en haut. On ne pouvait pas monter dans l'arbre car les branches étaient trop fragiles. Nous commençons à viser la pomme. Un quart d'heure a passé. Impossible de toucher la pomme. Je me débattais, à l'époque, face à l'existence de Dieu ou à sa non-existence. J'ai alors pris un beau caillou rond. J'ai fait un signe de croix. J'ai lancé... et la pomme est tombée. Ce jour-là, j'ai été ébranlé. Je me suis dit : « C'est quand même le bon Dieu qui m'a aidé : ça fait un quart d'heure qu'on est à deux, qu'on n'arrive pas à la toucher, et là, je fais un signe de croix et je touche la pomme du premier coup. »

J'ai toujours cru à certains aspects magiques de la vie. Je connaissais un kiné, un infirmier de l'hôpital psychiatrique d'Auxerre, qui était magnétiseur. Un vrai. Il « sentait » la blessure. Un jour, je me suis présenté devant lui car je souffrais d'une béquille à la cuisse droite. Je lui ai dit : « Je souffre de la jambe droite. » Il a apposé sa main et sa réaction a été violente : « Mais tu te fous de moi ! Tu n'es pas blessé, pas à cette jambe en tout cas. » Et lui, c'était un vrai magnétiseur qui possédait de surcroît un don de double vue pour sublimer les joueurs. Il a affirmé un jour, lors d'une mi-temps, à Daniel Rolland, à cette époque un ailier-droit très rapide : « Daniel, je sens que tu vas marquer un but avant cinq minutes. » Et Daniel a marqué. C'est arrivé plusieurs fois. Il disait : « C'est de la télépathie. » Je lui demanderais par la suite : « Vous ne pourriez pas établir une télépathie avec le gardien de but adverse pour le faire plonger du mauvais côté ? » Il m'a répondu, l'air mauvais : « Non, ça, c'est de la magie noire. Je peux mourir. On n'a pas le droit d'utiliser la télépathie pour faire le mal. On ne peut l'utiliser que pour faire le bien. Sinon, ça s'appelle jeter des sorts. »

En 1996, un quidam me téléphone : « Guy Roux, vous avez sept points de retard sur PSG. En janvier, il y a deux matchs, et vous allez regagner cinq points sur les Parisiens. » On jouait une fois chez nous, une fois à l'extérieur ; le PSG pour sa part disputait deux matchs à domicile, contre Martigues, dernier au classement, et Lille, mal placé. Or, voici que Martigues gagne au Parc des Princes. Dans le même temps, nous gagnons. Plus que quatre points de retard. Deuxième match. Nous gagnons encore. De son côté, Paris Saint-Germain mène 1-0, à quelques minutes de la fin. Un joueur de Lille est le long de la ligne de six mètres à droite. Veut-il adresser un centre pour un partenaire ? Veut-il tirer ? En tout cas, il met la balle au ras du poteau, précisément entre le coude de Lama et le poteau : 1 but à 1 ! En deux matchs, nous avions bien repris cinq points au PSG, comme il l'avait prédit. Naturellement, l'homme me rappelle : « Dites-moi, on va faire un petit pari, monsieur Roux : vous allez être champion de France, et vous me ferez un cadeau. Etes-vous d'accord ?

— D'accord », dis-je.

— Mais vous le connaissiez ?

— Jamais vu ! On convient du cadeau. C'était à titre personnel, car il ne s'agissait pas d'engager le club dans ce pari. Le Championnat continue, l'écart varie avec

PSG, qui ne cède qu'à deux journées de la fin. Restait la coupe de France. Nous passons le cap des trente-deuxièmes, puis les seizièmes de finale. Et là, nouveau coup de fil :

« Dites-moi, monsieur Roux, vous ne voulez pas gagner la Coupe aussi ?

— Oui, bien sûr.

— Ecoutez, on va convenir d'un deuxième cadeau. Et moi, avec mon cerveau, je vais guider le ballon. Vous allez gagner ! »

A l'arrivée, on a gagné la Coupe et le Championnat. Il a débarqué un matin à 7 heures. C'était le lendemain du jour où nous avions gagné le titre sur le terrain de Guingamp. Je m'étais couché à 5 heures après une nuit de fête. Il était venu chercher ses cadeaux.

— Que lui avez-vous offert ?

— Ça, c'est un secret. Il est mort depuis, le brave homme...

— Mais dites-nous au moins à quoi il ressemblait ?

— La soixantaine. Un métier tout à fait ordinaire. Un homme très raisonnable. Originaire du Sud-Ouest. L'année d'après, ligue des Champions. Il revient à la charge : « Je vais vous aider. » Et le cirque a commencé. J'avais eu le tort d'en parler à mon président. Jean-Claude Hamel était résolument contre ces pratiques. Sans doute parce que Jean-Claude Hamel pensait que je demanderais le remboursement des cadeaux. Je l'ai calmé : « Non, non, c'est une affaire personnelle. J'ai réussi un doublé dans ma carrière, je peux offrir un cadeau à un gars qui, éventuellement, m'a aidé. Et puis, je fais des cadeaux à qui je veux, ça ne vous regarde pas. »

Le bonhomme me dit : « En poule de la ligue des Champions, vous allez vous qualifier. » A partir de là, je l'ai glissé gratuitement dans l'avion des supporters. Il ne fallait surtout pas que le président le sache. Quelle malchance, Jean-Claude Hamel l'avait repéré. Il protestait : « Vous l'avez encore fait venir ! » Sa manie, c'était d'attendre le bus adverse et d'en faire le tour en marchant. J'avais honte. Le dernier jour, nous avons battu les Glasgow Rangers à l'Abbé-Deschamps, et nous nous sommes qualifiés. Dans notre poule, il y avait également l'Ajax Amsterdam et le Grasshoper Zurich.

Nous nous arrangions tous les deux. Il y a des produits de qualité dans la région. De quoi s'entendre. Des bouteilles, par exemple... Il s'amusait avec ça. Et il était content de voir les matchs. L'année suivante, ça ne marchait plus. Mais, paix à son âme, j'ai un très bon souvenir de lui.

— Vous nous disiez que vous avez longtemps tenu à votre place de parking jusqu'à votre pontage cardiaque, et que vous ne vous en êtes plus soucié ensuite : pourquoi ?

— Après l'opération, je n'étais plus superstitieux du tout. J'étais devenu complètement matérialiste. Je mettais ma voiture n'importe où, je ne m'occupais plus des fleurs jaunes, je m'habillais comme ça se trouvait. C'est drôle, hein ? C'est comme si j'avais mis un coup d'éponge là-dessus.

Toutefois, je me laisserai encore prendre par la superstition. Il y a un endroit dont j'ai hérité, dans une forêt qui appartenait à mon grand-père. J'allais dans cet endroit avec lui lorsque j'avais quatre ou cinq ans. Il avait construit une cabane et il y cachait une réserve de nourriture entre deux morceaux de bois : des confitures, du miel, des gâteaux secs. Quand les Allemands venaient faire une rafle dans le village, il était prévenu par le maire, qui était le cousin de ma grand-mère. Les otages pris dans ces rafles étaient envoyés, à raison d'un sur cinquante, en camp de concentration. A chaque rafle, le grand-père allait dans sa cabane. Quand j'ai participé à la construction de cette cabane, comme gamin, j'étais fou de joie. Il y avait même du bois pour nous chauffer. Je passais la journée avec lui. On mangeait des pommes de terre cuites sous la cendre. Un arbre était tombé, et le monticule de la souche était devenu une fourmilière. C'était mon endroit préféré. Je me suis aperçu que j'étais comme régénéré en y venant. Dans les moments difficiles, quand je perdais plusieurs matchs de suite, un joueur important blessé, ou bien l'année où nous avons failli descendre, en 2001, eh bien, je me rendais à la cabane, et ça me regonflait. Quand j'avais des deuils, j'y allais aussi, et je repartais plus fort. Ce fut ainsi tout le temps, durant toute ma carrière. Sur la fin, moins tout de même. Mais, c'est peut-être la dernière chose que je garderai. C'est un endroit magique pour moi, et pour moi uniquement.

On est rempli de doutes parfois dans ce que l'on entreprend : ai-je bien choisi ce joueur ? Est-ce que j'ai tout fait pour que mes joueurs soient prêts ? Est-ce que la malchance va nous épargner ? Est-ce que l'arbitre ne va pas se tromper ? Est-ce que le vent ne va pas tourner, d'une mi-temps à l'autre, en notre défaveur ? Et j'en passe... Bref, j'étais rassuré, et mes joueurs étaient plus forts à travers moi. Car une onde passe entre les joueurs et un entraîneur. C'est extraordinaire. Les mauvaises périodes de mon équipe ont toujours correspondu à des époques où je rencontrais des problèmes, des chagrins ou des difficultés personnelles. On ne manage pas des hommes avec de la comédie. Vous pouvez paraître joyeux, optimiste, mais si vous êtes à l'envers à l'intérieur, cela ne sert à rien de faire le beau. Les joueurs le sentent. Mais le jour où j'étais habité d'une conviction folle, eh bien, elle passait dans le groupe.

D'où vient cette conviction ? De choses les plus diverses. On refait la pelouse une année, et on décide de ne pas y faire l'échauffement. Mais Monaco, qui nous rend visite, tient à se préparer dessus. J'explique la situation : « N'allez pas sur notre pelouse. Vous allez la bousiller en une demi-heure alors qu'on a mis un mois à la mettre en place. Je vous en supplie... » Rien à faire. J'interviens auprès du président de Monaco, et je m'entends répondre : « C'est l'entraîneur qui décide, désolé... » En ce temps-là, je pouvais partir dans des colères terribles. Il m'en prend une. Mais je me contiens, je sers les poings et je vais sur le terrain d'échauffement où se trouvaient mes joueurs. Je les rassemble : « Que je vous dise : les Monégasques se moquent de notre pelouse. Ils nous méprisent. Vous allez les écraser ! Je veux que vous les écrasiez, que le résultat pour eux soit terrible. » Il le fut : 4 buts à 0.

De toute manière, le sport fourmille de ce genre de chocs psychologiques dont on se demande toujours comment ils agissent sur les hommes. Du genre de celui qui a agi sur Franck Sylvestre. Chez nous, Sylvestre n'avait jamais marqué un but. Un Africain m'envoie un bout de bois et m'explique : « J'aime bien Sylvestre parce que c'est un Antillais. Il faut qu'il mette le bout de bois sur son protège-tibia : il va marquer de ce pied-là. » Je vais voir Sylvestre une demi-heure avant le match, quand il met ses chaussettes avant d'aller s'échauffer : « Tiens, il y a un Africain qui m'a assuré que si tu mettais ce bout de bois sur ton protège-tibia avec un bout de sparadrap – j'avais le rouleau à la main – tu vas marquer un but de ce pied-là. Tu y crois ou tu n'y crois pas... » Sylvestre se marre. C'est un gars gentil. Il met quand même le bout de bois, le colle avec le sparadrap, et il n'y pense plus. Il est très bon, et même exceptionnel, dans le jeu de tête. Certaines années, il a marqué six ou sept buts de la tête. Mais à Auxerre, donc, rien... Il y a un corner, il monte, la balle retombe, cafouillage, bing, et but avec le pied sur lequel il y avait le bout de bois ! Eh bien, Sylvestre, il ne rigolait plus. Il y a de quoi se poser des questions. Mais bon, le gars était un marabout sénégalais, et il avait fait ça pour nous allumer : « Tu me verses tant et je te fais gagner. » Là, j'ai dit : « Non. »

Il m'a appelé avant un match de coupe d'Europe, à Eindhoven, en me disant qu'il était avec moi et qu'on allait gagner... Et c'est le soir où nous avons encaissé un 3 buts à 0, où Mexes et Kapo ont été exclus, et où j'ai vécu l'un de mes plus grands malaises vis-à-vis de l'arbitrage européen. Que peut faire un marabout contre ces choses-là ?

# 35

## TRANSFERTS : MODE D'EMPLOI

Dominique GRIMAULT — Parlons des transferts... Le mot transfert est magique pour le public et les médias. L'AJA, en marge de sa politique de formation, a réussi, au cours de son existence, trois magnifiques transferts avec les venues successives de Enzo Scifo, Alain Roche et Laurent Blanc... Dites-nous s'il existe ou non un mode d'emploi pour réussir un transfert ?

Guy ROUX — Au printemps 1990, Bernard Tapie voulait Basile Boli. Nous avons retardé l'échéance avant de donner notre accord. Nous sommes montés dans l'avion de Gérard Bourgoin, et nous avons décollé de Branche, l'aérodrome d'Auxerre, pour aller au rendez-vous fixé par Bernard Tapie, au Novotel de Vitrolles. Bourgoin a discuté avec Tapie dans un salon de l'hôtel. En compagnie de Boli, j'ai rencontré dans une autre pièce Alain Roche, alors blessé à la cheville. Autour d'un verre, j'ai compris que Tapie voulait se séparer de Roche. En même temps, il était entendu que Tapie devait nous donner un transfert dans le cadre de l'« opération Boli ». Alain Roche avait joué très jeune dans l'équipe championne de France de Bordeaux, entraînée par Aimé Jacquet. Je lui portais une grande estime, et j'ai parié que sa cheville guérirait vite. Je lui ai expliqué ce que j'attendais de lui s'il venait à l'AJA, je lui ai défini le poste qu'il occuperait dans l'équipe et dans le club. C'était un garçon d'une culture assez proche de la nôtre, culture sud-ouest mais un peu rurale, et on s'est tout de suite bien entendus. Tout le monde était satisfait, Tapie d'avoir Boli, et Boli d'être à l'OM. Du coup, l'accord avec Alain Roche s'est réalisé sans difficulté. Résultat du voyage : on avait un nouveau joueur, Alain Roche ; et un joueur en moins : Basile Boli. Et un chèque au Crédit agricole ou à la Banque populaire, les deux banques de l'AJA. Ce fut le transfert le plus simple qu'on puisse imaginer.

Toutefois, il y eut des transferts plus complexes, plus cocasses. Par exemple, Yvinec, le président de Brest, avait réuni une équipe superbe à la fin des années 1980, avec des joueurs qui étaient pour la plupart internationaux, ou le sont devenus, tels Julio Cesar, Le Guen, Lama, Ginola. Mais il avait un peu présumé de ses finances. Les pouvoirs publics l'avaient sauvé à plusieurs reprises, puis ils l'ont lâché. Brest était donc sur le point d'être mis en faillite, et tous les clubs se sont jetés sur l'effectif. Le club terminait sa saison en voyageant dans des voitures de dirigeants bénévoles, qui payaient l'essence et le repas de midi car il n'y avait plus du tout d'argent dans la caisse. Les salaires n'étaient plus réglés. Moi, je voulais Corentin Martins. Je savais que Lyon et Bernard Lacombe étaient très intéressés par ce joueur. Nous ne pouvions pas nous aligner, dans certains domaines, avec les capacités de Lyon. Donc, j'ai décidé avec Gérard Bourgoin, un dimanche à 20 heures, de partir pour Brest en avion afin d'aller voir et de discuter avec Martins, à son domicile. Il nous y attendait très gentiment avec son épouse, et, à minuit, nous étions tombés d'accord : il avait signé à l'AJA. Mais le lendemain matin, nous avons discuté avec l'administrateur judiciaire du montant du transfert. Nous avions payé, si mon souvenir est bon, un million deux cent mille francs pour un joueur qui, au pied de la lettre, n'aurait plus valu un centime sept jours plus tard. Apparemment, c'était la plus grande bêtise du monde... sauf que, sept jours plus tard, ce n'est pas nous qui l'aurions eu : il serait allé à Lyon. Donc, en faisant l'action la plus stupide qui soit, en apparence, nous avons attaché Corentin Martins à l'AJA dont il a été un joueur essentiel pendant plusieurs années, et notamment un excellent capitaine. Il est même parvenu à l'équipe de France.

— Vous parlez ici d'une « fausse » erreur économique. Avez-vous commis de véritables erreurs, et combien ?

— Nous en avons commis, oui. Beaucoup. On ne s'en vante pas. Nous avons engagé des joueurs qui n'ont pas donné ce que nous espérions d'eux. Tous les clubs en sont là. Ou bien, nous avons raté des joueurs excellents parce que nous n'avons pas assez insisté ou pas assez cru en eux. Ou bien, nous avons dit oui trop vite : si nous avions tenu vingt-quatre heures supplémentaires, nous aurions pu tirer deux millions d'euros de plus dans la transaction. Des erreurs, on en fait sans arrêt, mais on ne s'en aperçoit qu'après.

— Comment s'est passé le transfert d'Enzo Scifo, un des plus grands joueurs qui aient porté le maillot de l'AJA ?

— Enzo Scifo était mis en quarantaine à Bordeaux, par Claude Bez. C'était au mois d'août 1989. Il n'avait pas le droit de s'entraîner avec les autres. On lui avait adjoint un entraîneur personnel, et il fallait qu'il se prépare, sans ballon, sur un terrain d'athlétisme. Je n'ai jamais eu connaissance de la nature du désaccord qui l'opposait à Claude Bez. A ce moment-là, l'UEFA venait de décider : « La Yougoslavie et la France sont *ex æquo*. On va tirer au sort pour savoir quel club va jouer en coupe UEFA. » Le club, pour la France, était l'AJ Auxerre. Lorsque j'ai appris cela, au conseil d'administration de la Ligue dont j'étais membre, j'ai appelé l'UEFA et j'ai dit : « Il ne faut pas commettre une telle chose. Organisons un match. L'UEFA est un organisme sportif : un match est préférable à une sélection par le hasard. Demandez aux Yougoslaves s'ils sont d'accord, en leur disant que nous aurons ainsi chacun une recette supplémentaire. » Le Dynamo de Zagreb a accepté. Le match d'appui aller a eu lieu au mois d'août, et Suker nous a mis une lucarne sur coup franc : défaite 1-0 à l'Abbé-Deschamps, ce qui n'était pas facile à remonter ! C'est dans ce contexte que survient l'affaire Scifo. Dans un entretien accordé à *L'Equipe*, Scifo précise : « Je peux encore aller dans un seul club en France parce qu'il n'a que deux étrangers au lieu de trois, c'est Auxerre. Et en plus, il y a un super-entraîneur... » Je lis cela avec amusement et fierté. Je le connaissais depuis longtemps. J'avais couvert, avec TF1, son premier match avec la Belgique, contre la Yougoslavie, à Lens en 1984 : il avait dix-sept ans. Nous l'avions eu comme adversaire. Mais je ne lui avais jamais parlé. Je lui téléphone et je lui dis : « Merci. Jamais personne n'a dit que j'étais aussi exceptionnel. Je voudrais bien vous avoir, mais votre salaire est complètement décalé, sans doute, par rapport à ceux qui sont pratiqués à Auxerre. Ensuite, les Girondins de Bordeaux vont nous demander un prix fou et on n'y arrivera pas. »

Et il me répond ceci : « Monsieur Roux, pour ce qui est du salaire, c'est moi qui décide. Je suis prêt à faire de gros sacrifices pour me remettre en selle. J'appartiens pour moitié à l'Inter de Milan et pour l'autre à Bordeaux. Si vous parvenez à vous mettre d'accord avec eux, eh bien, je peux venir, et je vous promets que je me mettrai d'accord avec vous sur le plan salarial. » J'alerte alors le président Hamel. Celui-ci est très ami avec Claude Bez. Il l'appelle en Afrique, et Bez donne l'ordre à

Couecou, alors directeur sportif des Girondins, de négocier avec nous et l'Inter de Milan. La réunion se fait immédiatement dans un hôtel à Orly et, au bout d'une journée de négociations, nous tombons d'accord.

C'est ainsi qu'Enzo Scifo a joué deux années chez nous. Au bout de deux ans, il est retourné à Milan. Nous avons versé une certaine somme, raisonnable, car le président Hamel n'a jamais donné plus que ce qu'il pouvait donner. Il donnait même souvent un peu moins... Nous avons, je crois, payé Bordeaux, et l'Inter a récupéré Scifo ensuite. Le bénéfice d'Auxerre, ce fut de l'avoir pendant deux ans. Le bénéfice de Bordeaux, c'était de ne plus avoir un joueur qu'il avait mis à l'écart, et de récupérer une partie de la mise. Enfin, le bénéfice de l'Inter, ce fut de récupérer un joueur régénéré en deux ans, et d'en disposer comme il l'entendait.

— Comment s'est passé l'arrivée de Scifo, puis son intégration ?

— Il est arrivé un samedi, entre les deux tours de coupe d'Europe. J'ai organisé un match de l'équipe C où, je me rappelle, Dutuel jouait. Nous avions organisé ce match, en toute hâte, avec Gien. Et Enzo a joué formidablement bien... tellement il était content de rejouer. Nous avons gagné 5-0. Le mercredi suivant, il était avec nous à Zagreb, déjà qualifié. Ce match s'est déroulé devant soixante-dix mille spectateurs, en fin d'après-midi. Il faisait nuit à la fin. Otokoré a marqué. Et Scifo a fait un très grand match. Nous avons gagné 3-1. Un match mémorable.

Avec Scifo, l'AJ Auxerre a bénéficié de l'art de l'un des meilleurs techniciens vus à l'Abbé-Deschamps. Nous avons joui également de la politesse exquise de l'un des hommes les plus prévenants que nous ayons vus chez nous. Sa femme et ses deux petites filles étaient adorables. Son père, un ancien mineur sicilien, était également très agréable à fréquenter. Ce fut un grand bonheur qui a duré deux ans. Enzo, c'était vraiment un très grand.

— Et l'arrivée de Laurent Blanc à l'AJA, comment l'expliquez-vous ?

— Alain Migliacio, l'un des agents les plus intelligents que j'aie connus, m'appelle à 8 h 30 du matin, avant l'entraînement, et me dit : « Veux-tu Laurent Blanc ? » Blanc était à Saint-Etienne, mais les Verts avaient de mauvaises finances. Nous étions au début de saison, c'était l'été 1995. Saint-Etienne était en stage avec Elie Baup, à Avignon. J'ai répondu : « Oui, naturellement, mais ce n'est pas possible. » Je croyais connaître son salaire : il représentait à peu près quatre fois notre plus gros salaire. Il me dit : « Non, non ! Il peut faire un sacrifice énorme car, de toute façon, il n'est plus possible d'aligner une équipe à Saint-Etienne de haut niveau. Il n'y a plus d'argent. On ne peut plus le payer. Les dirigeants seront d'accord pour le laisser partir. Il acceptera de faire un très grand sacrifice financier car il y a l'Euro à la fin de l'année. Je suis sûr qu'avec toi il va se refaire une santé. Nous pouvons le persuader qu'il va regagner sa place en équipe de France et faire l'Euro. Et quand il aura fait l'Euro, je sais qu'il sera le meilleur libero d'Europe. Alors il récupérera facilement ce qu'il aura perdu à Auxerre. »

C'était le pari. J'ai précisé : « Je veux lui parler. 13 h 30, ça va ?

— Très bien, il t'appellera. »

Je reviens au stade. A 13 h 30 pile, je l'ai eu au bout du fil. Nous avons parlé pendant trente minutes, pas d'argent, uniquement de foot. Je ne le connaissais pas. Il avait joué et perdu contre nous, 3 buts à 0, une finale de Gambardella, à Bourges. Il avait joué plusieurs fois avec Montpellier, contre l'AJA, avec le numéro 10 sur le dos.

Il était devenu arrière central depuis. Migliacio lui avait bien expliqué la situation, telle qu'il me l'avait exposée. Donc, pas de méprise entre nous. Il me propose : « D'accord, venez, je vous attends. » Je lui dis « Vous croyez que je peux venir ce soir ? » Il me répond très tranquillement : « Oui, le plus tôt sera le mieux. »

Au téléphone, Gérard Bourgoin se met d'accord sur un salaire, très diminué, avec Migliacio, et nous partons, après l'entraînement, à 17 h 30, en avion avec Gérard, pour Avignon. A l'aérodrome, Laurent Blanc est là, avec son sac. Nous le récupérons et nous nous envolons vers Saint-Etienne. Il fallait en effet conclure avec le président des Verts, qui était le directeur de la Caisse d'Epargne. Dans l'avion, j'explique à Laurent Blanc : « Vous ne serez pas capitaine parce que j'en ai déjà un dans l'équipe. »

C'était Corentin Martins. Je n'ai jamais dégradé un joueur, jamais. J'ajoute : « Mais je compte sur vous pour être un leader. Si cela vous convient, vous serez donc un patron sans brassard.

— Très bien », dit-il.

Et j'insiste :

« J'espère que vous allez être le leader de ma défense. On prend trop de buts. Soyez présent. Pour les montées, vous m'en faites une en première mi-temps, une en seconde. Mais vous allez sur tous les coups francs et tous les corners. Et comme nous alignons une équipe très offensive, il y aura pour vous beaucoup de coups francs et beaucoup de corners. Ça va quand même vous situer souvent devant les buts. Etes-vous d'accord ?

— D'accord. »

En vingt minutes, sur les deux sièges arrière de l'avion, entre Avignon et Saint-Etienne, j'avais terminé mes explications tactiques. Je ne lui en ai plus jamais parlé. Il a fait ce que j'avais demandé lors de tous les matchs qu'il a joués. Nous avons réglé les problèmes avec Saint-

Etienne. Nous avons appelé Jean-Claude Hamel, alors en vacances à l'étranger... Je dois avouer que le président nous a réservé un accueil mitigé...

Sur ce, nous nous sommes rendus chez Laurent Blanc pour saluer sa compagne et voir son bébé. Il a pris une valise, quelques affaires, et nous sommes remontés dans l'avion. En arrivant, nous sommes allés dîner au Mercure, à côté de l'aérodrome : il était 23 heures. Je connaissais un journaliste qui me reprochait toujours de ne pas lui donner les transferts au moment opportun. Ses collègues fêtaient un anniversaire dans une salle voisine du restaurant. Je suis allé les prévenir et ils ont appelé « mon » journaliste... qui dormait. On le prévient : « Guy Roux est au restaurant avec Laurent Blanc que l'AJA Auxerre vient d'acheter. » Il entendait la fête et les gens rigoler. Et lui, furieux : « Vous me réveillez en plein sommeil. Et, en plus, vous vous foutez de moi ! »

Le lendemain matin, à 8 h 30, Laurent Blanc était à l'entraînement.

Mais le conte de fées n'a pas commencé tout de suite. Au mois d'août, au cours de l'un des matchs amicaux de préparation, nous avons gagné 11 buts à 1 contre Heereven, qui est devenu depuis un bon club du championnat des Pays-Bas. Sur une échappée d'un attaquant néerlandais, Laurent a mis sa jambe en travers, il a eu un muscle écrasé. Ça s'est terminé par une opération. Et il n'a pas rejoué avant octobre. Et quand il est revenu pour jouer contre les Anglais de Nottingham Forest, match arbitré par M. Collina, il s'est donné une entorse du genou. Cette fois, il a fallu l'opérer du ménisque externe. Il n'est revenu qu'au stage d'hiver, de Noël, à Soulac. En tout, il avait joué cinq matchs avant la trêve !

Nous étions quand même dans le haut du classement. A la reprise, il a joué, et nous n'avons perdu qu'un seul match durant tout le second semestre : en coupe de la Ligue. Nous avons gagné tous les autres matchs, et, en fin de compte, nous avons réussi le doublé historique championnat-coupe de France.

A la fin de l'année, Blanc était libre, puisqu'il n'avait signé que pour un an. Je lui propose timidement de rester, mais je sais bien que cela ne va pas être possible. Et là, Migliacio dirige Laurent Blanc vers le FC Barcelone, et le joueur prend en trente-cinq secondes, sous forme de primes diverses, ce qu'il avait perdu à Auxerre. Comme prévu, ses performances avec nous l'avaient relancé en équipe de France. Il est devenu le libero indiscutable des Bleus en Angleterre lors de l'Euro. Cette équipe de France prend très peu de buts, et elle ne s'incline qu'aux tirs au but, en demi-finale, face à la République tchèque, 0 à 0.

Mais la chose la plus importante, c'est que nous avons trouvé, comme dans le cas de Scifo, un homme à côté du joueur de football : un Cévenol d'une éducation parfaite, très saine, une vue des choses carrée, un esprit franc, volontaire, travailleur, très proche des autres joueurs, très sociable. Une présence formidablement appréciée par tout le monde

Laurent Blanc, ce fut un coup parfait pour tout le monde.

— Mais votre politique est d'abord de découvrir et former des joueurs pour les vendre ensuite à très bon prix ?

— Peut- être, mais je tiens à préciser que nous ne vendons pas systématiquement tous nos joueurs. A la fin de la saison 2003-2004, nous avions deux joueurs libres : Kapo et Boumsong, deux internationaux, et deux autres joueurs internationaux encore sous contrat : Mexes et Cissé. Normalement, à l'été 2003, nous aurions dû transférer Kapo et Boumsong pour percevoir beaucoup d'argent. C'est la loi économique normale du football. Mais j'ai dit à mes dirigeants : « Nous avons quatre joueurs de grande valeur. Nous avons un budget. Nous le tenons positivement. Nous n'avons pas de dettes. Nous payons nos investissements au fur et à mesure. Pourquoi voulez-vous que je transfère ces deux-là, alors que j'en ai besoin pour faire une bonne saison 2003-2004 ? Laissez-les-moi.

— Oui, mais alors ils seront libres, et nous ne toucherons rien », m'a-t-on répondu. Ils avaient dépassé en effet l'âge de vingt-trois ans, âge limite au-delà duquel le club formateur ne touche plus une indemnité.

« Je sais, ai-je répondu, je vous demande de renoncer à une très grosse somme d'argent. Mais nous saurons transférer Djibril Cissé et ensuite Mexes. »

Comme j'étais plutôt estimé, mon comité directeur m'a laissé faire. En 2003-2004, nous avons fait une très belle saison et nous nous sommes qualifiés en coupe d'Europe, tout en jouant la ligue des Champions cette année-là : nous avons terminé troisièmes de notre poule, puis, en UEFA, nous avons été la dernière équipe française présente en coupe européenne, en huitièmes de finale. Certes, Kapo est parti à la Juventus Turin et Boumsong aux Glasgow Rangers, sans un centime pour l'AJA. Mais notre excellente saison a permis le départ de Djibril Cissé vers Liverpool pour une somme importante.

— Qui la détermine, cette somme ?

— Le marché et la discussion entre M. Hamel et Rick Parry, le directeur de Liverpool. Je n'entre jamais dans le débat financier. On me demande parfois mon avis. Le plus souvent, je dis : « Le prix est trop bas, le joueur vaut plus cher. »

— Que représente le marché ? Y a-t-il une bourse des joueurs ?

— Le marché, c'est l'offre et la demande. Nous demandons une certaine somme à Liverpool. Liverpool trouve notre demande trop élevée, naturellement, et nous fait une contre-proposition. Nous ne la trouvons pas assez élevée. Les dirigeants de Liverpool viennent à Auxerre, et les discussions n'aboutissent pas. Nos dirigeants se rendent à Manchester, trouvent un terrain d'entente et, cette fois, ils signent le transfert. Pendant ce temps-là, Cissé, qui souhaitait jouer à Liverpool, notamment pour retrouver Gérard Houllier, a discuté lui-même avec les dirigeants de son salaire, en dehors de nous. Les deux négociations sont complètement indépendantes. Quand Djibril était sur le point de signer, je lui ai demandé : « Tu es d'équerre avec Liverpool ? Ça va ? Tu es content ? » Il m'a dit : « Oui. » Je ne lui ai même pas demandé combien il gagnait. J'ai pensé que c'était assez.

— Vous ne le savez pas ?

— Je ne lui ai pas demandé. Ç'aurait été presque incorrect. Ce que je sais, c'est que c'était beaucoup plus qu'à Auxerre ! Le fait que Kapo et Boumsong soient partis gratuitement a été oublié, parce que la somme de Liverpool était assez élevée pour faire oublier le manque à gagner. Une bonne affaire, c'est une affaire où les trois parties sont satisfaites : le joueur et les deux clubs. Liverpool a gagné la ligue des Champions en 2005 avec Djibril qui a inscrit un tir au but lors des prolongations, alors qu'il avait eu la jambe cassée au mois d'octobre précédent.

— Il y a deux périodes de transfert : il y a le fameux *mercato* d'hiver, et puis il y a les échanges classiques de l'été. Comment expliquez-vous le fait que l'on paraît ne jamais sortir des transferts ?

— C'est un effet médiatique. Le transfert, pour les journalistes, est un mot miracle. C'est le sujet qui attire toujours le lecteur. Début mars, déjà, j'attends la sempiternelle page de *France Football* avec le titre : « Numéro spécial : les transferts ». Il y a la photo de tous les joueurs un peu renommés dont ils pensent qu'ils peuvent être transférés. C'est complètement inventé. Je n'ai jamais rien révélé, et pourtant j'ai toujours un ou deux de mes joueurs en photo à la une. C'est ainsi.

— Comment menez-vous vos enquêtes pour trouver les joueurs que vous recherchez ?

— Nous expédions des envoyés spéciaux un peu partout lors des mardis et mercredis de matchs internationaux. Nous observons certains joueurs. Nous les notons. Nous retournons les voir. Tout dépend de nos besoins : si un de nos joueurs est en fin de contrat, nous étudions les solutions de remplacement à son poste.

— Qui sont ces « envoyés spéciaux » ?

— Il y a un service officiel : deux hommes, au club, dont c'est la mission, le chef est Daniel Rolland. Lui a son réseau français et étranger. Quant à moi, à mon âge, avec le temps que j'ai passé au sein du football européen, j'ai beaucoup de copains dans dix pays d'Europe. Ils m'appellent, je les appelle. J'apprends des tas de choses...

— Chaque club fait-il de même ?

— Oui. Il n'y a pas de guéguerre. Ça se passe toujours avec le sourire. Parfois les recruteurs se déplacent dans la même voiture, comme lors de la coupe d'Afrique des Nations. Ils s'entendent bien pour faire le travail. Ils regardent tous le même match. Ils en rendent tous compte en rentrant. Vous savez, on est toujours le petit de quelqu'un, et le grand des autres. Si nous sommes en concurrence avec Lyon sur un joueur, on ne touche pas terre. Si on est en concurrence avec Romorantin, ça va mieux. Et je n'ai rien contre Romorantin. J'ai autant d'estime pour Romorantin que pour Lyon. Mais c'est comme ça. L'AJ Auxerre est crédible grâce à ses performances, grâce à l'image que les gens ont de nous et grâce à nos structures. Dites-vous qu'Auxerre est le club le plus connu en France, avec Saint-Etienne. Et cette réputation s'étend à des pays comme la Pologne, les Pays-Bas, l'Angleterre. Cela dépend des bons résultats que nous avons obtenus contre leurs meilleurs clubs.

— Pendant quelle période sent-on peser la menace d'un autre club sur ses propres joueurs ?

— En permanence. Mais on ne le sait généralement pas. Les grands joueurs sont tous demandés, sans arrêt. Et les journaux s'en mêlent. Moi, je restais tout le temps en contact avec mes joueurs. Je faisais des suppositions : « On doit te demander, non ? » Ou : « Tu vas partir ? » Ou encore : « Tu ne vas pas partir cette année, tu n'es pas encore assez mûr, et tu ne seras pas titulaire. Qu'est-ce qui vaut mieux pour toi ? L'AJA avec la coupe d'Europe ou le banc chez les autres ? Par contre, si tu attends une année avant de partir, tu seras titulaire, parce que tu auras une année de plus et dix sélections de plus... »

Il faut savoir manœuvrer. En France, vous avez quatre ou cinq clubs puissants qui sont en campagne, à tour de rôle. Cela dépend des présidents, d'une rentrée financière importante, d'une situation peu brillante à corriger, de l'imminence d'un match contre leur grand rival, ou d'un match contre vous... Ce ne sont pas toujours les mêmes clubs qui sont concernés par cette fièvre. Mais cela s'exprime souvent de la même manière, par une rumeur ou par un article destinés à vous déstabiliser avant un match. Moi, je mettais ça dans un coin de mon cahier et de ma tête. Et si, par hasard, le déstabilisateur revenait à la charge pour chercher le joueur à la fin de la saison ou à la fin de l'année, j'avais un prix dans ma tête et je me disais : « Pour toi, ce sera ce prix-là, plus un million. » Et ce qui est merveilleux, c'est que, souvent, si je n'avais pas eu cette exigence, on aurait perdu le million !

36

# AU BORD DE L'AU-DELÀ

Dominique GRIMAULT — Vous avez été victime à la fin de l'année 2001 d'un grave accident cardiaque et vous avez subi un pontage coronarien. Vous-êtes vous expliqué les raisons de ce coup dur ?

Guy ROUX — Dès les premières années de ma carrière d'entraîneur, j'ai eu le sentiment confus que je pourrais être un jour victime d'un accident cardiaque. Je souffrais fréquemment de douleurs intercostales. Je me faisais examiner par le médecin du club, qui me tranquillisait chaque fois. J'avais un tel stress, me disais-je, que je risquais d'avoir un problème. Je me rassurais en me disant que, premièrement, je ne fumais pas ; que, deuxièmement, j'avais fait du cross et du demi-fond. Par ailleurs, j'avais un cœur excellent. Jusqu'à plus de quarante ans, j'ai conduit le peloton de mes joueurs à travers la forêt, à quatorze kilomètres à l'heure de moyenne. Mais, entre quarante-cinq et cinquante ans, j'ai grossi de plusieurs dizaines de kilos. Je mangeais sans doute trop. Et je n'ignorais pas qu'un accident pouvait survenir à la suite à de profonds bouleversements personnels. Mais je me rassurais : « Les innombrables soucis quotidiens que provoque le métier d'entraîneur ne sont pas des contrariétés qui peuvent me rendre malade. » Je les considérais comme naturels, comme partie intégrante du métier. Et il existe de nombreuses activités où l'on doit faire face à des soucis constants, donc je ne veux pas être plus affecté que les autres par cela, pas plus qu'un professeur, par exemple, qui est contesté par ses élèves, ou qu'un entrepreneur qui a raté une grosse affaire...

Je sais maintenant que mon éviction de l'Unecatef, que j'avais enfouie en moi dès le lendemain, m'a très profondément affecté.

En tout cas, nous étions au cœur de l'automne 2001 et j'avais repris l'entraînement. J'étais plutôt content d'être présent tous les matins, de conduire la préparation, d'exercer ce métier merveilleux. Mais chaque année, au mois de novembre, je dois être sensible à la diminution de lumière en hiver, et, dans ce cas-là, j'ai toujours un peu de vague à l'âme. A la fin de l'année 2001, j'étais légèrement déprimé, mais je me battais, et cela ne transparaissait pas dans mon travail. Il y avait aussi les coupes d'Europe qui me coûtaient une fatigue physique et mentale supplémentaire, mais je me consolais, sachant que six jours de ski suffiraient à me regonfler.

Deux événements graves sont alors intervenus qui m'ont touché intimement. D'abord l'accident cardiaque de Gérard Houllier. Sans peut-être qu'il le sache, ou sans qu'on se voie beaucoup, je me suis toujours senti proche de Gérard. Le fait qu'il échappe de très peu à la mort – car il a vraiment été rattrapé par la pointe d'une artère – m'avait beaucoup alerté et contrarié.

Puis Marseille est venu jouer à Auxerre. Le soir, Serge Mésonès dînait avec le président et toute sa famille. Je me suis joint à eux et nous avons passé un très très bon moment. Le samedi suivant, ou le dimanche, dans un match à Aubin, en Aveyron, Serge est venu en trottinant à côté de l'arbitre et s'est effondré à ses pieds. Il n'a pas pu être ranimé. Par un terrible concours de circonstances, l'ambulance médicalisée qui se trouvait au match avait été appelée sur un accident et n'était plus disponible... C'était le jubilé de Serge ; il fêtait la rénovation de « son » stade, à laquelle il avait participé avec des crédits du ministère puisqu'il était conseiller technique bénévole au ministère de Marie-George Buffet. Serge est l'un des personnages marquants de ma vie. Sa mort m'a complètement bouleversé. Nous avons organisé un avion avec *L'Yonne républicaine*, payé par moitié par le journal, par moitié par l'AJA, pour aller aux obsèques. J'étais très profondément affecté sur le plan physique. L'avion est revenu à la nuit tombante. J'ai pris ma voiture – je m'aperçois que c'est le seul déplacement de ma vie où je n'ai pas voyagé en compagnie de mes joueurs. J'ai rejoint l'équipe, à Metz, en voiture, en conduisant, comme on dit, « au radar ». Le lendemain, nous avons perdu mais je suis resté sans réaction. Je m'en étais à peine aperçu. Le mardi, nous sommes allés en forêt. J'ai couru un peu, et j'ai senti un serrement dans la poitrine. Je me suis fait la remarque : « Tiens, il faut que tu fasses attention. » Le jour du match suivant, donc à domicile, j'ai fait comme d'habitude un footing de six kilomètres dans la forêt, le matin. Et là, ça m'a serré vraiment, ça s'est même bloqué, et je me suis dit : « Je vais faire un infarctus. » Je me suis assis sur un tronc d'arbre. J'étais seul, au milieu de la forêt. Je me suis calmé : « Bon, il ne faut pas que je perde mon sang-froid. » J'étais à 150 pulsations. C'est redescendu, et ça s'est desserré. La douleur s'est estompée. Je suis reparti en marchant, et j'ai même terminé ma sortie en trottinant. Le soir, à 18 heures, j'en ai parlé au médecin, avant le match. Il n'a pas réagi : « Je crois que le mois de novembre ne vous réussit pas. C'est le stress. »

Le lendemain, j'ai raconté ce qui m'était arrivé au médecin de l'équipe B. Il a rétorqué : « Ah, les vieux arbres ne tombent jamais ! »

Le vendredi suivant, en revenant de la salle, serrement à nouveau. Là, j'ai dit : « Halte ! » Je me suis rhabillé, j'ai sauté dans ma voiture, je suis monté à l'hôpital sans prévenir personne. Je me suis rendu directement au service de cardiologie. Je n'avais évidemment pas de rendez-vous. Ils m'ont ausculté. Je connaissais à peine le chef de service, le docteur Sotto. Il m'a fait un électrocardiogramme, puis il m'a demandé : « Montez sur le vélo. » J'ai pédalé un peu. Il a pris ma tension.

C'est alors qu'il m'a ordonné : « Couchez-vous. » Il a appelé une infirmière : « Perfusion. » Et il m'a annoncé : « Vous restez. Non seulement vous restez, mais j'appelle un professeur et nous partons à Paris. Je ne travaille pas cet après-midi. Je pars avec vous. » Il est entré en contact, à Cochin, avec le professeur Spalding.

Je lance : « Il est midi. Nous pouvons déjeuner sur la route en passant. » Il me regarde : « Non, pas question. Direct. » Et il ajoute : « Je vous fais brancarder. » J'ai dit : « Ah ! non, toute la ville va dire que je suis mort. » Il me dit : « Bon, d'accord. Mais doucement, hein ? Vous allez à l'ascenseur et on vous attend en bas. » L'ambulance était brinquebalante, une sorte de camionnette sans ouverture, à part une lunette à l'arrière. Je voyais la route qui défilait. J'ai commencé à lui poser des questions. Réponse : « Vous n'avez pas fait d'infarctus, mais vous pouvez en faire un d'un moment à l'autre. C'est pour ça que je ne vous quitte pas. Nous verrons à Paris ce que nous pouvons faire. » Je venais de terminer l'entraînement du matin et je pouvais m'absenter. L'équipe partait le lendemain pour Lyon.

Examen immédiat à Cochin. Anesthésie au niveau du poignet, et ils vous envoient un fil jusque dans le cœur. Je voyais le cœur et je distinguais leur outil dans les artères. C'était plutôt intéressant. J'observais aussi le professeur Spalding, un médecin assez jeune. Je ne souffrais absolument pas. Rien qu'une légère gêne. Il m'annonça :

« Vous avez une ou deux artères de bouchées.

— On peut faire un coup de ballon. C'est ma spécialité.

— Non, on ferait tout exploser ! Attendez. Je vais voir le docteur Sotto. » Il revient : « Si vous êtes d'accord, nous vous trouvons une table d'opération dans Paris, ce soir ou demain matin. » J'étais partant. Mais Cochin n'est pas équipé pour des opérations du cœur. Spalding revient au bout de dix minutes : « Nous vous avons trouvé une équipe à Saint-Joseph, un hôpital semi-public qui dépend des Hôpitaux de Paris. Ce n'est pas loin, un quart d'heure d'ambulance. »

Je préviens mon fils, qui habite tout près, dans le 14e arrondissement. « Viens me voir à l'hôpital. Apporte du papier et un crayon. Je me fais opérer. Rien de grave. Il y en a des milliers comme moi. »

Pendant que des infirmières me rasent, j'appelle Jean Edy, le secrétaire du club. Entre nous, il existe une confiance et une unité totales. Je lui explique : « Bon, je me fais opérer du cœur, ce soir. Donc, je ne serai pas à Lyon. Prenez un crayon. Voici mes directives : appelez Alain Fiard, mon adjoint. Ne prévenez pas le président tout de suite. Qu'Alain vienne à côté du téléphone avec un crayon.

J'ai Fiard : « Alain, je vais subir une petite opération du cœur ce soir. Tu prends la direction de l'équipe. A partir de cette minute, tu es entraîneur de l'AJA. Demain, tu prends tel groupe, tu prends les seize joueurs... en vue de faire telle équipe. Si celui-ci est incertain, tu mets celui-là. Dès que je serai lucide, je t'appelle. »

A ce moment-là, je suis rasé comme un œuf et badigeonné à la teinture d'iode. Mon fils François arrive. Et je lui annonce : « Il y a un risque. »

— Est-ce que vous étiez angoissé ?

— Non. A ce moment-là, je ne pense qu'à bien régler toutes mes affaires. J'explique à François : « S'il m'arrive quelque chose, dès demain matin, tu fais ceci, cela... »

Je veux qu'il soit parfaitement au courant de tous les problèmes financiers qui peuvent se poser. Mes assurances-vie, mes relevés de banques, les actes du notaire... Ma secrétaire sait où sont tels et tels contrats. Je prépare mon départ lucidement. Il note tout. Je me dis à cette seconde : « Je me suis battu toute ma vie. Si, en plus, ça ne profite pas pleinement à mon fils parce que ce n'est pas bien réglé, je suis vraiment le dernier des imbéciles. » Et François, imperturbable, note. Il est un peu comme moi, il ne dit rien. Je téléphone à mon père qui vit à Cannes. Il a alors quatre-vingt-huit ans et il est en bonne santé. Je le préviens : « Ils vont me faire un pontage. Je n'ai pas fait d'infarctus. Ça va bien. Je t'appelle demain matin. » Quand nous avons fait le tour de la question, mon fils s'en va.

Le chirurgien, Olivier Bical, me rend visite : « D'après les examens, vous allez subir un double pontage. De toute façon, on verra bien ce qu'il faut faire. Vous n'avez rien à craindre. Votre état général est solide. Je suis en train de réunir l'équipe. Presque tout le monde est là. Je vais vous les présenter. » La plus belle, une jolie brune, dit : « Moi, je suis votre moteur. C'est moi qui m'occupe de la circulation extérieure. » La circulation extérieure, c'est un cœur artificiel, en quelque sorte, qui balance le sang, parce qu'ils shuntent et refroidissent votre cœur pour opérer. C'est une opération particulièrement sévère quand même. On vous sectionne le sternum à la scie électrique et on écarte les deux branches de la poitrine pour pouvoir attraper le cœur. On écarte également les poumons un peu sous les bras pour mieux voir. Ensuite, ils prennent une artère dans le poumon et ils la branchent. Ils shuntent, c'est-à-dire qu'ils contournent l'artère bouchée. Un pontage, c'est un pont. Il n'est pas plus grave d'en avoir un que cinq. Ça dure un peu plus longtemps, c'est tout.

Arrive l'anesthésiste : « Je vais vous faire somnoler. Après, on enlèvera le son et l'image. » Ça se passe bien, j'ai deux intraveineuses...

... Et je me réveille à 3 heures du matin. Je vois un barbu, en vert, au-dessus de moi. Je demande : « Alors, je suis vivant ? » Il me dit : « Il faut croire. Mais je te préviens, je te connais. Tu as toujours l'habitude de commander, mais, ici, c'est moi le chef. » C'était l'infirmier de nuit. Il me tutoyait, pas du tout de manière désagréable : « Tu peux avoir confiance. Je suis un bosseur. On va te sortir de là, mais rappelle-toi : tu dois faire tout ce que je dis. » Je me regarde, je vois des tuyaux qui sortent de partout, dont un machin dans le nez avec l'oxygène. Il y a un bidule qui fait cling-cling toutes les dix secondes. J'étais au service réanimation. Il a ajouté : « On ne va pas te détacher tout de suite. » C'est ainsi que je suis revenu à la vie.

J'étais très gêné par la sonde nasale. Je ne pouvais pratiquement pas parler. Je traversais des périodes de somnolence puis de réveil, sans arrêt. Il me semblait que j'étais dans une espèce de cabine. Je ne souffrais pas, car j'avais des perfusions d'antalgiques et d'antibiotiques. Une petite incertitude subsiste toujours sur la relance du cœur, après son arrêt durant l'opération. Un tableau indique le pourcentage d'oxygène dans le sang, qui diminue beaucoup et qui doit remonter ensuite. Si le pourcentage tombe en dessous de 90 – si je me souviens bien –, l'appareil se met à sonner. Mais on doit aussi se surveiller soi-même : on peut ainsi donner l'alerte grâce à une sonnette attachée au poignet. J'étais tout le temps à 90/91. Quand vous êtes entre les mains de personnes en qui vous avez confiance, vous essayez de ne pas les déranger. A 90, je me disais : « Je ne bouge pas. » A 89, je me suis dit : « Ils ont dû donner une marge de sécurité. » A 88, j'ai sonné. C'était mon arrivée d'oxygène qui avait bougé, tout bêtement.

— Mais pas de peur, pas de panique ?

— Non, je gardais le moral. Je n'avais pas peur de mourir. Je suis resté en « réa » deux ou trois jours et trois nuits. Seul mon fils est venu. Pas de téléphone portable, pour ne pas dérégler les instruments.

— Est-ce que votre fils vous parle de football ?

— Oui, et j'apprends que nous avons été battus à Lyon, 3 buts à 0. Ça m'a embêté, mais il fallait d'abord que je survive. Là, je mène un combat personnel. Et, en service réanimation, vous avez l'impression de vous battre. Pas de porte fermée, car l'accès aux salles doit être prioritaire. Des gens passent dans les couloirs sans arrêt en parlant. Les ambulances arrivent, toutes les demi-heures ou toutes les heures. C'est un bruit permanent et phénoménal. J'avais envie de protester, parce que je ne comprenais pas pourquoi il y avait tant de bruit. Une nuit, même, j'ai cru qu'ils faisaient la fête. Mais c'est ça la « réa » : un endroit où l'on se bagarre pour sauver des vies. J'ai demandé, un jour : « Quelle est la proportion de ratés dans votre service ? » On m'a répondu : « Il n'y a jamais de raté, enfin très rarement. Ici, il n'y a que des gens super pointus et consciencieux. Quelqu'un qui n'est pas consciencieux ne reste pas dans ce service-là. Il n'y a presque jamais de loupé. » J'ai repris : « Ce n'est pas ça que je voulais dire. Combien de morts y a-t-il ? » Réponse : « 70 %. Parce qu'ils sont moribonds quand ils arrivent. Leur infarctus a duré trop longtemps, alors qu'il faut intervenir sur un infarctus dans les deux minutes ou trois minutes qui suivent. »

J'ai eu la chance de tomber sur une chaîne de gens très compétents, dévoués et dynamiques, qui suivaient à la lettre le processus constat-décision, ce qui a permis une opération le soir même. Une souffrance reste, celle du bruit, puis une autre, physique, celle des piqûres, des intraveineuses qu'on vous impose sans arrêt. Au bout d'un moment, vous croyez n'avoir plus de veine. Il y avait une infirmière, c'était la plus jolie, une blonde, le trentaine. Elle ne me trouvait plus la veine. Je râlais. Les autres m'en ont fait le reproche : « Monsieur, vous n'avez pas le droit... C'est la meilleure piqueuse du service. »

Et puis, après trois nuits, tout d'un coup, les médecins m'ont dit : « Vous allez quitter la réanimation et aller en chambre. Interdit de vous lever. De toute façon, si vous essayez, vous vous écroulerez. » L'anesthésie avait été tellement forte que j'étais comme un paralysé. Plus de jambes. Ils m'ont assuré : « Cela va revenir. » Pas de fonctionnement intestinal non plus. « Ne vous cassez pas la tête, répétaient-ils. Vous êtes bien surveillé, vous avez fait le plus dur. »

Ma chambre était l'ex-chambre de Jean-Paul Belmondo. Six mois auparavant l'acteur avait eu son attaque, il avait été entouré d'un véritable déchaînement médiatique. Dès que mon hospitalisation avait été révélée, ils avaient été obligés de poster un vigile à l'entrée. Les télés voulaient me voir, ainsi que de nombreux journalistes.

Le quatrième ou le cinquième jour, la machine s'est remise en route. Pas de douleur. Les infirmiers me portaient dans la douche, assis. Puis ils me ramenaient sur le lit. J'étais entouré d'un jeune Breton et d'une jeune femme de quarante ans au gentil prénom de Michèle, tous les deux extrêmement sympathiques. Ils me racontaient leur vie, tandis que moi je reprenais goût à la mienne. De mon lit, j'étais à la hauteur des cimes des arbres. Les feuilles tombaient chaque jour davantage. Ainsi, je communiais avec la nature...

— Aviez-vous la force de lire les journaux ?

— On me les lit, d'abord. C'est un employé roumain de l'hôpital qui va me les acheter. Il ne veut pas de mon argent. Il veut me les offrir. J'avais du mal à parler, mais je lui ai ordonné : « Prenez dans mon portefeuille, cent francs, puis allez acheter les journaux. » Il est venu chaque jour avec *L'Equipe, Le Figaro, Le Monde* et tous les magazines... Pendant les quatre ou cinq premiers jours, j'interdis toute visite, en dehors de celle de mon fils. Je n'avais même pas de pyjama. J'étais toujours vêtu avec la blouse verte de l'opéré, ouverte dans le dos.

— A partir de quel moment vous dites-vous : « Je suis sorti d'affaire » ?

— Quand je me suis réveillé et que j'ai demandé : « Alors, je suis vivant ? »

## 37

# DEPARDIEU TORSE NU DANS MA CHAMBRE

Dominique GRIMAULT — A vous entendre, on a le sentiment que ce passage à l'hôpital et ce pontage coronarien ont finalement constitué à la fois un grand et court moment de votre existence : comment reprenez-vous pied dans une vie normale ?

GUY ROUX — Sept jours après l'intervention, j'ai commencé à avoir des visites. J'ai également repris un téléphone, dès la sortie de réanimation. J'ai ainsi appelé Fiard et je lui ai donné le programme d'entraînement quotidien. En somme, j'ai repris mon métier dès le cinquième jour. Ce qui a justifié d'ailleurs la décision du président Hamel de ne pas me mettre en arrêt de travail, compte tenu du fait que je disposais, à ce moment-là, de quatorze ou quinze mois de congés de retard. Un double pontage sans être en arrêt maladie, ce doit être un fait unique à la Sécurité sociale !

Avec Alain Fiard, je suis d'abord revenu sur le match perdu à Lyon :

« Dis-moi, comment ça s'est passé ?

— Eh bien, ça a mal tourné. Une défaite 3 buts à 0, ça fait mal.

— Ça ne fait rien, Alain. Si j'avais été là, on en aurait peut-être pris quatre... Ne te casse pas la tête. Et puis,

Lyon est la meilleure équipe de France. En revanche, il va falloir s'accrocher pour le match suivant. »

J'ai fini par lui remonter le moral.

Six jours après mon opération, je peux poser les pieds sur le sol de ma chambre. Et le directeur de l'hôpital m'annonce que Lionel Jospin va venir samedi, sur le coup de midi. Je demande à mon fils de m'acheter en hâte un pyjama au Monoprix. Dix minutes avant que Lionel Jospin arrive, Gérard Depardieu surgit dans ma chambre. Il a été lui-même opéré à Saint-Joseph, voilà un an : triple ou quadruple pontage, je ne sais plus. Il me garantit : « Tu verras, il n'y a aucune trace. » Il enlève son pull-over, et le voici torse nu dans ma chambre. Il continue de parler torse nu. Et Jospin arrive...

— Et Depardieu est à poil ?

— Oui. Dans ma chambre, il y a Depardieu torse nu en train de gesticuler, mon fils qui est assis, moi et une chaise libre. Jospin laisse son officier de police dehors, rentre seul et me donne un livre. Il s'était enquis de mes goûts auprès de Jean-Claude Hamel. Et il m'offre un livre du XIX^e^ siècle sur un grognard de Napoléon, qui avait raconté ses campagnes. Un livre de collection, un livre centenaire. Je connais bien Jospin, nous nous estimons, mais nous sommes restés quinze ans sans nous parler. Donc, ce n'est pas un intime. Mais il est Premier ministre de la France. On parle. L'atmosphère est détendue. Depardieu continue de déconner. Il l'appelle « Mon petit Lionel ! » et il l'embrasse. A un moment, ça me brûle les lèvres, je demande : « Vous êtes le Premier ministre. Est-ce que je peux porter un petit jugement sur votre action ? » Jospin est d'accord.

« Vous avez pris trois décisions : une pas bien, et deux bien.

— Commencez par le pas bien, me sourit-il.

— Ce sont les 35 heures. Vous avez retiré les Français du boulot et cela a diminué la productivité du pays, alors que tous nos concurrents travaillent de plus en plus pour moins d'argent. Nous, on travaille de moins en moins pour plus d'argent. Donc, on ne va plus être compétitifs. On n'aura plus d'usines dans cinq ans.

— Vous avez un peu raison. Je ne considère pas ça comme le plus réussi. Nous avons tout misé, rappelez-vous, sur la lutte contre le chômage, sur la diminution du nombre des chômeurs. Et des techniciens nous ont dit : si vous diminuez le temps de travail, ça vous fera plus d'ouvriers en activité. C'est mathématique : si vous diminuez de 11 % le temps de travail, eh bien, vous aurez 11 % de temps de travail à occuper par de nouveaux emplois. Donc, pour nous, la perspective de diminuer le chômage de 10 % était essentielle.

— Oui, mais moi, je suis un travailleur, vous comprenez ? Vous, vos 35 heures, vous les avez finies quand ?

— Mercredi. »

Et il rit. Alors j'ai continué :

« Maintenant, les deux choses que vous avez faites de bien. La première, et personne n'a le droit de la discuter, c'est la Maladie universelle. La France est assez riche pour que personne ne meure à l'entrée d'un hôpital sans être soigné. Je suis, depuis longtemps, un contribuable, et je suis content qu'une partie de ma contribution serve à ce bienfait. Et puis, la deuxième : ce sont les emplois-jeunes, je n'y croyais pas, mais, à l'usage, je vois que c'est plutôt réussi : vous avez sorti deux cent mille jeunes de leur lit. Ils vont apprendre ainsi que la vie ce n'est pas de rester chez soi à jouer à la play-station ou à glander. Et sur ces deux cent mille, on peut penser que cinquante mille vont garder leur travail, et les autres en trouver un. Donner une autre orientation à la jeunesse, je trouve que c'est bien...

— Oui, m'a dit Jospin, nous avons connu beaucoup de satisfaction avec les emplois-jeunes. »

C'était un moment fort.

— Et les joueurs, comment ont-ils réagi ? Vous ont-ils appelé ?

— Alain Fiard m'a demandé : « Et les joueurs, qu'est-ce qu'ils peuvent faire pour vous ? » J'ai répondu : « Rien. Gagner les matchs. » Quelques-uns ont appelé. Comme Steve Marlet, depuis l'Angleterre :

« Coach, vous allez rire !

— Je ne peux pas rire, surtout pas ! J'ai des tuyaux partout.

— Il faut que je vous dise : vous m'aviez engueulé pour ma Porsche quand j'étais à Auxerre. Là, j'en gagne une par semaine. »

Quinze anciens m'ont fait signe.

Parmi les visites, il en est une à laquelle je ne m'attendais pas : celle de M. Jean Chamant, qui avait à ce moment-là quatre-vingt-huit ans. « Il y a un ancien ministre qui veut vous voir », m'a-t-on prévenu. Jean Chamant avait été ministre des Transports du général de Gaulle, président du conseil général pendant trente ans, député-maire d'Avallon, indépendant paysan. Je l'avais toujours beaucoup respecté. Il venait au stade de l'Abbé-Deschamps une fois par an. Un vieux monsieur, mais très vert et alerte, possédant deux lieux de résidence, à Paris et dans le Morvan. Quand il est arrivé dans ma chambre, il m'a souri : « Figurez-vous que je suis venu à pied. » Il habitait vers la rue de Rennes, dans le 6e arrondissement : il venait de marcher trois kilomètres. « J'ai appris que vous étiez souffrant. Je viens vous rendre visite car vous êtes un compatriote. » Nous nous étions croisés, à la préfecture de l'Yonne, au début de chaque année et chaque 14 Juillet. A l'occasion de nos finales de coupes de France, il avait été un invité officiel, à côté du président de la République. Une fois, je me rappelle l'avoir vu dans un restaurant, près de l'autoroute, entre Paris et Auxerre, accompagné de son chauffeur. Il était 14 heures. Il n'y avait plus une table de libre. Je me suis levé et je lui ai proposé : « Monsieur le ministre, voulez-vous prendre place à ma table ? » Il m'a fait remarquer qu'il était avec son chauffeur : « Eh bien, venez tous les deux », ai-je dit. Nous avons longuement parlé ce jour-là. Je lui avais demandé son avis, notamment au sujet d'une candidature à un poste de conseiller général qui m'avait été proposé.

« Qu'est-ce que vous en pensez ?

— Est-ce que vous en avez besoin pour vivre ? m'interrogea-t-il.

— Non, répondis-je.

— Alors, ne le faites pas. La politique, on la fait bien quand on en a besoin pour manger. Ça ne se pratique pas en amateur, jamais. »

Ces contacts étaient exceptionnels. J'ai téléphoné à mon père, à ma vieille tante, la sœur de ma mère, et à ma sœur, avec cette consigne stricte : pas de visite.

— Mais pourquoi ouvrir votre porte à quelques célébrités et pas à votre famille ?

— Parce que j'étais moche. Je me sentais mieux, mais je n'avais pas envie de me montrer. J'étais un grabataire, même si c'était temporaire. J'étais très assisté. J'étais encore branché en permanence sur un central et avec une surveillance. C'était parfait. J'ai une très haute opinion de la médecine. Quand je me suis réveillé, j'ai pourtant commencé à penser au prix que ça allait coûter. Je ne me suis pas trompé de beaucoup dans mes prévisions : quinze briques, enfin, cent cinquante mille francs. Dans ma tête, j'étais à 75 % couvert par la Sécurité sociale. Je croyais que j'avais une mutuelle. En vérité, je n'avais jamais pensé à tout ça auparavant. J'ai appelé

Jean Edy : « Oh ! là, là, s'est-il exclamé, tous les salariés du club sont inscrits, sauf vous. Vous avez été oublié ! » Heureusement, le directeur de l'hôpital m'a vite rassuré : « Soyez tranquille : vous êtes à 100 % dans le cadre d'une opération cardiaque. Vous allez simplement payer une taxe de chambre seule et votre location télé. »

J'entrais en deuxième semaine et la rééducation a commencé. Un jeune cardiologue, le docteur Romain Cador, m'a pris en main. Il venait tous les jours. Nous sommes devenus assez amis. Il est mon cardiologue depuis. Il m'a expliqué : « Après l'hôpital, il faut que vous alliez dans une clinique cardiologique, à Evêquemont, où l'on surveillera la remise en route de votre cœur et de vos poumons. Il faut que vous repreniez une activité physique mesurée, sur un vélo ou sur un tapis, pour courir. » Parmi tous les soins que de nombreuses personnes me donnaient à l'hôpital, il y en avait un, surprenant. Une fille, très gentille, qui s'appelait Françoise, avait une spécialité : elle faisait « péter » un coup de canon d'oxygène sous pression dans le poumon. Il fallait que j'inspire, et pouf, ça me gonflait le poumon qui était rétréci. Elle faisait cela à plusieurs reprises. C'était un moment agréable. Elle me tenait par le cou. J'étais contre elle. Je suis obligé de dire que c'était chaleureux, j'étais entre ses bras en quelque sorte...

— Vous vous sentiez revivre, en somme ?

— Non, car je n'ai jamais arrêté de vivre. Et, un après-midi, une ambulance m'a transporté à Evêquemont, près de Mantes-la-Jolie, où se trouve une clinique cardiologique très réputée. Je ne faisais alors que quelques pas. J'avais marché jusqu'au bout du couloir en m'appuyant sur le mur.

A Evêquemont, j'ai bénéficié d'une chambre qui donnait sur la vallée de la Seine. De l'Abbé-Deschamps à Evêquemont : je montais en grade, je me rapprochais du

Seigneur ! Normalement, la convalescence devait durer trois semaines. Mais j'avais décidé de rester neuf ou dix jours, et de m'imposer une rééducation physique personnelle. Il fallait bien, quand même, que je retrouve un brin de santé, car j'avais froid en permanence : j'avais fait acheter, je me souviens, des chaussettes de ski rouges, pour me réchauffer.

J'ai voulu acheter les journaux, mais, au milieu du couloir, j'ai calé. Entre ma chambre et la boutique, il y avait quarante mètres, une course de fond ! J'avais droit à deux séances de soins par jour, les contrôles par des infirmières, l'électrocardiogramme à 6 heures du matin, et le Holter qui est un électrocardiogramme permanent de vingt-quatre heures. La situation s'est heureusement améliorée. Et tous les copains ont pu me rendre visite. Je sortais sans cesse de ma chambre pour marcher, pour être dans le monde. En salle de culture physique, j'augmentais chaque jour la dose sur le tapis roulant et le vélo. J'avais une diététicienne, très jolie, qui m'a appris à éviter les aliments riches en cholestérol. Et puis j'ai rencontré Karl Olive, journaliste à Canal, qui travaillait à ce moment-là à la télé régionale de Mantes. Avec lui, j'ai fait une émission, en survêtement. J'ai eu l'impression de revivre.

Enfin, j'ai mis le pied dehors avec des amis. J'avais visé le bout du parking. Pour revenir, je me tenais aux voitures. Il faisait froid, je n'étais pas vaillant.

Au bout d'une semaine, j'ai demandé :

« Est-ce que j'ai le droit de prendre l'avion ?

— Oui. Pourquoi ?

— Parce que je veux aller faire ma rééducation en Corse. »

J'avais eu deux idées. D'abord Ouarzazate, car je voulais du beau temps. Mais les médecins n'ont pas tardé à me faire remarquer qu'il n'y avait pas, là-bas, d'hôpital cardiologique. C'est ainsi que j'ai proposé la Corse. Mais pas par hasard : j'avais eu Gérard Houllier au téléphone. Il m'avait annoncé qu'il allait en rééducation en Corse, à Porto-Vecchio, et que nous pouvions nous arranger pour nous retrouver dans le même hôtel. Avant de partir, des examens échographiques ont montré que mon état de santé était plutôt satisfaisant, que j'étais « hors de l'eau ». Lorsque je serais arrivé en Corse, mon idée était de marcher, tous les jours, en montagne. Une petite infirmière est venue me voir : « Ecoutez, je ne fais pas d'assistance psychologique, surtout à vous. Mais quand même, il faut que je réponde à toutes les questions que vous posez, pour que vous partiez sans aucune appréhension. » Je lui ai donc demandé : « Est-ce que je peux utiliser l'avion ? Et si la pressurisation tombe en panne ? Est-ce que je peux faire du ski ? Est-ce que je peux monter à 3 500 mètres ? Jusqu'à quel nombre de pulsations je peux aller ? » Réponses : oui, pas de problème pour l'avion, et je pouvais monter à 110-120 pulsations avec les bêtabloquants...

En fin de séjour à Evêquemont, les ennuis commençaient avec les demandes d'autographe, en particulier. Des gens venaient de la ville dans ma chambre, frappaient à ma porte, à n'importe quelle heure. Là, j'ai un peu protesté et j'ai demandé à être davantage protégé. Cela n'a pas empêché un couple de débarquer un soir, à 21 heures, dans ma chambre : « Monsieur Roux, faites-nous plaisir, signez cette photo. » J'étais en pyjama...

— C'est très étonnant, ce que vous nous racontez là. Ce couple n'avait pas l'air, disons, gêné ?

— Pas du tout. Lui comme elle avaient su par un infirmier que j'étais dans cette clinique. Des gens bien habillés, polis... sinon qu'ils s'imposaient à 21 heures ! Et ils m'ont quitté en me disant : « Revenez vite sur le banc ! »

Sur ce, je suis revenu à Auxerre, un samedi de coupe de France. Avant de repartir pour la Corse, j'ai voulu trottiner de nouveau : « Tu vas te prouver que tu peux courir, même dix mètres. » Je me suis rendu au Centre de formation pour que personne ne me voie. Un après-midi, à la meilleure heure, à 15 heures quand il fait moins froid. Les gars étaient en vacances. Là, j'ai couru d'un poteau à l'autre sur quinze mètres, puis j'ai marché quinze mètres, etc. Mais je courais à six à l'heure... J'avais perdu dix kilos. J'ai fait quelques tours, transpiré un peu, et je suis revenu au stade pour prendre une douche dans le vestiaire des joueurs, comme je le faisais d'habitude. Cela voulait dire que j'étais de nouveau d'aplomb. C'était un symbole. Je pouvais partir en Corse.

— Et, avec Gérard Houllier comme compagnon, vous replongez complètement dans votre métier ?

— Oui. Gérard était en convalescence, mais il était également en train d'acheter Anelka, pour son club d'alors, Liverpool. Il ne me l'a pas dit. Mais il passait de longs moments au téléphone. Nous étions installés dans un quatre étoiles. Gérard avait la chambre donnant sur la mer, en surplomb, la chambre du châtelain. Comme je m'étais inscrit tard, la mienne était modeste. Le cuisinier avait reçu nos consignes : nous devions manger diététique. Nous buvions tout de même, midi et soir, un verre de vin corse, chaque jour différent, du rouge. Nous avons fêté le réveillon de Noël ensemble. Le frère de Gérard était avec nous. Radiologue à l'hôpital d'Ajaccio, cela nous donnait toute confiance. Et j'ai suivi ma rééducation comme je l'avais imaginée. J'avais repéré un village, Chiarivari, en haut d'une colline. Pour y monter, la route passait près d'un ancien pénitencier de Napoléon III. Le premier jour, j'ai monté ma voiture à deux kilomètres du sommet et j'ai grimpé les deux kilomètres en marchant. Je suis arrivé épuisé dans un bistrot. J'ai fait sécher mes affaires devant la cheminée. Et j'ai mangé sur place. Et l'un des gars du comptoir m'a redescendu jusqu'à ma voiture. J'ai renouvelé cet exercice chaque jour de la semaine, chaque fois en laissant la voiture un peu plus bas, autrement dit en augmentant chaque fois mon effort. Un jour, le gars qui devait me redescendre avait bu... neuf pastis. Je lui ai demandé : « Ça va aller ? » Il m'a répondu : « Oui, oui... La voiture connaît le chemin. »

Et c'est ainsi que je me suis remis en forme. Et que je suis rentré. On reprenait le 27 décembre, et j'ai répondu présent. Mais, dans un premier temps, je suis resté très sage. J'ai laissé Alain Fiard diriger ma troupe. Comme il faisait très froid, nous sommes partis en stage à Aix-en-Provence, au domaine de Tournon, chez Michel Hidalgo. J'assistais à l'entraînement, j'intervenais de temps en temps, mais je n'étais pas encore assez fort pour crier.

J'ai été autorisé à revenir sur le banc le 23 janvier 2002 seulement. Les médecins m'avaient dit que je devais attendre deux mois. J'ai donc fait ma rentrée à Montpellier. Match nul, 1 partout.

— Comment s'est passé le retour parmi vos joueurs ?

— Quand ils m'ont revu, le 27 décembre, ils ont été un peu effrayés. Ils me l'ont dit après, mais ils n'ont posé aucune question.

— Quelle leçon tirez-vous de cette « expérience » ?

— Je songe aujourd'hui au dernier truc que j'ai appris, deux ans après. Je signale, lors d'une visite au cardiologue, que j'ai quelques trous de mémoire, et je demande si c'est normal à mon âge. Il me dit : « C'est normal à votre âge, mais c'est surtout normal après votre entrée triomphale dans la salle d'op' !

— Mon entrée triomphale dans la salle d'op' ?

— Vous avez fait un arrêt cardiaque dans la salle d'opération. Notez que c'est le meilleur endroit du monde pour faire un arrêt cardiaque ! Vous étiez sur le chariot ! »

— Vous avez le talent de garder la grande information pour la fin...

— Oui, et c'est ça qui justifie ma joie de vivre. J'étais comme Chevènement. Je suis allé au bord de l'au-delà. Le cardiologue m'a précisé : « Plus de son, plus d'image sur nos appareils. On aurait pu croire à une panne. Mais on est habitués, on ne vous a pas perdu de vue... »

— Autrement dit, d'un seul coup, l'électrocardiogramme s'est arrêté ?

— Oui. Mais le cardiologue m'a rassuré : « Dans les vingt secondes, c'était reparti. » Ils ont fait ce qu'il faut pour ça. Mais, cela dit, l'incident pouvait avoir occasionné quelques problèmes de mémoire.

— Vous avez dit tout à l'heure que vous aviez vécu un grand moment. Pourquoi ?

— Parce que, en fait, pour la première fois j'ai été confronté à la possibilité de la mort. Je m'étais fait une philosophie sur le terme de la vie, parce que j'avais donné mes dernières volontés. Bizarrement, je n'ai pas eu, une seconde, l'idée de faire appel à un curé. En revanche, j'ai tout fait pour préparer l'« après », aussi bien dans ma famille qu'au club. J'avais ainsi déposé une enveloppe dans une armoire avec le nom de l'entraîneur que l'on devait appeler si je ne revenais pas. Et j'avais averti Jean Edy : « En cas d'accident, tu iras chercher l'enveloppe. Tu la donneras au président. »

— Quel était l'entraîneur que vous aviez désigné ?

— Je ne vais pas le dire. Cet entraîneur ne sait pas que j'ai donné son nom.

— Et pourquoi n'avez-vous pas songé à appeler un curé ?

— Je me suis dit : « T'as bien vécu, et tu t'en vas maintenant. » Pour moi, la mort, c'est le sommeil du soir, sans rêve. Au fil du temps, je suis devenu à peu près athée. J'ai eu une éducation religieuse, et il en reste naturellement quelque chose. Mais je n'ai rien à demander, et rien dont je puisse me plaindre. Il y a tellement de gens malheureux qui n'ont pas fait ce qu'ils auraient voulu faire. La douleur, quand vous disparaissez, touche ceux qui vous aiment. Cela m'aurait profondément navré de mourir avant mon père. Si j'étais parti avant lui, il aurait eu un tel chagrin.

— Est-ce que vous imaginez les « nécros » qui fleuriront dans les médias après votre disparition ?

— Les papiers doivent déjà être dans un tiroir. Et plus ma carrière s'éloignera et plus les articles iront en se raccourcissant. Et si je vis très vieux, il n'y aura bientôt plus qu'une ligne. Voyez ce qui a été écrit sur Albert Batteux au lendemain de sa mort... Mais, en fait, je m'en fiche complètement.

J'ai alimenté la page sportive de *L'Yonne républicaine* tous les jours, pendant quarante ans. Dorénavant, je n'y suis plus du tout. Pas même une ligne. J'ai simplement dit aux journalistes que je ne parlerais pas du club. Pour les calmer, j'ai admis que j'accepterais un papier d'ordre général sur le championnat – sans parler de l'AJA –, ou sur d'autres questions personnelles. Ils le feront peut-être, mais cela fait six mois que je n'ai pas eu un article. *L'Equipe*, pareil. *France Football*, même chose. Mais j'insiste : je m'en fiche, complètement.

— Avez-vous conservé des articles vous concernant ?

— Pas beaucoup. Peut-être que je rachèterai certains journaux dans des brocantes, plus tard. J'en ai déjà une pile, chez moi, en désordre. J'ai aussi des magazines qui vont de 1960 à 1970, avec tous les Tours de France. Et encore une photo de coupe Davis où l'on voit Marcel Bernard en double avec Paul Rémy : ils furent les derniers joueurs à porter un pantalon blanc. Un soir de match à l'AJA, j'ai montré cette photo à Marcel Bernard : il avait les larmes aux yeux. Voilà deux ans, le fameux coureur cycliste Jean Stablinski était de passage à Auxerre, et je lui ai mis sous les yeux le journal où on le voyait conquérir le titre de champion de France en 1962.

— Donc, vous ne conservez pas grand-chose sur vous-même ?

— Non. J'ai mes souvenirs. J'ai vécu par avance le moment où je classerai mes souvenirs. Parfois, j'ai gardé des trucs en me disant : « Ça sera bien. » Et aujourd'hui, je m'en moque complètement. J'ai vécu tout cela. J'aurais dû être un malheureux. Et je suis un heureux. Pour la suite, je voudrais surtout éviter la déchéance physique et cérébrale. Mon père l'a évitée. Il vivait chez lui. Il avait eu des petites attaques, il marchait mal, il ne souffrait pas, il était lucide, il lisait encore, il regardait la télé. Il avait quatre-vingt-onze ans. Il a demandé un verre d'eau à 2 heures du matin, il est mort cinq minutes plus tard. Il a évité l'hôpital. Je voudrais avoir vraiment la bonne seringue, et quelqu'un pour m'aider au moment où ça n'ira plus. Si je peux encore être au coin de ma cheminée, marcher autour du quartier ou aller dans mon jardin, comme le faisait mon grand-père, ça ira. Il n'a pas connu la déchéance. Il a connu une vie intellectuelle phénoménale jusqu'au bout. La déchéance, c'est terrible.

— Vous souriez : dites-nous pourquoi.

— Je me souviens que j'avais un contrat publicitaire avec Citroën. D'ailleurs, en tournant le film aux Baux-de-Provence, en montant une côte, j'avais senti mon cœur se bloquer. Quelques jours après, opération... Citroën se renseignait auprès de l'hôpital, heure par heure, pour savoir si j'étais mort, car la pub devait passer à la télé le lundi. Vous voyez Guy Roux en train de monter dans une voiture... et, le même jour, tombe la nouvelle de sa mort ! Donc ils téléphonaient à l'hôpital pour savoir si j'étais mort. Ils ont laissé la pub passer. J'étais déjà en réanimation...

38

## L'ÉVOLUTION DU FOOTBALL

Dominique GRIMAULT — Le football est la passion de votre vie. Comment voyez-vous l'avenir de ce jeu, à court et moyen terme ?

Guy ROUX — Ce qui est merveilleux dans le football, c'est que vous pouvez vous extasier sur l'action d'un gamin dans un match de minimes. Canal m'a suivi pendant quarante-huit heures pour un court-métrage tourné sur les consultants de la chaîne. Durant mon interview, il s'est trouvé que mon village d'Appoigny jouait, sur un terrain annexe, contre la cinquième équipe de l'AJA. J'avais volontairement tourné le dos au match pour que l'on filme les joueurs. Eh bien, j'ai eu juste le temps de tourner la tête lorsque l'ailier-gauche de mon village a placé un tir magistral, du coin des dix-huit mètres, dans la lucarne de droite. Un tir phénoménal. Il ne pourra peut-être jamais répéter ce geste. Il y a eu plusieurs diffusions du film et j'ai eu le temps de prévenir tout le village. Ce joueur a réussi le geste parfait : cela n'est pas fréquent, et même rare dans d'autres sports.

Je ne serai pas le premier à chercher les raisons qui expliquent le succès du football dans le monde entier, ce sport né dans des circonstances économiques, politiques ou ethniques incroyablement diverses. Ni la forme ronde du ballon ni l'usage du pied ne fournissent une réponse. En revanche, on s'aperçoit que l'on peut jouer à ce jeu n'importe où, sur la place du village d'Appoigny, sur un terrain vague en Afrique, sur la pelouse d'un parc anglais, dans une cour en pente, pour les plus jeunes, et dans une cour plane pour les plus âgés, comme c'était le cas dans notre lycée d'Auxerre. Les règles sont d'une extrême simplicité pour le moindre groupe de gosses. Notez que l'on ne change pas ces règles, et permettez-moi de dire que c'est très bien ainsi. Nombreux sont ceux qui demandent toujours de modifier les règles. Ils ont grand tort...

Le rugby est un excellent contre-exemple. Son International Board a constamment changé les règles depuis quarante ans. Mais ce sport ne gagne pas beaucoup de pratiquants. Le rugby n'est plus un rite de village, comme il l'était. Trop de complications le handicapent. En outre, mais cela lui est particulier, le professionnalisme le rend de plus en plus sélectif : les petits gabarits deviennent de plus en plus rares, et les chocs de plus en plus violents. Beaucoup d'autres sports souffrent de maux comparables : vous ne pouvez pas jouer au volley-ball, au handball ou au basket-ball si vous mesurez 1,60 mètre. Tony Parker est un petit dans son univers, alors qu'il mesure 1,88 mètre.

On s'aperçoit, en revanche, que le football est la seule activité sportive ouverte à tous les hommes. C'est pour cette raison que l'on éprouve autant de plaisir à voir un match de bas niveau qu'à regarder le FC Barcelone dans un match de coupe d'Europe. Les premières émotions que j'aie connues, dans mon village, sont vécues exactement de la même manière par les gosses du même village, soixante ans plus tard. En les regardant, je me dis parfois que c'est fou d'avoir soixante-sept ans, et de ne pas pouvoir jouer avec eux. Parfois, je me dis : « Allez, j'y vais ! », et je me retiens...

— Pensez-vous que l'immuabilité des règles constitue un facteur déterminant au succès universel du football ?

— Absolument. Je ne modifierais quasiment pas les règles. Je serais simplement très attentif à l'esprit dans lequel on les applique. Celui qui veille sur les règles doit penser aussi bien à la finale de la coupe du Monde qu'à un match de mômes dans un village. Donc, ne touchons pas aux dix-sept lois du jeu, et surtout aux deux lois principales, c'est-à-dire la loi 11, et la loi 12 : le hors-jeu, et les fautes et incorrections. Je trouve même que c'est une erreur de changer les termes. L'autre jour, sur Canal, j'ai bondi lorsque j'ai entendu que l'on remplaçait le mot « volontaire » par « délibéré ». Expliquez-moi la différence entre « volontaire » et « délibéré »...

— Tout de même, les caractéristiques humaines évoluent. Ne faut-il pas en tenir compte ?

— Quand on a commencé à jouer au football moderne, la moyenne de taille des Européens devait être 1,70 mètre. Aujourd'hui, la taille standard des mêmes Européens est de 1,78 mètre. Doit-on garder des buts de la même taille ? Cela semble être une très bonne idée de dire : « On va mettre des buts plus grands »... sauf dans le championnat des Pygmées, ou des Chinois, ou des Japonais, qui n'ont peut-être pas grandi en proportion. Les changements doivent être circonstanciés, comme les buts du football à cinq ou du football à sept. Allons plus loin : imaginons que l'on fasse un essai en coupe du Monde, avec des buts de 3 mètres sur 9. On se dit que nous allons voir en conséquence plein de scores-fleuves. Voire. Car on peut se retrouver avec dix joueurs constamment en défense. Parce que l'homme s'adapte tout le temps...

— Est-ce qu'on peut imaginer un football à deux vitesses ? C'est-à-dire un football réservé à l'élite, avec des règles et des lois particulières, et un football réservé à la masse, donc au plus grand nombre.

— Vous pouvez toujours l'imaginer. Moi, je pense que le football est plus beau s'il est unique. Et le jeu, en outre, évolue de lui- même. On constate qu'on acquiert des choses, mais, qu'avec le temps, l'on en perd d'autres. Les joueurs actuels possèdent de moins belles frappes, en moyenne, que les joueurs de 1960 qui étaient avec moi à Limoges.

— C'est étonnant : avez-vous des explications ?

— Les joueurs ne travaillent plus la frappe de balle. Dans le temps, lors de l'entraînement dans un village, on se mettait à dix aux 18 mètres, et on tapait chacun à notre tour vers le gardien de but. Cela ne représente plus que 5 % de l'entraînement actuel. Donc, la qualité de frappe a régressé. Quand j'observe les matchs du Championnat sur Canal, je constate aussi une régression tactique et une régression dans certaines phases de la technique. En revanche, il y a eu de très gros progrès, comme celui des arrières qui contrôlent la balle, relancent ou attaquent. Roger Marche défendait, taclait et dégageait, oui, il « dégageait ». Maintenant, les arrières donnent leurs ballons...

— S'il vous fallait imaginer le football de l'an 2050, que diriez-vous ?

— Je pense que nous observerions des innovations. Le fait que les gamins vont jouer de plus en plus tôt sera un facteur d'amélioration globale. Ainsi, le geste sera travaillé de plus en plus tôt, et de plus en plus. Athlétiquement, on progressera également, bien sûr. L'apport scientifique est à considérer dans la conduite de l'entraînement. En revanche, je m'interroge sur l'évolution intellectuelle des jeunes, avec les jeux et appareils électroniques...

— Vous n'avez pas encore parlé de l'accélération du jeu. Qu'en pensez-vous ?

— Elle est incontestable et spectaculaire. Les films le montrent. Il n'y a pas que la vitesse du jeu qui a changé, mais encore la fréquence des actions, plus grande actuellement. Quand je regarde mes cassettes, il est évident qu'un Auxerre-Dortmund d'il y a une dizaine d'années va un peu moins vite qu'un grand match de coupe d'Europe actuel.

— Peut-on supposer que, dans cinquante ans, le jeu sera extrêmement rapide ?

— C'est possible, mais ce n'est qu'un élément à considérer. Je ne suis pas sûr, par exemple, que les joueurs seront plus habiles. Je suis frappé par la maladresse des joueurs de la, pourtant si réputée, ligue professionnelle américaine de basket-ball, la NBA. Pourquoi ? Jouent-ils trop vite ? Ou bien les défenses ne prennent-elles pas le pas sur les attaques ? Il y a toujours une interaction des facteurs. Et, face à ces défenses exacerbées, notez que ce n'est plus l'adresse qui est prépondérante, mais l'activité. Moi, je m'occupe un petit peu des handisports en basket : ils dépassent les cent points parce qu'il y a un monde entre une défense assise et une défense debout.

Il est très intéressant de réfléchir à ce problème de jeu défensif. Il mélange beaucoup d'éléments. Parmi ceux-ci, il en est un en France d'ordre économique. Les clubs français ont encore assez d'argent pour se payer des défenseurs. Ils n'ont, en revanche, absolument plus les moyens de retenir leurs grands attaquants, qui partent dans des pays et des clubs plus riches, et moins ponctionnés sur le plan fiscal.

Par ailleurs, il n'existe plus en France de patronat technique, comme il y en avait du temps de Georges Boulogne, de Michel Hidalgo ou de Gérard Houllier. Il n'y a plus de réflexion collective. Les réunions d'entraîneurs étaient obligatoires, et sont d'ailleurs inscrites comme telles dans les statuts. Normalement, pour rester entraîneur professionnel, il faut être obligatoirement présent à la réunion annuelle. Eh bien, cela fait trois ans qu'il n'y a plus de réunion. Je citerai un exemple : je me souviens d'une année où il y avait des blessures graves, car le championnat de France était devenu trop violent. Georges Boulogne, un lundi, a envoyé un télégramme à tout le monde, sous forme d'une convocation très ferme : « Vous devez vous présenter, à 10 h 30, à la Fédération. » Tout le monde était là, et nous avons tous pris une engueulade : « Messieurs, vous êtes en train de tuer le métier ! » Boulogne avait pourtant la réputation de favoriser le football viril. Eh bien, il a dit complètement le contraire de ce que croyait le *Miroir du Football.* Il a précisé : « Vous êtes en train de tuer votre sport. Vous ne pouvez pas continuer comme ça. Il faut que vous changiez. Il faut que vos arrières arrêtent de "crayonner" ». En deux semaines, tout avait changé.

Imaginez, aujourd'hui, une réunion avec les vingt entraîneurs de Ligue 1, à qui l'on tiendrait le discours suivant : « Messieurs, ça ne va pas du tout. Canal vient d'acheter le foot pour six cents millions d'euros, ce qui a bien amélioré vos salaires et vos primes. Mais, il y en a pour trois ans. Dans trois ans, ce sera remis aux enchères. Si vous continuez comme ça, il n'y aura plus de preneurs à ce prix-là. Ça sera la moitié ou le tiers. Pour le remplissage des stades, ce sera pareil. Réfléchissez. Jouez comme vous jouez : il y a un premier, il y a un vingtième. Jouez autrement : il y aura toujours un premier, et toujours un vingtième. Donc on peut étudier le problème, chercher des solutions. » Le constat, c'est qu'il y a des matchs où chaque équipe aligne trois joueurs offensifs sur onze, et ces trois attaquants font, en plus, le boulot défensif. C'est-à-dire qu'on défend à onze contre trois, on attaque à trois contre onze. Avec cette politique, il ne peut pas y avoir beaucoup de buts. Je pense qu'une voix devrait s'élever pour lancer cette réflexion. Mais il est un fait : cette voix n'existe pas. Tant pis !

— Aucune solution en vue ?

— Avant, un organe de presse unique, ou presque, *France Football*, faisait l'opinion. Maintenant, plusieurs chaînes de télévision et de radio offrent du football à très haute dose. Les avis sont très diversifiés ; de plus, la presse écrite a perdu de son pouvoir éditorial. Les télévisions, de leur côté, payent assez cher pour ne pas critiquer leurs propres spectacles. Donc, en cas de crise, c'est au football lui-même, par ses dirigeants, ses entraîneurs et ses organismes, de chercher des solutions et de les appliquer. Mais il convient d'envisager, à chaque fois, toutes les conséquences des projets que l'on veut lancer. Et cela demande beaucoup de patience et de méthode, car un seul changement peut avoir des répercussions insoupçonnées sur l'ensemble du jeu.

— Est-ce que les très grands clubs finiront par supplanter économiquement et sportivement les sélections nationales ?

— Pour l'instant, la FIFA et l'UEFA sont en situation d'abus de position dominante. A mon avis, c'est une situation irréversible, à moins que survienne une révolution. La FIFA, en effet, est élue par les présidents des fédérations. Elle organise les compétitions internationales, qui font gagner de l'argent à ces mêmes fédérations. La FIFA organise une série d'événements entièrement à son avantage... en se servant des autres : les équipes nationales ne jouent qu'avec les salariés des clubs. Imaginez que j'aie une très bonne entreprise de maçonnerie mais zéro maçons. Toutefois, j'ai le droit de prendre tous les maçons du département de l'Yonne que je veux, et de choisir les dates qui me conviennent pour lancer mes chantiers... A ce petit jeu, les fédérations peuvent être de plus en plus riches. Pour qu'une fédération soit pauvre, comme la Fédération française de football, il a fallu qu'elle souffre d'un dysfonctionnement.

— Et si les grands clubs européens s'organisaient pour créer une ligue professionnelle à l'image de celles qui existent aux Etats-Unis, en basket-ball, base-ball, football américain ou golf ?

— Lorsqu'un pouvoir écrase tout le monde, tant qu'on ne l'a pas fait tomber, il reste en place. Il y a parfois négociation : quand la FIFA sent qu'il y a trop de grogne, elle enlève un match international, au printemps, pour rendre une date aux clubs. Ça ne résout pas le problème de fond, et d'autant moins qu'elle interdit aux clubs de jouer après le 15 mai, pour que les joueurs se reposent. Dès lors, les clubs compriment encore plus leur calendrier. Il faudrait que la FIFA comprenne d'elle-même qu'il lui faut être plus raisonnable. Mais il est difficile de renoncer à des avantages d'une telle ampleur. En outre, la mondialisation aboutit à un morcellement des nations. L'ancienne Yougoslavie, c'est aujourd'hui six pays ; l'ex-URSS, c'est quinze pays. En coupe du Monde, vous avez des groupes de huit, là où vous n'aviez auparavant que des groupes de quatre. Donc, il y a de plus en plus de matchs, et les clubs se plaignent de plus en plus. On tire trop sur la corde. Quand va-t-elle casser ? Je ne sais pas. Comment ? Je ne sais pas. Est-ce que cela tournera mal ? Je ne sais pas. La Révolution française n'a pas donné que la liberté, elle a aussi donné Napoléon et ses guerres. Il faut peut-être souhaiter rester en équilibre, même précaire, pendant un bon moment. Au niveau des clubs, c'est d'ailleurs pareil. La richesse va à la richesse...

— Justement, trouvez-vous normal que les cinq cents meilleurs joueurs mondiaux soient dans les vingt meilleurs clubs mondiaux, qui sont tous européens ? Est-ce que cela n'aboutira pas bientôt à un championnat d'Europe des clubs, puis à un championnat du Monde des clubs ?

— Ce n'est pas aussi simple que cela. J'ai étudié de près l'idée d'un petit championnat d'Europe des clubs, sur le modèle ligue des Champions. Alors, comment fait-on ? Prend-on les seize meilleurs clubs en huitièmes de finale ? Oui ? Bon. Combien avez-vous de clubs anglais à ce niveau ? Quatre. Auxquels vous ajoutez quatre italiens, quatre espagnols, un écossais, un allemand, un français, un hollandais. Donc, seize clubs. Admettons que deux clubs descendent. Qui monte ? Sur quel critère ? Certains clubs ne pourront et ne voudront pas assumer la charge économique phénoménale d'une telle épreuve.

Et il y aura des répercussions. Quand votre championnat d'Europe accaparera les télévisions, que deviendront les championnats nationaux ? Qui remplira le stade du dixième du championnat de France ? Imaginez un championnat européen extrême : quatre anglais, quatre italiens, quatre espagnols, quatre allemands. Les autres clubs anglais, que deviennent-ils ? Et les allemands, et les espagnols, et ainsi de suite... J'ajoute que même les meilleurs ne pourront pas accueillir cent mille spectateurs dans leur stade. Leur stade est déjà plein, aujourd'hui, et il n'est pas extensible. Et puis, un grand club peut vivre une mauvaise saison et plonger ensuite dans le championnat national... Voilà pourquoi aucun grand club ne veut de ce championnat d'Europe.

— Donc, statu quo ?

— Non. Il faut réduire le nombre de matchs internationaux. Du temps de Fernand Sastre, il y avait six matchs internationaux par an. Plus la coupe du Monde et l'Euro, une année sur deux, lorsqu'on y avait gagné sa place. Maintenant, sans Euro ou sans coupe du Monde, une nation joue onze matchs annuellement, presque le double, et à l'échelle du globe. Il faut réduire cette fréquence.

39

# PLAIDOYER POUR L'ATTAQUE

Dominique Grimault — Pourquoi le championnat de France, aujourd'hui, est-il si fermé, et finalement si peu spectaculaire ? On a le triste sentiment d'une déperdition du jeu. Ne serait-ce pas dû paradoxalement à la coupe du Monde victorieuse de 1998, et au système préconisé par Aimé Jacquet : « On gagne, à partir du moment où l'on sait d'abord défendre » ?

Guy Roux — Le championnat de France est à observer sous deux aspects : le niveau et le spectacle. Commençons par le niveau. Si on juge en comparaison de celui d'il y a vingt ans ou d'il y a dix ans, c'est d'un niveau plus élevé, parce que la préparation est meilleure, et que l'âge de la formation des joueurs est passé à treize ans au lieu de dix-huit ans jadis. Mais il faut comparer par rapport à nos voisins. Et il convient de distinguer trois catégories. D'abord la catégorie du premier classé. Dans celle-ci, notre leader en vaut beaucoup d'autres puisqu'il est dans les huit meilleurs en Europe chaque année. L'inconvénient, c'est qu'il n'y en a qu'un de ce calibre, en France, alors que, chez les Anglais, les Italiens, les Espagnols, il y en a au moins deux. Prenons l'exemple de l'Espagne. Après le Real Madrid, il y a Barcelone, Valence, la Corogne. Voyons l'Italie. Après la Juve, il y a l'Inter de Milan, le Milan AC, parfois la

Roma. En Angleterre, après Chelsea, il y a Manchester United, Arsenal, Liverpool et parfois un club comme Newcastle. Nous sommes, nous Français, derrière ces pays-là. La mesure absolue, ce sont les points UEFA : la France est quatrième en Europe, parfois cinquième, et nous avons réussi à être troisièmes. Rappelons qu'il y a dix ans la France était à la douzième place européenne. Le progrès est donc indéniable.

En ce qui concerne le spectacle, ce n'est pas tout à fait pareil. Notre moyenne de buts a baissé. Notez que je ne suis pas pour les grandes moyennes de buts, si les défenses sont en bois. C'est un peu le cas de l'Angleterre. Il y a beaucoup de buts dans un championnat quand il n'y a pas d'homogénéité. Si les premiers sont très supérieurs aux derniers, les scores sont élevés, vous avez des journées à vingt-cinq buts ou trente buts. Si la qualité des engagés est très homogène, il y a des 0 à 0, des 1 à 0 et des 1 à 1. Peu de buts et, pourtant, votre championnat est plus fort. Cependant, je l'avoue, il y a chez nous un trop grand nombre de 0 à 0, actuellement, et notre moyenne de buts est inférieure à celle des voisins. Je ne suis pas pour une moyenne de quatre buts, ce qui voudrait dire qu'on ne défend plus, mais disons qu'à trois ce serait bien.

— Quelles sont les raisons de cette situation ?

— Premièrement, on a gagné la coupe du Monde 1998 avec trois milieux défensifs, d'ailleurs très soutenus. La France a joué, en réalité, en 4-3-2-1, avec un avant-centre qui n'a marqué aucun but et avec, en général, toujours sept ou huit joueurs disponibles en défense. Nous avons gagné la finale 3 buts à 0, avec deux buts sur corner de Zidane – qui n'en a plus jamais marqué depuis de la sorte – et un but sur contre-attaque d'un milieu défensif, Emmanuel Petit. Ça n'encourage pas à multiplier le nombre des avants. Il est évident qu'on a accepté une certaine domination du Brésil et que l'on a battu le Paraguay, seulement à la centième minute, par un but de Laurent Blanc. Tous nos entraîneurs étaient présents à cette coupe du Monde française. Je le précise parce que nos entraîneur ne vont pas beaucoup dans les coupes du Monde. En tout cas, je les y ai rarement vus. Et qu'ont-ils retenu ?

Eh bien, les maîtres mots d'Aimé Jacquet : « Gagner les duels, récupérer la balle. »

L'idéal serait de dire : « Mise hors de position de l'adversaire. »

Depuis cette coupe du Monde, je regarde les cahiers des jeunes entraîneurs de l'AJ Auxerre qui participent aux stages nationaux ou régionaux, ou de ligues, et je lis : « Trois quarts de jeu défensif, un quart de jeu offensif. » Dans les questions posées au stage ou dans les exercices demandés, on entend constamment : « Comment barrer la route de mon but dans les différents systèmes, individuel ou zone ? » Ou bien : « Comment empêcher l'adversaire de marquer des buts ? » Parfois, seulement, on entend : « Quels principes pour battre l'adversaire ? » C'est donc une tendance forte dans l'enseignement français actuel des entraîneurs. Ils se disent, au fond d'eux-mêmes : « On a été champions du monde comme ça. Pourquoi chercherait-on à tenter autre chose ? »

Bien sûr, on pourrait espérer qu'un organisme ou un homme dynamique pourrait conduire et inspirer les entraîneurs. Cet homme ou ce système interviendrait quand il y aurait une dérive quelconque, comme c'est le cas aujourd'hui avec le jeu défensif. On réunirait les entraîneurs et on leur dirait : « Les amis, ça ne va pas... Vous pensez trop à défendre. De toute façon, si vous faites autrement, il y aura un premier, et ça sera le même ; il y aura un dernier, et ça sera le même. Au moins, en attaquant, tout le monde se régalera. La télévision, qui a acheté le football à prix très élevés, sera très satisfaite, et sera peut-être plus encline à reconduire sa dépense. Donc, je vous incite à ne pas placer dans les couloirs un arrière-droit devant un autre arrière-droit, et un arrière-gauche devant un autre arrière-gauche, lorsque vous jouez à l'extérieur ; mais plutôt à aligner un attaquant-droit et un attaquant-gauche, au moins un des deux, et des milieux offensifs, etc. » Voilà ce qui nous manque.

J'oubliais une quatrième raison pour expliquer le recul offensif du championnat français : lors de la saison 2004-2005, dix entraîneurs sur vingt ont été renvoyés. Autrement dit : un entraîneur qui perdait était presque systématiquement écarté. Les présidents n'ont pas recours aux mêmes moyens, en cette saison 2005-2006. Ce sont les entraîneurs qui se sont retirés presque d'eux-mêmes. Didier Deschamps ou Roland Courbis sont partis, soit parce qu'ils estimaient qu'il y avait une crise, soit parce qu'ils ne se sentaient pas bien. Par ailleurs, les présidents ont compris que les trois clubs descendant avaient licencié leur entraîneur la saison passée, et que cela n'avait rien changé au résultat final, sinon qu'ils leur avaient payé de fortes indemnités !

Il y a enfin une dernière raison à nos lacunes offensives : elle tient à l'effectif. Si les clubs étrangers nous achètent, tous les ans, les trois meilleurs buteurs de notre championnat, cela appauvrit beaucoup les possibilités de marquer des buts chez nous. L'Angleterre a ainsi pris à la France, la même année, Cissé et Drogba. Il y a pléthore d'excellents avants pour composer l'équipe de France : pas un seul ne joue dans un club français ! Imaginez que nous répartissions, dans nos clubs, Trezeguet, Henry, Anelka, Cissé, Saha, cela déclencherait et buts et spectacle. Or, ces attaquants ne sont plus en France. Et ils ne sont pas près de revenir...

— Vous considérez donc – ce qui n'est pas à une surprise – que le football français souffre d'un handicap économique sur ses voisins européens ?

— Oui, il existe des raisons économiques à nos problèmes d'effectifs. L'avantage de l'Angleterre est d'avoir, par rapport à la France, très peu de charges sociales. C'est évident et c'est considérable. En ce domaine, en France, il y a 20 % de charges pour le salarié et 50 % de charges pour l'employeur. Ça fait 70 %. C'est-à-dire que, quand un employeur paye un joueur cent francs, 70 % vont à l'URSSAF. Et sur les 80 % qui vont au joueur, 51 % lui restent et 49 % partent à l'Etat. Donc il faut encore diviser par deux. Plus la taxe professionnelle. Quand un club donne cent francs de salaire brut à un joueur, ce dernier touche trente-sept francs, et le club dépense cent cinquante francs. Ça, c'est l'équation française.

L'équation anglaise : ils dépensent quand même cent quarante-cinq francs pour payer le joueur. Pour donner cent francs aux joueurs anglais, ils donnent quarante francs d'impôts et cinq francs de charges sociales. Le gars touche quatre-vingt-quinze francs au lieu de toucher trente-sept francs. Près de trois fois plus...

Sans compter que les recettes-guichet à Manchester United équivalent sur un seul match à la moitié de la recette annuelle de l'AJ Auxerre !

La publicité anglaise sur le foot, proportionnelle au nombre de spectateurs, est naturellement très supérieure à la nôtre. L'économie vient au football, là-bas. Enfin, quand il y a un homme extrêmement riche, en Angleterre, il ne se cache pas à Saint-Tropez, en arrivant avec son hélicoptère, au milieu des pins, l'été. Non, il est président d'un club de foot. En France, les deux seuls mécènes qui aient osé s'intéresser au football sont Jean-Luc Lagardère, à un moment donné, avec le Matra Racing, et François Pinault à Rennes. C'est tout.

— Mais de fortes entreprises interviennent pourtant dans la vie du football français...

— Tout le monde sait que les clubs peuvent être des filiales. Ainsi le Paris Saint-Germain dépendait de Canal, Sochaux de Peugeot, Nantes de la Socpresse, et Bordeaux en partie de M6. Mais ces entreprises ne procèdent pas toutes à des injections phénoménales de capitaux au moment des transferts, comme les richissimes Anglais propriétaires de clubs. Nous sommes très loin de l'Angleterre, non seulement au niveau des charges sociales et des impôts, mais également au niveau des produits et des capitaux des clubs. Les clubs français sont des petits. On le voit dans le classement des clubs européens, où Lyon n'apparaît qu'à la quatorzième place... Et malheureusement les clubs français ne sont pas près de rattraper les grands d'Europe. Voyez Samuel Eto'o, Camerounais : il est venu à quatorze ans au Havre. On n'a même pas su le garder à cet âge-là ! Ensuite, il est parti pour Majorque. Et dites-vous bien qu'il ne jouera jamais en France, alors que c'est un Africain de l'Afrique francophone. Imaginez qu'on ait les Henry, Trezeguet, Anelka, Cissé, Saha, Drogba que je vous ai déjà cités, plus Samuel Eto'o... plus quelques-uns qu'on irait chercher chez les autres !

Mais ne rêvons pas et essayons au moins d'appliquer quelques remèdes. Tâchons de corriger ce qui ne va pas. Je crois que c'est en agissant à l'intérieur du jeu, en changeant la mentalité des entraîneurs, la mentalité des joueurs, l'enseignement – en redonnant un enseignement du jeu offensif qui n'est plus donné, ou qui n'est plus assez donné – qu'on aura davantage de buts au tableau d'affichage.

40

# NON À LA VIDÉO

Dominique GRIMAULT — Pouvez-vous nous parler de l'évolution de l'arbitrage, telle que vous l'avez perçue à travers votre expérience qui a débuté en division d'honneur pour se terminer en coupe d'Europe ?

Guy ROUX — Quand les gamins des dortoirs des collèges anglais sont descendus pour jouer au football sur leurs pelouses, ils ont joué sans arbitre. Mais dès que les équipes sont devenues les représentantes soit des collèges, soit plus tard et assez vite des entreprises, des grandes industries anglaises, l'arbitrage a été instauré. Il y a dix-sept lois du jeu. L'arbitre est chargé, premièrement, de les connaître et, deuxièmement, de les faire appliquer. On pourrait penser que les joueurs connaissent aussi les lois. Eh bien, les joueurs de football de tous âges, de tous niveaux, et une grande partie des entraîneurs – et des commentateurs aussi, d'ailleurs – refusent d'apprendre les règles du football, notamment les deux lois principales qui sont la loi 11 sur le hors-jeu, et la loi 12, sur la faute et l'incorrection, nous l'avons déjà dit. Il y a pourtant des examens pour être entraîneur, avec les lois du jeu au programme. Mais on dirait – je commence par ma famille professionnelle – que les entraîneurs les apprennent juste ce jour-là, pour les oublier le lendemain.

J'ai eu la chance ou la volonté d'apprendre les règles. Je les ai déjà apprises pour le concours du jeune footballeur, qui existait autrefois. Vous étiez bien noté si vous saviez par cœur les lois du jeu. Donc je les avais apprises par cœur. Après, lorsque j'étais au service militaire, j'ai suivi un stage d'arbitrage dans le Bas-Rhin, pendant une semaine, et je suis devenu arbitre de district. J'avais donc appris une deuxième fois les lois du jeu. Ensuite, lorsque j'ai passé mes diplômes successifs d'entraîneur, je les ai révisées, et j'ai toujours obtenu ainsi la note maximum. Et maintenant encore, en qualité de consultant, j'essaie de ne pas commettre d'erreur, par respect pour les abonnés de la chaîne qui m'emploie, et aussi vis-à-vis des arbitres. De même, je me tiens au courant des dernières circulaires d'application. En général, je ne suis pas en retard dans ce domaine.

Qu'est-ce qu'un arbitre ? C'est celui qui siffle alors que vous jouez. C'est parfois celui qui se trompe. J'ai arbitré pendant longtemps, le mercredi, X contre Y. Qu'est-ce qui se passait quelquefois ? Je regardais la surface de réparation au moment d'une attaque. Soudain, le ballon disparaissait de mon champ de vision car un joueur passait devant moi. Et si, à ce moment-là, tout le monde criait « Main ! », je ne l'avais pas vue. Ils pouvaient se tromper tous, oublier de se poser la question : est-ce la balle qui avait touché la main, ou la main qui avait touché la balle ? Car il n'y a faute que quand c'est la main qui touche la balle. Même des commentateurs de télévision célèbres continuent à dire : « D'accord, la main était involontaire, mais c'est une main... » Sous-entendu : l'arbitre aurait dû siffler faute. Eh bien, ils ne connaissent pas les règles du jeu. C'est au point que même les arbitres s'inclinent devant cette espèce d'évidence populaire qui s'impose au sujet de certaines mains involontaires, et qui les sanctionnent.

Je n'ai jamais été exclu du terrain de ma vie, en tant que joueur, ni du banc d'ailleurs, en tant qu'entraîneur.

Mais j'ai vécu des injustices. Une fois, en division d'honneur, nous étions au coude à coude avec Dijon, pour la montée. Lors du match aller, le meilleur arbitre de Bourgogne, désigné pour ce match, regarde ostensiblement sa montre et appelle son juge de touche... Pendant ce temps-là, un Dijonnais s'échappe en position hors-jeu et marque le but qui nous fait perdre. Donc je l'avais en travers de la gorge. Là-dessus, l'arbitre siffle la fin. Au match retour, encore furieux du match aller, je vois mon avant-centre, un peu court sur une tête, mettre un petit smash avec la main. L'arbitre, qui était placé de l'autre côté, ne voit pas la main et accorde le but. Le délégué, un solide gaillard de cent kilos, assis sur le banc à côté de moi, en bras de chemise, avec des bretelles, n'écoutant que son sens de l'honnêteté, s'élance pour aller prévenir l'arbitre, et lui dire d'annuler le but. Ce qui ne relevait pas de sa fonction. Moi, n'écoutant que mon envie de gagner ce match, et marqué par l'injustice du premier, je l'attrape par les bretelles. Il était puissant, il me tire, au point que j'étais carrément en position de skieur nautique : mes tennis glissaient sur la pelouse. Au bout de quatre ou cinq mètres, les bretelles ont commencé à lui rentrer dans les côtes. Il s'est arrêté et s'est retourné vers moi. Je lui ai dit : « Venez donc vous asseoir. » Il s'est assis. Nous avons gagné ce match-là : équité sur les deux rencontres.

Mais, mes mésaventures les plus fortes, je les ai connues avec Michel Vautrot. Il a pourtant été considéré, à juste titre, pendant très longtemps, comme le meilleur arbitre français, ou l'un des deux meilleurs arbitres français avec Joël Quiniou. Il arbitrait notre première finale de la coupe de France, en 1979, face à Nantes. Michel Vautrot, en dehors de son talent de « Platini de l'arbitrage », avait un sens politique assez poussé. Par exemple, quand nous jouions contre Bordeaux, à l'occasion d'un mur sur coup franc, il avait deux façons de faire :

— S'il s'agissait du mur d'Auxerre, il venait contre mon mur, la main à la poche, le carton jaune déjà au bout des doigts, afin de faire reculer mes joueurs.

— S'il s'agissait du mur de Bordeaux, il demandait : « Mon petit René, sois gentil, recule un peu. » Il parlait à René Girard, le capitaine des Girondins, les leaders de l'époque. C'est ce que j'appelle le sens politique.

Mais revenons à la finale de la Coupe 1979. Nantes et Auxerre sont à 1 partout à la fin du temps réglementaire. Tout le monde considère déjà que nous réalisons un immense exploit. Les Nantais ont ouvert la marque, et Serge Mésonès, sur un centre de Joseph Klose, a égalisé de la tête. Tout le monde est très fatigué. Il fait chaud. Dès le début de la prolongation, un Nantais fait faute, juste devant mon banc, c'est-à-dire à trente-cinq mètres de notre but. Vautrot siffle et montre le but de Nantes. Donc, mes joueurs se démarquent vers l'avant. Le joueur qui devait tirer pour l'AJA était un arrière et il était encore loin du ballon. C'est alors qu'Oscar Muller, milieu de terrain de Nantes, tire le coup franc, donne à son ailier-gauche qui centre pour Pécout qui marque ! 2 buts à 1. Michel Vautrot accorde le but à Nantes ! Evidemment, j'étais dans une fureur extrême. Après, on s'écroule et on perd 4 buts à 1. J'aurai toujours le doute : si on n'avait pas pris ce deuxième but, est-ce qu'on aurait pris le troisième ? Je considère que Vautrot est le responsable. Il s'est fait prendre de vitesse, il s'est fait tromper par un Nantais.

— En avez-vous parlé immédiatement à Michel Vautrot ?

— Bien sûr, aux vestiaires. Je lui en ai parlé fermement. Mais correctement. Je n'ai jamais pratiqué l'insulte contre personne. Tout le monde était unanime pour souligner l'erreur. En outre, les images de la télévision étaient éloquentes. On pourrait encore aller les chercher aujourd'hui. J'en ai voulu à Vautrot ! Je lui ai dit : « Je ne vous le pardonnerai jamais. » Chaque fois qu'il était désigné pour nous arbitrer, par la suite – comme on était bien classés, nous l'avions souvent –, je n'allais pas lui porter la feuille, je la faisais porter par quelqu'un d'autre. J'ai été très réticent à son égard pendant longtemps. Lorsque je le rencontrais, je lui serrais la main, parce que la politesse et les couleurs que je portais m'obligeaient à le faire. Mais il savait bien que j'avais une hostilité très forte envers lui.

Trois ans plus tard, l'AJA est à la lutte avec Bordeaux et Monaco pour la première place du Championnat, à quatre ou cinq journées de la fin. Il y a un Monaco-Bordeaux. A la première minute, les Monégasques fauchent Jean Tigana, qui joue pour Bordeaux. Ils le fauchent, que dis-je, ils le massacrent. Vautrot ne siffle pas penalty... pris de vitesse encore, sans doute ? C'était le commencement du match. A l'arrivée, Bordeaux perd. Puis les Girondins se déplacent à Auxerre deux matchs plus tard. Vautrot est à nouveau désigné pour arbitrer. Quand j'apprends cela, je décide d'aller voir M. Schwinte, le responsable des arbitres, un Alsacien, ainsi que le président de la FFF, Fernand Sastre. Je leur explique : « S'il vous plaît... Pas Vautrot... On ne va pas avoir un arbitrage équitable. »

Ils répondent en chœur : « Non, on ne peut pas changer. Il est trop tard... Tant pis... Et puis Michel Vautrot est un bon arbitre. On ne peut pas le remettre en cause. »

Je préviens Fernand Sastre : « Monsieur le président, s'il siffle un penalty erroné contre nous, j'irai au point de penalty lui dire : "Vous venez de battre un record du monde. Vous sifflez un penalty pour une faute commise il y a quinze jours à mille kilomètres d'ici. Et c'est la traduction exacte de votre subconscient."

— Ne faites pas ça », me prie Fernand Sastre.

Et le match commence. Attaque de Bordeaux. La balle est contrée par Claude Barret, elle remonte en roulant le long de son corps. Il est appuyé sur sa main, il ne bouge pas, et la balle vient se bloquer contre son bras. Et Vautrot siffle penalty ! Dans le dixième de seconde qui suit, je me lève et je commence à marcher le long de la ligne de touche, car j'avais calculé qu'en courant sur une trajectoire oblique j'aurais plus de chemin à parcourir. Le délégué me suivait. Je lui ai dit : « Ne me touchez pas. Si vous me touchez, vous êtes par terre. » J'étais plus jeune qu'aujourd'hui, c'était en 1984. En arrivant au niveau du point de penalty, je sprinte et je sors ma tirade à Michel Vautrot. Qui hurle : « Vous, dehors ! » Les Girondins ont marqué le penalty. Ils nous ont battus. Ça n'a pas amélioré nos relations.

Au bout de vingt ans, en 1999, je lui ai dit : « Bon, maintenant ça va, je vous tends la main. J'ai oublié, du moins j'ai pardonné. » Vautrot était un homme de classe. Ensuite, j'avais conscience des obligations que m'imposait ma position. J'étais entraîneur de première division et j'étais le président des entraîneurs. Je suis un homme qui a toujours essayé d'être respecté et de respecter les autres. Mais des yeux, oui, longtemps, je lui ai fait sentir ma rancune.

— Autre arbitre très connu de l'époque : Robert Würtz. Quelles relations avez-vous entretenues avec lui ?

— Robert Würtz était un arbitre très doué. Il s'amusait en arbitrant. Il mettait tous les joueurs et entraîneurs dans sa poche, premièrement par son talent, deuxièmement par son humour. A Lens, un jour, Lens engage et lance en profondeur son avant-centre. Celui-ci prend la balle qui était un peu derrière lui et, avec la main, se la met sur le pied, et tire un « canon » à ras de la barre. Et je crie à M. Würtz : « Oh, Robert ! C'est commencé ! »

Alors, en courant, bras écartés comme un avion, un peu comme Pauleta quand il marque un but, il effectue un large virage et il vient devant mon banc, il me crie : « Je sais ! J'ai vu ! Je n'ai pas sifflé ! Je suis un vrai con ! »

Cet épisode est peu connu. Un autre est célèbre. Au Parc des Princes, contre le Paris Saint-Germain, je le contestais assez fort depuis un petit moment. Ça devait commencer à l'énerver. Mais, au lieu de venir d'un air méchant en disant : « Je vais vous exclure », il est arrivé sur la ligne de touche, et il s'est mis à genoux, en joignant les mains devant moi, debout au bord de la ligne. Je ne pouvais plus rien faire. Je me suis mis aussi à genoux. Un photo existe, montrant ce face-à-face. Il m'a dit, à ce moment-là : « Guy Roux, ça va, c'est fini. »

Je pense que les arbitres ont été, dans le championnat de France, honnêtes et intègres – ça dépendait des périodes – à 90 %. Actuellement, la proportion est de 99 %.

Au niveau de l'Europe, en revanche, la proportion tombe à 80 %. Il y a beaucoup d'influences, et quand je dis « influence », c'est un mot que je pèse. Je ne peux citer que des faits, et après chacun en pensera ce qu'il voudra. Nous jouons, en 2005, à Moscou, pour les quarts de finale de la Coupe UEFA. Avantage d'un but pour les Moscovites. Mais ça va : nous tenons le match. Deuxième mi-temps. Un attaquant de Moscou court vers notre but, et s'écroule tout seul. Notre arrière, Jean-Pascal Mignot, était à trois mètres de lui. Et l'arbitre espagnol donne penalty. Ça fait 2 buts à 0. Mon joueur s'énerve, se fait exclure. On perd 4 buts à 0. Mais je n'avais pas abdiqué. Au match retour, l'arbitre est allemand. J'espère remonter le handicap, après avoir analysé les qualités de Moscou et les nôtres. Nous marquons un but. Puis, Benjani est balancé d'une manière spectaculaire dans la partie gauche des seize mètres. L'arbitre est dix mètres derrière. Il lui fait signe de se relever, et ne siffle pas la faute. Nous sommes restés en équilibre, et nous avons gagné, mais par une marge insuffisante. Eh bien, j'ai des doutes...

Nous avons joué quatre-vingt-dix matchs de coupe d'Europe. C'est une grosse expérience. J'ai toujours vécu, depuis l'âge de cinq ans, avec du football et les règles du football plein la tête. J'ai une certaine connaissance des ressorts psychologiques qui existent dans ce jeu. A Marseille, une fois, Angloma tombe tout seul et l'arbitre siffle penalty. Martini arrête ce penalty. Quelques minutes plus tard, il y a un deuxième événement du même genre. Deuxième penalty. Et Martini arrête à nouveau le penalty. Alors, je sors du trou où était enfoui le banc et, je crie de toutes mes forces : « Encore un, encore un ! » Pourquoi cet arbitre s'est-il conduit ainsi ? La peur de la foule peut-être... ? Ou un mauvais jour... ? Vous ne pouvez pas vous empêcher de considérer que deux erreurs successives, aussi énormes, sont très regrettables. De plus, dans les matchs européens, nous avons affaire aux meilleurs arbitres d'Europe. Ce ne sont pas des gens qui ne courent pas assez, qui n'ont pas de réflexes, qui n'ont pas de métier. Ils ont toutes les qualités, la préparation adéquate. L'UEFA, qui désigne les arbitres pour les finales et les demi-finales, affiche des souhaits. Plus on approche de la finale, plus l'UEFA préfère que ce soit le Milan AC qui aille vers la finale plutôt que Liberec. L'arbitre le sait. Et si jamais il se trompe en faveur de Liberec, et qu'on retrouve Liberec et non le Milan AC en finale, il sait que ça va mal se passer pour lui. Alors, on lui demande de ne pas se tromper... de cible.

Je répète mes proportions : 99 % d'honnêteté et d'intégrité, actuellement, en France. En coupe d'Europe : 80 %...

Encore un exemple : nous jouons notre deuxième coupe d'Europe au début des années 80, et nous recevons Milan. Nous gagnons 3 buts à 1, à l'Abbé-Deschamps. Lors du match retour, Perdrieau part du milieu de terrain pour recevoir une longue balle aérienne. Il traverse la ligne de défense, et il marque. Et, bizarrement, l'arbitre belge refuse le but. Milan nous passe un 3 buts à 0, et se qualifie. Je suis allé dans son vestiaire à la fin du match et j'ai vu une pile de cartons derrière lui. Je me suis dis : « Ce n'est pas possible, il ne voulait pas que Milan disparaisse tout de suite... »

Quelques semaines plus tard, j'apprends que cet arbitre va diriger un match décisif de l'équipe de France. Et je dis à Michel Cagnion, le directeur de la Fédération de l'époque : « Rappelez-lui ce qu'il a fait pour Auxerre-Milan. » Réponse de Michel : « Mais c'est un homme délicieux, très cultivé. Il adore les livres d'art... » Il a arbitré le match, et l'équipe de France a gagné.

Je reconnais que l'UEFA accomplit de grands efforts. Désormais, on ne connaît le nom des arbitres que trois, ou même deux jours avant le match. Ils sont chapeautés par un membre de la Fédération. Ils ne sont plus pris en charge par le club qui reçoit. Ils sont logés dans un hôtel à part. Il y a des protections. Et si celles-ci existent, c'est qu'on s'est aperçu qu'elles étaient nécessaires, et que la proportion que je cite de 60 à 70 % a été plus ou moins assumée par l'UEFA. Mais, entre nous, même aujourd'hui, les grands clubs savent le nom des arbitres bien avant les deux ou trois jours prescrits... Tandis que les petits, eux, jamais.

— Comment le savent-ils ?

— Ils l'apprennent par des fuites, parce que les gens causent. Il faut bien retenir les billets d'avion...

— Avez-vous le souvenir d'un arbitre qui vous aurait avantagés ?

— Avantagés involontairement, c'est arrivé, bien sûr. Il y en a aussi qui nous ont désavantagés de la même manière, involontaire, beaucoup. Cette année, il y a une nouvelle règle sur le hors-jeu : on ne doit lever le drapeau qu'au moment où la balle est donnée, et seulement si le joueur à qui elle est donnée est hors jeu. Pour le match AJ Auxerre-Le Mans, en quart de finale de la coupe de la Ligue, Kahlenberg étant hors jeu de position, la balle est passée à un autre joueur qui s'en va tout seul... et l'arbitre de touche lève le drapeau pour signaler Kahlenberg hors jeu de position. C'était une erreur que tout le monde a reconnue. Nous avons été éliminés aux tirs au but. L'erreur nous a désavantagés, mais je ne soupçonne pas un instant ni le juge de touche ni l'arbitre d'avoir été malhonnêtes.

Les erreurs s'équilibrent à la fin de la saison entre celles qui vous sont favorables et les autres. Je ne dénonce que ce qui relève du délit, c'est-à-dire de la volonté d'avantager sciemment une équipe. Mais je n'ai que des soupçons et aucune preuve formelle.

— Le statut des arbitres a pourtant évolué : ne sont-ils pas devenus des professionnels ?

— Ils ont des statuts divers, mais ils sont professionnalisés. Ils ont désormais des revenus de petits joueurs professionnels. Reste que la rémunération d'un arbitre international est du niveau des revenus d'un ministre ou d'un député, supérieure à celle d'un préfet. Entre dix mille et quinze mille euros. Ils la méritent. Ce sont des gens qui vivent pour ça. Ils s'entraînent toute la semaine, ils se payent un kiné, et souvent une salle de gym. Ils parcourent des kilomètres de footing. Ils doivent sacrifier leur métier, ou une partie de leur métier. Ceux qui sont dans la fonction publique arrivent à se faire détacher, mais ceux qui sont dans le privé n'arrivent pas à progresser dans leur profession. Donc il est normal qu'on les rémunère. Ils sont maintenant physiquement beaucoup mieux préparés que jadis. Toutefois, M. Konrath, un Alsacien, courait dans la campagne d'Alsace toute la semaine et n'était jamais à plus de dix mètres de l'action. Il était un arbitre moderne comme Robert Würtz qui a raté son permis de conduire parce que, à un feu orange, il est passé en s'écriant : « Avantage, jouez ! »

Nous avons aujourd'hui des arbitres dont la condition physique est contrôlée, dans tous les pays, en France en particulier. Ils sont suivis de très près, notés à tous les matchs. Auparavant, ils n'étaient notés que cinq fois par an. Il y a un classement, certains « descendent » en deuxième division, d'autres « montent ». Quelques litiges syndicaux les avaient un peu déstabilisés, et leur début de saison 2005-2006 a été très controversé. Mais le calme est revenu et ils sont en pleine forme.

Je pense que l'arbitrage français est d'un niveau supérieur à celui des joueurs. Il est dans les trois premiers d'Europe, et sûrement dans les cinq premiers du monde.

— Faut-il faire appel à l'arbitrage vidéo pour aider l'arbitre de champ ? C'est un débat récurrent, vous le savez...

— Il y a déjà les oreillettes. A ce sujet, je demande à chacun de faire une expérience : regardez et écoutez la télé, et discutez avec quelqu'un au téléphone. Et tâchez de retenir ce qui se disait à la télé pendant que vous téléphoniez... J'ai fait l'expérience plusieurs fois. Je n'ai pas entendu le son télé. L'oreillette c'est la même chose. L'arbitre court, regarde et, tout d'un coup, un gars lui parle. Est-ce qu'il continue de regarder l'action, pendant ce temps-là, avec autant d'acuité qu'à l'instant précédent ? Comme ils forment des trios, et même parfois des quatuors, ils ont des codes. L'oreillette est globalement utile, mais elle engendre des erreurs. Perfectionner les choses ne signifie pas pour autant les améliorer.

Ainsi, lorsque l'on parle de la vidéo, je dis : attention, on ne peut pas tout régler avec la vidéo ! Elle a été abandonnée dans le football américain parce que son usage a entraîné des procès. On la garde dans le rugby actuel. Mais le rugby professionnel est un sport débutant : il peut se permettre certaines choses qu'il ne pourra peut-être plus se permettre dans quelque temps. On ne se sert de la vidéo, au rugby, que pour les essais. Elle ne sert jamais pour une faute dans le champ.

En football, comment va-t-on utiliser la vidéo pour les penalties et pour les hors-jeu ? Et si l'arbitre vidéo se trompe ? Il faut quand même se rendre compte qu'il y a un transfert d'autorité. L'arbitre de rugby, quand il demande la vidéo, il ne décide plus. Il y a de toute manière un énorme problème de relations qui se pose entre l'arbitre vidéo et l'arbitre de champ.

Prenons un exemple : il y a penalty, et l'arbitre estime qu'il n'y a pas penalty. Donc, il ne siffle pas. Ni la faute ni l'appel à la vidéo. Est-ce que l'arbitre vidéo intervient ou pas ? S'il n'intervient pas l'erreur perdure.

— L'arbitre de champ ne pourrait-il pas siffler dès lors qu'il y a confusion, dès qu'il y a doute ?

— C'est déjà une autre règle... Et que décide-t-il ? Il fait reprendre le jeu par un dégagement aux six mètres ? Et là, nous ne parlons que du lieu où le jeu est appelé à continuer. Moi je continue à vous parler de l'existence même de la faute. A la vidéo, supposez qu'on lui dise : « Pas de faute. » Alors l'équipe attaquante est incroyablement lésée. Pourquoi l'arbitre a-t-il sifflé s'il n'y a pas faute ? Si la vidéo est appelée pour le jeu dans le champ, l'arbitre sera contraint de siffler à tort et à travers.

Faut-il utiliser la vidéo ? Justement, avec Canal et ses dix-neuf caméras, nous avons une certaine expérience de la vision d'une faute sous différents angles. Exemple : lors d'un match Bordeaux-Monaco, Evra met son pied à côté de celui de Darcheville. Darcheville tombe dans le mouvement. Il y a coup franc. L'arbitre le siffle. Nous regardons. Arrêt sur image. Touché ou pas touché ? J'ai dit : « Je ne me prononce pas, même avec les images. » On se dit, avec mon commentateur : « Demandons-leur à la fin du match. S'ils sont honnêtes, ils nous diront. » Réponse d'Evra : « Je ne l'ai pas touché. » Sourire de Darcheville qui avoue : « Il ne m'a pas touché. » Moralité : la vidéo ne voit pas tout.

— Que faire pour vérifier que la balle a franchi totalement le plan de la ligne du but ?

— On ne m'a pas encore démontré qu'on avait trouvé le bon système. Au sujet de la puce dans le ballon, je demande : « Le ballon étant une sphère, où placez-vous la puce ? Au milieu du ballon ? Sur un côté ? » Mais auquel cas, vous n'aurez pas la saisie de l'ensemble du ballon. Certains pensent à un radar, mais si le gardien, ou n'importe quel joueur, intercepte le faisceau, que détecte le radar ?

— Alors, que proposez-vous ?

— L'homme a toutes les réponses. Le football, c'est un jeu pour les hommes et les femmes, arbitré par les hommes et les femmes. Point, terminé. Pas vu, pas pris. Je vous ai dit qu'il y avait parfois 20 % d'incertitude dans les coupes d'Europe au sujet de l'honnêteté arbitrale. Tant pis. Quand on fait une longue carrière, je suis persuadé qu'il s'établit un équilibre entre les faveurs et les défaveurs du destin.

— Ne seriez-vous pas un apôtre de l'immobilisme en matière d'arbitrage ?

— Je suis pour l'immobilisme qui sauve le football. Pour l'heure, le rugby remplit les stades avec des karaokés et des billets à un euro, mais il n'y a pas un rugbyman de plus chaque année dans le monde. Quand ce sport organise sa coupe du Monde, il arrive à peine à trouver assez d'équipes pour remplir les cases de la grille. Le football est un sport planétaire, praticable par tout le monde, avec des règles simples, et ça marche parce qu'il y a un esprit et des habitudes.

— Que pensez-vous du manque d'arbitres dont souffre la France ?

— On manque cruellement d'arbitres parce que le nombre d'équipes est en augmentation. Il y a deux millions de joueurs, divisés par quinze par équipe : donc il y a cent trente mille équipes. Ça fait soixante-cinq mille matchs par semaine en France. Donc il faudrait soixante-cinq mille arbitres et cent trente mille juges de touche. Or, il y a vingt-neuf mille arbitres en tout. Il faut faire avec. Et ça joue quand même.

— Aucun joueur professionnel, ou presque, ne devient arbitre, sa carrière terminée : pourquoi ?

— Il y a un problème de don. Etre arbitre réclame un certain profil. L'arbitre est un médiateur. Un médiateur, c'est le contraire d'un guerrier. Or les joueurs doivent être des guerriers. Et il est très difficile qu'un guerrier devienne médiateur. Ensuite, le joueur ne peut commencer l'arbitrage qu'entre trente et trente-cinq ans, au plus tôt. Il doit alors commencer dans les petites divisions pour apprendre. Là, les indemnités sont très faibles. S'il monte assez vite, il ne sera un arbitre de haut niveau qu'à quarante ans. Et il lui restera peu de temps pour remplir cette fonction. Il y a donc beaucoup d'obstacles dressés sur la voie d'un joueur professionnel désirant arbitrer.

L'arbitrage, pour certains, c'est un sacerdoce. Je vais vous raconter comment, pour une fois, j'ai falsifié quelque chose dans ma vie. Il y avait, dans un village de l'Yonne, un arbitre de district. Il se déplaçait à pied dans un rayon de dix kilomètres. Sinon, il prenait son vélo, allait arbitrer et rentrait le soir. Il a fait ça toute sa carrière. Il avait sept enfants. Il était ouvrier dans une usine rurale. J'avais beaucoup d'estime pour lui. Un jour, il est venu me voir, désespéré. Il m'a dit : « C'est ma dernière année. Je suis condamné à la retraite à cause de la limite d'âge. Dommage, j'aimais ça. Deuxièmement, en dehors de l'argent que je donne à ma femme pour nourrir la famille, ma prime d'arbitre me permettait d'acheter mes cigarettes. Et demain je ne pourrai plus fumer car je ne prendrai jamais l'argent de la famille pour fumer. »

J'ai regardé sa date de naissance. Je lui ai dit : « Vous n'avez qu'à écrire qu'ils se sont trompés sur la date. Vous voyez bien qu'un 3 ça ressemble à un 2. » Finalement, je lui ai écrit la lettre et j'ai téléphoné pour intercéder en sa faveur. Il a pu arbitrer encore un certain temps. Des arbitres comme lui, il y en a beaucoup plus qu'on ne pense. Des gens admirables. Et vous voulez les remplacer par l'électronique ?

Cette limite d'âge pose problème. Tout le monde se plaint que nous n'avons pas assez d'arbitres. Un gars mordu d'arbitrage, pourquoi ne le laisse-t-on pas arbitrer les petites divisions, les jeunes, le jeu à sept ? Nous avons un dirigeant-arbitre – il y a une catégorie de ce nom – qui a sa tenue, à qui l'on paye une paire de tennis de temps en temps. Il a soixante-cinq ans, et il n'a pas le droit d'être dirigeant-arbitre déclaré. Il vient aux matchs des jeunes, et il fait des prières pour que l'arbitre désigné soit forfait. Et quand un arbitre est absent, il s'habille en deux minutes, il arrive et il arbitre, et, je le dis, il arbitre très bien, équitablement. Jamais personne ne le conteste. Qu'on laisse les gens pratiquer leur sport ! Qu'on mette des limites d'âge pour la coupe d'Europe, qu'on en mette pour le championnat de France de première et de deuxième division, de CFA, ou de national. Mais en dessous, si un gars est bon et qu'il a envie, pourquoi ne le laisse-t-on pas faire ce qu'il aime ? Ainsi, au lieu de vingt-cinq mille arbitres, nous en aurions trente-cinq mille.

— En remontant vers les sommets, que pensez-vous de Pierluigi Collina, longtemps désigné par ses pairs comme le meilleur arbitre du monde ?

— C'est du moins l'homme politique le plus habile de l'arbitrage, un arbitre extrêmement talentueux, qui prenait les bonnes décisions quand il fallait. Lors d'un Auxerre-Nottingham Forest, il avait refusé un but qui était valable, mille fois valable. Il l'avait vu, j'en suis sûr. Comme il était placé, j'ai tout regardé, son attitude...

— Et alors ?

— Et alors, si vous avez un professeur d'histoire formidable qui vous raconte bien les événements, et qui vous dit que la bataille de Marignan a eu lieu en 1530, personne dans la classe n'ose lever le doigt et dire : « Non, monsieur, c'est en 1515. » Surtout s'il a un super-costume et qu'il est plein d'autorité. Si un professeur vêtu selon la mode actuelle, avec un jean percé et un pull-over, en savates, dit : « Marignan, c'était en 1530 », toute la classe éclate de rire, parce que toute la classe sait que c'est en 1515. Et Collina, c'était le roi pour faire tout accepter...

— Que pensez-vous de la décision de Anders Frisk, le Suédois, qui a abandonné récemment l'arbitrage, s'estimant menacé dans son intégrité physique ?

— Il a reçu en pleine tête une pièce de monnaie qui l'a blessé au sang. Mais Nelly Viennot, notre jeune femme arbitre, a pris, elle, un pétard dans les oreilles, et elle en a souffert longtemps. Alors que l'arbitre suédois ne risquait qu'une petite cicatrice, comme un gamin qui prend un coup à la maternelle. Nelly Viennot, cinq ans après, est toujours une excellente juge de touche nationale et internationale. Chacun réagit selon sa nature. Mais les risques des arbitres de haut niveau sont quasiment nuls. Frisk a été victime de la malchance. Il y a infiniment plus de risques pour les arbitres de village. Ils se rendent tout seuls dans des endroits où ils peuvent affronter des personnes hostiles, une centaine parfois : cent contre un, ça fait beaucoup pour une bagarre. Ils sont nombreux à se faire agresser.

Dans ces circonstances, la sanction doit être impitoyable : suppression du club. Et suspension très longue des coupables, que l'on pourrait assortir, comme pour le permis de conduire, d'un examen d'arbitrage. Et il faut des sanctions pénales. S'il y a des coups, il y a la correctionnelle au bout. Les gendarmes n'ont qu'à faire leur rapport, enregistrer la plainte, la procédure, en somme. Dans ce cas précis, je suis pour une répression très forte.

En revanche, je voudrais parler de la répression sournoise des cartons jaunes et des cartons rouges. On sanctionne beaucoup plus que jadis les infractions à la loi 12 par des cartons jaunes, c'est-à-dire par des avertissements.

Seulement, que fait-on de ces cartons-là ? Quand il y en a deux dans le match, pour le même joueur, ça équivaut à un rouge. Le joueur, déjà, ne finit pas le match. Puis il est puni, au moins, d'une suspension d'un match. Ensuite, il faut lire le barème de la Fédération. Si l'arbitre inscrit le mot *violent* dans son rapport, c'est quatre matchs au moins. Quand le joueur a écopé de quatre matchs, il est exclu de la compétition deux mois. Si la suspension tombe au moment de la trêve de Noël, il est privé de foot pendant près de trois mois. Selon les ligues et les districts, avec deux ou trois avertissements, le joueur est suspendu d'office, sans avoir de rouge. Dans d'autres, quand il reprend la compétition, il n'est pas blanchi. Et dès qu'il reçoit un jaune, on le re-suspend, et c'est la double peine. Tout ça parce qu'on dit et qu'on répète : « Il faut sanctionner ! Il faut réprimer ! Halte au jeu dur ! » On confond tout... On retire le permis de conduire pour un mauvais stationnement ! Voilà où nous en sommes...

En sachant que la Fédération a deux millions de joueurs, savez-vous à combien peut-on estimer le nombre de suspendus en France chaque semaine ? Pour ma part, je l'estime à cinquante mille. Et je l'ai dit à la Fédération : « Vous êtes la Fédération française des suspensions. » Bref, le barème est trop fort et trop aveugle.

Je répète mon chiffre : cinquante mille joueurs suspendus par semaine, dont beaucoup de jeunes. Je pense que la Fédération française de football perd quelques milliers de gamins, chaque année, parce qu'on les suspend trop. Moi, j'en ai vu pleurer. Un jeune met un tacle, et la balle part en touche, tandis que l'autre fait un roulé-boulé. L'arbitre lui inflige un carton rouge, et il ajoute « tacle violent » pour justifier sa décision. Et le gamin ne joue pas deux mois, alors qu'il n'a rien fait de grave. Comme les adolescents ne sont pas habitués aux injustices, eh bien, ils s'en vont, quittent le foot. C'est un grave problème.

— Que proposez-vous ?

— Il faut diminuer les barèmes. A tout le moins, qu'ils soient plus intelligents. Il faut distinguer faute, et coups et blessures. Le règlement le prévoit, il n'y a qu'à appliquer la loi 12. Croc-en-jambe : coup franc. Dernier défenseur : rouge. C'est ainsi chez les pros. Les amateurs reprochent à la commission de la Ligue d'être moins sévère envers les professionnels. Ils n'ont pas tort. Mais c'est la Ligue professionnelle qui est dans le vrai.

— Votre conclusion ?

— Ce sera un coup de chapeau à la formation de nos arbitres. En France, ce sont d'anciens arbitres ou même des arbitres en activité qui forment les autres. Des gens moralement au-dessus de tout le monde. Ils sont admirables. S'employer à la meilleure formation possible, améliorer les hommes. Ne cherchons pas plus loin.

41

## ET SI C'ÉTAIT À REFAIRE ?

Dominique GRIMAULT — Aimeriez-vous avoir vingt et un ans aujourd'hui, et entrer dans la carrière, comme vous l'avez fait en 1961 ? Autrement dit, est-ce qu'un Guy Roux du XXIe siècle est possible ?

Guy ROUX — Mais oui... Bien sûr. Il faudrait simplement que ce Guy Roux apprenne un peu à manipuler l'informatique, s'adapte à quelques moyens technologiques que les gamins actuels apprennent à trois ans... En somme, que je sois dans mon siècle. Je deviendrais entraîneur de la même manière, et je serais confronté à de nouveaux problèmes.

— Seriez-vous plutôt à Strasbourg qu'à Auxerre, selon les données actuelles ?

— Je serais à Londres ! Si j'avais quarante ans aujourd'hui, j'engagerais un professeur d'anglais quatre heures par jour, et, à la première ouverture, je partirais. Au bout de six mois, je parlerais et j'écrirais en anglais. Objectif : Londres, forcément. Imaginez un plombier polonais à qui l'on propose : « Venez en France. Vous aurez un salaire dix fois supérieur et la Sécu. Si vous n'avez pas de boulot, vous serez payé quand même. En plus, vous bénéficierez d'une retraite équivalente à 70 % de ce que vous aurez gagné... » Quelle sera sa réponse ? Tous les plombiers polonais veulent venir en France. De même, tous les entraîneurs français veulent aller en Angleterre. J'avais prédit : « La France sera la Bulgarie. » Nous sommes déjà la Bulgarie par rapport à certaines autres nations. Ce n'est pas du tout péjoratif, car la Bulgarie est un beau pays, mais un pays pauvre. Eh bien, nous, nous sommes pauvres par rapport aux Anglais. Les jeunes Français diplômés vont tous exercer leur profession en Angleterre : pas de paperasserie, pas d'euro, moins d'impôts...

— Posons autrement la question : est-ce qu'un Auxerre du XXIe siècle est possible ?

— Peut-être. Quoique de division d'honneur à la ligue des Champions... Et sur la durée... Enfin, peut-être...

— Est-ce que les arguments pour réussir aujourd'hui sont les mêmes qu'il y a quarante ans ?

— Chacun doit analyser ses qualités et ses insuffisances. J'ai confiance en moi pour réussir un certain nombre de choses dans la vie. En revanche, il est des domaines où je n'ai aucun don. Ce n'est pas une question de volonté mais d'aptitude. Par exemple, en dessin. Le jour où j'ai fait faire mon dessin par le grand peintre local, Georges Hozotte : j'ai eu 16. Et le prof a noté : « Guy Roux, je mets 16 à celui qui l'a fait. » *Idem* en musique : je n'ai jamais su reconnaître une note d'une autre. *Idem* en travaux manuels. En somme, il y a des choses que je ne sais pas faire. Mais pour le reste, je me débrouille.

— Vous vous êtes très bien débrouillé dans la gestion des joueurs : était-ce votre chasse gardée ?

— Non. Nous avons acheté Kalou. Mais je ne l'avais pas vu jouer, moi. J'avais une confiance entière en Daniel Rolland. Puis on l'a vendu huit millions d'euros. Et, sur trois saisons, il nous a beaucoup aidés dans la conquête de deux coupes de France.

— Quels sont les joueurs que vous avez vus partir à regret ?
— Tous.

— Sans exception ?
— Non. J'ai un classement de déloyaux. Il y en a trois en tout, sur les six cents joueurs qui sont passés chez nous. Ils ont été d'une malhonnêteté incroyable. Je n'ai pas envie de les citer.

— S'il fallait que vous donniez quelques conseils aux jeunes hommes qui décident d'être entraîneurs, aujourd'hui, que leur diriez-vous ?
— Ce n'est pas « s'il fallait »... Une grande partie de ma profession actuelle, au Centre de formation, est d'améliorer des entraîneurs pour qu'ils forment mieux les gamins. C'est mon travail quotidien. J'observe le travail des entraîneurs et leur résultat avec les gamins. Je leur donne des conseils chaque jour. Pour commencer, il leur faut oublier un certain nombre de notions, telles que les 35 heures, les RTT, les congés payés. Un curé ne vous parle pas de RTT. Nous sommes les curés du football. Nous avons certes des vacances. Ma moyenne a été une semaine l'hiver, deux semaines l'été, toute ma vie. Parfois, ce n'étaient pas deux semaines entières, seulement dix jours. Mais, le reste du temps, c'est sept jours sur sept. C'est sacré, oui : sept jours sur sept. S'ils ont besoin de deux heures pour se faire couper les cheveux ou aller à la banque, ils y vont, bien sûr.

Dans ma réussite – avec un petit « r », parce qu'on peut toujours faire mieux –, la quantité de travail a toujours été beaucoup plus importante que la qualité. Ne renoncer à rien, reprendre le travail en cas de doute, réfléchir à un meilleur choix... Et savoir être toujours disponible. La femme et les deux filles d'Enzo Scifo avaient la grippe, un samedi, jour de match. J'ai envoyé des gens chez eux pour faire leurs courses, afin qu'ils aient à manger et pour acheter les médicaments que le médecin avait prescrits. Et voici que Scifo me téléphone le lendemain, après le match : « Je suis malade à mon tour. » Je suis allé chez lui avec un sac de tisanes, j'ai acheté du lait pour les filles. Ça m'a pris deux heures le dimanche et je suis rentré chez moi à 13 h 30, après un déplacement. Ensuite, lorsque vous demandez quelque chose à Scifo, il n'a plus le même regard sur vous.

Taïnio était sujet aux angines. Un Finlandais !... J'ai pris une bonne tisane pectorale et du miel, et je suis allé chez lui. J'ai demandé une casserole à sa femme et je lui ai dit : « Quand ça bout, vous coupez l'eau, vous jetez la poignée de tisane, vous mélangez, et posez un couvercle. Dix minutes d'infusion. Du miel. Quatre fois par jour. » Au bout de deux jours, il était guéri. Ils ont raconté ça dans toute la Finlande.

Sur le plan des relations humaines, j'ai eu de grandes satisfactions. Daniel Dutuel est revenu me voir récemment pour la première fois... en quinze ans. Je lui ai dit : « Je me demandais ce que tu étais devenu... » Il m'a dit : « Vous savez, je suis comme ça. Il n'y a pas de mois ou de semaines où je n'ai pas pensé au Centre de formation. » Ce jour-là, il a traîné toute la journée. Il est allé dans les bureaux, il est allé revoir sa chambre... Lui, je ne l'avais pas rangé dans la catégorie des ingrats, mais dans celle de « ceux qui perdent la mémoire ».

— Il y a un très jeune Africain actuellement, au Centre de formation de l'AJA, qui vient vous voir chaque jour : pourquoi ?

— Parce qu'il sait qu'il peut compter sur moi. Il sait qu'il a une sécurité totale. Quand il est arrivé à l'été

2005, il était prévu qu'il aille à Manchester United en stage. Nous voulions le garder. Donc, j'ai assisté à l'entraînement, et puis nous sommes allés boire un coup, dans une espèce de jardin, et je lui ai fait raconter le football en Afrique. Il m'a parlé d'une manière merveilleuse ; ça a duré deux heures. Il m'a expliqué comment il vivait et jouait. Vous savez, c'est un des ressorts principaux de l'être humain : si vous vous intéressez à quelqu'un, il s'attache à vous en retour. Et ce qu'il disait m'intéressait vraiment, en plus. On m'avait rarement parlé aussi bien. C'est ainsi que ce jeune garçon a préféré venir chez nous plutôt qu'à Manchester United. Bien sûr, j'ai une énorme responsabilité. Il possède un grand talent, il faut qu'il réussisse. Et pour cela il faut qu'il soit heureux. Et pour qu'il soit heureux, il faut s'occuper de lui. Nous l'avons habillé de la tête aux pieds, les collants, les gants, la parka, tout... Il écrit à sa mère, il lui envoie de l'argent.

# TABLE

Cet ouvrage a été composé par
Nord Compo (Villeneuve-d'Ascq)
et imprimé par **Bussière**
à Saint-Amand-Montrond (Cher)

Achevé d'imprimer en mai 2006.

N° d'édition : 14041. — N° d'impression : 061776/4.
Dépôt légal : mai 2006.

*Imprimé en France*